福克纳作品系列

村 子

[美]威廉·福克纳 著 [加]斯钦 译

The Hamlet

William Faulkner

广西师范大学出版社
·桂林·

献给菲尔·斯通

目 录

第一部分 弗莱姆

第一章 003

第二章 038

第三章 075

第二部分 尤拉

第一章 139

第二章 186

第三部分 漫长的夏天

第一章 229

第二章 293

第四部分 村民

第一章 377

第二章 466

第一部分

弗莱姆

第一章

法国人湾位于杰弗生镇东南二十英里的一处土质沃腴的河滩地上，这里四面环山，地处偏僻，山川清晰却在行政上没有一个具体的边界，原因是它虽然在地理上横跨两个县，却不受任何一个县的管辖。内战前这里曾经有一座很大的庄园，现在那庄园的废墟——高门大宅的残垣断壁、七零八落的马厩、奴隶们曾经居住的小屋，以及长满了荒草的花园、破落的林荫大道和变形的砖台——仍旧被叫作老法国人宅子。如果你想知道这座庄园的占地面积，只能从杰弗生县城法院档案室里那些已经有些年头的档案中去找。现在这块地方已经变得和从前大不一样，不少曾经被这里的第一代主人改造成良田的土地已经重新退化成遍地是芦苇和柏树的密林。

这第一任主人应该是一个外国人，至于他是不是法国人则不得而知，时间抹掉了这位原主人的生活痕迹，而他之所以被叫作法国人，是因为对于那些在他之后来这地方落脚的人来说，任何一个人，只要他说话带外地口音，长相看着和这里人不太一样，就可以被认为是法国人，甚至仅仅因为对方的职业是这里的人没听说过的，也可以被归为法国人。他们只认定自己的判断，和对方告诉他们自己是哪国人没关系。关于这一点，法国人湾的村民和城里人很像。这么说吧，如果这位老法国人当时选择住在杰弗生镇，他肯定会被杰弗生镇的人认定是荷兰人①。没有人了解这位老法国人的成就当初已经到了何种地步，就连这座宅子的现有主人，年届六十岁的威尔·瓦尔纳——他不但是这座已经荒废了的大宅子的主人，还拥有曾经属于老法国人的大部分封地——对这庄园最初的主人也是一无所知。老法国人离世后，他挣来的家族名声、买来的奴隶以及他在这片土地上创造出来的辉煌和梦想一并烟消云散，至于那份万顷良田的家业，早在杰弗生镇的银行家们吵吵嚷嚷地要把它们卖给威尔·瓦尔纳之前，就已经被分割成了零零散散的小块土地，再被各自的主人抵押给银行。时至今日，能让人记得老法国人丰功伟绩的东西恐怕只有他为了避免这一方土地遭受洪水蹂躏而让奴隶修建的一段长达十英里的河道，以及这座被后人拆得七零八落只剩下骨架的豪宅。三十年的时间，就连那豪宅的骨架——核桃木的楼梯立柱和栏杆、屋子建成五十年后就已经升值为无价之宝的橡木地板和质量上乘的护墙板——也被当成一钱不值的柴火统统拆掉了。老法国人被彻底遗忘了！有关他的事迹现在只剩下一篇被刻在石碑上的铭文，上面记载

---

① 荷兰人也曾在北美开拓殖民地。——译注（后未特别注明者，均为译注）

着他如何把丛林变成良田的垦荒业绩。可是在他之后赶着破破烂烂的大车，骑着骡子，靠着两只脚步行来到这里定居的人都是些不认字的文盲，他们根本不认字，更别说读那块碑文给人听了！他们最初来到法国人湾时只带着燧发来复枪、狗、孩子、家酿威士忌和清教徒随身携带的圣歌本子。这些人和曾经住在这里的人没有任何关系——老法国人的宏图大略和春秋伟业随着他的骸骨化为泥土，有关他的故事只剩下一个经久不衰的传说：当格兰特①指挥的大军占领了这个地方并准备向维克斯堡挺进时，这位老法国人把他的钱财埋在了庄园的某个地方。

继老法国人家族后在这里定居的是一群从这座大陆的东北部过来的人。事实上他们是从横渡大西洋的轮船上下来的，来到北美大陆后一路辗转，穿越田纳西山脉后落脚在法国人湾，中间甚至没耽误生儿育女。如果再往上追溯的话，他们应该是住在英格兰、苏格兰，以及介于英格兰和威尔士边境某处的一群人②，这从他们的姓氏就可以看得出——特平、黑利、惠廷顿、麦卡拉姆、默里、列奥纳德、小约翰，还有普、艾姆斯蒂德、多什依等。他们只能是来自那些地方的人，因为其他人不会愿

---

① 格兰特：美国南北战争时北军将领。1863年，在他的领导下，北军取得维克斯堡大捷。
② 原文是"Welsh Marches"。1284年，当时的英国国王颁布罗德兰法令，正式将威尔士纳入英格兰统治之下，welsh marches 是位于当时英国和威尔士边境有争议的一个地区。当时住在这一地区的一部分威尔士居民不愿意效忠英格兰国王而辗转来到北美大陆。

意从这些名字中选一个拿来用。这些人踏上这片土地的时候身边没有一个黑奴，也没有带什么法伊芙或者奇彭代尔牌子的高档家私。他们的大部分家当是由自己肩扛手提带过来的，他们盖的木屋也很简单，只有一间或者两间，并且不给屋子涂油漆。他们找自己人结婚，孩子出生后仅在原来木屋的基础上再加盖出一两间屋子（还是不涂油漆）以满足添丁进口的需要。他们在河滩地上种棉花，在山脚下种玉米，在山里找个隐秘的地方用玉米作原料酿造私酒，再把这些自己从来不喝的酒卖出去——前人是这样做的，后人也是这样做的。曾经有几个联邦警察闯进法国人湾抓人，最后却落得个生不见人死不见尸的下场，一段时间后，警察身上的东西——帽子、呢子大衣、质量考究的鞋子，甚至手枪——出现在这里的某个孩子或者某个男人甚至女人身上。从那以后，除了大选年，警察再也不来打扰这里的人。村民们自己盖教堂、盖学校，并设立法庭，自己选法官和警察处理杀人或者通奸（在这个地方，杀人比通奸更常见一些）之类的事情，他们信奉新教，是民主党[①]的拥趸，但是对比政治和宗教，他们似乎对繁衍后代的兴趣更多一点；这里还要多加一句，整个村子没有一户黑人有地，那些对这个地区不熟悉的黑人，天黑后甚至都不敢从这里经过。

[①] 民主党：美国南北战争结束后的重建时期，南部民主党和辉格党（Whig）联合成立的一个党派。从1876年起，所有密西西比州的政府官员都是民主党的成员。

村子

现在，老法国人庄园大部分土地的主人是威尔·瓦尔纳。他也是老法国人给后世留下的那座荒宅的主人。作为拥有村子最多土地的富户，威尔·瓦尔纳是法国人湾数一数二的人物，不仅因为他地多，他在其他方面也说得过去。比如说，他在法国人湾旁边两个县中的其中一个县担任乡选区监察官，在另一个县担任太平绅士①一职，他还是两个县选举委员会的委员。因为这样的背景，他的话对这里的乡民（他们对"选民"这个词根本没有什么概念，有的甚至可能连听都没有听说）来说即使不是法律，也是金玉良言，他们来找他帮忙时，通常不是抱着一种"我想干什么"的态度，而是"如果您能给我安排个活儿的话，让我干什么我就干什么"的态度。瓦尔纳不仅经营农场，还放高利贷，有时也给牲口治病。按照杰弗生镇班鲍法官的话说："威尔·瓦尔纳可是个老实人，他不会给骡子放血②，也不会往投票箱里塞假票！"村子的好地大部分都在他的名下，不在他名下的土地中的大部分也抵押给了他。村子里的商店是他的，轧花房是他的，半机械磨坊是他的，铁匠铺也是他的，说句不过分的话，如果谁有眼不识泰山，和瓦尔纳抢商店或者轧花生意做，磨了应该归瓦尔纳磨的面粉，钉了应该由

---

① 太平绅士：原文为"Justice of the Peace"，是一种源于英国，由政府委任民间人士担任维持社区安宁、防止非法刑罚及处理一些较简单法律程序的职衔。
② 在故事里，瓦尔纳是兽医，所以这里有讽刺的意味。

瓦尔纳的铁匠铺钉的马掌，那就只有等着倒霉的份儿！瓦尔纳长得瘦瘦高高，身材让人想到又细又长的围栏栏杆，赭红色的头发和胡子已经有些灰白，一双清澈凌厉的蓝眼睛透出不好接近的神色。他给人的印象像卫理公会主日学校的几位总监（他们周一到周五在火车站卖票，到了周末则打理教堂事务；或者反过来，周末在铁路卖票，其他几天打理教堂）——如果教堂不是他的，那铁路就是他的，甚至教堂和铁路可能都是他的。瓦尔纳说话不多，人很精明，还懂得享受，性情让人想到拉伯雷①笔下的人物，而且，很可能到这个年纪还性欲旺盛，这从他红多白少、富有弹性的头发上就可以看出来（他和老婆一共生了十六个孩子，只留了两个孩子在身边，其他的孩子都去了外地，分布在埃尔帕索到亚拉巴马的范围内，有的孩子已经成家立业，有的离开了人世）。瓦尔纳既懒散又好动，除了在外面闲逛，每天基本不做什么事情，他把大部分家族生意都留给儿子乔迪打理。每天一大早，不等乔迪下来吃早饭，他已经出门了，谁也不知道他会去哪儿，但在村子方圆十英里内人们常常可以见到他的身影。在春天、夏天和早秋的季节里，一个月至少有一次，村民们会看见他出现在老法国人那座曾经辉煌无比但现在已经是残垣断壁、门前小道早已经被荒草淹没的大宅子前，离宅子不远的地方拴着那匹又老又胖的白马。瓦尔纳坐

---

① 拉伯雷：弗朗索瓦·拉伯雷（Francois Rabelais），文艺复兴时期的一位法国人文主义作家。代表作是长篇小说《巨人传》。

在一个过去用来装面粉的空桶（这空桶是他的专属座椅，原来是装面粉用的，后来他让铁匠从中间一锯两半，把边角打磨光滑，再在空处钉了一块木板）上，嘴里嚼着烟草或者抽着玉米芯烟斗，神情惬意地和路过的人打着招呼，口吻里却没有一丁点邀请对方过来坐的意思。村民们（包括那些看见他坐在那里的人以及听说他坐在那里的人）一致认为，瓦尔纳人虽然坐着，心里却在忙忙叨叨地盘算着哪块抵押给他到期还没被赎回的东西就要成为他的财产了。但这其实不是瓦尔纳坐在那里的原因，真正的原因他只告诉过在这一带走街串巷卖缝纫机的代理商拉特利夫——这人年纪不到瓦尔纳的一半——瓦尔纳的原话是这样的："我喜欢坐在这儿。我想知道那个当初拥有这一切的傻瓜坐在这里是一种什么样的感觉。"——说话的时候他身子一动不动，甚至都没有转动一下脑袋示意拉特利夫看一眼他身后那只剩了几根大柱子支撑的残垣断壁，包括那些翘起的旧砖头，被荒草覆盖已经看不出痕迹的小路——"房子不过是用来吃饭和睡觉的地儿"——除此之外他不再多说一句，听话的人也没真正了解他真实的想法——"我想过把这点破墙推倒，把这地方清理干净，可现在的人太懒！他们才懒得爬梯子，把剩下的木板抽下来！就连去林子里砍柴，他们也只捡那些还没长高的，最多和他们眼睛齐平的小树来砍。所以我不打算动这屋子了，让它保留原样。它立在这儿也能给我提个醒，让自己别犯类似的错误，这屋子是我人生中唯一一件买来却不能卖给其他人的东西。"

瓦尔纳的儿子乔迪·瓦尔纳三十岁左右，也是高高的个头，但不瘦，从脸上看他像是有轻微甲状腺病。这个至今尚未结婚的男人身上有一种通常在单身男人身上可以见到的不受人管的高高在上的气质，这种气质在某些人眼里显得特别圣洁。他身材高大，再过个十年或者十二年，肯定也得肚腹突起身材走样，但现在整个人看上去收拾得还算可以，还是一个尚未被家庭拖累的无忧无虑的单身汉的模样。无论是冬天夏天（天热的时候他就脱了外面的外套）周末还是平常的日子，乔迪都穿一件没有领子的白色衬衣，衬衣一看就熨过，沉甸甸的大金领扣系得规规矩矩，外面穿一套质量很好的黑呢子西服。自打这套西服被杰弗生镇的裁缝做好并送过来的那天起，乔迪就开始穿它，他几乎每天都穿着，无论天气好坏，直到他把它卖给来他家里干活儿的一个黑人，这套衣服才彻底从他身上消失。从此以后，这身衣服就到了那个黑人身上。新主人只有周日晚上或者平常日子晚上外出时才会穿它，有时候只穿一件，有时候是上下身都穿——外人很容易认出来那是乔迪的衣服——即便是夏天，外出的时候乔迪也穿着西服，他用新的西服代替了过去那身旧西服，他的穿着显然比常年穿着工作服的村民看起来像样得多，每每出现在众人面前，虽然不至于像要参加葬礼那么正式，但也差不到哪里去——当然这也可能是因为他是一个自带某种高高在上气质的单身男人。所以，透过那具松弛的打掩护的皮囊，人们看到的是一个四季常青的好男人，一个神一样存在的单身男人，就像你从九号橄榄球球员那臃肿的球服下面看到的是一具一旦手里拿到球后跑起来比幽灵还轻盈的强健身体。他是瓦尔纳夫妇十六个孩子中的老九，不仅替父亲打理商店（商店里的大部分货品是别人作为抵押品放在他们店里，放得久了就成了瓦尔纳家的财产），还负责轧花房的生意，就连分散在四周的四十年来父子俩齐心合力攒下的田地也在他的管理之下。

一天下午，乔迪在店里忙着。他把缠在棉线轱辘上的新棉线抽出来，比画着剪成用来拴犁铧和马的缰绳的长短，再把剪好的绳子绾成水手结，挂到墙上的钉子上。听见门口有动静，他转过身去：门口站着一个人，个头看着比一般人要矮些，帽子和衣服都松松垮垮，一看就不是法国人湾的村民，也不像住在这附近的人。来人没有进来，站在门口问："你是瓦尔纳吗[①]？"语气虽然直接，但在听的人看来，对方并非一个没礼貌的人，只是不善于和人打交道而已。

"我是瓦尔纳。"乔迪用既不热情也不过于冷淡的口吻问，"你想买点什么？"

"哦，我叫斯诺普斯。听人说你有一处农场要出租？"

"这事儿我怎么不知道？"乔迪反问来人一句，说话间他已

[①] 英美人名在前，姓在后，乔迪的名字是乔迪·瓦尔纳，他父亲的名字是威尔·瓦尔纳，但是外人称呼他们父子时，都称呼瓦尔纳。

经挪了个地儿,想借着光线把来人看得更清楚些,"你是从哪儿听来的消息?"

乔迪之所以不承认自己出租农场这件事是因为那个农场是政府没收的担保物资,一个星期以前拿到市场上出售,被他和父亲买下来,既然面前这个男人看着不像这附近的人,而且他从来没有听说过这一带住过姓斯诺普斯的人家,所以不敢轻易承认。

来人没有吭声。乔迪看着那张脸——眼睛是灰色的,眼神冷冷的,眉毛杂乱无章,铁灰色的胡子像羊毛大衣上的毛,乱糟糟地打着卷儿——问道:"你过去在哪里干活儿?"

"西边儿。"当对方说出这几个字的时候,给人的感觉不是他说话干脆,而是不想多说,仿佛那几个字刚从他嘴里出来,一扇门就在他身后关上了。

"得克萨斯?"

"不是。"

"明白了,就是西边儿。家里几口人?"

"六口。"来人还是简短地说,语气虽然没有停顿,但也不是不假思索地脱口而出。乔迪觉得对方的语气有点不对劲,好像在有意隐瞒什么。那人又补充道:"一个男孩儿①、两个女孩

---

① 其实阿比·斯诺普斯有两个儿子,一个是弗莱姆,一个是在福克纳短篇小说《烧马棚》里出现的另一个男孩儿,后者只通过拉特利夫之口提及过。这也可以解释在阿比和乔迪这段对话中,阿比本能地没把那个孩子算在内。

儿，外加我老婆和她妹妹。"

"这是五口。"

"还有我。"声音里依旧没有一丁点感情色彩。

"我们这里告诉别人田里干活儿人手时一般不把自己算在内。多一口少一口大不一样。"乔迪说。

"在田里干活儿的是六口人。"

乔迪的口吻还是不冷不热："我还没想好要不要把那几块地租出去，现在已经是五月一号了，也许我会自己种那些地，最多雇些白天过来帮忙的人，前提是我定下来今年种那几块地的话。"

"我也可以只在白天过来帮忙。"

乔迪眼睛盯住那人说："你好像很着急。"

对方没有吭声，也不看乔迪，乔迪继续问："如果你想租那块地的话，打算付多少租金？"

"你通常都是怎么租？"

"三四分①。农具可以从我店里拿，暂时不用付钱，收上粮食后用粮食顶。"乔迪说。

"唔，一件农具租金相当于七十五美分？"

"是的。"乔迪客气地回答。他不确定对面的这个男人是否

---

① 三四分：美国南方一种佃农和地主收入分成的安排，通常是地主提供给佃农占全部种植三分之一的棉花种子和化肥以及四分之一的玉米种子和化肥，等到收成的时候，收取棉花收成的三分之一和玉米收成的四分之一。

在看自己。

"我租。"那人说。

外乡人从商店里出来时,乔迪也跟在后面来到阳台上。阳台上站着六七个在商店外打发时间的村民,他们都穿着工装裤①,手里拿一把折叠小刀或者草棍儿。外乡人没有和这些人打招呼,兀自一瘸一拐走下台阶,目不斜视地从台阶下几个嘴里嚼着烟草的村民中间穿过,然后从停在下面的那几匹已经备好鞍子的牲口里牵出一头瘦恹恹的没有备鞍子的骡子(那骡子脑袋上还套着在地里干活儿时的笼头),把骡子牵到台阶旁边,自己上了两步台阶,然后借助台阶笨拙地跨到骡子身上,离开了。从始至终他都没有看一眼那几个人。"听这脚步,这人得有两百磅重,"一个村民说,"这人是谁,乔迪?"

乔迪嘬嘬牙花子,往地上吐了口唾沫,说:"他说他叫斯诺普斯②。"

"斯诺普斯?"另一个人接过话头,"那就是了,没错。"乔迪和阳台上的那几个人循声望过去——说话的人叫韦尔农·图尔,他身材瘦削,褪色的工装裤上虽然打了不少补丁,但洗得干干净净,那张脸也刮得干干净净,乍一看这人是个老实人,脸上的表情甚至有点委屈,细看后你会发现这人的脸上似乎同时有两种不一样的表情——表面上看这人似乎是个不争不吵的

---

① 工装裤:一种带前襟的连体工作服,人们常在干活儿时穿它。
② 斯诺普斯是姓,不是名,但是西方人正式称呼人名时往往称呼姓。

老实人，但那只是表面现象，实际上此人并非窝囊人，光看那张像是十五六岁少年才有的红润的嘴巴（也许是因为从来不抽烟的关系）就能看出他绝非一笨嘴拙舌之人——这应该是一个很早结婚，没有儿子只有女儿的男人，这样的男人在家里的地位不像丈夫倒像年纪最大的女儿。"这人去年冬天住在巴克·麦卡斯林家堆放棉花的一间小屋子里。我听说他和两年前格里尼尔县哈里斯[①]家马棚被烧的事儿有点关系。"

"嗯？你刚才说什么？他烧了人家的马棚？"乔迪说。

"我可没这么说。"图尔说，"我也是听别人说的，他们只是说他跟那事儿有点关系。"

"多大程度的关系？"

"哈里斯因为这个把他告上了法庭。"

"噢，"乔迪说，"这官司怎么打？如果他是雇人做的这件事呢？"

"到底是不是他烧的也很难说，因为没有证据。"图尔说，"话说回来，即便找到证据也没什么用了，因为他很快就离开了格里尼尔县。去年九月份他在麦卡斯林家找到了活儿，和麦卡斯林说好一家人白天替麦卡斯林收割庄稼，条件是麦卡斯林允许他们一家人在自己过去用来放棉花的一间屋子里过冬。我就知道这么多，你们可别到处跟人说啊！"

---

① 哈里斯在福克纳的短篇小说《烧马棚》里出现过。

"我是不会！"乔迪说，"谁想落个传闲话的名声！"乔迪站在那几个坐着或者蹲着的人面前，他身上的白衬衫看着虽然挺括，但并不干净，黑色的裤子也松松垮垮，一看就是好久没有熨过——这样的打扮给人一种既像那么回事又很邋遢的感觉。乔迪嘬嘬牙花子，嘴里发出响亮短促的声音。"啧啧啧！"他说，"来了一个烧马棚的家伙，啧啧！"

当天晚上乔迪回到家里，吃饭的时候告诉了父亲这件事。法国人湾全村只有两户有楼房，一座是占地面积较大，由一半木头一半刨花板盖成的小约翰酒店，另一座就是瓦尔纳家的屋子。后者不仅住得起楼房，还雇了一个专门做饭的黑人厨娘，已经在他们家住了四年。虽然全家只有这么一个黑人仆人，但这一带能雇得起仆人的家庭也就他们一家。外人常常听到瓦尔纳老婆抱怨说如果没人在旁边看着，那黑人厨娘连烧水都不会！饭桌上，乔迪和父亲描述白天发生的事情时，他的母亲在厨房和餐厅之间穿梭忙碌着——这个胖乎乎的女人性格开朗，走路快，做事利索，在腌制水果和蔬菜方面是能手，每年都在县城举办的农产品会上拿奖。她生了十六个孩子，现在还活着的只有五个。乔迪的妹妹尤拉·瓦尔纳在桌旁坐着，这女孩儿虽然只有十三岁，但身体已经开始发育，她很少说话，脸上带着年轻女孩儿特有的闷闷不乐的表情，毛茸茸的大眼睛像温室里栽培的葡萄，饱满鲜艳的嘴唇微微张开，显然，她并没有在听父亲和哥哥的谈话。

"已经和他签合同了？"瓦尔纳问儿子。

"我本来没打算和他签合同，可是听图尔说了那人的事情后我改了主意，我打算明天去找他，把合同签了！"

"我看你不如直接指给他看咱们家哪座房子他可以烧，或者你让他自己挑一个？"

"也可以，"乔迪说，"这件事倒不是不可以商量。"说完他的语气突然变得严肃起来，一改刚才那种像是击剑运动员击剑似的噼噼啪啪、轻飘飘的口吻。"我只需去搞清楚到底有没有马棚被烧这件事，其他就不用管了，因为是不是他烧的一点都不重要！到了收获季节，我只需要让他知道我认为他做了这件事，烧了人家的马棚就行！这件事有点意思……"话说到一半，乔迪突然把身子往前探，上半身几乎趴到了桌子上，壮硕的身躯可能让对面听他讲话的瓦尔纳夫妇觉得有些不舒服。很快瓦尔纳太太从桌旁站起来，出去了，不一会儿，从厨房里传来她呵斥黑人厨娘的声音。尤拉还是坐在桌旁，她并不关心哥哥的事情。"这块地本来我们也没打算今年能折腾出点啥，季节上有点晚了，搞不出啥名堂来，可是突然就来了这么个人要租地，收成按比例分成，只不过这家伙他租人家地的时候，那户人家的马棚被烧了。至于是不是他烧的，要我看一点都不重要。当然，如果我能发现这事就是他干的，事情就更简单点，最主要的是，那马棚被烧的时候，这人也在，而且证据对他不利，所以他离开了那地方。现在他找我们租地种，正巧我们手头有块荒地,我们只需从商店里找几件农具给他,同意他租那块地种,等到庄稼收进来了,这家伙来拿他该分得的粮食时,我只需问他一句:'我听说你烧了人家的马棚,有这回事儿吗?'对,就这一句:'我听人说你烧了人家的马棚,有这回事儿吗?'就再也没他什么事儿了。"瓦尔纳瞪起湛蓝湛蓝的并不让人感到亲切的小眼睛看着自己的儿子,乔迪也在看他——那微微鼓出的眼睛像蒙了一层雾气。乔迪说:"他还能说什么?除了说'你这么说什么意思?你想干什么?'外还能说啥?"

"那他租的农具你不打算要了?"

"那些就算了,因为我也想不出什么好法子能解决这一点,但是,有人给你白干活儿,你总得出点血吧——等等!"乔迪接着说,"我甚至都不用和他说!等他把地里的中耕①搞完,第二天清晨,我就在他门口放上几根烂木柴,旁边再放个火柴盒,他就知道我的意思了!他只能离开!而我还可以省去再租给他们两个月的农具。至于收割庄稼,只需到季节时雇几个人就行!"乔迪说完看着父亲,瓦尔纳也看着儿子。乔迪的脸上带着沾沾自喜的表情,就好像这件事已经做完了,好像他眼前已经出现了那么一幕,似乎没有意识到离他预想的那一幕中间还隔着六个月的时间。乔迪接着说道:"您说我这招妙不妙?!到那时候他肯定得离开!他不敢和我们斗,肯定不敢!"

---

① 中耕:对土壤进行浅层翻倒,疏松表层土壤的一种农业活动。

瓦尔纳"哼"了一声,从敞开的马甲背心口袋里掏出他那杆常年不离身的玉米芯烟斗,边填烟丝边说:"跟这种人还是少打交道为好!"

"怎么不能跟这种人打交道?!"乔迪从桌上放牙签的瓷罐里抽出一根牙签,身子往椅子背儿上一靠说,"烧人家的马棚本身就不对!一个人有这种坏毛病就应该让他尝尝苦头!"

第二天乔迪没有去找那个自称斯诺普斯的人,第三天也没有,第四天下午他趴在店里的书桌上开始起草合同。他一只手压着纸,另一只在纸上划拉出一行行龙飞凤舞笔墨粗重的字迹,两只手的手背上满是黑毛,像是沉甸甸的火腿肉。外人从商店门口经过时只能看到他头上戴着的那顶黑色帽子。一个小时后,在村子外五英里的大路上,乔迪骑在马上,屁股兜里装着他刚刚写好的被折得四四方方的合同,和停在大路边上的一辆马车里的人说着话。那辆马车一看就是用了很多年没有修理过,车身破烂,上面溅满了打从冬天起就挂在上面已经干透的泥点子。拉车的两匹马个头比山羊大不了多少,就连脸上的神情也带着股山地山羊那种倔头倔脑的活泼劲儿。铁皮做的长方形的马车车厢看着像个狗窝,上面画了一间屋子,还画了窗户和一台缝纫机,缝纫机旁边则画着一个微笑着的女人。马车主人拉特利夫刚刚和乔迪打过招呼,并问他:"嗨,乔迪,我听说有人要租你那块地?"此时,乔迪坐在马上,吃惊而带点恼羞成怒地看着拉特利夫喊道:"见鬼!你是说他烧了两家的马棚?

不是一次，而是两次？"

"是的。"拉特利夫说，"不过这消息可不是我说的，是我从旁人嘴里听来的！我的意思是，这两个着火的东家都和他打过交道，要不就是他被火盯上了，就像狗总是喜欢追着某些人跑似的。"拉特利夫说得不慌不忙，没有大惊小怪，让听的人只觉得他幽默，反倒不注意他话里的精明。这就是缝纫机代理商拉特利夫的风格，他虽然家安在杰弗生镇，却很少待在镇子上。他有一辆车厢形状像狗窝的马车，在镇子上没待几天，他就会赶着那两匹善跑的牲口，拖着这辆车厢外面画得花花绿绿里面放着缝纫机的马车跋涉在乡间的大路小道上。不久，你会看见那辆溅满了泥点子的马车被拴在某个村口的大树底下，拉特利夫则蹲在位于大路交会处的某间商店的阳台上，和周围的人说着话。他身上穿一件洗得干干净净的蓝色衬衫，脸色和蔼，多数时候都是在听，很少说话，而和他在一起聊天的那些人往往是自己说了一堆后才意识到他一直在听；有的时候你会在四周摆满了洗衣盆和黑乎乎的洗衣桶的泉水边儿或水井旁见到他，他站在一群洗衣服的女人中间，和忙着往晾衣绳上挂衣服的女人们唠着家常；你也可以在某个小木屋的门槛底下见到他，他规规矩矩地坐在柳条椅子上，看上去和蔼可亲，彬彬有礼，不时打听几句，但是并不显得急不可耐。他一年至少卖掉三台缝纫机，有机会也做点买卖土地、牲口、二手农具和乐器的活儿，碰上有人卖不想要的或者急于出手的东西，他都会收进来再找机会卖出去,他和人转述自己从报纸上看来的消息,也帮邻里乡亲带婚丧嫁娶甚至腌制水果蔬菜之类的口信——他带口信的可靠度不比邮局差。他善于记人名,几乎叫得出杰弗生镇五十英里内每一个人的名字,甚至连他们的骡子和狗的名字都能叫得上来。"刚才说到斯诺普斯一家人赶着一辆堆满了家具的大车去了德斯潘安排他们住的那间屋子。当初他们去哈里斯家或者去其他地方住的时候估计也是这样,车上摆满了家具,就好像他们只需喊一声'上车',那些炉子、床、椅子等家具就全都从屋子里出来,自己跑到车上找个地方躺好。马车上虽然乱七八糟什么都有但是摆得很紧凑,就好像连这些家什都习惯了跟这家人搬来搬去,所以不需要帮手。阿比和他的大儿子(他叫弗莱姆)——阿比应该还有一个儿子①,比弗莱姆小;我以前见过的,这次却没跟着他们。总之那天那孩子不在车上。也许他们烧马棚那天那孩子没逃出来。——赶着马车,马车上坐着他的两个又呆又傻的女儿和他的老婆以及她的寡妇妹妹(两个女人坐在马车后面的一堆东西上,但给人的感觉就好像没有人在乎她们是不是在车上,包括那些家具)。马车停下来后,阿比看着屋子说:'这地方都没猪圈大。'"

拉特利夫的这番话似乎把骑在马上的乔迪吓着了。他看着坐在马车上的拉特利夫,略微外鼓的眼睛流露出害怕似的神

---

① 在福克纳短篇小说《烧马棚》中提到过这个孩子。

情。拉特利夫继续说道:"这家人就这样拖家带口地来了!马车停下后,阿比老婆和她妹妹从车上跳下来,先把大车上的铁炉子拿下来,往屋子里搬,车上那两个虎背熊腰的女孩儿嘴里嚼着胶糖①,看着自己的母亲和她们的姨妈在那儿忙乎,却没有一点要帮忙的意思。阿比见状扭过头,骂骂咧咧地喊两个姑娘下去帮忙,语气像是吆喝牛,就差没用棍子打了,他之所以没掏出棍子来也许是因为觉得这两个女孩儿比牛值钱所以不舍得用棍子敲吧!两个女孩儿从马车上下来,一个从马车上拿下来一把扫帚,另一个拿了一盏油灯。看见两个孩子偷懒,阿比往前探了探身体,用手里的缰绳打了一下离自己最近的女孩儿,说:'你过来!帮你妈把炉子搬屋子里去!'说完他跳下马车,招呼大儿子弗莱姆跟他一起去德斯潘家。"

"什么?你的意思是他们二话不说就去烧德斯潘家的马棚?!"

"没有,烧马棚是后来的事情。他们初来乍到,怎么会知道德斯潘家的马棚在哪里?再说了,烧马棚也是事出有因,哪能说烧就烧?他也不是无缘无故就害人,这一点不能冤枉他。那天他们去德斯潘家纯粹是为了拜访主家,顺便拉拉关系,那时候已经是五月中旬了,季节和现在一样,在搬家之前斯诺普斯已经看过德斯潘租给他的那块地,他只需翻地播种就行。"说到这里,拉特利夫不露痕迹地多了一种装糊涂的口吻,"但

---

① 胶糖:从当地枫香树上获取的一种可以含在嘴里的果实状的东西。

是我也听有人这么说,说他总是比其他人晚一些找要租下来的地。"说这话的时候他没有笑,棕色的透着精明的脸庞,从那双敏锐的双眼里流露出的神情让人捉摸不透。

"如果像你说的那样烧别人的马棚,"乔迪火急火燎地说,"那我倒觉得从现在起到圣诞节我还能安心一段日子。你接着说,比如,烧马棚前他会做什么?这样我也能提前发现一些蛛丝马迹。"

"那我就接着说啦!"拉特利夫说,"两个姑娘一个人手里抓着一个铁丝编的老鼠夹,另一个人手里拿着把夜壶,站在地上不动弹。阿比老婆和她的寡妇妹妹忙着往屋子里搬东西,阿比和弗莱姆去了德斯潘的家。当他们从大路拐到去德斯潘家的那条小路上时,阿比不小心踩到了马粪——那条路上堆了好几堆准备用作肥料的新鲜马粪。父子俩刚来到德斯潘家门口站下,德斯潘家的黑人仆人从屋里跑了出来,对他们说把脚上的马粪擦掉再进家门。后来那个黑人说阿比是故意踩在马粪上,也许是因为在他们来到德斯潘家门口前,那黑人一直从窗户那儿看着他们。阿比一边满不在乎地推开黑人朝里喊道:'有人吗?德斯潘在家吗?'一边把脚上的马粪擦到了德斯潘家门口那块少说也值一百美元的地毯上,当然,这都是那个黑人后来说的。德斯潘老婆从屋里出来,低头看了看毯子又看了看阿比,随后让阿比走开。到了吃中午饭的时候,德斯潘回到家中,也许是他老婆给他念叨了这件事,下午德斯潘带着自家的黑人仆人去了阿比家。黑人仆人手里抱着那块毯子，骑着骡子跟在骑着马的德斯潘的后面。德斯潘一到就对正坐在家门口椅子上休息的阿比喊道：'你怎么不去地里干活儿？'阿比没有起身，也没有任何欢迎的表示，只是说：'我明天才会去，搬家第一天我没有去地里干活儿的习惯。'总之两方态度上都有问题，阿比虽然没礼貌，但是人们都猜德斯潘老婆在丈夫面前也没少挑事儿。没说两句话德斯潘就骂开了：'斯诺普斯，你这个欠收拾的玩意儿！'阿比还是一动不动，坐在椅子上说：'这事儿换了我的话，如果我那么心疼那块毯子，我就不会把它放在一个谁进门都要踩到的地方。'"拉特利夫坐在马车上给乔迪说这些话的时候，脸上带着轻松的神情，但是没笑，被太阳晒得黝黑的脸庞刮得干干净净，一双眼睛看上去很机智，身上的衬衫虽然旧得褪了色，但也洗得干干净净，他声音不高，说话不慌不忙，口吻既风趣又客气，而旁边的乔迪脸色涨得通红。

"后来阿比朝屋子里喊了一声，一个女儿从屋子里走出来，阿比说：'你把垫子拿回去洗洗干净！'第二天早晨，德斯潘家的黑人仆人在阳台上发现了那条毯子，毯子上被人踩过的痕迹还在，只不过这一次没有马粪，只有泥土。据说当德斯潘老婆打开毯子时，德斯潘的火立刻蹿了上来，他可能从来没有这么生气过——黑人仆人在一旁说斯诺普斯家的人肯定是用碎砖头块儿清洗的毯子，而不是肥皂——第二天一早德斯潘连早饭都没吃就去了阿比家。当时阿比和弗莱姆正在院子里给马套犁铧，准备去地里干活儿，德斯潘坐在马上，火冒三丈，像一只随时蜇人的蜂子，脏话从他嘴里一连串冒出来，不过他不是直接对着阿比骂骂咧咧，而是借毯子上马粪的由头指桑骂槐。阿比也不说话，只管干着手里的活儿——给马套上马轭，拽紧绳子。最后德斯潘大声说那块毯子是他在法国花一百美金买的，所以庄稼收上来后阿比得赔自己二十蒲式耳①玉米，说完他就回家了，他以为这件事说完就完了，自己在老婆那边也交差了，到了秋收季节，他没准儿早就把这二十蒲式耳玉米的事儿抛到脑后了。可是阿比显然没吃他这一套。两个人吵完架的第二天下午，德斯潘（他曾经当过少校）脱了鞋躺在自家院子里的桶板吊床上休息时，村子里的法警走了进来，从口袋里掏出一张诉状，支支吾吾地说明来意……"

"见鬼！见鬼！"乔迪嘟囔着说。

"嗯，"拉特利夫说，"据说德斯潘从法警嘴里听到阿比起诉他时也是'见鬼！见鬼！'地说了半天，似乎不敢相信阿比居然能为这么件小事儿告他！审案那天是星期六，阿比从家里出来，头上戴着一顶传教士帽，身上穿了一件外套，拖着受过伤的腿（他的一只脚受过伤，据巴克·麦卡斯林大叔说，阿比的腿是战争期间被约翰·萨托里斯上校打瘸的，当时他企图偷

---

① 蒲式耳：计量单位，类似于我国旧时的斗、升等计量容器。在美国，1 蒲式耳相当于 35.238 升。

上校那匹土褐色的种马，上校给了他一枪，把他的腿打瘸了[1]）一瘸一拐去了法院。阿比到法院后，法官对他说：'我看了你的起诉状，斯诺普斯先生，不过我在法典里无论如何找不到因为一张毯子而打官司的案子，更找不到因为马粪弄脏了毯子而引起纠纷，随后又将对方告上法庭的案子[2]；但是我还是决定审理您的案子，考虑到您急于在我们这个地方落脚，有很多事情要操心，二十蒲式耳玉米确实有点多，所以我决定把赔偿降到十蒲式耳。'"

"所以他就烧了人家的马棚?!"乔迪嚷道。

"我可没说是他烧的啊!"拉特利夫强调道，"我只是说，当天晚上德斯潘少校的马棚就起了火! 大火把马棚里的家当烧得干干净净! 大火刚烧起来，德斯潘少校就骑马赶到了，村子里好几个人听到了马蹄声，不过已经来不及了，火已经烧了起来，扑是扑不灭了。少校一到着火现场就看见了两个人影，从背影看不是本村的人，他立刻朝那两个人影开了几枪并骑着马大喊着追了过去。追了没多远，两个人跳进一条沟里跑了，少校因为骑在马上，没法追，只能眼睁睁看着两个人从自己眼皮底下跑了。虽然他看见其中一个人跑起来一瘸一拐，另外一个人穿了件白色的衬衫，他也不能一口咬定那两个人是阿比和弗

---

[1] 在福克纳小说《没有被征服的》里有这个故事。
[2] 美国属于判例法国家之一，法官审理案件时要借鉴以前宣判过的相似的案子来判案。

莱姆，因为动物也有可能跑起来是一瘸一拐的，穿白衬衫的男人也很常见，但是，当他找到阿比的屋子时（根据听到他骑马经过的那个人的说法，火烧起来后没多久少校就到了阿比住的地方），阿比和弗莱姆不在那里，实际上当时他们家里除了四个女人①外，连个男人的影子都没有。少校顾不上看那两人是不是藏到床底下，也没有搜其他边边角角的地方就又跑了回来（因为马棚旁边就是一间放玉米的松木房梁的小屋）。他到的时候，看见家里的黑奴正在忙着把浸了水的麻袋铺在着火的房梁上，穿白衬衫的弗莱姆站在不远的地方，两只手插在衣服兜里，嘴里嚼着烟草在旁边看着。弗莱姆说：'晚上好！那些干草烧得真快！'德斯潘在马上吼道：'你爹呢?!你爹他在哪儿?!'弗莱姆说：'如果这里没有他，那他一定是回家了。刚才我们看见着火了，一起过来看看。'德斯潘心里很清楚，可是纵然自己知道两个人是从哪里赶来的，也知道他们为什么要烧自己的马棚，又能怎么样？这事儿没地方说理！因为他看见的那两个人，一个瘸子，一个穿着白衬衫，可以是任何人！他开枪射击时看见其中一个往火里扔的东西一定是装煤油的罐子。第二天早晨，德斯潘（他的眉毛和头发被烧掉了一多半）正在吃饭，家里的黑奴进来通报，说有人来了。德斯潘来到会客室，来人是阿比，他头上戴顶帽子，上身穿着外套，门外停着他的马

---

① 指阿比·斯诺普斯的老婆、老婆的妹妹和两个女儿。

车，马车上面堆满了家具，和他初次来到法国人湾时一样。阿比一进来就对少校说：'看来我们之间很难相处得好，所以我觉得还是离开为好，省得以后再有误会发生。我今天早晨就离开。'德斯潘说：'那合同怎么办？'阿比说：'合同作废了吧！'德斯潘嚷道：'作废?! 作废了?!'又马上说，'作废也可以，我也恨不能把那张破纸扔进那昨晚被烧的马棚里！只是我很想知道，我昨天晚上开枪打的是不是你?!'阿比说：'既然你怀疑是我烧的马棚，那你不如去告我！这样一来事情不就清楚了？再说你们这个地区的治安官都喜欢替原告说话。'"

"真见鬼！"乔迪小声嘟哝着，"见鬼！"

"说完阿比转过身，一瘸一拐地回到——"

"他不是准备去烧人家让他住的那间屋子吧？"乔迪说。

"没有，他没有那么做，有人说他离开时还回头看了一眼，好像后悔没有烧了这间屋子，不过这话可不是我说的，是别人说的，总之再没有发生哪里着火的事情。没有，我也不——"

"故事讲完了？"乔迪说，"我记得你刚才说当德斯潘向他开枪的时候他把最后剩下的一点煤油全都倒进了火里！啧啧啧！现在可好，我有那么多人可以选择，早点去还来得及打发他走！省得哪一天他烧了我家堆棉花的仓库！"乔迪一边说一边笑，笑声听上去不像笑声，不是自然而然从齿缝里或者肺里发出来的笑声，倒像是有人在干巴巴地说出"哈哈哈"几个字。乔迪的眼睛和脸上也看不到任何笑模样，干巴巴的"哈哈哈"声很快就打住了。"好了，不管咱俩的谈话有多让人高兴，我也不能和你说下去了。"

"别说堆棉花的仓库，就算是一间空马棚烧了也够你受的！"拉特利夫在他身后喊道。

一个小时后，乔迪骑着马出现在一扇铁丝围栏的门前，与其说那是门，不如说是篱笆上裂开的一道口子。残缺不全的门板歪歪扭扭倒向一边，像是一副丢弃在荒野的尸骸，野草从已经腐烂的门板的缝隙间钻出来。乔迪喘着粗气，身上冒汗，但这肯定不是因为跑得太快累的，因为当他看到从那间破屋里冒出来的炊烟（如果确实有炊烟的话）时就开始放慢速度，而且越来越慢。他骑在马上，在栅栏外面打量着那座荒野（四周几乎没有草皮，也没有树）中的、被风雨侵蚀得像一座蜂巢的破屋，脸上露出一个男人小心翼翼地靠近一枚哑弹时紧张而小心计算的表情。"见鬼！"他说，"见鬼！这家伙已经在这里住了三天了，可到现在门还是这副德行！可是我都不敢提醒他修门，甚至还要装看不见。"他狠狠地扯了一下手里的缰绳，对马说："驾！你要是在这里多待一会儿，没准也得让他给烧了。"

他骑着马沿着那条小路（那条路其实根本不是路，连小路都算不上，那只是马车轮子碾过后留下的两道平行的车辙印，隐藏在刚长出来的青草底下，路人经过时不仔细看几乎注意不到）向那间没有喷漆的灰突突的小屋走过去，一边走一边紧张地盯着前方的屋子，就好像他走近的不是一间小屋，而是一座阴森幽暗的森林。屋子破破烂烂，歪歪扭扭的阳台连台阶都没有。因为太紧张，乔迪骑在马上向那屋子走之前甚至忘了看一下四周。突然，他看见从那间屋子一扇还没有上窗框的窗户里冒出一张戴着灰布帽子的人脸，那张脸的下巴一直在动，整张脸给人一种向一边倾斜的感觉。乔迪立刻冲着窗户里的脸喊道："你好！"可是那张脸却倏地消失了，乔迪正要再喊，却一眼瞥到不远的地方站着那个他要找的人，就是那个来他店里说要租地，自称斯诺普斯的人！虽然那人没有穿他们第一次见面时穿的长外套，但乔迪还是一眼认出了他。他站在距离屋子稍远的围场大门跟前，似乎在干活儿。乔迪刚才一进院子就听见从后院传来吱吱呀呀的压水井发出的声音，悲戚戚的，像是有人在诉苦，声音里还夹杂着似乎是两个女人的说话声。乔迪骑马从屋子旁边绕到后院，看到后院的水井旁确实站着两个女人——木头搭的井台又窄又高，乍一看像中世纪的绞刑架。两个宽肩厚背的年轻女孩儿站在水井旁，第一眼看上去以为那是一组脸上带着迷茫神色的一动不动的塑像（这组塑像是在着重表现两个正在说话的女人，当她们正在和自己的听众说话，或者说在和周围的空气说话时的神态）。但塑像里的两个女孩儿彼此离得很远，她们谁也没有在倾听另一个人。其中一个女孩儿手里抓着井绳，正用力把桶拽上来，她像是字谜游戏中的一个人物，虽然一副用力的姿态但谁都知道她是没有生命的。过一会儿，井边重新响起吱吱呀呀的提水声，片刻后那声音停止了，这次是因为另外一个女孩儿看见了乔迪，和刚才那个女孩儿一样，她正在从井里提水的两只胳膊不动了。当乔迪骑着马从她们身边经过时，两个女孩儿像约好了似的，面无表情地缓缓扭过头去。

院子没有草坪，地面上散落着灰烬和瓶瓶罐罐的碎片——那是上一任租客留下的痕迹。乔迪看见离院子很远的围栏边上站着两个女人和一个男人，其中一个女人抬起头往乔迪这边看了一眼。乔迪想，他们肯定知道家里来了生人！他认出那个男人正是自己要找的男人（该死的瘸子！矬子！谋杀犯！乔迪恨恨地想），对方一直没抬头，直到乔迪骑着马走到他身后才停下手里的活儿，转过身看着乔迪。两个女人也看着乔迪。一个女人头上戴了顶褪了色的遮阳帽，另一个女人头上也戴了顶帽子，但那帽子几乎没什么形状，像是以前哪个男人戴过的帽子。她手里抓着一个装铁钉的罐头盒子，盒子表面锈迹斑斑，盒子里的钉子不是弯的就是生了锈的。"晚上好！"乔迪打招呼道，可是话出口后他才觉得这几个字像是喊着说的，"晚上好，女士们！"男人转过头来，手里抓着一把锤子，似乎要吓唬威胁谁似的——那把锤子锈迹斑斑，分叉部分已经断了，锤子把儿是用没有打磨过的木头做的，看上去像根烧火棍——乔迪坐在马上低头看着对方，他又一次看到了那双隐藏在乱糟糟眉毛下的琥珀色的冷冰冰的眼睛。

"你好。"那个男人说。

"哦，我过来看看你们安顿下没有。"乔迪说。他的音量仿佛不能控制似的提得很高。我给自己找的事儿太多了，他想，又一次心里暗暗骂道，真他妈见鬼了！他紧张得不知说什么好，仿佛说错一个字就会有厄运降临似的。

"我们打算在这地方住下来，"那人说，"虽然房子比猪圈大不了多少，但可以对付住。"

"对付住?!"乔迪突然喊了一句，好像不在乎自己是否会惹恼对方，但是他不知往下要说什么，虽然在他脑子里不停地闪过"见鬼！""见鬼！"这几个字，可是他不能说。他想，我甚至不敢对他说出"离开这儿！"这几个字，我更不能建议他去哪儿谋生。我也不敢叫人把他当纵火犯抓起来，因为我怕这家伙再把我的马棚给烧了。那人显然并没有被乔迪的喊声吓住，他刚才已经朝乔迪这边走过来，听到乔迪的叫喊，马上停住了，似乎要往回走，但是又站住了，仰头看着乔迪，似乎在等乔迪还要说出什么话来，但是脸上的表情又很不耐烦，似乎没有耐心等乔迪说完。"房子的事，"乔迪说，"我们可以谈，我这么做是为了我们双方能相处得好一点，只要我们能相处得好，你需要什么，直接去我的店里说一声就行，或者你都不用亲自跑一趟，只需让人给我带句话，我就过来给你弄。我骑上马第一时间跑过来给你解决，怎么样？只要我们能好好相处。如果你不喜欢什么，只要——"

"我和谁都相处得很好，"那人说，"我前后租过二十几个东家的地，我和每个东家都相处得很好。如果我瞧着和对方打不成交道，我就选择离开。如果你来就是为了了解这个，那我就实话实说。"

实话实说?! 实话实说?! 乔迪心里涌起一股怒火，他不再说话，折回头骑着马向来路走去。院子里寸草不生一片狼藉，地上到处是灰烬和烧过的废木头，被烟熏得黝黑的砖头上放着洗衣盆和杀猪时烫猪皮用的盆盆罐罐。真是得不偿失！乔迪心里对自己说，空气里还在回响着提水的声音，乔迪注意到这一次他经过压水井台时，那两个打水的女孩儿没有停下手里的活儿转过头看他，其中一个女孩儿和刚才乔迪进院子时看到的一样，身体一动不动，另一个女孩儿则一上一下有节奏地移动着压水的手柄，井身发出难听的吱呀吱呀的仿佛诉苦似的声音。当乔迪经过时，压水的女孩儿的动作明显慢了许多，就好像她手里的手柄是和远处的一个机械手柄同步连接在一起，她手里的手柄被那一个机械手柄拉着慢了下来。乔迪沿着院子里那条几乎看不出形状的小路向破破烂烂的大门走去，心想，下次再来时，那扇大门肯定还是躺在杂草丛中没人修理。他的口袋里还装着那纸合同，想当初他起草那份合同时是多么踌躇满志，可是现在看，他都不敢相信那份合同是他亲自撰写的！"合同还没签，要不再在合同上加一条防火条款？"他这样想，但手里却没有勒住马，又一想，"就这么着吧！这样也好，这样可以逼着自己给自家的马棚房顶上铺一层石头！"他到底没有回

第一部分　弗莱姆

头，而是继续往家的方向走去。天色已经有点晚了，他踢了踢马，示意它尽可能走得快点，马也加快了脚步，走了一段山路后那马开始气喘，脚步明显慢了下来。乔迪突然注意到路边的树底下站着一个人，那张脸正是他刚才在那间小破屋的窗户里看见的一闪而过的人脸。乔迪有点诧异，他诧异刚才路上还是空空荡荡的，怎么突然路边就出现了一个人——对方头上戴着一顶布帽子，站在树底下，嘴里嚼着东西。乔迪看着那人向自己这边走来（他当时没觉得有什么异样，事后想起这事才意识到对方其实早就在那里等着了），两人擦肩而过时乔迪勒住马，像意识到什么似的说："你是弗莱姆？我是乔迪·瓦尔纳。"

"哦。"对方往地上吐了口唾沫，没说什么。他的脸又宽又平，两只眼睛像是死水，个子明显比乔迪矮一头。他上身穿了一件白衬衫，衬衫有点长，下身穿了一条一看就是便宜货的灰色裤子。

"我正想见见你呢！"乔迪说，"我听说你父亲因为和东家相处不来而惹上麻烦，而且麻烦还不小。"对方不说话，但嘴巴一直在动。"也许是因为他们对他不够公平。我不了解这里面的事情，我也不去关心到底发生了什么，我想说的是，错误谁都会犯，但是任何错误都可以被纠正，如果你对一个人不满意，但只要他纠正了错误，你们还可以是好朋友，你同意我的话吗？"乔迪问那人。那人的嘴巴还在动，但是不说话，面无表情的脸像一团平摊的生面团。"只有纠正错误，那个人才不会觉得自己的权利被侵犯，而他也不会因为维护自己的权利而鲁莽行事，最后不得不背井离乡，"乔迪说，"如果他一直用烧人家马棚这样的方式去维护自己的权利的话，那总会有那么一天，他环顾四周，发现自己已没有地方可去。"乔迪不说了，他在等对方说话，虽然他自己也不知道是不是要听对方回答。

"天地这么大，不愁找不到地方住。"

"也是！"乔迪没有反驳，依旧稳稳地坐在马上说，"但是谁都不想成天搬家不是？如果一件事一开始就能把它解决好，捋顺了，那就不会有什么麻烦。有的人虽说脾气暴躁，但如果他和人发生冲突时有一个心眼活泛点儿的人出来，和他说'先别急，那个人也不是针对你，只要你心平气和地坐下来和他谈谈，我保证这事儿能解决！'"乔迪停顿了一下说，"如果那个脾气急的人能知道控制自己，那这事儿就更好办了，遇事能够和平解决的人总是能得到好处。"

那人等乔迪说完，顿一会儿说："什么好处？"

"这还用问？他可以找到一处好农场，商店也愿意赊账给他，如果他还想耕种更多的地我也可以让他种。"

"种地没啥好处。但凡有一点活路，我都不当农民。"

"不当农民也行，"乔迪说，"可是如果一个脾气暴躁的家伙想干别的行当，他就得想办法赢得乡里乡亲的好感不是？想从别人身上赚钱，哪条路都——"

"我听说你有一间商店。"

乔迪停下了:"你说什么?"

"我听说你有一间商店。"

乔迪看着对方,刚才还没有什么表情的脸上瞬间换了副惊讶的神情。他从衬衫口袋里掏出一包香烟说:"来!来根烟!"乔迪平时不沾烟酒,但是因为他喜欢结识人,所以常常在口袋里塞上两三包香烟,这样能让他感觉好些。

"我不吃烟。"那人说。

"这烟是嚼的!来点儿吧!"乔迪说。

"我只嚼五分钢镚儿,嚼到钢镚表面都平了!我长这么大从来没有用火柴点过一根烟!"

"算了。"乔迪不再坚持。他看着手里的香烟,心说:"愿上帝保佑你和你的家人不会划火柴!"他把香烟放进自己口袋里,嘴里呼出一口长气,心说:"等着吧,等到明年秋天,他把庄稼收上来再说。"他一直不确定对方是在看他还是没看他,他抬起头,那人抬起一只手,用另外一只手掸了掸抬起来的这只手的袖口。乔迪注意到他掸得很仔细,仿佛袖口沾了很微小的东西似的。乔迪长长地叹了口气(这次像是从鼻子里出来的)说:"好吧!你下星期起去我店里工作,我先回去准备一下,但是,你得保证!"

弗莱姆吐了口唾沫说:"保证什么?"

乔迪骑着马走在路上,到家大约还有两英里的路要走。天已经擦黑了,四月末,太阳落得很快,天说黑就黑。路过一片黑压压的树林时，立在路边的山茱萸树的白色叶子相对着合拢在一起，让人想到双手合在胸前正在祷告的修女。挂在夜空的星星一闪一闪，空气里传来夜鹰的叫声。马似乎也着急回家，在冷风中走得很快，途中，乔迪勒了下缰绳，马站住后他说了一句："真见鬼！这家伙躲在这里和我说话！"

第二章

1

缝纫机经销商拉特利夫又一次来到村里。这次他带来了一个旧八音盒和一捆崭新的齿耙。齿耙用工厂打包用的铁丝捆在一起,放在车上原来放缝纫机的地方。快到村口的时候,瓦尔纳那匹白色的老马出现在拉特利夫的视线里,白马被拴在那座荒废宅子附近的围栏上,三条腿踩着地面,头低着迷迷糊糊地打着盹儿。白马主人瓦尔纳坐在面桶做的简易椅子上,他的身后是那座老法国人的宅子以及高高隆起的杂乱无章的草坪和花园。

"晚上好!威尔叔叔。"拉特利夫走上前,热情礼貌地和瓦尔纳打招呼,"我听说您和乔迪雇了一位新人!"瓦尔纳赭色眉毛往上一挑,看了拉特利夫一眼说:"这点儿消息传得可真够快的!"然后又问,"从昨天到今天你走了多少路?"

"七八英里。"拉特利夫说。

"哼！"瓦尔纳说，"我们雇店员是因为需要。"瓦尔纳说的是实话，他的店的确需要一个一大早过来开门，到了晚上锁门的人——给店门上锁不是为了防贼，而是为了防止野狗进到店里糟践东西。太阳落山后，法国人湾这个地方很少有人来，流浪汉、游手好闲的黑人什么的根本不敢在这地方停留，就连乔迪也很少出现在店里（瓦尔纳更是不去），有时一天也见不到他的人影儿。来买东西的顾客往往都是自己走进店里，找到要买的东西后把钱——他们对店里东西的价格比乔迪还清楚——放进一个雪茄盒子里。雪茄盒子被一个过去用来存放奶酪的圆圆的铁丝笼子罩在当中，这些东西——雪茄盒子、破旧的账单、被人手磨得光滑的硬币——看上去像是放在笼子里的诱饵。

"雇个店员也对，至少有个每天能够帮着打扫卫生的人，"拉特利夫说，"一旦发生火灾，保险公司会赔付店员的工资吗？"

瓦尔纳"哼"了一声，从椅子上站起来，手往嘴上一抹，把已经被他嚼得像干草似的烟草吐在手里，扔到地上，然后把手在裤子上蹭了蹭，朝着围栏处的那扇小门走去。那门是瓦尔纳铁匠铺里的铁匠设计的，十分巧妙，开合原理和现代转门（虽然瓦尔纳和铁匠从来没有见过现代转门，可能连想都没想过）几乎没区别，唯一不同的地方是开这转门的方法不是往缝隙里塞硬币，而是拔出一个一头连着锁链的长钉子。老瓦尔纳拔起转门上的长钉子，打开门，走到围栏另一侧，用命令的口吻对拉特利夫说："你骑上我的马！咱俩一块儿去趟店里，我来赶车。"

"您可以把您的马拴在我的马车后面,我和您坐在车上说话。"拉特利夫说。

"我叫你骑马你就骑马!"瓦尔纳说,"我怎么说你怎么做!我看你小子有时候聪明过了头!"

"我听您的,威尔叔叔。"拉特利夫说。他稳住马车,让瓦尔纳坐到车上,自己则下车上了瓦尔纳的马。一路上那匹白马总是跟不上马车的趟儿,坐在车上的瓦尔纳眼睛看着前方,微微侧着脑袋说:"这么说这个纵火犯——"

"这事从来没被证明过。"拉特利夫立刻纠正他道,"当然了,这也是问题。如果你把一个有杀人前科的谋杀犯和一个没有前科的嫌犯放在一个人面前,让他决定谁是这一案件的谋杀犯,他多半会选前者。因为人都是先入为主的。所以说您最好心里有数,这样才能有备无患。"

"这么说他是被误会的?那你说说,这个人到底咋样?"

"不好说,"拉特利夫说,"关于他的一些事情,我也只是道听途说,因为我已经有八年没见过他了。除了弗莱姆,他还有一个儿子,比弗莱姆小,现在应该也有十一二岁了,不过那孩子好像丢了。"

"既然这些年你一直没他的消息,那你说说八年前的他是什么样的。"

"这没问题。"拉特利夫说。一股微风经过,挟带起马蹄扬起的尘土,把它们带到路边沟渠里开着花的毛叶泽兰和苦烟的叶子上。"八年没见过他了,那时候他应该十五岁,住在我们家旁边。他是新来的人家,在我们那儿也就住了两年。他和我父亲都租安斯·霍兰德老头的地种。我知道他当时一直想重新做回贩马的老本行,可是因为没有做成,只能老老实实地靠种地生活,说实话,我是真真儿地知道他为什么做不回贩马生意的。说老实话,他根儿上不是坏人,就算他现在变坏了,也是被逼的。"

"变坏?"瓦尔纳冷冷地吐了口唾沫,声音里多了一层傲慢,"乔迪昨天晚上回家很晚,我一见他脸上的神情就知道这小子碰到事情了。他小时候每次做坏事,还没等我问他,他自己就先交代了,因为他知道第二天我肯定会知道,与其那样还不如早早告诉我!'我新雇了个店员。'他说。我说:'雇店员?你是嫌三姆星期天过去给你擦鞋伺候得不够吗?'他想给我解释,可是没说几句突然气急败坏起来,嚷道:'我必须这么做!我必须雇他!我必须这么做!'后来他没吃晚饭就去了卧室。我也没再搭理他,谁管他睡得着睡不着呢!今天早晨我看他态度好了些,至少比昨天晚上好了很多。'他有用,'他说,'这一点我毫不怀疑。'我说:'不给人家工钱是违法的!如果你非得雇他,还不如提前把家拆了,这样至少还能卖两根木头,省得被烧个精光!'他定神看了我一会儿,好像他早就知道我会这么说,他只是在等我说完然后把他昨天晚上想好的话拿出来反击我。'就拿阿比那个人来说，'他说，'他是那种和谁都走得不近做事只想自己的人。虽然这种人只想自己，但是别人也能从他身上赚到钱，也就是说，如果我雇了他儿子，给他儿子发薪水，那我们目标就一致了。谁开商店不是为了赚钱？这点您比我清楚——而且，有人帮你打理生意，你自己不用操太多心就能赚到钱，为什么不做？和一个和谁都走得不近的家伙打交道——'"

"他怎么不说和这样的人打交道也很'危险'呢？"拉特利夫说。

"说得对！"瓦尔纳说，"那你说应该怎么办？"

拉特利夫没有直接回答老瓦尔纳的问题，反问道："那间商店您说了算，对吗？"没等老瓦尔纳回答，他又说道，"算了，问这个干啥？乔迪雇的是弗莱姆，不是阿比，只要弗莱姆在乔迪的店里工作，阿比就不会——"

"你和我说话少绕来绕去！"瓦尔纳说，"心里怎么想就怎么说！"

"您真的想知道我心里怎么想的？"

"难道这半天我是在和你闲扯吗？"

"我和您想的一样。"拉特利夫说，"我只知道这村子里只有两个人和那家人打交道吃不了亏，我还知道其中一个人是瓦尔纳，不过不是乔迪·瓦尔纳。"

"那另一个呢？"瓦尔纳说。

拉特利夫笑了，说："那个人嘛，现在还不知道。"

2

法国人湾总共有三十几户人家。除了隶属于瓦尔纳家的商店、轧花机房、半机械磨坊以及铁匠铺（已经租给一位真正的铁匠）外，村子里还有学校、教堂。村子不大，每当教堂敲钟或者学校打铃时，家家户户都听得见。村子还有一间马房，马房旁边有一座院子和一个很大的围场，院子里种着几棵大树，地面几乎看不到草皮。一幢两层楼的木质结构（一半木头一半刨花板）大屋坐落在院子中央，屋子占地面积很大，稀稀落落地往四面延展出去，屋子外墙没有刷油漆，屋前的一棵大树上钉着一块木板，上面写着"住店"两个大字，这就是小约翰酒店，在这一地区行走的推销员、牲口贩子常常在这里吃饭歇脚。酒店的大阳台上常年摆放着一排椅子。吃过晚饭后，拉特利夫安顿好自己的车马，来到阳台上找人聊天。阳台上已经站着三五个人，他们是住在小约翰酒店附近的村民，晚上溜达着到这里找人聊天。这些人经常过来，但是今天晚上似乎和往常不大一样，太阳还没落山，酒店阳台上已经站着几个人了。他们盯着商店（商店没有电灯，门口一团漆黑）的方向，脸上露出一副私刑结束后围观人群盯着那残留的一点灰烬时的表情，以及男女跳窗私奔后，附近的人聚集在梯子下面看热闹时的眼神。

只是因为商店里突然多了一个雇来的白人店员（这家伙走起路来看着还算利索，算账也行，即便是算错账，也是多往他那边算而不是少算），这事儿对村民们来说就像谁家厨房里哪天突然多了一个雇来做饭的白人妇女一样，是他们以前从没听说过的。

"嗯，"一个人开口道，"虽说我对瓦尔纳雇来的家伙并不了解，但都说虎父无犬子，如果当爹的动不动为一点小事烧人家的马棚，那当儿子的难说不会——"

"阿比那老头也不是天生就坏，他只是后来变坏了。"拉特利夫说。

夜色里谁也看不清谁的脸，几个人不再说话，或坐或蹲看着对面，除了西北边的天空还残留着夕阳抛出的最后一抹浅绿色荧光外，四周已经黑了。空气中传来夜鹰的叫声，大路对面的树梢丛中出现了萤火虫发出的零零星星的微光。

"他是怎么变坏的？"一个人犹犹豫豫地问。

"怎么变坏的？就那么变坏的呗！"拉特利夫慢条斯理地说，"战争期间人们不是做那种生意嘛！那时候他从不惹事，也不帮任何一方，只是一门心思地赚钱——那时候也没听说过贩马还能成为政治犯——后来来了个人，穷得连一匹马都没有，却敢用枪打他，子弹正好打在他的要害部位，从此他就变了，变得不近人情。后来他和萨托里斯上校的丈母娘罗莎·米拉德小姐合伙做贩卖骡子和马的生意，他讲信用、注重名誉，也不害人，可是后来因为他的原因，米拉德小姐被一个自称格拉姆拜少校的人开枪打死，为了给外婆复仇，罗莎·米拉德小姐的外孙、萨托里斯上校的儿子巴亚德·萨托里斯和一个叫林格的黑人孩子，还有巴克·麦卡斯林大叔，找到逃到森林里的阿比，把他绑在一棵树上，听说是用两根缰绳合成一股绑的他，还有人说他们在缰绳里塞了一根烧红的铁条。这都是后来听人说的，不管怎么说，他失去了萨托里斯家族对他的信任。后来他在山里躲了一阵子，直到萨托里斯上校忙着照料铁路生意顾不上找他，他才从山里出来。那时候他很不顺利，但他还想着再干回贩马生意，可是又被帕特·斯坦普耍了，从此彻底翻不了身了，人也变得不近情理起来。"

"他居然敢去骗斯坦普？还没被骗得倾家荡产？"一个人插嘴道。他这么问不奇怪，因为所有人都知道帕特·斯坦普是个传奇人物，不仅在法国人湾这一带远近闻名，在整个密西西比北部以及西田纳西州也大名鼎鼎——那是一个腆着肚子的壮硕男人，常年戴一顶价格不菲的浅色斯坦森牌牛仔帽，看人时眼睛里寒光闪闪，像新磨出来的斧子刃。他带着露营装备赶着马车在这一带到处走，他和外人赌马，赌注也是马，就像人们用手里的纸牌赢对手的纸牌一样，他用这种方式挣钱，同时体会打败本事与他旗鼓相当的对手的乐趣。他有一个黑人伙计，帮着他一起干这赌马的营生。那人曾经做过马夫，手艺精湛得堪比搞艺术的雕塑家，你给他一匹活马，让他牵进屋子里，不管屋大屋小，只要里面是空的，门是关着的，他随手一弄，就像玩魔术似的，那匹马就可以变得连它亲妈都认不出来，更别说打算买下它的主人。斯坦普和他的黑人马夫有着惊人的默契，就像两个人共用一个聪明的脑袋，这个聪明的脑袋可以在两个地方同时发挥作用，指挥两双手乃至每一根手指。

"其实他也没吃多少亏。"拉特利夫说，"没被骗多少，被骗惨的其实是他老婆。虽然他老婆不这么想，她一心想把自己的脱脂器拿回来，什么都顾不上了，最后用一匹马和一头牛换回来一台脱脂器。"

没有人说话了，过了一会儿，刚才那个问拉特利夫话的人问："这事儿你怎么知道的？难道你当时也在场，看到了事情的经过？"

"是的，"拉特利夫说，"阿比去镇子上买脱脂器那天是我跟着他一起去的，我们两家当时住得不远，隔着也就一英里的距离，我爸爸和阿比是安斯·霍兰德老头的佃农，两个人都租他的地种。阿比喜欢马，一看见马就像丢了魂儿似的，我也是，所以常常去找他，两个人一起去他家马棚看马。那时候他刚刚和第一任老婆结婚，脾气也没有现在这么糟糕。他老婆娘家是杰弗生镇上的人，据说两个人没结婚前，有一天女孩儿的爸爸赶着马车（车上除了几件家具，还坐着他闺女）来找阿比，告诉阿比说如果他再敢过怀特里夫桥，他就开枪打死他，说完老头丢下闺女和家具，扬长而去。我那时候才八岁，他们两个人还没生孩子。我每天一大早就去阿比家找他,然后和他一起来到他家围场附近坐着,总有几个住在附近的邻居从围栏那边过来,当他们看到阿比从比斯利老头那儿换回来的那匹马时,总要问几句,什么这马几岁了?阿比给了比斯利多少钱?还问阿比他是不是用从安斯老头那里捡来的铁丝或者人家扔了不用的农具换回的那匹马,阿比只是敷衍几句,并不告诉他们实话。阿比从比斯利那儿换回那匹马的当天,他老婆就在埋怨,说他是傻子,还说做马贩子就是死路一条!阿比把那匹马赶进围场,来到屋檐底下坐下,脱下鞋子晾着,等着吃晚饭。他老婆气哼哼地站在门口,手里拿着平底锅一个劲儿地朝阿比挥舞着,边挥舞边骂阿比是个傻子。阿比说:'好了温妮!好了温妮!你知道我喜欢马,我想做贩马的生意,你在这里骂来骂去有什么用呢!你有骂我的时间还不如祷告上帝,让他赐给我智慧和一双看得出好马孬马的眼睛。'

"他老婆骂他不是因为马,阿比和比斯利换回来的那匹马虽然不咋地,但是这笔买卖他没吃亏,因为这匹马不过是他用一个破犁架和一盘磨高粱的旧石磨换来的,就连他老婆也承认阿比这个买卖没吃亏,可是她还是说谁会和阿比换一匹病马;她埋怨阿比也不是因为阿比瞒着她换回来这匹马(阿比是偷偷换的,去找比斯利老头换马的那天,他趁着老婆在屋里做饭的工夫一早在车上放好了犁架和那盘磨高粱的石磨,他老婆以为他去地里耕地了)。现在想起来,她之所以埋怨个没完是因为她从一开始就知道阿比做不了这个营生！而且，后来我们才知道那匹马也不是什么吉祥之物，它最初的主人是帕特·斯坦普，几经倒手最后到了比斯利手中，现在阿比光是碰了碰那匹马就想重新做回贩马的生意，所以那匹马确实不是什么吉祥之物。不过我想阿比可不这么认为，他也许一直认为自己是霍兰德农场以及这一地区最牛的马贩子——反正他知道最牛的马贩子帕特·斯坦普不会找上门来戳他的牛皮。那段时间我常和阿比在他家屋檐底下坐着（为了不让太阳晒到，偶尔换个地方坐），看着躺在地里孤零零的犁铧，等着他老婆做好饭叫我们。我看得出来，阿比对自己重新做回贩马这一行充满了憧憬，即便他老婆站在屋里靠窗户的地方说：'马贩子?! 只知道坐在那儿对着一群游手好闲的人吹牛！自己地里的野草和牵牛花都长疯了还在吹牛！每次去地里给他送饭都害怕踩到蛇！'他也会和自己说：'这马现在是我的了，我敢在上帝面前说，这是我见过的最好看的灰马！'

"那件事就像命运早已安排好似的，我是说，阿比用他老婆攒下的买脱脂器的钱买一匹马这件事就像是上帝安排他这么做的。在这里我插一句，我觉得上帝选择阿比去做这件事情是因为阿比是个勤快人，所以才选他去完成这桩交易。准备去买脱脂器的那天早晨，阿比根本没有考虑骑他刚从比斯利那里买的那匹马去，因为从法国人湾到杰弗生镇要二十八英里，比斯利那匹马当天肯定赶不回来。他原本打算去安斯老头那里借匹骡子，和自己的那匹骡子一起赶着去杰弗生镇，买完脱脂器后当天赶回来。可是阿比老婆听了后立刻嘲笑阿比买回来的不是马，而是一个中看不中用的东西，还说他最好带上那匹马，到了镇子上可以问问马房肯不肯买下来放在店前当个摆设。所以其实是阿比老婆逼阿比赶着比斯利那匹马去的镇子，然后才发生了后面那些事。那天早晨，我和阿比给大车套上他从比斯利老头那儿换回来的那匹马和阿比自家的那匹骡子出发了。出发的前三天我们没少给那匹马喂草料，好让它养足精神上路，而且它也确实看着比我们刚把它接到家那天要精神。但就是这样它看着还是不算太强壮，阿比说那是因为让骡子给比的，他说如果单把马或者骡子拿出来，两个看着都没问题，但是牲口不能和牲口站在一起，因为一对比看着就不是那么回事儿了。'如果能想个办法把骡子和马车固定就好了，这样表面上看是一匹马和一匹骡子一起拉车，但其实都是骡子在拉，马只是个摆设。'那时候他对他自己的牲口还算爱惜，为了让这匹马看上去好看些，看起来不那么瘦骨嶙峋，阿比还在玉米饲料里放了点盐，马吃多了盐就会多喝水，水喝多了就会把肚皮撑起来，这样把大车套在它身上时绳子就不会太磨它的肋巴骨。即便做了这么多准备工作，我们还是怀疑这匹马能否撑到杰弗生镇，更别说指着它再从杰弗生镇走回来，何况这一路还要过小溪、钻树林！可是担心归担心，我们也想不出其他更好的办法。就这样，那天一大早，阿比穿着他那件只有礼拜天才会穿的衣服

（每次出门他都穿这件衣服，衣服本来是萨托里斯上校的，后来罗莎·米拉德小姐给了阿比，那都是三十年前的事了），贴身口袋里揣着他老婆攒了四年才攒起来的二十四块六毛八分美金，赶着马车，带着我上路了。

"说实话出门时我们压根儿没想把这匹马卖掉，光是怎么样能让这匹马安全到达镇子已经够让人操心的了！我们两个人谁都不知道当天晚上能不能赶回来，我们甚至做好了回来的时候和骡子一起拉车的准备！但是不管怎么说，我们还是出发了，一大早我和阿比把马和骡子牵出来，套上大车后直奔杰弗生镇。要知道我们走的都是很陡的斜坡，斜得往路面上倒点水都能自动流下来，所以一路上我们很小心，只盼望着安安全全到达杰弗生镇，可是那是七月中旬，天气太热了！那马走到距离怀特里夫桥大约一英里的地方突然步子迈得越来越沉，几乎是一半走一半架着，阿比的脸色也变得难看起来，又走了没多远，这匹牲口突然浑身大汗淋漓，不一会儿，像被火钩子戳了一下似的，马脑袋猛地往上一甩，身体缩在车辕里，再也不肯往前走一步！整个马车的重量都落到了骡子身上！本来阿比打算走那条小路，不走怀特里夫商店门前的那条路，可是一瞅马成了这副德行，只好决定翻过眼前的山坡去怀特里夫商店歇歇脚再走。等我们到达怀特里夫商店时，那匹马已经累得不像样了！一双眼睛向上翻着，看上去像一对白色织袜蛋！乱糟糟的野草似的马鬃和马尾巴仿佛着了火一样，身上的颜色发红发棕，都成这样了，但是你还是看不到它的肋骨！真的！撒谎我是小狗！那马当时就是一副惨样！到怀特里夫商店后，阿比坐在马车上，摆出一副平时坐在他家篱笆上和邻居介绍这马的模样，一脸骄傲地告诉屋檐底下站着的那几个人（其中就有休·米切尔）说自己这匹马是从肯塔基州买来的（可能他也知道反正自己现在吹个牛，帕特·斯坦普也不会找上来），可是休·米切尔不买账，他对阿比说：'我只想知道你这匹马怎么了，是不是肯塔基州离这里太远了才把它累成这样?!据我所知，这匹马最初的主人是帕特·斯坦普，五年前赫曼·舒特用一匹骡子和一辆马车从帕特·斯坦普手里换走了这匹马，去年夏天比斯利·坎普付给赫曼·舒特八美金买下了这匹马。你从比斯利·坎普手里买回这匹马花了多少钱？五十美分？'

"直到那时阿比才知道他的这匹马原本是帕特·斯坦普的。这个消息显然刺激了阿比，激起了他去诈帕特·斯坦普的斗志，一心想把这匹马卖给帕特·斯坦普。而他之所以想这么做不是因为他觉得这匹马（马是他用一个破犁架外加一盘磨换来的，那盘磨基本可以不算在换马的成本里面，因为那是安斯老头不要了才给他的一盘旧磨）不值钱，即使被帕特·斯坦普骗了也损失不了什么！而是因为他听说比斯利是用八美金买的这匹马！也不是因为他认为赫曼·舒特卖得太贵，要了比斯利·坎普八美金，不是的，因为赫曼·舒特当时是用一匹骡子和一辆马车换回来的这匹马，也有成本，所以卖八美金不贵，而且即便赫曼·舒特要了比斯利八美金，这八美金是留在了约克纳帕塔法县，因为赫曼·舒特是这里的人，比斯利·坎普也是这里的人。他气不过是因为他早就听说这种用现金换牲口的交易是帕特·斯坦普来约克纳帕塔法县之后才开始有的，在阿比看来，如果一个马贩子只玩用牲口换牲口的游戏，即便他再搞鬼，那是他的本事，魔鬼愿意保佑他，谁都没办法；但是如果他收的是现金，那就是他的不对了。这种做法就像一个强盗闯进你家里，一阵翻箱倒柜，把你家翻得乱七八糟，然后拍拍屁股大摇大摆地走了，这种事更让人生气！所以阿比绝对不是要把这匹从比斯利那里换回来的马重新换回给帕特·斯坦普，而是下定了决心，无论如何要从帕特·斯坦普手里赚来八美金。说来也巧，就好像命运安排好了似的，帕特·斯坦普早不来晚不来，偏偏我们去给阿比老婆买脱脂器这天来到了杰弗生镇！而且就驻扎在去杰弗生镇的那条马路边上！听到消息的阿比突然改了主意，他决定去找帕特·斯坦普。他摸着口袋里老婆交给他的买脱脂器的二十四美金六十八美分，决定要替约克纳帕塔法县贩马人报仇！让帕特·斯坦普看看约克纳帕塔法县马贩子的本事！

"我不记得那天我们是怎么知道帕特·斯坦普来杰弗生镇这个事情的，现在想起来，也许是我们在怀特里夫的商店门口休息时听说的，也许这一切都是老天爷安排的，不管怎么说，为了那八美金，我们决定去找帕特·斯坦普。因为这八美金，路上我们走得要多辛苦有多辛苦！为了给这两匹牲口省点力气（拉车的任务几乎都落到了骡子身上），走上坡路时阿比和我就从车上下来。阿比边走边没好气地骂，他骂帕特·斯坦普，骂赫曼·舒特，骂比斯利·坎普，骂休·米切尔；遇到下坡路时，害怕那匹骡子走不了那么快，一旦马车沿着马轭滑脱，就会出现两匹牲口背向而驰，像是一双配反了的袜子的状况。阿比找来一根粗一点的树枝，用它当棍子扳住马车的刹车，以防出现马车滑脱的状况。他一边扳着刹车一边把刚才骂的那几个人又骂了个遍。等我们好不容易到了那座叫三英里的小桥边，阿比把马车赶到路边的树林里，把骡子从马车上卸下来，然后交给我二十五美分，嘱咐我骑着骡子去杰弗生镇买十美分的硝石、五美分的柏油，再用剩下的钱买一个十号鱼钩，然后抓紧时间赶回来。

"就这样，我们没有直接去杰弗生镇，而是拐下大路去了帕特·斯坦普的宿营地。一路上那匹马几乎是被马车拖着来到帕特·斯坦普的营地的，到达营地时它已经嘴吐白沫，眼睛里满满透着杀气，和阿比眼睛里的神色差不多。到达营地前，阿比把买来的硝石揉进那匹马的牙床和胸部几处被铁丝划破的伤口里，然后在伤口外面涂了厚厚一层柏油，又小心地把买来的十号鱼钩戳进马的皮肤底下，鱼钩的另一端连着缰绳，只要稍稍紧紧缰绳，鱼钩就能戳着马。做完这些，我们直奔帕特·斯坦普歇脚的营地。中午的时候我们找到了他们，大车冲进去时,第一个从帐篷里出来的是那个和帕特·斯坦普合伙卖马的黑人,他一把抓住我们的马的笼头,好像生怕我们的大车撞坏他们的帐篷似的。接着,脑袋上斜扣着一顶奶油色斯坦森毡帽的帕特·斯坦普也从帐篷里出来了,毡帽几乎遮住了他的一只眼睛,从帽子底下露出来的那双眼睛像是新打的犁铧齿尖,里面寒光闪闪。他用两个拇指扣在腰带上,对阿比说:'看上去你这匹马脾气不太好。'

"'没错,'阿比说,'所以我才想把它卖了,随便给我点什么都行,我们现在只想安安全全地到家。'阿比这么做是对的。直截了当告诉帕特·斯坦普自己是来和他做生意的比等着帕特·斯坦普主动提出来要聪明得多!阿比想的是,既然帕特·斯坦普已经有五年没有见过这匹马了,那他肯定认不出这匹马!这和一个强盗不会认出五年前在自己胸前挂了一小会儿的廉价怀表一个道理!他也不是想结结实实地大赚帕特·斯坦普一笔,他想的是只要能从帕特·斯坦普手里拿回相当于八美金的东西就足够了,对他来说,这可不仅仅是八美金那么简单,而是代表着约克纳帕塔法县所有马贩子的声誉和骄傲!他大老远地跑过来,绞尽脑汁想把那匹马卖给帕特·斯坦普并不是为了钱,而是为了荣誉!我相信他直截了当告诉帕特·斯坦普自己是来卖马的做法成功了,而且,到现在为止我还相信阿比给那匹马做的手脚蒙骗了帕特·斯坦普:他没有认出阿比牵到他面前的这匹马是自己五年前卖给赫曼·舒特的那匹马,而他之所以提出用两匹牲口换阿比的两匹牲口是因为用那两头骡子骗人是他一贯的伎俩。很快，黑人牵出两头骡子，帕特·斯坦普站在旁边，拇指还是扣在腰带上，嘴里嚼着烟草看着阿比。阿比当时看上去很绝望，他肯定意识到自己陷入了两难的境地，事情远没有他一开始想的那么简单。现在他要么两眼一闭孤注一掷地继续骗下去，要么乖乖认输，趁着自己那匹被扎了根鱼钩的马躺倒之前打道回府。帕特·斯坦普的做法让人见识了他的高明之处，如果他一开始就让阿比知道这是个不值得的交易，那阿比也许就不干了，可是没有，他的做法像是一个一流的强盗对付另一个一流强盗，当对方问他把保险箱藏在哪儿的时候，他做的只是直截了当地拒绝。

"'我那头骡子挺好，我不想卖掉它。'阿比说，'我只想卖掉自己这匹马，我用这匹马和你换头骡子怎么样？'

"'谁会想要匹野马?!'帕特·斯坦普说，'不过也不一定，只要价格合适，我愿意买。不管怎么说，只要牲口能走路就没啥大不了的。不如这样，因为我不想要你这匹马，只想要你那匹骡子，可是你又不肯卖骡子。所以我想了个办法，我这里有两头骡子，这两头骡子干活儿拉车很配合，所以我打算用它们换你的马和骡子。'

"'但是这样一来，你不是又得到了一对牲口吗？'阿比说。

"'账不是那么算的！'帕特·斯坦普说，'按对出售可以要高价，通常比单个卖出去的价格总和高出三倍还多，你这对牲

口到我手里能卖个好价钱，比单个换你一匹马赚钱。如果你不同意，坚持用你的马和我换一头骡子，那我建议你去别的地方试试。'

"于是阿比要求看斯坦普的那对骡子：两头牲口看上去很正常，既不特别好也不特别坏。其实要我看两头骡子单看都不如阿比的骡子看着老实，可是事情往往是，如果你把两头骡子放在一起，肯定比一头骡子看着顺眼。就这样，阿比着了帕特·斯坦普的道儿，可以说从他听到休·米切尔告诉他那件事情起他就开始倒霉了，帕坦·斯坦普也一样，从他在帐篷外面看到我们的马的第一眼起就不想要那匹马。当阿比过去检查那两头骡子时，帕特·斯坦普嘴里嚼着烟草，两只大拇指勾着腰带，倚在我们那辆大车旁边看着阿比。我都看出来阿比肯定要同意换了，他似乎根本没办法拒绝，只能说：'好吧，就按你说的来。'他以为他不过是踏入了一条春天的河流，却不承想他踏入的是一条流沙河。

"黑鬼帮我们给那两头骡子套上马车。我们赶着马车离开帕特·斯坦普的营地，往镇子走去。这时候那两头骡子看着还挺正常的。我当时还想：阿比终于走出了帕特·斯坦普给他设下的陷阱。当我们上了大路，已经看不到帕特·斯坦普的帐篷时，阿比的脸色看着舒展多了，脸上一副他坐在他们家篱笆上对前来看他的马的那些人说自己有多喜欢这马的表情；不过，我们还是不敢太放松，依然小心翼翼地感觉着这两头骡子的拉车本领。没多久我们就到达了目的地——杰弗生镇，说实话一路上我们还真没有多少时间享受被那两头骡子拉着坐在车上的感觉，不过我们并不着急，因为回去的路上有大把时间。'上帝！'阿比说，'只要这两头骡子能平安到家，就等于把那八美金赚回来了！帕特·斯坦普就等着倒霉吧！'

"那黑人算得上是一个艺术家！这一点我可以对天发誓！因为经他捯饬过后，那两头骡子看上去再正常不过，和你在大路上看到的上百头拉大车的骡子没啥区别！我们当时的位置离杰弗生镇很近，路程短，没机会看出这两头骡子的脚力，但后来我意识到当时不是没有端倪，因为两头骡子起步时就有点不对劲。先迈腿的那只骡子一个劲儿地甩脑袋，好像要挣脱它脖子上的项带，另一头骡子也是脑袋甩来甩去。等我们上了大路，其中一头骡子突然像和谁闹别扭似的，不往前走了，而是努着劲儿，似乎想横过来，转过身往回走，要跃上马车。帕特·斯坦普刚告诉我们这两头骡子是很配合的一对，要我看，这两头骡子都有一个共同点，那就是不知道对方什么时候开始迈腿走。阿比对着两头骡子一顿猛抽，两头骡子看着老实了些，继续往前走去，可是当我们翻过山头，马上就要到杰弗生镇的时候，两头骡子突然全身出汗，情况和比斯利的马在怀特里夫桥突然出汗一样。当时我们也没特别担心，毕竟，那天的天气太热了，骡子出汗也正常！又走了没多久，天突然变了，似乎要下雨的样子，放眼望去，西南方向的天空上覆盖着一块特别厚的云，我的心顿时提了上来，害怕我们还没到家，甚至还没走到怀特里夫桥那儿雨就得下来。走到一条上坡路时，马车突然在半路上停住了，接着开始往下出溜。我一看，那两头骡子横了过来，脑袋对着脑袋，眼睛瞪着对方，阿比也瞪起了眼睛，挥起鞭子猛抽那两头骡子，一直抽到它们扭过头去重新上路才罢手。看到两头骡子不再顶牛，我心里踏实了些：两头骡子给人的感觉好像它们第一次那么配合，或者说自打阿比买下它们后这两头骡子第一次看上去是那么配合！我们的马车像蟑螂爬过排水管一样爬完坡进入杰弗生镇，走到广场时，阿比赶着骡子，嘴里不停地嚷着：'见鬼！让开！'，逼得广场的人群纷纷尖叫着散开，给我们让出一条路。终于，阿比冲出人群，把那两头骡子赶到凯恩商店后面的一条小巷里，结果在巷口马车被另一辆马车卡住了，最后还是在别人的帮助下我们才把两辆马车分开，把马车赶到凯恩商店的后门，缰绳拴在商店门口的一根柱子上。阿比拴牲口的时候，不时有人围上来，打量那两头骡子，嘴里说着：'这是帕特·斯坦普的那两头骡子！'阿比听到后，脸上露出紧张的表情，他喘着粗气催促我说：'快点！买到脱脂器我们马上离开这里！'

"我们走进凯恩的农机商店，拿出阿比老婆一大早包在破布里的那二十四美元六十八美分，递给凯恩。凯恩收钱后交给我们一台脱脂器，我们抱着脱脂器准备离开，可是刚迈出商店门槛就发现事情有些不对劲：巷子里站满了人，比我们离开时至少多了两三倍。我想，怎么一下子来了这么多马车和人？当时的场面就像看图回答问题之类的画，画里画满了人和马车，画底下印着一行字'请问：从这幅画能看出什么问题？'阿比手里抱着脱脂器出来后看见这么多人，立刻往阳台边儿跑去，一边跑一边嚷：'见鬼！见鬼！'等到他冲到阳台边缘往下看时，发现马车还在，骡子也在，只是它们不是站着，而是躺在地上。进来前阿比把它们拴在柱子上，用一根绳子把两头骡子的嘴嚼子串在一起，现在两头骡子扬着脑袋，眼睛突出，舌头伸着，脖子抻得有四英尺长，腿蜷着，像一对吊起来的兔子。阿比急了，从阳台上跳了下去，掏出口袋里的刀子割断绳子，骡子掉在地上。说实话那个黑人真是个艺术家，他让骡子们不早不晚，正好到了广场以后才发作。

"阿比领着我来到凯恩农机店后门的一个角落里，他脸色苍白，哆哆嗦嗦地从口袋里掏出六个钢镚儿给我，颤抖着声音说：'你去道客·皮伯迪的店里给我买一瓶威士忌来，快去！'我觉得他吓坏了，不知道如何是好，摆在他面前的已经不是陷阱，而是旋涡，他没有选择，只能跳下去。我买回酒后，阿比两口就喝干了那一品脱威士忌，然后把酒瓶像放鸡蛋似的轻轻放在地上，领着我走到马车跟前，把脱脂器放在马车上，小心地赶着马车上路了。我们离开时，周围的人还是不停地说着那是帕特·斯坦普的骡子这样的话。出了杰弗生镇，阿比的脸不那么苍白了，有了些红晕。乌云遮住了太阳，阿比似乎没有注意到天气可能会变化,我们也一直没有吃饭(我猜阿比也早忘了这事),便直奔帕特·斯坦普的营地。到了帕特·斯坦普的营地后,帕特·斯坦普还和以前一样站在原处,似乎根本就没有离开过,他的头上斜扣着那顶斯坦森牌子的帽子,两只大拇指还是钩着他的腰带,站在用绳索围绕的场地的出口处。阿比坐在车上,两只手微微发抖。那两头骡子低着脑袋,八条腿撑开站在地上,嘴里发出的喘气声粗得像锯木厂的锯子发出的声音。阿比对帕特·斯坦普说:'我要我的那对牲口。'

"'这是怎么了!?'帕特·斯坦普说,'你可别告诉我你降服不了这两头骡子,它们看上去不挺好的嘛!'

"'就算是吧!'阿比说,'可是我想把我原来那对牲口要回来。我只有四块钱了,都给你,你把我的那对牲口还给我!'

"'我这会儿去哪儿找你的牲口?!'帕特·斯坦普说,'我不是说过吗?我不想要你那匹马,我已经把它卖了!'

"阿比停了一会儿说:'可是你不是还有我的骡子吗?没问题,我只想拿回我的骡子。'天气已经有了些凉意,一阵风刮了过来,有点要下雨的意思。

"'你想怎么个拿法?'斯坦普说,'拿那一对骡子换回你的骡子吗?'阿比当然不想用两头骡子换一头骡子,他绝望地坐在车上,眼睛都直了。帕特·斯坦普站在大门口,看着阿比说:'还是算了吧,你的骡子是这三头骡子里最好的,即便你拿两头骡子换我也不换。'说完他往地上吐了口唾沫,接着说,'不

如这样，我再找匹马来，和你的骡子凑成一对做这笔买卖，你想看一下那匹马吗？'

"'好的，'阿比说，'多少钱？'

"'你不想先看一下那匹马再做决定吗？'斯坦普说。

"'好吧。'阿比说。很快，黑人马夫把阿比那头骡子和另外一匹深棕色的马匹牵到阿比面前。那天是阴天，云层很厚，遮住了太阳，可是不知怎么那匹马浑身亮闪闪的，看着也比比斯利的那匹马大很多，给人一种胖乎乎的感觉；但它的胖不像马的胖，倒像是猪的胖，一直到耳朵都是胖的，身体紧绷绷地看着像面鼓；它是那么胖，胖得好像走路都费劲，但又给人一种轻飘飘的感觉。'这马太胖了，耐力肯定不行，'阿比说，'指着它我回不了村子。'

"'我也这么认为，所以我想卖掉它！'斯坦普说。

"'好吧，'阿比说，'你让我先骑一下试试这马怎么样。'阿比从马车上下来。

"'你想骑上去试试？'阿比没有回答，只是从马车上下来，走到那匹马跟前。他走起路来也是轻飘飘的，像那匹马。那马戴上了辔头，阿比从黑鬼手里接过绳子，准备上马。'等一下！'帕特·斯坦普说，'你想干什么？'

"'我得骑上它试试，'阿比说，'我和你做过生意。'帕特·斯坦普盯着阿比看了一分钟，往地上啐了口唾沫，退一步说：'没问题。'又对黑人说，'吉米！你过来扶他上马！'黑人走过来，把阿比扶上马。阿比刚坐上去，那马（前面后面都是圆的，圆得像一枚爱尔兰土豆）像通了电似的一撂蹄子，阿比被重重甩到地上。站起来后他又一次坐到马上，但再一次被甩了下来，而且，这一次是脸着地摔倒在地上。阿比不甘心，从地上起来后继续抓着缰绳往马身上跳，就好像他等着这匹马把他狠狠摔到地上，就好像他根本不在乎被这匹马狠狠摔到地上，就好像他觉得自己的骨头和肉足够坚硬，而且，他拼上命也要制服它。帕特·斯坦普上来阻拦，说：'你不想活了吗？'

"'这马多少钱？'阿比说，'我要了。'

"'钱的事我们到帐篷里去说。'斯坦普说。

"我在马车上等阿比的时候天突然刮起了大风，我们出来时没有带衣服。马车里倒是有一个麻袋，那是临出门时阿比老婆放到车上让我们包脱脂器用的。正在我用麻袋包脱脂器的时候，黑人掀开门帘从帐篷里走出来，借着闪出的帘缝我看见帐篷里阿比正在举着瓶子往嘴里灌酒。过了一会儿，那个黑人牵来一辆马车。阿比和斯坦普也从帐篷里走了出来。阿比来到我们的马车前，把包在麻袋里的脱脂器拿出来，放在黑人刚才牵来的那辆马车上，然后和斯坦普坐上去，赶着马车往镇子方向去了，从始至终他没有看我一眼。他们走后，黑人对我说：'路上可能会下雨。'

"'嗯。'我说。

"'你先简单吃点，就当吃午饭，他们还要等一会儿才回来。饭我放在炉子上。'他说。

"'我不吃。'我说。后来黑人自己回帐篷去了,我一直坐在马车上等着阿比。天气看上去要下雨的样子。我现在还记得,我当时还想着一旦下雨我可以用车上剩下的麻袋挡挡雨。阿比和斯坦普回来了,阿比还是没有看我,径直和斯坦普进了帐篷。透过帘子缝儿我又看到阿比用嘴对着瓶子灌了一口酒,然后把酒瓶裹进怀里。这工夫黑人把我们的骡子还有那匹刚买的马牵了出来,并帮着套好马车。阿比从帐篷里出来,帕特·斯坦普和黑人扶着他上了马车。

"'还是让跟着你的这个男娃儿赶车吧!'斯坦普说。

"'我赶!'阿比说,'也许我做生意不如你,但赶车我还是行的。'

"'噢,'斯坦普说,'那匹马会让你吃惊的。'"

"那匹马确实让我们吃了一惊。"拉特利夫说完无声地笑了,这好像是他讲了这么长时间第一次笑。虽然夜色里周围那几个人很难看清楚他脸上的表情,但他们完全可以凭想象猜到拉特利夫说话时的样子:被太阳晒黑的脸庞上透着机灵劲儿,那张脸常常挂着微笑。他身上的蓝色衬衫虽然已经洗得褪了色,但很干净。和乔迪一样,拉特利夫身上也有一种单身汉的气质,但他的气质和乔迪身上的那种单身汉气质还不太一样。拉特利夫像生活在二十世纪修道院里主动选择独身生活的修士,他们清心寡欲,心甘情愿隐身在修道院里,像个园丁那样一辈子修剪葡萄藤,或者干一些其他的杂活儿。"那匹马令我们吃惊,我们走了还没一英里,大雨就下来了,我们坐在车上,头上顶着麻袋,眼睛看着拉车的那匹马和骡子继续在雨里走了两个小时。那匹马看上去是那么胖,胖得似乎连蹄子落在地上都看不到,而且每走一会儿都要打个趔趄,就像阿比第一次骑它的时候要摔倒一样。阿比躺在马车上,任凭豆大的雨点打在他的脸上和身上。我坐在赶车的位子上,眼睁睁看着那匹毛色闪亮的马身上的颜色从黑色变成了枣红色。虽然我当时只有八岁,但跟着阿比见过不少马,可是这样的景象还是第一次见。正好我们刚刚走到一处谷仓附近,我赶忙把马车赶进谷仓的屋檐底下,然后叫醒被雨水打得湿透的阿比。阿比半梦半醒地问我:'怎么了?发生了什么事?'

"我指着马说:'你看!它身上的颜色变了!'

"阿比也呆住了,我们两个赶紧从马车上下来,阿比惊得眼珠子差点掉下来,因为站在他眼前的是一匹胖胖的枣红马,而他在车上睡着前拉车的还是一匹黑马。他仿佛不相信自己的眼睛似的伸出手去抓缰绳,同时身体也靠过去,摆出他在斯坦普的营地试这匹马时的架势。可是那马却突然一个转身朝我身后的墙撞去,我一闪身躲开了,一股风吹过,把我的头发都吹得立了起来。随后空气里有类似于自行车轮胎被钉子扎破的"哧"声传来,紧接着,这匹从帕特·斯坦普手里买来的黑马仿佛消失了似的,而在它原先站立的地方,出现了我们的那匹马——阿比两个星期以前用一个破犁架和一盘旧石磨从比斯利手里换回来的那匹枣红马!也就是我们一大早准备赶到杰弗生镇卖掉的那匹马!就连阿比放在马皮肤里的那个鱼钩都还在——只是这一次挪了个地方,鱼钩上的钩子曾经被阿比掰弯过,现在还跟原先一样,至于黑人给那匹马打气的阀门,阿比第二天早晨才找到,就藏在那匹马左肩胛骨的皮肤底下——一个即便做了二十年的马夫也不会注意到的地方。

"直到第二天早晨我和阿比才回到村子,太阳已经升得老高了,我爸爸在阿比家里等着我们,他看起来很生气。阿比老婆(她和我爸爸一样,一晚上没睡觉等着我们)站在门口,一见到阿比就问:'我的脱脂器呢?'阿比告诉她说自己稀里糊涂地用它换马了,阿比老婆立刻哭了。我经常去阿比家玩,也常常看见她,但是看到她哭还是第一次。她痛哭的样子让人觉得她似乎这辈子从来没有哭过,所以一次哭个痛快,她裹在一件松松垮垮的旧衣服里,也不遮掩哭相,一边哭一边骂:'你个傻瓜!傻瓜!你贩什么马?!贩什么马?!'

"我被爸爸一路拽着回了家,到家后我告诉他昨天发生了什么,他听完后立刻不生气了,不仅不生气,还抱着我亲个没完。中午的时候我又去找阿比,他坐在他家的围栏上面,我爬了上去,坐在他身旁。围场里空空荡荡,骡子没了!从比斯利那里换回来的那匹马也没了!我们两个都不说话,过了一会儿阿比说:'你吃早饭了?'我说吃了,他说:'我还没吃呢。'我们跳下围栏去了阿比的家,阿比老婆不在家,看到此我已经猜到了八九分。我甚至能想到早晨发生了什么:阿比坐在今天早晨我看见他的地方,眼睁睁看着自己的老婆(头戴一顶遮阳帽,身披披肩,手上戴着手套)从山坡上下来走进他们家的露天马圈,给骡子安上鞍子,给比斯利的马拴上缰绳,然后自己骑上骡子,牵着从比斯利那里换回来的马离开了家。阿比一脸为难地坐在围栏上,好像不知道自己要不要过去帮他老婆。

"阿比不会做饭,那天又是我帮阿比做的饭。看天色已经过了吃早饭的时间,所以我多做了些饭,就当早饭午饭一起吃了。吃完饭后还是我洗盘子,洗完后我跟着阿比去了围场。大犁铧还躺在地里,但是已经没有拉犁的牲口了,阿比说想去问安斯老头借头牲口,但最终没去,我想他也可能意识到这时候去问安斯借牲口无异于问响尾蛇借它那个能发出声音的尾巴。可能他也觉得从昨天到今天发生的事情够让他受刺激了。我们俩坐在栏杆上,看着空荡荡的围场。说实话以前我从来没觉得那个围场有多大,有的时候里面出现一匹马都会觉得围场变得拥挤好多,可是那天围场给人的感觉特别大,像是有整个得克萨斯州那么大!阿比蹭着滑下栏杆,穿过围场,往他们家马棚旁边那个看上去歪歪斜斜连屋顶都没有的小屋走去。'下次我换一匹母马回来,等它生一群小马后我再修一下这间小屋,把小马和骡子放在这里。'他说。后来我跟着阿比重新坐到围栏上，等着。半下午的时候，从大路那边过来一辆马车，赶车的是克里夫·欧德姆，他旁边坐着阿比老婆，车直接向阿比家的围场驶去。'她没有把脱脂器要回来。'阿比说，'帕特·斯坦普哪那么容易答应还给她。'我们走过去，来到牲口棚后面悄悄看他们怎么弄，只见克里夫把马车倒着退到牲口棚门口的土堆前，阿比老婆从马车上下来，一边走一边摘下披肩和手套，走进牲口棚里。不一会儿她牵着牛出来了，看到她出来，克里夫说：'你来帮我抓住这对牲口，我把牛推到车上。'但是阿比老婆直接牵着牛上了土堆，不等克里夫反应过来，她已经肩扛手推顶着牛的屁股把牛推进了车里。克里夫把马车板子固定好，阿比老婆穿戴好披肩和手套，两个人上了马车，重新往杰弗生镇驶去。

"那天下午还是我帮阿比做的饭，做完饭后我就回家了，回到家太阳已经落山了。第二天早晨我又去了，这一次我带了一桶牛奶，阿比在厨房里做早饭，看到我手里的牛奶后说：'我很高兴你能想到给我们带桶牛奶，我昨天还想和你说，能不能借我点牛奶。'我看见阿比在给他自己做早饭，看来他没有指望她能早点回来，因为光去一趟就要二十八英里，无论如何二十四小时内不能走两个来回。终于，我们听到了马车进院门的声音，阿比老婆从马车上下来，我们看到她抱着台脱脂器，踢踢踏踏地向屋子走来。我们赶紧从厨房出来跑去牲口棚查看，阿比对我说：'你把那桶牛奶放在她能看到的地方了，是吗？'

"'是的,先生。'我说。

"'她很可能去穿衣服了,'阿比说,'我要是早做早饭就好了。'没多久,我就听到了脱脂器转动的声音,声音高得不得了,就好像眨眼的工夫就可以给一加仑的牛奶脱脂。过了一会儿,脱脂器的声音停下了。'可惜她只有一加仑的牛奶,要是再多点就好了!'阿比说。

"'我明天早晨可以再带桶牛奶来!'我说。但是阿比好像没有听见这句话,他看着房子说:'要不你现在去屋子里看看?'我就去了。进屋后我看见桌上放着两个盘子,阿比老婆正在把阿比做的早饭往盘子里盛。我以为她没看见我,直到她转过身,把两个盘子朝我伸过来,我才知道我一进屋她就知道了。她的脸色不像昨天那么难看了,人看上去平静了很多。

"'你多吃点!'她说,'不过别在屋里吃!我很忙,不想看到你在这里碍事儿。'于是我把盘子端出屋子,和阿比坐在围栏上吃了那天的早饭。很快我们又听到了脱脂器的响声。当时我以为脱脂器可以一遍遍地响个不停,我猜阿比也不知道。

"'凯恩肯定教她怎么使那玩意儿了,'阿比一边吃一边说,'可是看起来她只是想一遍一遍地开着那玩意儿!'声音终于停下了,阿比老婆出现在门口,她让我们吃完了把盘子拿回来,说她要洗,我把两个盘子放在门口的台阶上,然后跑回去和阿比重新在围栏上坐下。这会儿看阿比家的围场,感觉空荡荡的一片!空旷得像是有得克萨斯州和堪萨斯州两个州加起来那么大！阿比说：'我猜她赶到帕特·斯坦普的帐篷里，对他们说，这是你们的骡子，请还给我我的脱脂器，快点，因为我还要赶着回家去！'那脱脂器响了一下午。晚上的时候，阿比带着我去找安斯老头，我们想借他的骡子使，好把地里剩下的那点活儿干完，安斯老头不但不借，还把我们臭骂了一顿。等到我们回来，在阿比家门口的阳台上坐下，脱脂器还在响，声音和以前一样，高得不得了，就好像里面的牛奶都飞了出来，就好像它才不管那点儿牛奶被脱了一遍脂还是脱了一百遍脂。'又开始了，'阿比对我说，'明天别忘了拿牛奶过来。'

"'不会忘的，先生。'我说。我们听着那脱脂器的响声，那时候他说话不像现在这么刻薄。"这下她可找到乐子了。"他说。

3

拉特利夫让马车停下，自己坐在车上，居高临下地看着眼前那扇破破烂烂的门板——九天前乔迪和他一样，也是坐在马上看着眼前这座屋子——院子里长满了荒草，从外观看，屋子一副风吹雨淋的破败模样——从屋里传出两个女人的说话声，声音虽然高，但声调没有起伏，所以应该不是在吵架，而是在交谈。两个女人说话的节奏不紧不慢，因为隔着一段距离，拉特利夫听不清她们在说什么。那声音像是从两只大鸟嘴里发出来的，和人类语言无关，好像一个已经灭绝的物种曾经在这荒僻之地定居过，现在，属于这一物种的仅剩的两个幸存者试图用争吵打破这片像是沙漠或沼泽地的荒凉孤寂。拉特利夫喊了一声，说话声立刻消失了，过了一会儿，两个模样相像的女孩儿出现在门口，一声不吭地看着拉特利夫，壮硕的身材让人想到两只刚成年的母牛。

"早晨好，两位女士，"拉特利夫说，"请问令尊在家吗？"

两个女孩儿没有说话，拉特利夫不由得怀疑她们是否还有呼吸，不过他知道，她们肯定是有呼吸的，她们必须呼吸。那两具身材比例严重不协调的壮硕身体在给人以压迫感的同时还在向世人证明她们是健康的，是需要空气的，而且，需要的不是一星半点。拉特利夫看着两个女孩儿，脑子里闪过一幅画面：两头正值壮年的母牛站在及膝的池塘里，池塘里的水如溪水般清澈，轻盈得仿佛空气，两只母牛把脑袋伸进水里，只轻轻一吸，池塘里的水立刻消失得干干净净，暴露出一团团聚集在牛蹄子周围惊慌失措地生活在泥淖里的小生物。停了片刻，两个女孩儿像排练过的合唱团团员似的异口同声地说道："他去地里了。"

那是肯定的，拉特利夫想，离开的时候他还在想，去找他做什么呢？难道就是因为他不相信这个叫阿比的男人会有两头骡子？他刚才进来的时候已经看见了一头骡子，看见它懒洋洋地站在离屋子不远的围场里，至于另一头骡子，这会儿它应该被拴在离这间屋子有八英里远的瓦尔纳家商店后面的一棵树上，因为他离开那里才三个小时。他在法国人湾已经待了六天了，每天一大早，他看着瓦尔纳新雇来的伙计骑着那匹骡子来到店门前，然后把骡子拴好。他吆喝马车停下，静静地想了一会儿，上帝！他想，这对那家人来说可不就是一种发家方式！是斯诺普斯家族等了二十三年才等到的发家方式，而且，这种发家方式是当地人从来没有实践过的，也不是帕特·斯坦普那样的赚钱方式。他来到地头，看到两头骡子拉着犁走在前头，一个小个子笨拙地跟在后面，粗声粗气地驱赶着牲口。他没有细想便认出那两头骡子是瓦尔纳家的。他脑子里念头闪过，至少一个星期前它们曾经还是威尔·瓦尔纳的，但他很快纠正自己道，不是曾经，它们应该还是瓦尔纳的骡子。上帝！他比自己想象中干得还要漂亮！那个叫弗莱姆的家伙刚去商店工作没几天，就已经给家里弄来了两头骡子！

拉特利夫把马停在围栏跟前的工夫，两头骡子已经拖着犁铧走到了地那头儿，开始掉头往回走。阿比不停地拽着缰绳，两头骡子在主人的蛮力驱赶下摇头晃脑走得十分艰难。拉特利夫静静地看着，想，这人和以前一样，以前他也是这样对待马和骡子的，说话前先揍它们几下，就好像这些供他驱使的牲口会对他造成某种威胁似的。虽然阿比没有打招呼，但拉特利夫知道对方肯定看见并认出了自己。这时骡子已经完全转过身，冲着拉特利夫的方向走来。两头牲口惊慌地倒腾着瘦成麻秆儿似的腿和比鹿脚大不了多少的蹄子，它们身后，光滑的犁铧刀刃划过土地表层，露出里层黑油油的土地。拉特利夫看见斯诺普斯往自己这边看来，他已经可以清晰地看到对方那双眼睛——隐藏在又长又乱的眉毛底下，闪着冷酷神色的一双眼睛。八年了，他还是能记得那眼睛里透出的神色，他的眼神没有变化，唯一有变化的是眉毛，它们变白了。阿比走到拉特利夫跟前，再一次野蛮地指挥骡子掉过头去，然后放倒手里的犁铧，停下问拉特利夫："你来干什么？"

"听说你在这儿，路过打个招呼，我们好长时间没见面了，有八年了吧？"

阿比"哼"了一声，说："你没变，看上去还是奶油小生。"

"当然有变化，"拉特利夫说，"如果是说嘴皮子，那还是变了点。"拉特利夫把手伸到座位的垫子下面，从里面拿出一个酒瓶，"从麦卡拉姆那儿拿的，我把他最好的酒给你带来了。"说完把酒瓶往前一伸，"给，这酒可是他上个星期才酿出来的！"阿比朝他走了过来，在距离五英尺远的地方站住了。隔着一道围栏，拉特利夫看到了阿比那高耸的眉骨、杂乱的眉毛和一双闪闪发光的眼睛。

"要给我吗？"

"当然！"拉特利夫说，"快拿着！"

阿比没有动："为啥？"

"不为啥！"拉特利夫说，"给你带瓶酒尝尝，这酒不错！"

阿比走过来，接过酒，说："留着晚上回家喝，我已经改掉了在太阳底下喝酒的习惯。"

也许是他不再盯着拉特利夫看的原因,拉特利夫感觉刚才那种不友好的气氛似乎消失了。

"在雨中喝怎么样?"拉特利夫说。阿比还是不看拉特利夫,手里抓着酒瓶子站在原地,那张皱皱巴巴的五官拧在一起的脸上没有任何变化。

"你应该能在这里待下来,"拉特利夫说,"这块地不错,弗莱姆也在商店里找到了活儿干,他看上去干得不错,是个卖货的好手。"阿比摇晃了几下酒瓶,然后高高举起,似乎在检查里面有没有气泡。"我希望你能在这个村子待住。"拉特利夫继续说。话音刚落,他便再一次从阿比眼里看见了那种眼神——某种带着凶狠、倔强和冷酷的眼神。

"这和你有什么关系?"

"没关系。"拉特利夫客客气气地说。阿比弯下腰把酒瓶放在篱笆旁边的一堆野草里,抬手扶起犁铧说:"你去我家,让我家里的给你做点吃的,吃完了再走。"

"不去了,"拉特利夫说,"我得赶紧回镇上去。"

"随你。"阿比说完,把手里的缰绳往自己脖子上一套,然后狠狠一拽里面那根缰绳,两只骡子被拽得身子一偏,下意识地转过身去,一副还没有扬起蹄子就已经乱了阵脚的模样。

"谢谢你的酒。"阿比说。

"不谢。"拉特利夫说。他看着阿比推着犁铧的背影,心想，这人现在连句"再来家里坐坐"这样的客套话都不会说。他一扬手里的鞭子，冲着自己的两匹马说："驾！我的小白兔们！我们回镇子。"

第三章

1

星期一一早,新店员弗莱姆·斯诺普斯来瓦尔纳店里上班。他穿了一件白色衬衫,衬衫是新的,看起来还没有被浆洗过。可能做这件衬衫的布料在被裁成衣服前叠放在货架上太久,朝着太阳的一面已经被晒得变了颜色,而没被太阳晒到的一面还是白色的,所以衬衫一道明一道暗,明暗相间,折痕明显,像斑马身上的条纹。不光布料看着别扭,裁剪也好不到哪儿去,别说女人,就连拉特利夫(他并不是简单地推销,为了给顾客演示,他自己学会了怎么用缝纫机做衣服,他常和别人说他身上的蓝衬衫是他自己做的)都能看出来这衬衫是生手用针线手工缝制出来的。从上班第一天起,那个新来的店员就穿着这件白衬衫,接下来的几天他一直穿着它,到了那个星期六晚上下班的时候,那衬衫看着已经脏得不像样子。第二个星期一,新来的店员还是穿着一件白衬衫,不仅样式看上去和上个星期穿的那件一模一样，甚至连斑马条纹般的折痕都一样，这件衣服到了周六也脏了，而且脏的地儿都和上星期的那件衣服一样，就好像穿白衬衫的主人虽然来到了一个有自己固有规矩的地方工作，但他从上班第一天起就建立了自己的一套规矩，只是这个规矩不仅和这地方原来的规矩格格不入，而且也好不到哪里去。

他是骑着骡子来的，从马鞍子上看，骡子应该是瓦尔纳家的。他来的时候，拉特利夫和几个村民正在商店阳台上待着，新来的店员把骡子拴在树旁，从鞍子上解下一只锡桶拎着进了商店，自始至终都没有和阳台上的人说一句话，甚至都没有看他们一眼——也许他看了，但肯定是用外人不易察觉的方式偷偷看的。这新来的店员五短身材，年纪看起来三十岁不到（虽然看外表很难判断他的具体年龄），脸又宽又扁，脸上没有任何表情，嘴唇薄得像脸上开了一道缝，在这道缝的边缘处，也就是嘴角的地方挂着一点烟草汁儿；他的两只眼睛像两汪死水毫无生气，鼻子虽然小，但和其他五官特别不搭，鹰钩鼻头尖尖的，让人想到掠食动物的嘴脸，比如一只老鹰的喙。总之，如果把这张脸看成一座雕像的话，你会觉得最初设计这张脸的人（设计师或者工匠）虽然完成了其他五官，却独独漏掉了鼻子，于是鼻子的设计被交到了其他人手里。可是后来接活儿的人要不和最初设计这张脸的人在艺术上属于不同的流派，要不就是出于恶作剧的目的，给这张脸安了一个和其他五官特别不搭的鼻子。除此之外还有一个可能就是,制作它的人因为赶时间,匆匆忙忙往这张脸的中间安了一个奇怪的用来凑数的东西。

新来的店员手里提着那只小桶进了店里。拉特利夫和其余几个人或坐或蹲待在阳台,偶尔打量一眼村子,有时候也朝村外的野地看上几眼。田野上不时出现往这边过来的身影,有时是一个人,有时是两个人,有时是一群人,里面有男人、女人,也有孩子,他们是来买东西的,顺便看一眼新来的店员。他们很清楚自己来这里的目的,不是找碴儿,而是购买——购买面粉、专卖药、犁地用的绳索、烟草等东西——东西到手后便迅速离开,交钱时他们恳切地看着新来的店员,像是在田野里游荡的牛群,当放牛人出现在牧场上时它们只能听话。一个星期以前他们还从来没有听到过这个名字,可是以后的日子如果他们来店里买东西的话必须和这个新来的外乡人打交道。东西买到后村民很快就离开了,和他们来的时候一样突然。大约九点钟的时候,乔迪骑着枣红马出现了,下马后他直接进了店里。很快,从屋里传出乔迪的说话声,但新店员似乎很少说话,听上去大部分时间乔迪都像在自问自答。一般快到中午的时候,乔迪会从店里出来,骑着马离开,新来的店员并没有跟出来。到了中午吃午饭的时候,拉特利夫和阳台上的其他几个人陆陆续续离开了,想到早晨那人来时带着的那只锡桶,他们不由得猜测里面肯定装的是午饭。经过商店门口时,每个人都会有意无意地往里看一眼，看看对方是不是在吃饭，但是没有，他们没有看见他。也许是躲到后面去吃午饭了，他们这样猜想。拉特利夫一般会去距离商店只有大约一百码远的小约翰酒店吃饭，因为距离近，不到一点钟，他已经吃完饭重新回到商店门口。没过多久，其他人也回来了。剩下的时间，这几个人一直站在或蹲在商店门口东拉西扯，其间也有附近的村民来商店买东西，买的也都是不贵的东西，丢下五毛或者一分钱后就离开了。

新店员来了一个星期以后，不管是那些经常来商店里买东西的（他们过来看他是因为想到以后要买东西必须跟这个人打交道，所以一定跑过来看看），还是那些从来没有从瓦尔纳的商店买过东西未来也不会惠顾这家商店的村民都过来看过他，可以说村子里几乎所有的人都见过他了。这些人当中有男有女，也有孩子，还有那些自打出生后就没有被父母抱出来过的婴儿以及村子里那些因为年老体弱或者生病而很少出门的人——他们全是奔着新店员来的——有的人因为住得较远甚至赶着马车（马车上坐满了人）或者骑着牲口专门跑过来。其间拉特利夫一直没有离开村子，他的马车停放在小约翰酒店的围场里。马车上的音乐盒和那捆崭新的齿耙还是照原样摆放着。车辕的一块板子已经掉了下来，挂在马车上，那一对马因为长时间不拉车而显得烦躁不安。拉特利夫每天都会去商店外面的阳台上和村民们聊天。每天一大早，新来的店员骑着骡子

（骡子背上的马鞍显然是借的。店员身上还是穿着一件看着一天比一天脏的白衬衫，那个用来带饭的锡桶也是天天不落地系在马鞍上——虽然人们从来没见过他吃饭）来到商店门口，然后拴好骡子，用钥匙（在最初的那几天里，没人希望那把钥匙让那店员拿着）打开店门。这新来的店员从第一天起就来得很早，往往是拉特利夫他们来到商店时，已经看到他打开店门，等着顾客上门了。九点钟左右，乔迪会过来一趟，他心急火燎地从马上下来，沿着商店门前的台阶走上来。他也很少和拉特利夫他们拉话，只是冲着他们点点头便往店里走去。实际上除了新店员来的第一天乔迪在店里多待了一会儿，剩下的日子里每次来他在店里待不过十五分钟就走。拉特利夫和那几个村民站在阳台上，他们不是不想从这两人身上看出点门道来，但他们失望了。因为他们通常只能听到乔迪一个人的说话声，像是在自说自话。乔迪给新来的店员交代完毕，就嘬着牙花子离开了，新来的店员只送他到门口，等拉特利夫他们目送乔迪走远，转头往回一看，店门口已经空空如也，新来的店员早就回了店里。

终于，星期五的下午，瓦尔纳出现在商店门口。对于拉特利夫和那几个人来说，这些天他们似乎一直在等这一刻，想从瓦尔纳的身上看出点儿端倪来，但是很快他们发现事情和自己想的并不一样——似乎不是新来的店员没有搞明白他是为谁工作，而是瓦尔纳本人没搞明白谁在为谁工作。除了拉特利夫，

第一部分 弗莱姆

所有人都对这一发现感到惊诧。那天,瓦尔纳骑着他那匹肥肥胖胖的大白马过来,刚来到商店门口的台阶底下,立刻有人从阳台上站起来,冲下台阶,接过缰绳,扶他下马,然后再帮他拴好马。瓦尔纳来到阳台上,嘴里嚷着:"你们待在这里做什么?怎么不去干活儿?"所有的人都语气恭敬地和他打招呼,有两个人忙不迭地从满是刀子刻痕的板凳上站起来,让瓦尔纳过去坐。瓦尔纳没有理那两人,而是和大多数村民一样,一来先去商店门口,像火鸡似的抻着脖子朝里面喊道:"你,叫什么名字来着?弗莱姆?!你去给我拿罐烟草过来!你知道那东西放在哪儿!乔迪肯定交代过!"喊完后他走到刚才那两个人给他让出的座位上坐下,开始讲起了故事,无非是他如何在火车着火,烟都冒出来的情况下还能保持镇定自若的事迹。就在瓦尔纳讲得兴致勃勃的时候,新来的店员从商店里出来,来到瓦尔纳身边站下(他的脚步很轻,连拉特利夫都没听到),把手里的烟草递到他跟前。瓦尔纳接过烟草,从口袋里掏出刀子,切掉烟草的头儿,合上刀子,一条腿往前一伸,准备把合拢的刀子往自己的口袋里放,这时他才注意到新来的店员递给他烟草后还待在原地,没有走开。瓦尔纳抬起头问:"嗯?还有事儿吗?"

"您还没付钱。"新来的店员说。当时瓦尔纳一只手拿着刚切了头儿的烟草,另一只手正要把刚刚合拢的刀子往口袋里送,听到新来店员的话,他顿了一下,身体没有动,腿还是往前伸着。其他人也没有动,仿佛没听见似的,有的人眼睛看着瓦尔纳的手,有的人刚才看哪儿现在还看哪儿。"没付烟草的钱。"新来的店员又说了一句。

"噢,"瓦尔纳把刀子放进口袋里,从裤兜里掏出一个中等大小的紫色皮夹,打开皮夹,从里面掏出一枚五分镍币递给新来的店员。拉特利夫就坐在瓦尔纳旁边,他在纳闷自己刚才为什么没听到这个新来店员的脚步声,之后很快明白过来,那人穿了一双新鞋,一双橡胶底儿的网球鞋。"刚才说到哪儿了?"瓦尔纳说。

"那个家伙正要解开衣服扣子。"拉特利夫提醒道。

第二天拉特利夫就离开了。他总是忙忙碌碌,但并不单纯是为了赚钱养活自己。他在法国人湾可以从这家吃到那家,吃半年都不用掏一分钱。他有自己的行程安排,接下来的几个月,他从这个村子走到那个村子,把自己这两个星期的所见所闻(新鲜的消息)说给众人,这是他的习惯,也是他喜欢做的事情。等他再回到法国人湾已经是五个月以后,过去的五个月内,他的行程遍及临近四县。他给自己制定严格的行程,即使有所调整也是小范围调整,影响不到整个行程计划。他这么做已经十年了,只是在这四个县的范围内活动,从不过界。可是这个夏天和过去不太一样,有一天,他突然发现自己走到了田纳西州的地界儿,而且他发现,自己不仅仅是站到了异乡的土地上,还被一堵墙(金钱砌成的墙,由钱币堆积而成)隔开了自己对故乡的牵绊。

从这年的春天开始,一直到夏天,拉特利夫的生意好得仅仅用一个"好"字形容都不够。他卖出去很多台缝纫机,一天到晚除了销售就是送货。他的顾客都是庄稼人,和庄稼人做生意他有自己的一套——先收一点定金,等庄稼收割完毕后再问他们要剩下的款项,当然,买他货的庄稼人得给他打张欠条。他把收到的定金加上手头的闲钱(多半是靠出售从别人手里换回来的货物赚到的一点钱)作为定金付给孟菲斯那个和他做生意的缝纫机批发商,以此买进更多台机器,然后再卖出,收回来的仍旧是一点定金以及庄稼人打给他的买卖双方都必须签字的欠条。他以这样的方式买进卖出,直到有一天他发现自己的生意看似顺风顺水,但稍有闪失,就可能资不抵债。这时候那个和他打交道的批发商开始催着问他要钱,要他至少交给自己(批发商)所欠款项(已经超出付款期限,每张欠条都是二十美金)的一半。拉特利夫赶紧找那些买他缝纫机的庄稼人催要欠款,虽然他心里很着急,心里也把账算得很仔细,但和买家要钱时态度和善、说话风趣,并不是一副火急火燎催逼着要债的样子。因为还不是棉花收获的季节(棉桃刚刚开花,要过上几个月庄稼人才能把地里的棉花变现成钱),所以他只收到了几块钱和一副用过的大车挽具、八只来杭鸡。这一趟他找了欠自己钱的十二户人家(需还批发商约一百二十美金),到第十二户人家(那人是他的一个远房亲戚)时,听其他村民说,他这个亲戚一周前带着几只骡子离开了,说是去田纳西州哥伦比亚县的一个专门买卖骡子的路边市场卖骡子了。

拉特利夫赶紧赶着马车(车上还放着那副大车挽具和那几只来杭鸡)去追赶自己的亲戚。他想趁着亲戚被忽悠着用卖骡子的钱买别人的骡子之前把对方欠自己的钱要回来,他甚至还想,自己也许可以问亲戚借点钱,好还欠批发商的那一百二十美金。四天以后他到达哥伦比亚县,初到异乡,免不了事事感觉新奇,在寻找亲戚的那几天里,他觉得自己就像一个无意中闯入非洲某个人迹罕至的山谷中的白人猎人。第一次来到这里,看到那些原始美景和堆满了山谷的象牙,兴奋不已,大开杀戒,恨不得把所有的东西攫为己有。在哥伦比亚县四天不到,他已经卖了三台缝纫机,之后的一个月里,他总共卖了八台缝纫机,拿到了八十美元的定金。他用这八十美元和车上那副挽具以及八只来杭鸡在当地换了一头骡子,然后把骡子赶到孟菲斯附近的一个路边集市上卖了一百三十五美金,从中拿出一百二十美金给了那个缝纫机批发商,要回了以前在密西西比州时打给对方的全部欠条。然后,他重新给那人打了欠条,在收获季节带着两美金五十三美分现金和十二张欠条(每张欠条金额是二十美金,还款日期为收上来的棉花被去掉棉籽卖出去后的那几天)回到了自己在杰弗生镇的家。

十一月他又去了趟法国人湾,村子已经恢复了昔日的宁静,村民似乎习惯了新来的店员,但他们心里并没有把那人当成自己人来看。只有瓦尔纳家看起来彻彻底底接受了这个新来的店员，比如说新店员刚开始上班时，乔迪每天都要抽时间来店里转转，其他时间即使不在店里，也不会走得太远，可现在，他几乎一连几个月都不来店里一趟。以前顾客来店里买东西，都是自己去取，交钱时只需自己把钱放在那个原来盛雪茄的盒子里（雪茄盒被一个原来用来放奶酪的笼子罩在中间）就行，可是现在不一样了，不管多么小的一笔买卖他们都要和那个新来的店员交接，可是两个月以前他们连这个人的名字都没听说过。新来的店员多半时候仅仅用"是"或者"不是"回答他们的问询，而且，他说话时从不看人，更别说认认真真地盯着你的脸仔细看看，好把你的名字和脸对起来——可能他从来就没有想过记每个人的名字。可是有一样，凡是涉及钱，这人从来没有出过差错。以前乔迪照看店里时可是常常出错，尽管这些错误不一定是坏事，因为买东西的村民虽然有时候多拿了一个线轴辘或者一小盒鼻烟，但这些钱迟早也会赚回来。他们希望他出错，不过他们也知道他会看出来，然后语气和善地开玩笑把钱要回来。不光这些，乔迪还常常赊账给村民，这也是村民愿意的，因为他们急需食物或者农具时可以先从乔迪这里拿去用，虽然他们也知道等到他们还钱时乔迪肯定算上了利息，但是，不管那利息是否算在明面上，这种赊账的方式会让人觉得店家对顾客很大方、不吝啬。可是这个店员不同，他不赊账，也没算错过账。

"怎么会?!"拉特利夫说,"早晚有他算错账被抓住的时候!这方圆二十五英里内,从男人到女人再到孩子,没一个人不知道商店里那些东西的价格,他们比乔迪和瓦尔纳都清楚!"

"哈!我也没有瞎说。"说话的是奥德姆·布克莱特——一个小个子男人,短腿,眉毛黑黑的,人看上去很机灵。

"我就不信他从来没有算错过账,难道你们一次都没抓到过?"

"没有。但人们不喜欢这种做买卖的方式,因为没有人情味。"

"就是!"拉特利夫说,"没有人情味,把人搞得都不像人!"

"他来了后,商店现在也不给人赊账了!"开锯木厂的奎克说。奎克身材瘦长,圆圆的脑袋上没几根头发,因为近视人看上去有点儿迷瞪。他告诉拉特利夫:村里有个人常年在瓦尔纳的商店赊账,这样做至少十五年了,可是有一天弗莱姆告诉他说不再给他赊账了,瓦尔纳知道这件事后很生气,当天下午就骑着他那匹爱放屁的大白马来了,一进门就冲新来的店员喊:"这个商店谁说了算?"声音大得连对面铁匠铺里的人都听得一清二楚。

"问得好!商店又不是他的!"拉特利夫说。

"可是现在村子里的大部分人都觉得那个店是新来的那家伙说了算!"布克莱特说,"他现在就差搬进瓦尔纳家里住了!"

新来的店员虽然没有搬进瓦尔纳家里住,但是那年春天他就已经在村子里租房子住了下来。那是一个星期六的下午，有人注意到新店员这次似乎没有骑骡子来上班，因为那匹备了鞍子的骡子通常会拴在商店后面的树上，可是今天却没有看见。有几个人等在门口，想看看新来的店员下班后怎么走。到了晚上十点（星期六瓦尔纳商店通常晚上十点关门），新来的店员吹灭油灯，锁上店门，步行离开了商店。第二天清晨，他头戴一顶灰色帽子出现在村子的教堂里，这可是他头一次星期天出现在村子里！他身上还是平时的打扮：白衬衫、灰裤子，只是人们注意到在那件白衬衫的领口处多了一个黑色的领结——领结一看就是机器匝的，样子小巧，宽窄也就两英寸大小，用一个小小的金属别针固定在衬衫上。在法国人湾，除了瓦尔纳星期天去教堂时偶尔会戴领结外，其他村民从来不会戴领结。这么一来，新来的店员成了法国人湾除了瓦尔纳外唯一一个戴领结的人，从那个星期天起一直到他死的那一天，他每次出现在人前都戴着那种样式的领结（后来有人说起这件事，说他成为杰弗生镇银行行长后，找人做了很多这种领结放在家中——这副小小的领结似乎成了他的象征，邪恶、神秘、深不可测，像是一个解不开的谜，又似乎赋予了他某种权力和力量，使得他和别人不同）。那个星期天，在村民们的眼里，就连他身上的白衬衫（像是乔迪身上的白衬衫，显出与村民的不同）看着也让人不舒服，让人生气，所有人在那一天感觉到他似乎取代了乔迪，成了瓦尔纳身边的人。当天晚上村子里议论纷纷，很快，全村人都知道了新来的店员在星期六的晚上搬到距离商店一英里远的一户人家住下的事情。

瓦尔纳继续过他那种晃晃悠悠万事不操心的生活——这也是他的一贯作风。从那年七月四号以后，他就再也没有出现在商店里，进入农活不多死气沉沉的八月后，乔迪也很少来了，整个八月，除了等着棉花成熟，庄稼人几乎没什么事情可做。他们发现，不光是商店的领导权，就连商店归谁所有以及怎么赚钱这些事都落在了那个沉默寡言、一年四季穿一件脏兮兮的白衬衫、脖子上打着黑色领结的小个子店员身上。他像一只长着金色纤毛的大肚蜘蛛，在昏昏沉沉的八月里悄无声息地爬进屋子，潜伏在无人注意的散发着臭味的角落里，虽然无毒无害却贪得无厌什么都吃。

九月又发生了一件让村民们意想不到的事情。当时正是棉铃开花的季节，一天早晨，第一个到达商店的村民发现很久不来的乔迪出现在店里，锁了很长时间的轧花机房也打开了，铁匠特兰布尔和他的学徒以及负责在铁匠铺烧火的黑人男子在轧花机房里忙忙碌碌，忙着检查和开动机器——看样子瓦尔纳准备轧棉花了！又过了一会儿，新来的店员从商店里出来，穿过马路走进轧花机房，然后就再也没出来。事后人们回忆，当时的情形是这样的：那天下午，直到商店要关门时，人们才注意到乔迪一整天都待在店里。但是注意归注意，谁都没觉得这事儿有什么蹊跷，他们以为是乔迪让新来的店员去轧花机房监督工人们干活儿——乔迪常常犯懒,让别人去干他干的活儿,他自己则躲在商店里,假借照料商店的名义在商店里坐着歇脚。当村民们挨个儿把马车赶进轧花房,停在吸棉籽的管道下方时,新来的店员正坐在大秤后面的小凳子上帮村民们称棉花。这工夫乔迪一直待在店里,对着几分几毛的小钱扒拉来扒拉去。往年轧棉花的季节,轧花机房的活儿都归乔迪管,也就是说,往年轧棉花时,都是乔迪坐在称棉花的大秤后面,店里则空着,谁想买东西自己去拿就可以;如果乔迪觉得累了,他会找辆马车堵在大秤前面,不让其他马车卸货,他自己跑去商店里休息上个十五分钟(或者更长一点,四十五分钟)。这时候人们很少去店里买东西,大部分人都是在外面晃悠,等着乔迪,这种做法谁都不觉得有什么不妥,轧棉花时气氛融洽,人和人之间和和气气,所以,村民们对新来的店员去轧花机房这事儿有点想不通:难道就因为现在有了两个人,一个人就得留在店里,另外一个人跑来称棉花?为什么乔迪要把称棉花这事儿交给那个新来的家伙去做呢?想到这些,大家伙儿的心有些凉。

　　后来村民们和拉特利夫议论起这件事的时候,拉特利夫说:"我明白是什么让你觉得不舒服了。你们觉得应该是乔迪待在轧花机房才对。而且你们还想知道到底是谁告诉那个店员待在轧花机房的是吗?"他和布克莱特对望了一眼,说:"但愿不是瓦尔纳本人,那间轧花机房和商店已经被瓦尔纳家经营了四十年,现在突然来了这个人,还能让瓦尔纳围着他团团转!啧啧!这下有好戏看了!接着说!"

于是那几个人接着说下去:当时几个人站在阳台上,看着装载着棉花的大车陆陆续续过来,排在轧花机房门前,形成一长溜排队轧棉花的马车队伍。马车与马车之间挨得很近,后面骡子的鼻子几乎贴着前面马车的挡板。赶车人则站在路边等着,轮到自己时才回到马车上,把马车赶到磅秤跟前,让车上的棉花对着吸棉花的管子。安排好后他们从车上下来,把缰绳拴在旁边的柱子上,然后穿过马路,重新回到瓦尔纳商店的阳台上,居高临下地看着磅秤后面那个在给他们称棉花的人——那是一张面无表情的脸,他的嘴巴一直在嚅动,从那张脸上你什么也看不出,他头上戴着一顶布帽子,身上的黑色领结十分扎眼。这些人看了一会儿,听到从商店里传出的乔迪无精打采地回答顾客的声音后,就走进去,问乔迪买几条麻袋、烟草或者鼻烟之类的东西。其实他们不是非得买这些东西,但此时他们只想这么做,哪怕什么都不买,只是从店里的杉木木桶里舀点水喝,他们也要去店里和乔迪待一会儿。乔迪眼睛里有些东西和以前不同——里面有阴影,那是一种介于烦躁、猜测与纯粹预知的眼神,不算太迷糊,但也不是很清醒。两三年后村民们议论起瓦尔纳家时常常会提到这一段:"就是那时候瓦尔纳对他的信任超过了乔迪。"拉特利夫则是这么说的:"你的意思是说,直到那时候乔迪才发现事情有点不对劲是吗?"

这些都是后话了。前来轧棉花的村民当时站在商店的阳台上打量了个仔细,几乎没有漏过一个细节。九月的空气里从早到晚充斥着轧花机的轰鸣声,马车排着长队等着自己的棉花被送进去。有些村民会跑到瓦尔纳商店的阳台上等着轮到自己的棉花被运到吸管下面称重,偶尔他们会看到那个新来的店员从轧花机房出来往这边走来,帽子、裤子,甚至领结上都沾满了一小缕一小缕的棉花。新来的店员穿过马路走进商店,很快,从里面传来他的说话声,声音不高,也不拖泥带水,只是没有任何感情色彩。当他从商店里出来,重新往轧花机房走去时,村民发现乔迪还待在店里,没有跟出来。他们看着那人的背影——矮墩墩的身材,一点都不挺拔,难看不说,甚至连年纪都看不出来!等到所有的棉花收进来,脱籽轧好,卖出去,瓦尔纳出现了——他和佃农、欠他钱的人清账的时候到了!过去都是他自己做这件事,就连乔迪也不让插手,可是今年,瓦尔纳坐在商店的桌子后面,桌子上摆放着用来盛现金的铁盒,弗莱姆坐在旁边的一个箍桶上,腿上放着一本打开的账簿。堆满了罐头食品像隧道一样狭窄的房间里站满了法国人湾老实巴交的村民,他们对瓦尔纳算出来的自己这一年应得的收成从不质疑,而瓦尔纳俨然一副出现在非洲某个集市上的白人商人的形象,而那个戴黑色领结的店员则成了和他合作的非洲本地头人,鹦鹉学舌般向周围的人传达着白人商人的意思。

　　头人很快就获得了文明的好处。村民们当然无从得知精明到家、从来不会多付人一分钱的瓦尔纳付给新来店员的工资是多少，但他们看到五个月前还是一个穷得叮当响、每天骑着骡子（就连鞍子也是瓦尔纳的）往返八英里来店里上班、盛饭的小桶里只有萝卜和豌豆的家伙现在不仅在法国人湾租了一处房子住下来，而且每天和旅行推销员一样，在小约翰酒店吃饭。他们甚至听说其中一个村民向这家伙借了一笔钱（利息多少谁都不知道），等到那年这一地区的最后一车棉花被轧完之后，村民都知道了一件事情，那就是只要你同意付给新来的店员利息，不管是二十五美分还是十美金，你都可以从他手里借到！第二年春天拉特利夫生了场病，他的胆囊出了问题（也是老毛病了），人被送到孟菲斯的医院，在那里做了手术，做完手术后他一直待在杰弗生镇的家里养病（那房子是他的，他外出销售时由他的寡妇妹妹照看）。养病期间图尔（图尔是牛贩子，每次把牛群赶到杰弗生镇，然后在火车站装车发往各地）曾经探望过他一次，并且告诉他（在家中休养的拉特利夫百无聊赖，巴不得有人和他聊聊天，说些事情）一件事，说去年冬天的时候阿比在他租的瓦尔纳的农场里养了好几头牛，拉特利夫生病期间，这群牛壮大了好多，可是有一天，人们发现那群牛一夜之间消失了，没过几天，瓦尔纳家的另一处牧场多了一群赫勒福德食用牛。这两件事巧合得就像有人给阿比的牛施了魔法，把它们改头换面后转移到了后面的牧场。后来他听说那群赫勒福德食用牛属于杰弗生银行，是有人把它们作为抵押给了银行。布克莱特和图尔去找瓦尔纳说这件事。

"也许那群牛一直在银行大厅里养着,"拉特利夫说,"瓦尔纳有没有说过这些牛是谁的?"

"他说是弗莱姆的,"图尔说,"他的原话是这么说的:'你去问乔迪雇来的那个混账!'"

"那你问了吗?"拉特利夫说。

"我没问!布克莱特去问弗莱姆,弗莱姆说了句'牛在瓦尔纳家的牧场上',然后就不说话了。布克莱特对他说:'瓦尔纳说那些牛是你的!'弗莱姆扭头吐了口唾沫说:'牛在瓦尔纳家的牧场上!'"

拉特利夫没有亲眼看见这些。听说这件事的时候,他的病已经好得差不多了,所以有精力去想这件事。对于这件事,他除了好奇和猜测外,还敏锐地感觉到将会发生什么。他倚着枕头坐在椅子上,望着窗外的景色——秋天已经来了,十月的中午空气里已经有了风声——想起自己听到的另外一件事:今年春天豪斯顿去铁匠铺给马钉掌子,当他牵着马走进铁匠铺(他那只身上有蓝色斑点的华克狗威风凛凛地跟在他和马后面)时,看到铁匠铺里打铁的台子旁边站着一个陌生人,正在给打铁的炉子生火——这人看上去年纪不大,肌肉发达,骨肉匀称,五官也很匀称,但是额头很短,从发际线到眉毛似乎只有一英寸的距离——他手里抓着一个生锈的铁罐,正在弯腰把铁罐里的液体往炉子里倒,听见豪斯顿进来,陌生人扭过头,主动打招呼道:"你好,火还没生好呢!生火的煤油好像过期了,不管用。小心点!"说完扭过头继续把煤油罐的油往炉子里倒。

"等等!"豪斯顿说,"你拿的是煤油吗?"

"应该是吧!是我从架子上找到的。"陌生男人说,"我想是煤油,罐子外面锈得很厉害,看不出上面写的是什么,我瞧着里面的东西还能用,没听人说过生了锈的煤油不能用。"豪斯顿走过去,从他手里夺过铁罐,闻了闻。陌生男人看着豪斯顿说:"你闻着像煤油吗?"豪斯顿的大狗一直坐在门口看着他们。

豪斯顿没有回答他,走到离砧台不远被煤烟熏得黝黑的架子跟前,把罐子放到架子上说:"你先把炉子里的泥掏干净了再生火。特兰布尔去哪儿了?"特兰布尔是这间铁匠铺的铁匠,在这里已经干了将近二十年。

"我不知道,我进来的时候一个人也没有。"

"你在这里做什么?是特兰布尔让你来的?"

"不是,"陌生男人说,"是我堂兄叫我来的,他雇我来这里工作。他告诉我今天一早过来,给炉子生着火,有客人来的话照顾一下客人,他一会儿过来。但是我怎么也生不着火,每次往炉子里倒煤油都——"

"你堂兄是哪个?"豪斯顿问。两人说话的工夫,一辆马车停在了铁匠铺门口。拉车的是一匹又干又瘦的老马,马车破破烂烂,走起路来咣里咣当,其中一个轮子还是用铁丝绑在马车上的，就好像这马车之所以还能往前走全靠惯性，一旦它停下来，所有的东西立刻会散成一堆只能用来烧火的木头——车上坐着一个瘦瘦的小个子男人，他身上的衣服松松垮垮，极不合身，一张黄鼠狼似的脸让人想到油嘴滑舌之徒——他吆喝马车停下来时很大声，就好像这两匹马此时是在空旷的地里犁地。马停后他从马车上下来，一边往铺子里走一边说道（其实他一直没停下说话）："早上好，早上好，"说话的时候他的眼睛忽闪来忽闪去，"想给马钉掌子？没问题，没问题，保护好马蹄就等于保护好马！这马看着可真漂亮！离这儿不远的一块地里有很多马，比这马还好看，不过没关系，好看的马不是谁想有就有的，个人的马个人爱嘛！"突然，他站住了，人虽然静止了，但包在肥肥大大的衣服下面的身体似乎还在动，仿佛那具小小的身体还在衣服里面，只不过衣服太大，外人看不出来而已。"怎么回事儿？你！"他这句话显然是冲着系围裙的人说的。"怎么还没生着火？我来！"话没说完，他已经朝放东西的铁架子冲了过去，动作快得你都没看见他动，他就已经把架子上的铁罐取了下来。他打开盖子，闻了一下就要往锻炉里的煤堆上倒，豪斯顿见状猛地冲到他面前，一把夺下罐子扔出门外。

"我刚从他手里把那破玩意儿夺下来你又要?!"豪斯顿说，"这儿发生了什么事？特兰布尔去哪儿了？"

"噢，您是说原来在这里干活儿的那个人？"刚进来的人说道,"他的租期到了。现在由我接手这个铺子,我姓斯诺普斯,艾欧·斯诺普斯。这位是我表弟,他叫艾克·斯诺普斯。别担心!铺子还是以前那个铺子,什么都没变,架子也是原来的架子,只不过换了把新扫帚而已!"

"我不管谁叫什么名字!"豪斯顿说,"我就问你,他会给马钉掌子吗?"后来进屋的人转过身,抬高声音朝那个身上系着围裙的年轻人说了几句,态度就像他刚才冲那匹马喊叫一样。

"别为难他了,赶紧生火吧。"豪斯顿看不下去了,亲自指挥那两个人生着火。"他很快就能学会,"后进门的那个人说,"给他点时间,虽然他以前没在铁匠铺里干过活儿,但他动手能力强,对各种工具掌握得很快,啥事儿都别急着下定论。给这个人几天时间练习,他很快就能学会给马钉掌子,而且,钉得不一定就比特兰布尔差!"

"我自己钉!"豪斯顿说,"你让他给我拉风箱就行!这活儿他总会干吧!"豪斯顿做好了马掌,然后放在池子里冷却,这时候后进来的那个人像只飞镖似的冲了进来,速度之快不光把豪斯顿吓了一跳,似乎连他本人都会惊讶——这人虽然穿着衣服,但他身上有股黄鼠狼那种光溜溜的让人很难抓住的劲儿,即使你把它抓在手中,你还是不能阻止它动来动去,不小心就会被它咬一口——就好像他刚一想好就已经迫不及待要去做,生怕稍一迟疑就没有力气去做了。他猛地冲到豪斯顿和被

第一部分 弗莱姆

举到空中的马蹄之间,把手里的马掌扣在马蹄上,照着马蹄有活肉的地方掂量了一下后就敲了一锤子。豪斯顿的马立刻疼得往前冲去,一下子把那家伙连人带锤甩进没多少水的池子里。豪斯顿和系着围裙的陌生男子也被逼得退到角落里。后来豪斯顿把那颗钉子和马掌拔出来扔在地上,气呼呼地牵着马带着狗(那只狗和以前一样,紧紧跟在豪斯顿身后)走了,临走时气呼呼地说:"你告诉瓦尔纳!如果他在乎顾客的话就——,我看他这么做是不把自己的生意当回事儿!我以后哪怕绕远去怀特里夫的铁匠铺给马钉掌子也不会来这儿!"

瓦尔纳的商店和铁匠铺之间隔着一条街,就在豪斯顿和那两个人在铁匠铺里忙活的时候,对面瓦尔纳商店的门口已经聚集了一群村民,他们远远地站在马路对面探看着铁匠铺这边的情况。等到怒气冲冲的豪斯顿牵着马从铁匠铺里出来(身后依旧跟着那只威风凛凛的华克狗)走远后,几个村民准备过来打探一下情况,可是不等他们迈腿,那个后来的小个子已经从铁匠铺出来,穿过马路朝商店这边走来。他身上的衣服松松垮垮,好像随时会掉下来,一张脸像被挤过似的,眼睛贼亮,嘴巴嚅动着。他和阳台上的村民打过招呼后进了商店,很快,从里面传出他滔滔不绝的说话声,语速很快,但又没什么内容,就像是从一个废弃洞穴里传来的莫名其妙的说话声。又过了一会儿,他从商店里出来了,嘴里还是没有停:"我说先生们!旧的不去新的不来!做生意的灵魂就是竞争!只要是竞争就大意不得！一个人不好，一群人都得跟着他倒霉！不过我这个兄弟是个靠得住的人，他很快就能熟悉这活儿！铺子还是原来的铺子，就连架子什么的也没变，唯一改变的是里面放了把新的扫帚。教一只老狗学会新的本事不容易，但是教会一个愿意学习本事的人就不一样了，给他点时间，他很快就会掌握打铁的技术。有付出就会有回报！只要高兴，就像别人说的那样，只要高兴，工作啥的都不是事儿，但是也不能用大劲儿了，否则刀磨得太快也会伤了自己！先生们，享受你们美好的早晨吧！"他往他的马车停驻的地方走去，谁也不知道他这些话是对阳台上的人说的，还是对他那匹瘦马说的，总之他一直在说，中间没有任何停顿，让人摸不着头脑，不知是说给谁听的。阳台上的人面无表情地看着马车消失，谁都不说话。余下的时间里，他们一个跟着一个去了对面的铁匠铺，目的是看看新来的那个在铁匠铺干活儿的人——那人看着挺简单，一头乱发仿佛造物主后来想起了什么才给他安上的，卷卷的像是地毯边儿的装饰线头。一个男人赶着马车来到铁匠铺，说马车上的斜撑杆坏了，新来的铁匠居然给他修好了——整个上午他都在忙着修理那辆马车，不理任何人，专心致志地干着活儿，对手里的活儿之外的任何事情都没有兴趣，人看上去迷迷瞪瞪的，就好像他干这活儿不是为了挣钱，只是为了完成它。一个上午他都在围着马车转来转去，仿佛永远都干不完这活儿似的，直到最后修好了它。那天下午，铁匠特兰布尔出现在村子里。因为特兰布尔昨天晚上表现得还像是这个铺子里说了算的人，所以人们一直在等他出现，想从他那里得到点消息，好明白铁匠铺出了什么变故，可是他们失望了。上了年纪但身体看着还行的特兰布尔赶着一辆装满了居家过日子用的家具物什的马车，带着他的老婆离开了村子，从始至终都没有回头朝铁匠铺看上一眼——从那天起，村民们再也没有见过这个虽然脾气不好，但是活儿干得不错的铁匠。

又过了几天，村民们听说那个新来的铁匠学徒搬去和弗莱姆（他管弗莱姆叫堂兄，但两个人到底是什么关系，村子里的人谁也说不清）同住了，两个人睡在一张床上。六个月以后，那人居然和租给他们屋子的村民的一个女儿结了婚。又过了十个月，每逢星期天，那家伙就会推着一辆婴儿车（婴儿车是瓦尔纳家的，就像他借给他们马鞍子一样，他也借了婴儿车给这家子）带着一个五六岁的男孩儿在村子里满街乱转。村民们以前不知道他曾经结过婚，现在才知道那个男孩儿是他和前妻生的——但是从这一点判断，他们已经看出这个外乡人的私生活并不简单，他和女人的关系绝不是表面上这么简单，但是真相也是后来才浮出水面的。当时村民们看见的也就是村里来了一个新的铁匠——人挺勤快，心眼儿也不坏，肚量也大，从来都是乐呵呵的，对人也不小气，可是你还是感觉这个人似乎只能在一定范围内做好某件事儿，一旦超出他的能力之外，他就不能协调了，什么设计、计划、样式就全没了，手里的活儿彻底变成了没用的东西，像是支离破碎的几块木头、铁皮或者无法使用的工具。

两个月以后村里又盖了一间铁匠铺。新的铁匠铺是弗莱姆雇人盖的，那段时间里，也许是为了保证质量，弗莱姆几乎天天都去监工。这好像是他来到法国人湾后第一次自己出面做一件事。他慢慢悠悠地和村人解释说他是为了村子着想，让村子里的人不用出门也能买到好的服务。他利用在瓦尔纳商店当店员的身份给新开张的铁匠铺定了一套全新的打铁设备，然后把过去给特兰布尔当学徒的那个农民（这人以前农闲时会来铁匠铺给特兰布尔帮忙）叫来，雇他在铁匠铺里工作。新的铁匠铺开张不到一个月，就把以前属于特兰布尔的活儿全部揽了过去。三个月以后，弗莱姆把这间铁匠铺卖给了瓦尔纳，但仅限顾客名单、口碑和那套新设备，得到瓦尔纳同意后，他把旧铁匠铺里原先那套打铁设备卖给了一个收垃圾的。等到把新的打铁设备拿到瓦尔纳的铁匠铺里后，他把新盖的铁匠铺卖给了一个农民做牛棚。他做这些搬家的活儿都是亲力亲为，也没有花钱，艾克·斯诺普斯则去了瓦尔纳的铁匠铺给新来的铁匠当起了学徒——这笔买卖别说法国人湾的村民，就连拉特利夫也算不出那家伙这么一倒手里外赚了多少。这就是拉特利夫听说的。现在他坐在自家窗户旁边，想着弗莱姆的这些事情。他已经基本恢复了健康，只是脸色还略显苍白。阳光透过窗户照进来，他暗想这家伙以后指不定还要做出什么事情来呢。拉特利夫似乎看到了下面的一幕——夜晚的商店里，门从里面锁上了，桌子上放着油灯，新来的店员坐在桌子旁边，嘴巴动来动去，乔迪站着，周围已经没有可以坐的地方。和去年秋天比，乔迪似乎更惶恐了，不但身体在发抖，就连声音也打着战："我的要求很简单，你只需用'是'或者'不是'回答我。我想问你还有多少本事没有拿出来？你还要这样下去多久？就因为怕一个堆满了干草的马棚被你烧了，我还要付出多少代价？"

2

病后初愈的拉特利夫出现在杰弗生镇后街的一间小饭馆里（他是这间饭馆的匿名合伙人，拿饭店盈利一半的收益）。在他衣服口袋放着一份合同，合同上写着以每只七十五美分的价格卖五十只羊给一个北方佬，后者在这个县的西面建了一座专门养殖山羊的牧场，所以急需收购一批羊。原来和北方佬签订合同的那个人因为没办法搞到这么多只羊，所以把这份合同以每只羊二十五美分的价格卖给了拉特利夫，而拉特利夫之所以同意签下这份转包合同是因为他打听到（那个和他签下转包合同的人不知道这回事儿）有人在临近法国人湾的一处偏僻地方养了五十多只山羊，他完全可以说服山羊主人卖给他这五十只羊，价格可能只占他收益的一半。拉特利夫坐在饭馆吧台旁，喝着咖啡。离饭馆不远的小巷子里停着他那辆车厢像是狗窝的马车，车里放着一台崭新的缝纫机。可能是因为一年都没有出来跑，拉车的两匹马看着肥肥胖胖，皮毛油光水滑。

拉特利夫之所以带着马车出来是因为他打算去一趟法国人湾，虽然病后初愈，身体还有点虚弱，但是他又等不及离开家。他已经有一年没去过那儿了。他想看到那里的人，在太阳底下吹吹风，和他们说说话，喝几杯。早先他的身体已经恢复得差不多，可是他并没有急急忙忙地出发，那是因为他享受身体恢复期间带给他的闲散时光，喜欢这种不急不忙享受人生的感觉。他不喜欢过每一分每一秒都在和时间赛跑，甚至连睡觉都在想着赚钱的生活，对他来说，花时间休息是治愈身体的良药，他要的不是疲于奔命被金钱奴役的生活。他一边喝咖啡一边和周围的人开玩笑说着自己在孟菲斯做手术的事情，虽说因为生病，他瘦了些，身上那件洗得干干净净的蓝色衬衫显得有点肥大，但从脸色看他恢复得不错，刮得干干净净的脸少了几分苍白，多了几分清秀，让人想到雪后从地里钻出来的植物，根茎纤弱但自有一种风骨。图尔和布克莱特从外面走了进来。布克莱特的屁股兜里插着牛鞭子，鞭绳缠绕在棍子上。

"伙计们好，你们起得可够早的啊！"拉特利夫打招呼道。

"这还早啊？"布克莱特边说边和图尔往柜台走去。

"我们昨天晚上到的，这次赶了些牛过来，想今天把那些牛运走。"图尔说。又问拉特利夫，"病好了吗？好长时间不见，怪想你呢！"

第一部分　弗莱姆

"谁说不是呢!"布克莱特说,"我老婆念叨你一年了,说想从你这儿买台新缝纫机。怎么,没有被孟菲斯的大夫取走点儿啥?"

"能不吗?他们取走了我的钱袋子!"拉特利夫说,"而且是趁着我被麻醉,昏迷不醒的时候取走的。"

"他们给你打麻醉针,让你睡一觉是确保朝你身上动刀子前你不会向他们推销缝纫机或者带齿的耙子什么的!"布克莱特开玩笑说。饭馆里的伙计走了过来,把盛着面包和黄油的盘子一人一个放在布克莱特和图尔面前。

"给我来份牛排!"图尔对店伙计说。

"牛排?看了两天湿淋淋的牛屁股,谁还想吃那玩意儿?!想想它们从玉米地里、菜园子里被赶出来时那副样子就倒胃口!给我来份火腿,外加六个炒鸡蛋!"不等说完,布克莱特已经往嘴里塞起了面包,大口大口地吃了起来。拉特利夫看着图尔和布克莱特说:"难为你们那里的人还想着我,我一个卖缝纫机的,多一个不多少一个不少,还是甭惦记我了。我听说最近法国人湾来了好多外姓人家,我倒是觉得你们应该想想这事儿!弗莱姆·斯诺普斯招来多少个亲戚了,两个,还是三个?"

"四个。"布克莱特狼吞虎咽地说。

"四个?"拉特利夫说,"那个铁匠——那个成天到晚都待在铁匠铺里,只有吃饭的时候才回趟家的人——他叫什么名字来着？艾克？还有哪个？那个承包商，来村子里找工程做的那个人叫什么——"

"那家伙下一年要去学校当老师了，"图尔用谨慎的口吻说，"也许他们只是这么说。"

"什么?!"拉特利夫说，"你是说那个斯诺普斯家的人要当老师了，那个叫艾欧·斯诺普斯的家伙现在要当老师?!那个被杰克·豪斯顿扔进铁匠铺水箱里的家伙要当老师?!"

"是的！"图尔说，"他们说明年让他去学校里当老师。以前那个老师过完圣诞节后突然消失了，这件事你听说了吗？"

拉特利夫似乎没有听见图尔的话，只是惊讶地看着图尔自顾自地嚷道："什么？教书？让那个家伙教书？那个斯诺普斯家的人在村子学校教书？就那个某天被豪斯顿修理了一顿的家伙——看着我，奥德姆，我是生了一段时间的病，但是耳朵可没聋！"

布克莱特没有说话，他吃完自己盘子里的面包，又从图尔的盘子里拿了一片放进嘴里，对图尔说："既然你不吃，我先替你吃了，一会儿再叫他们拿面包过来。"

"我服了！我服了那个人了！上帝！我第一次见到他就觉得他哪儿有点不对劲。怎么会让那么一个人教书?!他可以在铁匠铺里打工，也可以种地，但是让他教书？不敢想象！当然了，他倒是高兴了，这么一来他终于给自己找了个地方，不仅每天可以说他那些谚语格言，还可以因为说这些东西赚钱，我服了！"拉特利夫说，"威尔·瓦尔纳终于碰到对手了。弗莱姆吃掉了他的商店不说，还吃掉了他的铁匠铺，现在斯诺普斯家的人居然要向学校下手了。如此说来，瓦尔纳现在能保住的就剩他那间老宅了，不着急，等弗莱姆把上面那些东西牢牢控制住后，他下一个目标就是那座宅子！不过，光是把东西都拿到手还不行，要想在村子里站住脚，他还得依靠你们这些伙计；再说拿下那座宅子也没那么容易，他还得忙活一段时间，因为瓦尔纳——"

布克莱特"哈[①]"了一声打断了他，对站在柜台里的店员喊道："喂！帮我拿个馅饼过来！省得我在这里干等！"拉特利夫看见这么一会儿工夫布克莱特已经吃完了盘子里的面包。

"什么馅儿的？"伙计问布克莱特。

"啥馅儿都行！能吃就行！"布克莱特说。

"——因为瓦尔纳不可能那么容易把那宅子拱手让人。"拉特利夫继续说道，"所以弗莱姆应该不会这么快就轻举妄动，可是，这么一来，下一个被他盯上的可能就是你们这些人了——"

布克莱特又重重地"哈"了一声。伙计端着馅饼走过来，在桌子那头把盛着馅饼的盘子推给布克莱特。

"说说，"拉特利夫看着布克莱特："你'哈'什么？"

脸庞黝黑的布克莱特刚把手里的馅饼举到嘴边，听到拉特

[①] 此处原文为"Hah"，是美国人常用的一个语气词，类似于中国的语气词"哼"，但口吻比"哼"要和缓很多。

利夫问，不吃了，扭头看着拉特利夫说："上个星期我去奎克的锯木厂办事儿，听见在那里烧木头的一个工人和另外一个黑鬼聊天，烧木头的工人一边把从锯末堆上铲下来的废木头渣往锅炉里送，一边和黑鬼抱怨，说他想问奎克借点钱，可奎克死活不肯借给他。黑鬼鼓动他去找弗莱姆借，还说：'他肯定会借给你的。两年前我从他那里借了五美元，他从来不催我还钱，只是让我每个星期六晚上去他的店里还给他一毛钱就行。'"布克莱特说完，咬了一口手里的馅饼，不再说话。拉特利夫若有所思地说："这下好了，这么说这个人从两面下手，既算计有钱人也算计穷人，照这个速度看，用不了多久他就要朝你们这些中产的白人下手了。"布克莱特没有说话，又狠狠地咬了一口手里的馅饼。伙计过来了，把布克莱特和图尔的饭放到他们面前，布克莱特三口两口吃完了手里的馅饼，一旁的图尔开始仔细地切着盘子里的牛排，切成像是给孩子吃的小块儿。拉特利夫看着两个人说："你们就不能想办法治治那个家伙吗？"

"能有什么办法？"图尔说，"他这种做法是不对，但是和我们有什么关系呢？"

"我要是住在法国人湾，我就想个法子治治那家伙！"拉特利夫说。

"治治他?!"布克莱特吃着盘子里的火腿说，"没准儿最后没治得了那家人，反倒让那些打领结的家伙占了你的马和马车，然后给你一堆领结，等你有了领结，你就得常年戴着它了!"

"这就是你的想法啊!"拉特利夫说,"也不能说完全错。"他看着两个人,把刚刚放到嘴边的勺子放下,对店员说:"这杯子有个裂缝,要不你把它加热一下,不然它冻裂了,我还得赔你杯子钱。"店员端走了杯子,重新往里填满咖啡后给拉特利夫送了过来。拉特利夫往里添了一小勺糖,脸上还是挂着刚才那种让人摸不透的表情。布克莱特吃完了火腿,开始吃盘子里的鸡蛋,勺子和盘子撞击后发出叮叮当当的声音。和布克莱特不一样,图尔吃饭很安静,也很少说话,吃完后两个人站起来去柜台结账。临走前布克莱特对拉特利夫说:"哦,也许他还会给你他穿剩下的网球鞋!那人已经有一年不穿网球鞋了!不,"他补充道,"如果我是你,我就啥也不穿,这样你就不会注意到冷天气又来了!"

"我听你的。"拉特利夫客气地说。布克莱特和图尔走了,拉特利夫仍旧留在店里,一小口一小口地啜饮咖啡,不时和饭馆里的其他几个人说几句他在医院做手术的事情。喝完后他结完账,裹紧身上的大衣从饭馆里出来(虽然已经是三月,但是医生嘱咐过他要注意保暖),经过自己那辆马车时他站住了。自己的那两匹马看着分外精神,因为一冬天没有出门,所以养得膘肥体壮,在原有的鬃毛上又长出了新的鬃毛,更显得骨肉匀称,异常漂亮!原先画在车厢外面的玫瑰因为颜色褪了,看上去不似以前那么鲜艳,车厢外壳有些地方漆皮蹭掉了一块。

他走上前，看着那画着的女人的脸，看着她微笑的眼睛里空洞无物，心里想着："今年得重新给这车喷喷漆，得想着这事儿！"又想，"总得做点什么！以自己的名义做点事情。让大家知道是我拉特利夫做的！是的，如果我是瓦尔纳，我的合伙人是弗莱姆，我肯定得给对方点什么，反正早晚那些东西也得败光！"他走得很慢，不时裹紧一下大衣，太阳照在身上的温暖让他感觉自己的病好了大半。也许到了镇子上时已经用不着穿大衣了，再过不久可能连毛衣都不用穿了，五六月一到，夏天的阳光会让人感觉好很多。他一边想一边往前走着，在外人看来，他除了脸色有点苍白，身体有点瘦外，精神还是和以前一样。路上他遇到了两个熟人，他停下脚步和对方说了几句，感觉好多了，不管是医疗事故还是事先想好的，孟菲斯的医生做得对，他们从他身上取掉了应该取掉的东西。广场上矗立着一座联邦士兵的雕像，雕像上大理石做的眼睛仿佛注视着脚底下的行人。拉特利夫穿过广场，走进广场对面的法院，找到档案室走了进去——在那里他找到了自己要找的文件：法国人湾大约有两百多英亩的土地（包括上面的建筑物）统统写在弗莱姆·斯诺普斯的名下。

那天下午傍晚时分，拉特利夫的马车出现在山背后的一条小路上。拉特利夫坐在车上，看着路边的一个邮箱：虽然挂邮箱的柱子看上去是新的，但上面的邮箱看着却很破旧，坑坑洼洼满是疤痕，似乎这邮箱曾经被马车轮子碾过，然后又被敲打好拿出来重新使用。邮箱上用大写字母写着它主人的名字：明克斯诺普斯（MINKSNOPES），明克和斯诺普斯两个单词之间没有空格，从第一个到最后一个字母，每个字母看上去都是张牙舞爪的，字迹清楚醒目，仿佛是昨天才写上去的，不仅把写字的一面占得满满的，最后一个字母几乎越过邮箱上方写到另一面去。邮箱本身坑坑洼洼，上面的笔画七拐八扭。拉特利夫拐上路旁边一条坑坑洼洼的小路，路的尽头矗立着一座小木屋，屋子建在山坡上，是那种只有两个房间的结构（拉特利夫在这一带偏远山区行走时常常能见到这样的屋子）。屋子本身破破烂烂，像快要倒塌了似的，山坡上还有一座围场，地面一片泥泞，离围场稍远的地方矗立着一间破破烂烂仿佛一口气就能把它吹散架的牲口棚。拉特利夫正在看着，一个男人手里提着一只牛奶桶从木屋子里出来，拉特利夫意识到他虽然从外面看不到屋子里的人，但是屋子里的人可能早就看到了自己。他吆喝马车停下，自己没有下车，而是坐在车上和那人打招呼道："你好！这是斯诺普斯家吗？我给您带缝纫机来了！"

"你说什么?!"答话的男人边说边往大门走来，到拉特利夫跟前，把手里的桶放在坑坑洼洼的地上。拉特利夫注意到来人个子不高，比平常人还要矮一点，人长得也瘦小；拉特利夫还注意到对方只有一条眉毛。但眼睛是斯诺普斯家人的眼睛，拉特利夫想。

"缝纫机！你要的缝纫机我带过来了！"拉特利夫热情地

说，同时用眼角瞥了一眼远处的屋子。一个高个子女人从那间破屋子里出来，站在阳台上往这边打量着——女人光着脚，骨骼粗大，脸上带着一股蛮横劲儿，头发特别黄，两个长着淡黄色头发的男孩儿躲在女人身后也往这边看着。拉特利夫没有细看，礼貌地把目光转向朝自己走过来的那个男人，等着对方过来。这时站在阳台边儿上的女人说话了："他说什么？什么缝纫机？"

"没说什么！回屋待着去！"男人头也不回地说，继续朝拉特利夫这边走过来。女人并没有听男人的话，而是走下阳台跟了过来。拉特利夫注意到她走路很快，灵活性和协调性和她人高马大的身材看着一点都不相配。女人走到拉特利夫跟前，浅色的眼睛里透露出一股蛮不讲理的劲儿。

"谁告诉你把它带到这儿的？"女人问拉特利夫。

拉特利夫似乎并没有被冒犯到，客客气气地说："难道是我搞错了？我是从杰弗生镇过来的，有人给我带口信，说法国人湾有家姓斯诺普斯的要台缝纫机，我以为是你家！如果不是你们的话，那可能是你的堂兄。"一男一女没有说话，一声不吭看着拉特利夫，拉特利夫继续说道，"如果不是的话，那就是你们的堂兄弗莱姆要的！这样的话我先走了，从这儿到法国人湾还有一截路程，紧赶慢赶也得明天才能到！我先告辞了。"女人突然笑了（但显然不是高兴的笑），一边笑一边说："走吧！把缝纫机带走！如果是弗莱姆叫人给你带的口信，他肯定不会让你白白把这东西送给别人的!哪怕那东西就值几分钱也不会!哪怕对方是他的亲戚也不行!走吧!赶紧带着你的缝纫机去法国人湾吧!"

"回屋去!"男人命令女人道,"回去!"女人没有理他,眼睛盯着拉特利夫,嘴里发出一声刺耳的笑声,说道:"他不会白送我们缝纫机的!哪怕他有一百头牛,有马棚和牧场,也不会白白给你东西的!"看见劝不动女人,男人猛地一转身,威胁似的向女人走去。两个孩子站在女人身后,安静地看着拉特利夫,好像对眼前的争执听不到也看不见,像是两只无动于衷地看着主人争吵的小狗。"跟那种人攀什么亲戚!"女人继续嚷道,"他巴不得你死在这儿,烂在这儿!你明明知道他是这样的人还想和他攀亲!就因为你这个亲戚在商店里工作你就觉得自己有面子!就因为他一天到晚打着领结你就觉得自己的亲戚了不起!那你去!去问他要一袋面粉回来!看他能不能给你?!我看他只会给你一个他自己戴过的领结!某一天你也和斯诺普斯家的人一样,戴上领结出门!"男人似乎发怒了,继续朝着女人走,但是由于他比女人个头儿低,所以在拉特利夫眼里,他走路的样子多少带着点儿不自信和卑微。不等男人走到跟前,女人已经转过身吆喝着两个孩子向屋子走去,两个孩子一边走一边扭过头看看拉特利夫。男人不追了,转过身来到拉特利夫的马车跟前,对他说:"是弗莱姆托人给你带的口信?"

"我没那么说,我是说口信是从法国人湾这儿带过去的。"

拉特利夫说,"给我带口信的人说是一个叫斯诺普斯的人让我来一趟。"

"谁给你带去的口信?"

"一个朋友。"拉特利夫客气地说,"可能是他搞错了,看在我的面子上,原谅他这一次吧。从这条小路上可以去怀特里夫桥旁边的那条大路吗?"

"如果弗莱姆给你带的口信里说把缝纫机放在这儿,那就放在这儿!"

"我刚才说过了,是我搞错了,请原谅我的冒失。"拉特利夫说,"请问这条路可以到——"

"你是不是非得让我交点钱才肯留下这机器?多少钱?"

"你是说缝纫机多少钱?"

"不然呢?"

"如果你真想要这台机器,先交十美元押金!"拉特利夫说,"另外二十美元可以打张六个月内付清的欠条,棉花收上来以后还钱。"

"十美元?口信里是这么说的?"

"口信的事儿就让它过去吧!现在只说缝纫机的事儿。"拉特利夫说。

"我先给你五美元。"

"不行啊!"拉特利夫回绝道。

"十美元就十美元!你写欠条吧!"那人说完转过身向坡

上的木屋走去。拉特利夫则走到自己的马车后面，打开车厢门——车厢里放着一台崭新的缝纫机。他从缝纫机底下抽出一个铁盒，打开，铁盒里放着一支钢笔、一个带盖的墨水瓶和一个类似收据的本子。拉特利夫拿出钢笔和本子，开始写欠条。这工夫那人从房子里出来，来到拉特利夫跟前，盯着拉特利夫写那张二十美金的欠条。写完后拉特利夫把本子和钢笔递给对方，对方拿过钢笔甩了甩，看都没看就在那张欠条上签了字，签完后他把收据本子递给拉特利夫，然后从自己的口袋里掏出个东西。拉特利夫看着收据本子上那个人签了字的欠条说："你签的是弗莱姆·斯诺普斯的名字？"

"对啊！"那人说，"有问题吗？"看到拉特利夫看他，又说，"我明白了，你是想让我也在上面签字，这样一来我和弗莱姆谁也不能赖账?!没问题！"他从拉特利夫手里抢过本子、钢笔，在欠条上签上他自己的名字——"明克·斯诺普斯"，签好后把本子递给拉特利夫，又把刚才从口袋里掏出来的东西往拉特利夫眼前一递，说："给！你帮我把机器抬到家里去！"拉特利夫没有接，因为他看见对方手里递过来的只是一张已经被折得皱皱巴巴的纸条，而不是现金。明克看他不接，自己打开那张纸条给拉特利夫看——那是一张欠条，落款日期是三年前的某一天。上面写着：自欠条成立日期起一年后，债主有权要求欠债人任何时间付清这十块钱及其产生的利息。欠条持有人是伊萨克·斯诺普斯，欠债人则写着弗莱姆·斯诺普斯的名字。欠条背后还有一行备注：伊萨克·斯诺普斯同意把这张欠条转让给明克·斯诺普斯（拉特利夫注意到备注上的字迹和刚才明克写给自己的欠条上的字迹一样）。备注下面还写着一行字：明克·斯诺普斯同意把这张欠条转让给V.K.拉特利夫（这几个字看着还是明克的手迹，字显然刚被人用纸吸干过，至少现在看着是干的）。拉特利夫神色严肃地盯着欠条看了足足一分钟，也不说话。"这么跟你说吧！"明克说，"我和弗莱姆是伊萨克的堂兄，我们的祖母临终前给了我们仨每个人十块钱。不过规定这笔钱必须等到我们三个人中岁数最小的那个——也就是伊萨克·斯诺普斯——长到二十一岁才能拿到。后来弗莱姆说他急需用钱，拿走了伊萨克的钱，拿之前他给伊萨克打了这张欠条。后来伊萨克需要钱，我借给了他，他就把这张欠条给了我。你想知道伊萨克是谁吗？去趟法国人湾就知道了！他住在弗莱姆那里。"

"这么说伊萨克·斯诺普斯已经年满二十一岁了？"

"当然！如果他没有满二十一岁，也不可能把这十块钱拿到手，再借给弗莱姆。"

"说得也对！"拉特利夫说，"可惜借条不能当现金使。"

"听着，"明克说，"我不知道你来我这里到底有什么目的，我也不想知道！但是你别把我当傻子看，咱们俩都别把对方当傻子！如果你不相信弗莱姆会付钱给你赎回我刚才给你打的那张二十块钱的借条，你就不会收下，对吧？如果你觉得他肯定会还你那张欠条的钱，那这张欠条你就更不用担心了！这张欠条钱的数额比那张少不说，而且两年前就应该从弗莱姆那里要回来，这些都有法律保护，所以它怎么就不能当买缝纫机的定金使呢？你拿着这两张欠条去找弗莱姆，当面交给他，然后你替我给他带个口信，就说这口信是他的一个'现在还靠在土里刨食才能养活一家人的堂兄'带给他的。虽然他现在发财了，不缺牛也不缺马棚，但是他曾经也是'靠着从土里刨食活下来的'人，一直混到现在'不缺牛，也不缺马棚'！就这么说，最好你在路上多把这句话重复几遍，省得到了他跟前忘了怎么说。"

"这个不用你担心，"拉特利夫说，"你只需告诉我这条小路是否可以走到怀特里夫桥就行！"

那天晚上拉特利夫在一个亲戚那里过了夜（他出生和长大的地方离法国人湾不远），第二天一早，他离开亲戚家，下午的时候到了法国人湾。进村后他先去了小约翰酒店，把马车和马留在酒店的围场里，然后步行去了老瓦尔纳的商店。和一年前一样，商店屋檐底下的板凳上坐着几个村民，布克莱特也在里面。拉特利夫和大伙儿打招呼道："伙计们好！"他说，"人数都没变！还是你们几个！"

"听布克莱特说你做手术了，孟菲斯的医生没少赚你的钱吧?!"其中一个人说，"难怪你一年都没出现了，我只是奇怪，你这一趟起死回生，可是醒过来却发现钱都没了，你有没有想过还不如干脆死了算了!"

"我倒是想死呢!可是谁让我想到的时候人已经醒过来了,"拉特利夫说,"如果早一点想到这个问题的话我就干脆不醒了!"拉特利夫往店里走去,一进入商店他就发现商店空了许多,屋子里光线很暗,等眼睛适应过来后他径直朝货柜走去,一边走一边客气地和里面的人打着招呼:"你好,乔迪,你好,弗莱姆,我自己拿好了,不用帮忙。"乔迪站在桌子旁,听到他进来,抬起头说:"身体已经恢复了?"

"恢复了,没事儿了,我买点东西就走!"拉特利夫走到柜台后面,打开那个里面放着鞋带、梳子、烟草、专利药品以及便宜糖果的玻璃柜,从里面挑出几根包装得花花绿绿的棒棒糖。"身体好了就得干活儿。"他回答着乔迪,手里挑着糖果。他挑得很仔细,拿起来放下,然后再拿起别的看着,从始至终都没有往店后面的那张桌子看,弗莱姆坐在后面,一直没有抬头。过了一会儿,拉特利夫问乔迪:"不知道本·奎克大叔这两天在家不?"

"他能去哪儿?!"乔迪说,"你是为几年前他从你这里买缝纫机的事儿找他?"

"是的,"拉特利夫丢下手里刚刚拿起来的一根棒棒糖,捡起另外一根,"能在他家里找到他最好,这样的话,他万一听了我带给他的消息高兴得晕倒了,旁边还有人照应。这一次我要从他那里买东西。"

"他手里能有什么东西值得你大老远跑一趟？"

"山羊。"拉特利夫数了数手里的棒棒糖，然后把它们放进袋子里。

"什么？山羊？"

"山羊。"拉特利夫说，"想不到吧，在约克纳帕塔法地区，包括格里尼尔县在内，除了本·奎克大叔有山羊外，找不到一户养山羊的人家。"

"这还真没想到。"乔迪说，"请容我好奇地问您一句：你要山羊干啥？"

"干啥?!"拉特利夫走到乔迪那个放钱的盒子（盒子外罩着曾经用来装奶酪的笼子）前，丢进去一个硬币，"拉车呀！用山羊拉着你、威尔叔叔和麦琪小姐四处走走。"

"哈哈！"乔迪不再说话，重新走到桌子那儿，拉特利夫没有去看他要干什么，出门后把刚买的糖分给站在阳台上的几个人。靠墙放着一张凳子，凳子上坐着几个人。

"医生让我多吃点糖，"他笑眯眯地对坐在凳子上的那几个人说，"也许我还会从他那儿收到一张十美分的账单，因为他提醒我每天至少要吃掉五分镍币的糖果。其实我不介意医生让我多吃糖，我介意的是他老是让我多休息，能坐着就别站着。"看他这么说，一个男人从凳子上站起来说："我不坐了，你来坐，我看就算你身体已经没事儿了，也要装着有病的样子让大家让着你。"

"我可不能白花七十五美元，"拉特利夫说，"虽然这钱不是你们逼着我花的。你们总不能让我坐在缝儿里吧，往那头儿挪挪！伙计们！给我腾个地儿，让我坐到中间！"几个人很快给他腾出窗户（窗户大敞着）底下的一块位置，拉特利夫走过去坐下，掏出一根棒棒糖放进嘴里一边嘬一边说，"是的，先生们，如果不是发现自己没钱了我可能现在还在自己家床上躺着呢！从床上爬起来的那一刻，我心里确实挺慌，我和自己说，我已经在家里躺了一年了，这一年里保不准有多少卖缝纫机的人带着新的缝纫机占据了法国人湾甚至约克纳帕塔法县。还好，上帝是眷顾我的，就像书里写的他给伊萨克一只羊那样，他也给了我一只羊，因为这个，我才从家里出来。说得更确切点，上帝其实是给我送了个牧场主过来。"可能因为身体还有点虚弱，他的声音听上去有点单薄，但是很清晰。

"送了个什么？"一个人问他。

"送了个养山羊的牧场主过来！你们从来没有听说过'牧场主'这个词吧！咱们这儿的人很少有人想干建牧场养羊的营生，可北方佬不！他们喜欢放牧养羊，当牧场主！我知道有个想当牧场主的北方佬，住在离咱们这儿挺远的一个地方，好像是马萨诸塞，要不就是波士顿，也可能是俄亥俄州的，总之是离咱们这儿挺远的一个地方。这人过来时提着个大箱子，箱子里鼓鼓地塞满了钱！他用这些钱在杰弗生镇西边十五英里远的一个山坡底下买了一块大约两千英亩的莎草地，然后用十英尺高的防水篱笆把那块地圈起来，一切准备就绪，只等着发财了，却发现羊没了！"

"倒霉蛋儿！"另一个人说，"羊怎么会没了呢?!"

"我说，"布克莱特突然插进来说道，"这种事儿铁匠铺里的伙计肯定也愿意听，要不我们现在去那儿?!"

"就在这儿说吧！我说的可是好事儿，除非你们不想听。"拉特利夫降低音量，神秘兮兮地说，"我说之前你们得知道一点：这人是北方佬。北方佬做事和咱们不一样！咱们的人想建一座牧场，直接盖就行，他不缺羊，他要做的只是向政府申报一下自己住在哪儿，再就是管好自己的羊，不让它乱跑就行了；但是北方佬不一样，他们要做什么事，第一想着怎么样把这件事做成一个辛迪加公司，比如印刷出好多小册子，再从州政府那里搞一些合格证，然后拿着册子和合格证到处宣传，说自己养了多少只羊，然后他才跑到图书馆里查阅资料、算账——多少只羊需要多少亩地，需要多少篱笆圈住它们。搞清楚这些后他给杰弗生镇政府写信，让政府同意他在这个地方买地、修篱笆、养羊，政府批准后他开始着手准备从当地人手里买一块地，可是他挑选的那块地就连上帝也想不到有人会利用它来养羊。即便这样，买地的时候也没遇到麻烦，因为他只需让卖地的人明白他付给他的是实实在在的钱，修建篱笆也很顺利，他只需在那块地里圈出一块，付钱找人来装就行；可是把这些都搞完以后，他发现麻烦来了，因为没羊！他找遍附近的所有村子，想买羊，可就是买不到。这下坏了，因为他可不想让政府的那些人指着他的鼻子说他是个骗子，而且，他已经为这事儿付出了这么多，他可不想就因为几只羊而半途而废。如果建不起这座牧场，他就得宣告破产，对于他来说，要么把政府的批文送回去，要么找到五十只羊，这就是这个北方佬的故事。他从波士顿或者缅因州一路赶过来，买了两千英亩的土地，在买来的土地上围了总共有四万四千英尺长的篱笆，可是项目停了，因为他不知道去哪儿买羊，不知道从杰克逊到田纳西州这条线上只有本·奎克大叔家养羊。"

"你怎么这么确定能从本·奎克大叔家买到羊？"一个人问。

"如果没这个自信的话，我早就老实在家躺着，而不是大老远跑到这里！"

"我看你最好现在就动身，赶紧去一趟，把这件事情落实了。"说话的是坐在拉特利夫正对面的布克莱特，他倚着阳台的柱子，坐着看着拉特利夫。在拉特利夫身后，窗户大敞着。拉特利夫也看着布克莱特，脸上还是一副随和幽默，但谁都不知道他脑子里想的什么。

"我当然要去，"拉特利夫说，"我知道他那些羊已经养了有一段时间了，我这次买了羊后就忙了，以后至少半年里我得听那个北方佬的，不能做这个，不能做那个，可就是不给我结账——"他还要往下说，突然看见弗莱姆和乔迪一前一后从商店里走出来。拉特利夫立刻不说话了,而是说起了别的,他的语气转换得是如此自然,就好像突然从口袋里掏出一个用红字写的"安静"的牌子亮给众人看似的。弗莱姆和平时一样,一句话不说,几步走在前面,匆匆下了台阶,乔迪在后锁上门,拉特利夫问:"这么早就关门啊?乔迪!"

"这还晚?"乔迪敷衍地说,随即跟在弗莱姆后面匆匆忙忙地走了。

"是不是快到吃晚饭的时间了?"拉特利夫说。

"如果我是你的话,我就先去吃饭,吃完饭后赶紧上路,去买山羊。"布克莱特说。

"也对,"拉特利夫说,"不过也许到了后发现本大叔的羊还挺多也不一定。"拉特利夫站起身,系好大衣纽扣。

"先去买羊吧。"布克莱特说。拉特利夫又一次看着他,脸上还是挂着不慌不忙、让人看不透的表情。然后又看看其他人,但是那几个人并没有看他。

"买羊的事不急!"他说,"谁去小约翰酒店吃饭?"然后又问,"咦?那是谁?"众人顺着他的目光看过去——大街上走过来一个光着脚的男人,手里拉了一根长长的线绳,线绳一端绑着一个木头匣子,匣子上绑着两个像鼻烟壶似的旧锡罐,所到之处扬起一小团一小团的灰尘。拖匣子的男人不时回头朝着身后的匣子看上一眼,经过商店门口时,他朝阳台这边抬了一下头,这一抬头让拉特利夫看清了他的长相——一双暗淡无神的盲人般的眼睛，嘴巴半张着，嘴角挂着一缕涎水，嘴唇四周有一圈儿毛茸茸的一看就是自打长出来后就没有刮过的金色胡须。

"他是斯诺普斯家的人。"布克莱特淡淡地说了一句。拉特利夫继续看着——那人穿一件明显比他本人的身体要小很多的大衣，像是一个十四岁孩子的衣服穿在了一个大人身上，浑实滚圆的大腿把外套裹着大腿的部分撑得紧紧的，衣服小得像马上要裂开似的；那颗光秃秃的脑袋往后扭着，看着拖在他身后的木头匣子。

"神说过，所有的人都是按照他的形象造出来的。"拉特利夫说。

"就看到的，也许是吧。"布克莱特说。

"虽然我不知道他是不是按照他的形象做出来的，但是我相信这句话！"拉特利夫说，"这么说，这人也是半路来的？"

"怎么？不可以吗？"布克莱特说，"他又不是第一个来法国人湾的斯诺普斯家的人。"

"当然可以。"拉特利夫说，"可是他以前总得住在什么地方吧？"两个人说话的工夫，那个长得像动物的家伙在小约翰酒店门口站住了，停顿片刻后，从小约翰酒店的大门口拐了进去。

"他睡在小约翰太太那间用来放马具的屋子里。"另一个人说，"那女人给他吃的，教他帮自己干点活儿。村子上只有她能听懂他说的话。"

"看来她也是神按照自己的形象做的。"拉特利夫说。他转过身,把手里的棒棒糖塞进嘴里,手在自己的帆布裤子上蹭了蹭说:"一起去吃晚饭?"

"赶紧去买你的羊吧!"布克莱特说,"等买到了羊回来吃饭也不迟!"

"我明天去买羊,"拉特利夫说,"也许到那时本大叔的山羊多了五十只呢!"从小约翰酒店传来开饭铃声,铃声回响在三月带着寒意的夜晚里。也许等到后天再去,拉特利夫想,多给那家伙点时间。我这么做是对的,他以为他摸透了我,但是我会让他知道,虽然因为生病这一年我都没有来法国人湾,但我还是了解他,并且敢用他的那些诡计来对付他。至少布克莱特都没有看出来,他一直在提醒我,生怕我吃亏,从这一点说布克莱特很够意思。

第二天拉特利夫没有去找本大叔,而是赶着马车往反方向去了距法国人湾六英里远的一个村子——他要向那里的人兜售他的缝纫机,虽然他的马车上连一台缝纫机都没有。在村子里住了一个晚上后,第二天上午他返回法国人湾,来到瓦尔纳的商店跟前,注意到不远的地方拴着乔迪的那匹枣红马。他想:啧啧!看来乔迪的枣红马现在都归这家伙骑了!他没有从马车上下来,冲着站在阳台上的人喊道:"谁帮我去店里买五美分的糖?我要拿这糖去贿赂本大叔,送给他的孙子们,让本大叔高兴高兴!"其中一个人去了商店买了糖拿给他。"我回来吃晚饭!"拉特利夫说,"回来的时候我可是带着钱回来的,我看孟菲斯的医生还会不会从我这里再把这点钱抢过去!"

本大叔住的地方离法国人湾不远:先要过一条河,然后走一英里左右就到了,从瓦尔纳的商店到那条河连一英里远都不到。本大叔的屋子四周看上去干干净净有条不紊,牲口棚很大,不远处有一片草场,几只山羊在草场上吃草。精神矍铄的本大叔正坐在阳台上脱了鞋晒着太阳,露出好大一截长袜子。大老远他就冲着拉特利夫声音洪亮地喊道:"你好,维克!没事儿你们这些人在瓦尔纳商店门口乱说些啥?"

拉特利夫没有下车,说:"这么说被他抢先一步买走了。"

"他买了五十只山羊,"本大叔说,"以前我可是从来没见过有人一下子从我这儿买走五十只羊,他们最多买个两三只就够了。"

"那家伙不笨,他肯定是需要多少买多少,他需要五十只羊,他就买五十只,多一只也不买。"

"是的,那家伙不笨。但是五十只羊呢!老天!不过我还有呢!剩下的这几只羊可以装满一个鸡舍,你还想要吗?"

"不想,我就想一开始的那五十只羊。"拉特利夫说。

"我送给你,我甚至还可以倒付你二十五美分,只要你把它们拿走。"

"谢谢你,那倒可以,算是你给我一个人情。"

"一下子卖了五十只山羊!"本大叔说,"今晚就在我这里吃饭吧。"

"我谢谢您。"拉特利夫说,"不过这些日子我没少歇着,也没少吃东西,现在得忙起来了。"当天拉特利夫赶着马车回到了法国人湾,一路上两匹马跑得精疲力竭,不像以前那么配合。他经过瓦尔纳的商店时,看见那匹枣红马还拴在外面的柱子上,阳台上还是蹲着或者坐着几个人。他没有停下马车,直接去了小约翰酒店。把马拴好后,他去了阳台上,在那里可以看到瓦尔纳的商店。快到中午时,从酒店厨房里飘出饭菜的香味,商店阳台的那几个也都回家吃饭去了,但是那匹枣红马还是拴在门外的柱子上。拉特利夫想,是的,那个人自己买了那些羊,他闪开了乔迪!如果一个男人抢了你的老婆,你唯一做的就是想办法开枪打死他。

他正看着,小约翰太太在他身后问:"我不知道你今天要回来,既然回来了,进屋吃点东西吧!"

拉特利夫答应着,说:"我先去商店一趟,马上回来。"他从钱包里拿出那两张欠条,把其中一张放在大衣里面的口袋里,另一张放进衬衫前边的口袋里,向商店走去。因为是中午,三月的太阳火辣辣的照人,路上土很多,空气里也有很多沙尘。拉特利夫来到瓦尔纳商店门口,阳台上空无一人,地上扔着几个烟头,柱子上有刀子刻过的痕迹。他走进商店,感觉自己像是走进了一个阴暗凉爽的洞穴,空气里充斥着奶酪和皮子混合的味道。等到眼睛适应了里面的黑暗后,他看见弗莱姆刚好抬起头看着自己。他还是戴着一顶灰布帽子，穿白衬衫，系黑色的领结，嘴巴还是嚅动着。拉特利夫说："你赢了，你打算卖多少钱？"对方扭过头朝挨着炉子脚下的沙盒里吐了口唾沫说："五十美分一只。"

"我是以每只羊二十五美分的价格买下那份合同的。"拉特利夫说，"然后再以七十五美分的价格卖给买家，如果没钱可赚，我可以撕毁合同，也省了把羊赶去镇子的麻烦。"

"你说个数！"弗莱姆说，"你打算出多少钱？"

"我拿这个和你换那些山羊。"拉特利夫从衣服口袋里掏出那张明克给他打的二十块钱的欠条（那两张欠条被他分别放在两个口袋里）往那人眼前一晃——只是一瞬的工夫，那张没有任何表情的脸突然僵住了，连同僵住的还有坐在桌子后面的那一团软塌塌的身躯，甚至那一直在动的下巴也不动了。过了好一会儿，那张嘴才开始嚅动。他从拉特利夫手里接过纸条，盯着看了一会儿，然后放在桌上，扭头往沙盒里吐口唾沫，说："你认为这张纸条值五十只山羊的钱？"虽然这句话是问句，但他说话的语气像是在陈述一件事情。

"是的，"拉特利夫说，"和这张纸条附带的还有一个口信。你想听吗？"

对方嚅动着嘴巴看着他。除了他的嘴在动来动去，其他几乎没有任何动作，甚至像连呼吸都没有。他盯着拉特利夫看了一会儿，说："不想听。"然后站起来，手伸到裤子后面掏出一个钱夹,从钱夹里抽出一张叠得整整齐齐的纸,递给拉特利夫。拉特利夫猜那是奎克卖给他五十只山羊的收据。弗莱姆说:"你有火柴吗?我不抽烟。"拉特利夫不说话,从身上掏出火柴递给对方,看着那人划着火柴,点着了纸条。一小股火焰腾的一下在那人手里燃了起来,等到那张纸烧得差不多的时候,弗莱姆把还在燃烧的纸条扔进沙盒里,用脚尖踩灭剩下的灰烬,然后抬起头看着拉特利夫。有那么一会儿工夫,那张嘴停止了嚅动。拉特利夫没有动。"满意了吧?"弗莱姆说,"还有吗?"拉特利夫从口袋里掏出第二张欠条。这时候那张嘴不动了,足足停了一分钟的时间,那张死皮厚肉的脸似乎变成了一只气球,隐隐约约,飘忽不定。那张死人一般的脸盯着拉特利夫,给人的感觉似乎连呼吸都没有。他从拉特利夫手中接过欠条,看了一眼,又还给拉特利夫,说:"看样子你想把这张欠条的钱也拿回去。"然后又说,"你等一下!"说完他从后门出去了。怎么回事?拉特利夫想,他跟了上去,看到那个矮墩墩的身影出门后径直穿过围场向牲口棚的方向走去,拉特利夫突然感到心头一沉,喉咙像被什么东西堵住了似的,一股恶心涌了上来。"他们应该早告诉我!"他心里对自己说,但接着马上想起了什么,"怎么没有?!他告诉过我!布克莱特告诉过我,他说过,那一个。也许是因为我病得太久,脑子跟不上,所以没有放在心上。"——他不再往前走了,而是转身回到屋里,站在那张桌子跟前等着,却似乎已经听见了东西在地上拖拉的声

村子

音。过了一会儿，弗莱姆走了进来，这时拉特利夫确定自己听到了那声音。弗莱姆转过身，往旁边一闪，随着砖块划过木制楼梯和门槛的声音，一个弯腰驼背的身影走了进来：那人身上穿着破破烂烂的工装裤，头往后扭着，似乎在看后面拉着的木匣子，那木匣子被他拉进门后卡在了柜台桌子腿那儿。傻子使劲地拉着绳子，似乎想把木匣子拉出来，但是木匣子还是卡在那里。如果这件事放在一个三岁孩子身上，他一定会停下来，然后用手把那个木匣子拿出来，但是这个傻子看见木匣子不动后脸上竟露出害怕的神情，嘴里又开始哼唧起来。弗莱姆走过去，用脚把木匣子踢出来。两个人走到拉特利夫跟前——一个不停摇晃的脑袋，眼睛半闭半睁，头发像是蛇发女妖般炸着，流着口水的嘴巴，几根金色的胡须——拉特利夫看着那张脸，想，这个半人半畜的家伙脑袋是空的，没有正常人的思维。"你过来，"弗莱姆的语气里有哄的成分，"你叫什么名字？"

"艾克·霍普。"傻子的声音嘶嘶的。

"再说一遍。"

"艾克·霍普，艾克·霍普。"傻子目光呆呆地看着拉特利夫，半张着嘴巴，嘴里嘟嘟囔囔，似乎在笑，但在拉特利夫看来那不是笑——既不是欢乐的笑，也不是苦笑，那只是毫无意识发出的一种声音，像是被凶蛮的哥萨克们拖拽在脚下的奄奄一息的囚犯嘴里发出的声音。

"安静！"弗莱姆说，"安静！"他走过去抓住傻子的两个肩膀,摇晃着,直到傻子不再嘟囔才停手。然后,他推着傻子向门口走去,傻子似乎很不情愿,不时扭头看着身后,木匣子的两个角绑着绳子,走到刚才那个柜台角的地方,木匣子似乎又要像上次那样被拦住了,弗莱姆不等木匣子被卡住,已经用脚踢开了它。那个笨重的家伙走了,那张不停往回看的脸,下垂的嘴角和向上竖起的尖尖的耳朵,绷在工装裤里像女人松软的大腿,从屋子里消失了。经过门口时,那家伙又绊了一下。弗莱姆关上门,走到书桌旁,往沙盒里吐了一口唾沫,说:"他就是伊萨克·斯诺普斯,我是他的监护人,需要看监护证明[①]吗?"

拉特利夫没有回答,低头看着桌子上的欠条(刚才他回到屋里后就把那张欠条放到了桌子上),脸上还是一副让人捉摸不透的表情,很镇定。四天前他在那家饭馆里低头看着他眼前的咖啡杯时也是这样一副表情。他从桌上拿起那张欠条,也不看弗莱姆,低着头说:"如果我付给他十块钱,那这十块钱肯定是到了你的口袋里,因为你是他的监护人。如果我从你这里拿十块钱,把这张欠条给你,你可以重新卖掉这张借条,也就意味着这张欠条至少被倒了三次手。啧啧啧!"拉特利夫从口袋里掏出刚才那盒火柴,连同火柴和欠条一起递到弗莱姆眼前,"我听人说,你和别人说你从来不会烧钱,我现在给你个机会试一下。"弗莱姆接过欠条,点着了,然后把还在燃烧的欠条

[①] 指的是法律机关出具的能够证明弗莱姆·斯诺普斯是伊萨克·斯诺普斯监护人的文件。

扔进沙盒里。拉特利夫看着那欠条在火焰的作用下皱缩发黑，一点点消失，直到被一只脚踏上去碾碎。

拉特利夫走出屋子，下了台阶，不到十分钟的工夫他已经上了那条坑洼不平的大路。大路上空空荡荡，没有行人。阳光明媚，空气里飘浮的花粉粉尘给人一种光线上明暗起伏的错觉。"感谢上帝，是上帝让男人学会了忘记，如果男人没有勇气治愈自己的伤口，那就是上帝教会了他怎么能够快速忘记自己的失败。"拉特利夫想，"是的！是我自己的问题，我的病远比我认为的要严重，造成这样的局面可能是因为我太在意一些事了！太在意了！也许吃点东西能让自己感觉好点！"他去了小约翰酒店，可是当他孤身一人坐在小约翰太太的食堂里，望着眼前盘子里的食物，却发现自己根本没有胃口，每吃一口都像是在吃土，难以下咽（刚才走在路上他还有食欲，可是现在却觉得嘴里一点滋味都没有）。吃到后来他干脆把盘子往旁边一推，掏出那根笔杆已经被嚼得不像样子的小铅笔头，算起账来——山羊他卖了三十七点五美金，减去购买合同花掉的十二点五美金，再加上第一张欠条的那二十美金，以及那张十美金的欠条和三年的利息（缝纫机的成本就是二十美金，这十美金其实就是他的佣金，所以真正意义上不算赔钱），又加上他身上的一张五美元的纸币以及口袋里的一些散钱和硬币——他把这些磨损的钞票和硬币攥在手里去了厨房。他进去的时候，小约翰太太还在厨房里忙着，他把手里的钱放在洗碗池旁边的一

第一部分 弗莱姆

张桌子上,说:"这钱是我给他的,他叫什么?艾克?还是伊萨克?我听别人说你一直在关照他,给他吃的,我知道他用不着钱,但是你可以用这点钱——"

"哦,"小约翰太太在围裙上擦了擦手,拿起桌子上的钱,没有数,折好后说,"我替他保存着。不用担心。你这就要走?"

"是的。"拉特利夫说,"我很忙,说不准路上还能碰到一个饿坏了的年轻人,找不着钱赚,只能从身上割肉来填饱肚子。"他转过身要走,但是又停住了,扭过头,也没有看着小约翰太太,脸上还是挂着那种让人捉摸不透的表情,嘴巴咧着,似乎在笑,只是那笑看上去有点自嘲意味,"我还有个消息想带给瓦尔纳。不过也不是什么要紧的消息。"

"我替你带过去吧,"小约翰太太说,"如果话不长的话,我记得住。"

"也不是什么要紧的事,"拉特利夫说,"但是如果你见到他正好想起来这个口信,你就告诉他,拉特利夫说那事儿还没有被证明。你一说他就明白了。"

"我尽量记着。"她说。

拉特利夫出了屋子,来到自己的马车跟前,坐了上去。他没有穿外套,他觉得不需要,下一次他来这里时天气会更热,他都不用带着外套。两匹马甩开小而坚硬的蹄子跑了起来,路面往后退去。"我没有考虑周全,"他想,"没有往深里想,我只想着设计让第一个斯诺普斯放火烧了另外一个斯诺普斯的马棚,哪怕这两个姓斯诺普斯的男人知道是我在中间捣鬼也没关系,但是我就想到这么多,没承想第一个斯诺普斯会踩灭火苗,换成起诉的方式。"

3

在那几个一直观察弗莱姆·斯诺普斯的村民看来,这个新来的店员的本事可不仅仅是撵走铁匠霸占铁匠铺那么简单,保不齐有一天他就会踢走乔迪,成为瓦尔纳家业的继承人。因为第二年的收获季节,他们发现新来的店员从那年起不仅站在轧花机房里的地秤旁边管着秤高秤低,还负责清算佃户和瓦尔纳之间的账务。要知道这些工作从前都是瓦尔纳本人亲自做,连乔迪都不让插手,可是现在,这些活儿全部交给了这个外乡人——他坐在桌子后面,手里拿着卖粮食的现金,面前放着账本,一番计算后把佃户该得的钱交给他们。他身上还是穿着那件脏乎乎的白衬衫,脖子上打着领结,嘴里一直在嚼来嚼去,但眼珠很少转动,眼睛里像是蒙了一层东西;如果碰到一些天生爱挑刺的村民当着他的面对他算出的账质疑(就像他刚接手这个商店他们也曾质疑过一样)时,他不看对方,也不说话,似乎压根儿没有在听,等那几个人说完后,他拿出铅笔和纸算给他们看,中间还是一句话都不说。还有,过去都是乔迪大摇大摆地走进店里，指手画脚地给新来的店员交代活儿干，现在反过来了，是新来的店员指挥乔迪干活儿。他从不和人打招呼，每天上班前只是冲着站在阳台上的村民点一下头就走进店里。要知道村子里只有瓦尔纳一个人敢有这做派。他进店不久，就传来他给乔迪交代事情的声音，似乎在命令乔迪，乔迪虽然生气，但也不能怎么样，好像到现在他都没有反应过来发生了什么。嘱咐完乔迪后，新来的店员就去陪瓦尔纳了，常常是一天都见不着他的影子，而原先属于乔迪的那匹枣红马现在成了新来店员的坐骑，常常和瓦尔纳的白白胖胖的老马并排拴在篱笆桩上。新主人不是陪着瓦尔纳在乡间漫步，查看棉花地或者玉米地的收成、检查地和地之间的边界，就是陪着瓦尔纳站在牛群跟前指指点点，谈论牲口的情况。现在的瓦尔纳说起话来还带着以前那种既闲散又忙碌，一开口像拉伯雷说话的风格，不同的是他那张从前带着收税员的精明的脸庞现在有了笑容，像只快乐的蟋蟀！新来的店员嘴里嚼着东西和他站在一起，两只手插在他那条看上去松松垮垮的灰色裤子的裤兜里，偶尔吐出几口已经嚼了半天的暗褐色的烟草。一天早晨，那人手里拎了一只崭新的柳条箱子来上班，到了晚上关店门的时候他没有回家，而是拎着箱子去了瓦尔纳家。又过了一个月，瓦尔纳家里新添置了一辆轻型载客马车，新马车由瓦尔纳那匹白马和另外一匹枣红马拉着，马车轮子刷着亮红色的油漆，马车顶上架着一把带流苏的巨大阳伞，马具上镶着黄铜饰钉。马车奔驰在乡间的大道和小路上,所到之处激起团团烟尘,太阳底下,四只车轮子的辐条闪闪发光,焕发着朱红色的光芒。瓦尔纳和新来的店员并排坐在马车上,像是两个结束长途旅行后归家心切的旅人。

转眼到了夏天,一天下午,拉特利夫赶着马车去了瓦尔纳的商店,还没下车他就注意到阳台上其中一个人,脸上只有一条眉毛,表情既凶又倔,似乎两年前在哪里见过。拉特利夫客气地打招呼道:"你好,缝纫机用得还好吧?"心里却在不停地想,"这人是叫福克斯?还是凯特?噢,对了,明克。"

"还行,"那人说,"不是你自己说的,你的缝纫机肯定好使吗?"

"那是!"拉特利夫依旧笑着,似乎对那人话里的敌意并不在意。他从马车上跳下,把马车拴在阳台柱子上后来到阳台上。阳台上有四个人,或坐或蹲,拉特利夫来到他们中间,接着刚才的话说:"如果我的缝纫机不好用,我肯定不会大言不惭地说我的机器多么多么好。不过你们斯诺普斯家的人恐怕谁的话都不愿意相信。"话音刚落,从身后传来马蹄的嗒嗒声,拉特利夫扭头望去,豪斯顿骑着马往商店这边跑来,那马跑得很快,后面跟着豪斯顿的猎狗。到了商店门口,豪斯顿一勒缰绳,没等马完全停下来,他已经翻身下马,像西部牛仔那样把手里的缰绳往马头旁边一扣,三步并作两步上了台阶,来到靠着阳台柱子蹲着的明克跟前,问他:"你知道你那头牛犊在哪儿吗？"

"难不成在你那儿?!"明克说。

"正是！"豪斯顿压着火儿说，"我警告你，这个地方的法律规定，庄稼出秧后，每个家庭必须管好自己的牲畜，不可以放任自己的牲畜践踏外人的庄稼，否则后果自负！"

"你为什么不给你的庄稼地围上篱笆？如果我是你的话，我就那么做。"明克说。两个人很快吵了起来，吵得很凶，像打拳或者开枪那样攻击性很强，毫不顾及轻重。豪斯顿站在中间的那道台阶上，明克蹲在紧挨台阶的阳台柱子底下，两个人谁也不肯让步。"你开枪打死它！"明克说，"它就再也不会去了！"阳台上的那几个人待在原地，刚才蹲着的还是蹲着，刚才站着的还是站在原地，没有一个人出来劝架。明克也安静下来。豪斯顿不吵了，噔噔噔走进店里，没过一会儿又噔噔噔地走出来，谁也不看，下了台阶上马走了，那只猎狗昂着脑袋雄赳赳地跟在他的马后。豪斯顿走后，明克也站起来，走着离开了，他没有马。明克走后，阳台上的一个人站起身，面带小心地往阳台外呸地吐了口唾沫。拉特利夫说："让人家建道篱笆？难道不是他的牲口跑到豪斯顿的地里吗？"

"可不！"吐唾沫的人说，"他的牲口老是跑到豪斯顿的地里吃庄稼。话说回来，那块地原来是豪斯顿的没错，不过后来被他抵押给了瓦尔纳，到期后又没有赎回去，所以一年前那地自动归了瓦尔纳。"

"豪斯顿欠了瓦尔纳的钱还不上,所以丢了地。明克对豪斯顿说让他把那块地用篱笆圈起来显然是故意气他,豪斯顿当然会生气。"另外一个人说。

"明白了,"拉特利夫说,"要我说两个人为这点事儿吵得这么凶不太值。"

"豪斯顿可不是因为丢了块地找碴儿和人吵架。他也不是因为那地归了瓦尔纳而生气。"第三个人说。

"我明白了,"拉特利夫说,"是不是瓦尔纳收了豪斯顿的地后租给了斯诺普斯家的人种,豪斯顿因为这个不高兴?刚才那个家伙和斯诺普斯家的人看起来不太一样,虽然都是蛇,但这个是那种叫棉花嘴①的蛇。"其实拉特利夫还想说,这人以后不给他堂兄省事的地方多着呢!但是他没说,而是隐藏起内心的想法,客客气气地问另外几个人,"不知道威尔叔叔现在和他的合伙人在哪儿视察呢?既然你们经常看见他们,不如给我说个地方,我去找他们。"

"今天早晨我路过老法国人宅子时,看见瓦尔纳的马车停在宅子外面。"第四个人说完一扭头往阳台外的地上吐了口唾沫,然后像想起来什么似的加了一句,"我看见弗莱姆坐在瓦尔纳的那把面粉桶改装的椅子上。"

---

① 棉花嘴:美国东南部的一种毒蛇,毒性强烈。

第二部分

尤拉

第一章

当弗莱姆·斯诺普斯第一次来到瓦尔纳的店里当店员时,尤拉·瓦尔纳还不到十三岁。瓦尔纳有十六个孩子,尤拉是老幺,是家里的宝贝。她十岁时身高就已经超过她母亲,不满十三岁已经出落得像个女人,胸脯圆润,一点都不像青春期女孩儿或者少女那种小巧坚挺的胸脯。她的模样很容易让人想到酒神时代的象征物——阳光下流淌的蜂蜜,丰收的葡萄在山羊蹄子的践踏下汁液四溅的场面。这女孩儿似乎是一个生活在真空玻璃瓶里等着慢慢长大的女孩儿,天生带一种只有雌性哺乳动物身上才有的与世无争的懒散劲儿。

这一点她和瓦尔纳很像,虽然懒散在瓦尔纳身上体现为一种优哉游哉打发日子的姿态,但在尤拉身上,懒散成了一种实实在在的不爱动弹的特点。还在婴儿时期她就很少活动,即便活动,范围也仅限于从桌子到床,从床到桌子这么一小块地方。她很晚才学会走路,有了摇篮车后下地玩耍的次数就更少了。那辆摇篮车是方圆百里第一辆也是唯——辆摇篮车,既笨又沉,几乎和一辆狗拉车一样大。尤拉躺在摇篮车里被人推来推去,她一天到晚躺在这辆车里,一直长到伸直两条腿车子已经盛不下了,必须由一个大人很吃力地从车里把她抱出来时,父母才强制性地戒掉了她对这辆车的依赖。不能坐婴儿车后她开始依赖椅子,一天到晚坐在上面。也许这姑娘从小就已经明白自己哪儿都不想去,人生的每一阶段毫无新意,每个地方也和其他地方毫无二致,所以养成了走到哪儿都要人抱的习惯。这样的状况一直持续到她五六岁。那时候她母亲不愿意把女儿一个人留在家里,走到哪儿都要带着,于是她跟着母亲去了很多地方,说得更确切点,她其实是被家里的黑人奴仆背着去了许多地方。母亲,她,和那个背她的黑人仆人的身影常常以这样一幅画面出现在大路上——瓦尔纳老婆身披披肩,穿一件星期天做礼拜穿的衣服走在最前面,她的身后是背着尤拉的黑人仆人,因为身上背着一个人,黑人仆人走得有点艰难,而他背上背着的那个长胳膊长腿、腿脚当啷着悬在空中的姑娘就像一个被劫持的萨宾妇女[①]。

家人给尤拉买了很多玩偶娃娃。她把它们放在自己座椅旁边的椅子上,很少搬来搬去。玩偶们大同小异,看模样几乎没什么差别。瓦尔纳让铁匠仿照尤拉一到三岁时坐的那辆摇篮

[①] 传说公元前753年,古罗马人因新建罗马城,需要很多年轻的妇女繁衍后代,但邻近的城市都不愿意把姑娘嫁给罗马人,罗马人的领袖于是邀请邻近城市萨宾的男女参加一个喜庆日活动,但活动进行到一半的时候,罗马统治者赶走萨宾男人,开始劫掠妇女。

车的样子另外给她打了一辆小型摇篮车,专门让女儿放玩偶娃娃。新的摇篮车做工粗糙且看着一点都不轻巧,但对住在法国人湾的村民来说这是很了不得的事,因为以前他们可没听说过(更没见过)谁家会专门请人给孩子打一辆专门放玩偶娃娃的摇篮车!尤拉把娃娃全部放在那辆小型摇篮车里,自己坐在旁边的椅子上守着,但她很少摆弄那些娃娃。一开始家里人以为她之所以对那些娃娃冷漠可能是因为智力发育迟缓,要不就是她还小,还没朝着女人的方向成长,可是不久他们就发现真正的原因是这孩子根本不愿意动弹一下。

从一岁到八岁这段时间她几乎是在椅子上度过的,只有吃饭或者全家大扫除这样的事情才会让她从椅子上下来展展筋骨。在瓦尔纳太太的要求下,瓦尔纳让铁匠给女儿打制了几件迷你版的家庭用具——几把小扫帚和墩布,一台小铁炉——希望女儿可以用这些东西学习一下持家的本事,顺便多走走路。可是当他们把这些小东西放在她眼前时才意识到,这就像是给一个老酒鬼端来一杯冷茶,毫无作用。她很少找人玩,也没有形影不离的女伴,她似乎也不需要她们,在其他女孩儿身上常见的,为了团结起来对付和她们差不多大小的男孩儿或者大人而彼此之间形成的短暂亲密关系,在她身上从来都看不到。她只是懒懒地待着,样子让人想到待在母亲子宫里的胎儿。也许她出生时心智和肉体便彻底撇清关系,或者这两样东西根本不情愿结合在一起,所以选择了独自来到这个世界,而不是以相互陪伴来到世间并一同成长的方式；要不就是她的心智和肉体来到世间时已经发育得不对等，一方大一方小，大的把小的裹在里面。"没准儿这孩子长大了反而淘气得像个男孩子似的！"瓦尔纳这样说。

"长多大？"尤拉的哥哥乔迪说——他说这句话的时候眼睛里像是在冒火，很短，一闪而过。他就是这样，很容易被激怒。"像她这样长，哪个男人等她？等五十年吗？人不是橡树，可以等五十年，要我说没等到她缠上橡树，它已经烂了！被人当成柴火烧了！"

当尤拉长到八岁时，哥哥乔迪认为她该去上学，瓦尔纳夫妇也有这个打算，但什么时候送女儿上学，夫妇俩迟迟未定。瓦尔纳是村民推选出来的学校信托人（也许是因为这个原因，瓦尔纳才不反对送女儿上学），是学校里说一不二的人物，甚至可以决定法国人湾学校的存亡。在那些已经当了爹妈的村民看来，这间学校早晚都会成为瓦尔纳家的产业，既然这样，他们觉得瓦尔纳把女儿送到学校上学是早晚的事，再不济也会让他女儿在学校里待上一阵子。瓦尔纳人精一个，收租子算利息时一毫一厘都不会让，他怎么会错过利用自己在学校的地位让女儿上学的机会？瓦尔纳老婆对女儿上学这事儿倒是不怎么上心，作为这一地区最会持家的主妇之一，她孜孜不倦地打理着这个家，收纳熨好的床单被罩，整理货架和储存土豆的地窖，在熏肉房里悬挂鲜肉条，其他人很难从繁重的家务活中感到愉悦，但她却乐此不疲。虽然嫁给瓦尔纳的时候她多少识几个字，但还达不到能够阅读整本书的水平，因为底子薄，所以四十年过去，她没有养成一丁点读书习惯，她更愿意从活人嘴里听到对事件、传闻和消息的描述，然后自己添加点议论或者从道德方面评判一下。在这个女人看来，女人识字纯属多余，光凭看书做不出一手食材搭配得当的菜肴，佳肴美食是从实践里来的，是通过搅动勺子以及品尝勺子里食物的咸淡磨出来的。一个认为自己只有去学校学习后才能算清楚家庭开支账目的女人，永远都不是一名合格的家庭主妇。

尤拉八岁的那年夏天，他的哥哥乔迪突然对念书这事儿重视起来，他强烈要求自己的妹妹去上学，但是三个月以后他后悔了，而且后悔得很厉害。他不是后悔说服爸妈让妹妹上学，而是后悔坚持让妹妹上学导致他付出了代价。这代价太大了，大到他一辈子都对这件事耿耿于怀。尤拉从一开始就抗拒上学。不是因为上学就得和其他人待在一间屋子里而不想去，实际上她并不抗拒学习，这可以从她总共上了五年的学得到证明，不过，如果把她学到的知识折算成小时，再把小时折算成年月日的话，她从学校里学到的那点知识充其量可以折算成天数，而不是年月数。她抗拒上学是因为不愿走路，从瓦尔纳家到学校只有不到半英里远的路程，就这么一点路程，她也不愿意走着去。很多孩子住得比她远多了——他们的家离学校的距离是瓦尔纳家距离学校的三到五倍——但人家照样风雨无阻每天走着去学校，可尤拉不，她的理由很简单：不愿意走路。但她不吵不嚷，更不拳打脚踢又哭又闹地反抗家人的安排，而是不声不响地坐在家里的椅子上，脸上的神情像一匹倔头倔脑的小母马！而小母马的主人因为考虑到虽然现在这匹马因为年龄小还不值钱，但保不齐明年身价就一飞冲天，也不敢随便就用鞭子抽它。看见女儿这样，瓦尔纳大手一挥，劝自己老婆说："那就让她待在家里！虽然在家她也懒得动动手指头，但看着别人干活儿也不是不能学到持家本事。反正我们也不指望她能为这个家做什么，只要她能平平安安地长大，找一个好心眼有本事的男人，跟着对方过日子就行！只要那人知道谋事儿，不给咱们和这个家惹麻烦就行，这比啥都强！如果女儿能找个有钱人就更好了！万一哪天乔迪吃不上饭了，沦落到去福利院生活的地步，还能指着他们拉他一把！她若是真找到一个有本事的男人，我和你就把房子、商店和家当交给他们管理，然后咱们两个放放心心地出去看世面去！最起码也得去一趟圣路易斯，到世界贸易大会参观一趟！如果喜欢的话，我们就买个帐篷，多住几天！"

乔迪还是坚持让妹妹上学，尤拉还是负隅顽抗，理由是她不愿意走路。她坐在家里的椅子上，不哭不闹，像一个柔弱的小女人，在她面无表情的脑袋上方，是她又吼又叫、吵得不可开交的母亲和哥哥。最后母亲决定让家里的黑人仆人（小时候总是他背着尤拉跟着瓦尔纳太太走乡串亲，只是这一次不是背，而是用马车接送）接送女儿上学。于是每天一大早，黑人仆人赶着马车走半英里的路把尤拉送到学校，然后等在学校外面一直到下午三点学校放学把尤拉接回家里。两个星期后这个办法被喊停，原因是瓦尔纳老婆认为这种做法好比把二十加仑的水生生烧成一碗汤，浪费巨大。她对儿子下了一道命令，说如果他非得坚持妹妹上学的话就得自己承担起这个责任，并提醒他说既然他每天都要骑着马往返于家和杂货店之间，完全可以捎妹妹一程，先把她送到学校然后再返回杂货店工作。母亲的提议自然引发了乔迪的抗议，他对着母亲又吼又叫，声言自己不同意这么做。一旁的尤拉还是不声不响地坐在那里，一副无动于衷的样子，但是之后的每个早晨，村民们看见尤拉手里拿着家里人给她买的油布书包坐在阳台上，等哥哥乔迪骑马接她上学。乔迪来到阳台边儿上，大声喊妹妹过来，尤拉站起身，走到阳台边缘，骑到马上。从此以后，接送妹妹上学的任务就落到了哥哥乔迪的肩上——他每天早晨把尤拉送到学校，然后回来做自己的事情，到了中午再去趟学校接她回家，吃完午饭后再把她送到学校去，之后他便等在学校门口，一直到下午放学再把妹妹接回来。一个月后，乔迪决定不干了，他告诉妹妹自己只负责从店里骑马送她回家，她得自己走从学校到商店那两百码的路程。他以为尤拉会反抗，但出乎意料的是，尤拉很爽快地答应了。可是乔迪的这个方案只施行了两天就作废了。第三天下午，尤拉一条腿着地被乔迪夹在胳膊底下拖回了

第二部分　尤拉

家,刚进家门乔迪就冲到正在客厅里干活儿的母亲面前吼道:"难怪她答应得那么痛快!难怪她同意自己从学校走到店里!"他的声音因为生气抖得很厉害,"要是你每隔一百码安排一个男人在大路上站着,她肯定能同意自己一个人走回家里!她就是只母狗!只要经过男人身边,她就不安分了!离着十英尺远你就能闻到她身上那股骚味儿!"

"你少胡说八道!"瓦尔纳太太说,"少拿这种事烦我!是你非要她上学的!我养了八个女儿,个个都是正经姑娘!话说回来,一个二十七岁的单身汉比姑娘的妈还了解她的女儿,这话我也不是不明白!所以,如果你想让你妹妹退学的话,任何时候都可以,我和你爸不会反对。让你带的肉桂带回来了吗?"

"我忘了。"

"记着今晚带回来,我急着用。"

从那天起尤拉不再自己走着去哥哥店里,乔迪重新肩负起从学校接她回家的义务,两个人一周五天、每天四次骑着马在学校和家之间往返。一晃五年过去了,这样的场景似乎已经成了村子里必不可少的一道风景——乔迪怒气冲冲地坐在枣红马上,尤拉坐在哥哥身后,不管她的真实年龄是九岁、十岁还是十一岁,模样看上去都要比同岁的女孩儿大好多——从腿到胸到屁股都是大的,那具明显带着雌性哺乳动物特征的肉乎乎的身体和她身上背着的那个颜色花哨的小学生书包不仅不搭,还滑稽,让人觉得这样的孩子到学校接受教育简直是莫大的讽刺！她坐在哥哥身后，模样行为都像个吃奶的婴儿，让人不由得想到这具肉乎乎的身体似乎有两个生命，一个生命给她的屁股、大腿和乳房提供血液和营养，另一个生命蜗居在前一具生命里，前者走到哪儿它就跟到哪儿，而它之所以这么做只是为了避免麻烦，活得更舒适些。它对另一个生命的任何活动都不参与，这就好比一个人待在一所不属于自己的房间里，房子是别人设计好的，家具也是别人买好摆在里面的，就连房租也是别人付了的，而她只负责住在里面就行。接送妹妹上学的第一天早晨，乔迪本来想快马加鞭，赶紧交差了事，但是一种异样的感觉让他不得不坐直身体以躲避身后那具肉乎乎的身体。一路上他感觉自己不是在做穿过村子的直线运动，而是像太阳那样，在做一个浑圆的弧线运动。他只好让马的速度慢下来，坐在乔迪身后的尤拉一只手抓着哥哥裤子两条背带交叉的地方，另一只手紧紧抓着自己的油布书包。每次兄妹俩经过瓦尔纳家的商店都会看见商店门口聚集一堆人，经过小约翰酒店时也会看见酒店阳台上蹲着或坐着不少旅行推销员或者马贩子——有一天乔迪突然明白为什么他们当中有的人是从距离村子二十英里远的杰弗生镇来的——兄妹俩一般都会比其他孩子到学校晚，他们大部分人的家距离学校少说也有四五英里远。这些孩子穿着朴素，身上的工装服是粗布做的，脚上的鞋子一看就是大人穿剩下来的（这已经很好了，平时他们都没有鞋穿）。尤拉自己从马上跳下来，往教室走去，坐在马上的乔迪气呼呼地看着妹妹像个成熟女人似的扭着屁股的背影，心里不由得涌起一股冲动：他想冲进教室把老师（只因为他是男人）叫出来，警告他离自己妹妹远点。但是他又生气自己不能那么做，虽然他知道肯定早晚有那么一天，但至少现在不能那么做！打那以后乔迪每天十二点钟把妹妹接回去，一点钟送到学校，然后等到三点钟再把妹妹接回去。有一次走到离学校一百码远的一棵横亘在路上的大树（家里的黑人有一天晚上骑着马出去时差点被这棵树绊倒，因为树被旁边的树丛挡住了，当时他手里提着灯笼都没看见这棵树）边时，尤拉没坐好，摔了下去，当她站在那棵树上想爬上马时却遭到了乔迪的呵斥："该死的！怎么就爬不上来?! 这马又不是有二十英尺高！"

有一天他甚至头脑里冒出一个念头：她不应该跨着两条腿骑在马上。因为某一天他无意中往两边看时突然看到了妹妹那暴露在衣服和袜子之间的两条长腿，它们悬在半空中，丰满、浑圆，宛如天文台圆顶。其实他生气的不是她暴露身体的行为，而是她那种无所谓的似乎对自己袒露双腿的事一无所知的态度。他知道她并不是故意的，她只是不在意，如果她知道自己裸露的双腿会带给他人什么感觉的话，多少也会不嫌费事地遮掩一下。他知道对她来说，坐在一颠一颠行走的马上和坐在家里的椅子上没什么区别，和坐在学校的椅子上也没什么区别。这让他有时恨恨地想：她的屁股是如何承受那具一天比一天重的上半身的？在他看来，她不用说话，仅仅是走几步就已

村子

经能够吸引旁人去注意那具珠圆玉润的身体，他们看到她的模样，就认为她的心肯定也是五彩斑斓的。可是她从来都是安静地坐在乔迪身后，很少说话，但也不是哭丧着脸，那模样像在沉思，而且她思考的事情肯定和肉体无关。她周身散发出一种独特的气质，这种气质就连衣服也遮不住，而她作为衣服的主人从来都像是看不见别人投射过来的目光一样。

尤拉从八岁开始上学，一直上到十四岁那年圣诞节过后。她已经顺利完成了十四岁那年的学业，如果不是第二年一月的时候，学校突然关门，很可能她还会再继续待在学校上一两年学。学校关门是因为老师跑了，而且是一夜之间消失得无影无踪。那老师一直住在离学校不远的一间租来的房子里，他在那间常年不生火的屋子里已经住了六年，走的时候不仅没领最后一个学期的薪水，就连他自己仅有的几件私人物品也没拿，更没有给任何人交代就离开了法国人湾学校。

老师叫拉巴夫，原本住在离法国人湾很近的一座县城里，有一次瓦尔纳去那个县办事儿时发现了他，于是请过来当了法国人湾学校的老师。当时法国人湾的学校已经有一个教师，此人虽是老师，但喜欢酗酒，常常喝得酩酊大醉来上课，而且这种习惯有愈演愈烈之势。女孩子们不尊敬他，是因为她们认为这老师无论是在教书理念，还是知识水平方面都不合格；男孩子们不尊敬他，是因为他们认为这老师的心思不是放在传授知识上，而是放在如何让学生对他俯首帖耳唯命是从上——总之孩子们不仅不听他的话，还动不动拿他取笑，上课时课堂热闹得像古代罗马的乡下人欢庆节日，老师在孩子们的眼里宛如一头肮脏的掉了牙齿日趋无用的老熊。

因为已经到了这种地步，所以每个人，包括那位教师自己都明白下个学期他就不能在法国人湾的学校工作了。可没一个人关心如果没有老师，孩子们下一个学期就没法上课，学校就得关门这个问题。其实这所学校法国人湾的每一户人家都有份儿，他们出钱出力，包括老师的薪水也是每家每户出的，但是只有在家里的活儿不需要孩子们的时候，这里的人家才会把孩子送到学校读书。因为这个原因，学校每年只是在秋收过后到新一轮播种之前，也就是每年的十月中旬到第二年三月这段时间开门，也许因为这个原因（开学时间的不紧迫），找新老师的事儿一直搁置着，直到那年夏天，瓦尔纳去隔壁县城处理生意上的事儿时才敲定了新老师。那天办完事后天已经晚了，在招待他的人的邀约下，瓦尔纳答应住一晚再走。落脚的屋子坐落在一面光秃秃的山坡上，屋子里几乎没什么摆设，就连地板也是没有上漆打磨的糙木做的。屋子里没有生火，冰冷的壁炉旁边坐着一位嘴角叼着脏兮兮烟袋锅的上年纪的妇人，妇人的脚上穿了一双特别大的鞋，看鞋子应该是哪个男人的。当时瓦尔纳并没觉得有多么奇怪，直到转身看见一个十岁左右，身上穿一件虽然破旧但洗得干干净净的条纹棉布衣服的女孩儿脚上也穿了一双和那老妇人脚上一样的鞋子——如果非得要找出两双鞋的不同的话，只能说穿在女孩儿脚上的那双鞋比老妇人脚上的那双鞋看着还要大些——才觉得眼前这一幕有点奇怪。第二天早晨临出门时，瓦尔纳又看到了一双鞋子，鞋子摆在地板上，和老妇人脚上以及女孩儿脚上的鞋子一模一样！这三双鞋子和他以前看到的所有鞋子都不一样，不仅以前没见过，他甚至连听都没有听说过世界上还有这种样式的鞋子！他询问主人鞋子的来历，主人说那是双橄榄球鞋。

"什么？"瓦尔纳说，"橄榄球？"

"是的，橄榄球是一种比赛，只有大学里有。"主人和瓦尔纳解释，鞋子是他儿子小拉巴夫寄回来的，自打去年起，他的儿子开始在大学学习，现在已经完成了夏季一个学期的课程以及紧挨着的秋季课程的一半。作为一家之主的老拉巴夫对儿子想当老师的想法并不支持，在他看来，一家人靠经营农场生活，因为没有负债，日子过得并不差，另外这间农场早晚会归到儿子名下，所以儿子的这个决定没什么意义。但是小拉巴夫还是坚持要去大学学习。他去锯木厂打零工，是为了攒钱去大学开设的培养老师的夏季班学习。去年他去夏季班学习前和家里说好课程一结束就赶回来，帮家里收割庄稼，但是到了秋天收获的季节儿子并没有回来，他来信说自己找到了另一份挣钱的活儿——"实际上那份工作比种地累！"老拉巴夫补充说，"可是孩子已经二十一岁了，他想干什么，我也拦不住。"——事情是这样的，小拉巴夫去年参加了大学里八个星期的夏季学期课程，他和家人说好八月课程结束后就回家，可是到了九月还没有回来。当时他们也不知道他到底在哪里，他们除了担心他的安全之外还有点生气，觉得他不应该不回来，他回来还能帮着家里干点农活儿——比如采摘棉花、轧棉花、把玉米收回谷仓等等。九月中旬的时候他们收到了他的信，信里说他要在大学里多待一段时间，大概要过了秋季才能回到家里，还说他找到一份工作，所以没办法回来帮家里收割庄稼。信里并没有说那是一份什么样的工作，老拉巴夫觉着儿子也许是在另外一间锯木厂找到了活儿干——他可没想到儿子这次是在学校找到的工作。到了十月，他们收到了小拉巴夫的另一封信，随信而来的还有一个包裹，包裹里包着两双后跟加了防滑条的鞋，看着和他们平时穿的鞋特别不一样。十一月初的时候他们又收到了一双相同式样的鞋。到了感恩节，他们又收到了小拉巴夫寄来的两双鞋。这样，前后总共收到了五双鞋，但家里住着七口人，所以这些鞋子其实是公共的，谁用谁穿，并不专属于谁，就像家里的雨伞，谁都可以用！哪双鞋空着，需要的人就拿来穿上，老拉巴夫这样解释。但五双鞋里只有四双是这样用的，剩下的一双鞋专门拿出来给了家里的老祖奶奶（她是老拉巴夫的祖母）。收到曾曾孙子寄来的第一双鞋后，老祖奶奶就把它当成了自己的专属鞋，她从来不让别人穿这双鞋，而是自己穿着它坐在摇椅里，惬意地听着脚上那双上了防滑条后跟的鞋子踩在地板上发出的吱扭扭的声音。剩下的四双鞋大部分时间给孩子们穿,他们穿着它上学,到了家就脱掉鞋子给家里需要外出的人穿。一月的时候,小拉巴夫回来了,他给家人解释,说自己参加了大学里的球队,秋天那阵儿他一直在参加比赛,说球队的人要求他每年的秋季学期都得待在大学里参加训练或者比赛。他详细给他们描述了那是一种什么样的比赛,并告诉他们他寄给家里的那五双鞋都是学校发给他的。

"什么学校一下子发给学生六双鞋?"瓦尔纳问主人。

老拉巴夫说他也不知道。"也许碰巧去年他们手里有很多这样的鞋。"他说大学还给儿子发了一件深蓝色的毛衣,前胸上绣着一个大大的红色 M,穿在身上很暖和。和上次一样,孩子们的老奶奶收了这件对于她来说尺寸显大的衣服,但是她只有星期天才穿它,把它当作她的教堂专属服,无论冬夏,只要去教堂就穿着它。一家人坐在马车上,老奶奶坐在老拉巴夫旁边的座位上,天气好的时候,太阳底下,那个鲜红色的 M 仿佛一枚红色的胸章,证明佩戴它的主人是一位不屈不挠、勇气可嘉的女人;天气不好的时候,它还是雷打不动地出现在嘴里叼着烟袋的老奶奶那佝偻干瘦的胸前,彰显出主人身上具有的一种临危不惧的气质。

"这么说那孩子现在还在大学里待着?"瓦尔纳说,"在打橄榄球?"

没有,老拉巴夫解释道,儿子想接受正规的大学教育,仅为培养小学老师而设立的夏季班现在已经无法满足他对实现理想的渴望，所以今年夏天他没有去大学上课，而是在锯木厂找了份活儿，目的是多攒点钱，等到秋季开学时正式去大学学习一年的课程。有了钱，即使将来不打橄榄球他也可以继续待在大学里学习。

"他不是说他想当老师吗？"瓦尔纳说。

"那不是他的理想。"老拉巴夫说，"从夏季班毕业只能当小学老师，我说了您别笑话，他真正的理想是当州长。"

"不简单！"瓦尔纳说。

"我就知道您会笑话他的。"

"哪有的事儿？"瓦尔纳说，"谁敢笑话未来的州长？这样吧，你见到他时，告诉他如果他愿意把当州长的事情往后推个一年两年，利用这一两年的时间当个老师，他可以来法国人湾找我。"

和老拉巴夫的交谈是在七月，也许瓦尔纳根本就没指望小拉巴夫会来找自己要这份工作，但他再没有找人来填补老师的空缺也是真的。事情就这么一直耽搁着，但是村人们并不担心，因为他们觉得瓦尔纳不可能不管这件事！首先他是学校信托人，这件事他一定得管，另外他家不是还有一个闺女吗？那闺女也到了上学的年纪不是?!九月初的一个下午，就在瓦尔纳脱了鞋，躺在自家院子里那挂在两棵树之间的小吊床上优哉游哉地休息时，从外面进来一个人。虽然那是个陌生人，但瓦尔纳第一眼看到他时就已经猜到了对方的身份——这是个年轻人，身材虽不魁梧，但还算结实，一头硬硬的黑发宛如马鬃，高高的看起来像是印第安人的颧骨，一双不算漂亮的浅蓝色眼睛，鼻子较长，下勾的鼻尖让他的脸多了点盛气凌人的气质，薄薄的嘴唇表明这是个轻易不肯开口，不好接近的人。总之，这像一张法律人的脸，坚定不移，说出的每句话都是律法，是那种需要时可以不惜牺牲生命去捍卫原则的人。如果时光退回一千年以前，他应该是一个宁愿待在一个荒无人烟的地方思考度过余生，也不愿搅和在人群中浑浑噩噩度过一生的人，而他之所以做出这种选择只是因为他无法按捺与生俱来的来自内心的渴望，和挽救人类或者不想看到人类遭受痛苦没有半点关系。

"我来是通知您一声，我今年没法来您这里教书。"年轻人说，"抽不开时间，另外一个原因是，我已经挣够了在大学里学习一年的钱。"

瓦尔纳没有起身，躺在吊床上说："一年？那第二年呢？"

"我和锯木厂说好了，明年夏天我还去他们那里工作。即便去不了那儿，我也可以找其他的活儿干。"

"很好！"瓦尔纳说，"不过我是这么想的，我们学校今年十一月一号才开门，开学之前你完全可以在牛津镇的大学里待着，到了十一月你再来学校教书。开学后你可以把大学里要读的书带到这儿来读，这样不耽误你自己的功课。如果这段时间大学需要你打比赛，你可以随时回大学打比赛，顺便给大学看看这些日子你有没有落下功课。打完比赛后你再回到学校来，在外面耽误的这一两天也耽误不了孩子们的学习。我还可以给你提供一匹脚力好的马，从这里骑到牛津镇也就四十英里的路程，来回八个小时足够了！你爹和我说大学考试的时间在每年的一月，到那时你可以关上这里的学校，回大学参加考试，等到所有科目考完了再回来。到了三月，这儿的学校就可以关门了，那时你不管去大学学习还是做其他事情，决定权都在你，时间你自由支配，只要你愿意，在大学一直待到十月也没问题，十月以后再回我们这里来教书。如果你那么想上大学，四十英里的路程应该不算事儿，对吗？"

年轻人站在吊床旁边，一动不动，似乎和刚才相比没有什么异样，但眼睛睁大了。瓦尔纳还是躺在吊床上，不动声色地打量着面前的年轻人：身上的白衬衫一看就是穿了好多年的衣服，因为洗的次数太多已经薄得像蚊帐似的，窄巴巴的外套和裤子看着明显不是一套。虽然这个年轻人身上的衣服看着不合身，还是旧的，但洗得干干净净，瓦尔纳判断这身衣服应该是对方唯一一身比较正式的穿着，而他之所以给自己买这么一身穿是因为他懂得（或者是别人告诉他的）一个人不可能穿着工装裤去大学里念书的道理。年轻人并没有表现出回过神后欣喜万分的表情，也没有表现出谄媚讨好的模样，只是说："好吧，我十一月一号来这里教书。"话音未落已经转过身去，似乎等不及要走。

"你不想知道薪水是多少吗？"

"想啊！"拉巴夫停住了脚步。瓦尔纳大咧咧躺在吊床里，穿着袜子的两只脚架着，说出了那个数，然后说："那个什么橄榄球比赛，你喜欢吗？"

"不喜欢。"拉巴夫说。

"我听说和打架差不多。"

拉巴夫礼貌地说了一句"是的"，然后就不说话了。瓦尔纳也不说话，翻了个身，脸朝下继续休息。那无所谓的样子似乎在告诉旁边站着的年轻人，他心中那些坚定的理想和眼前自己给他的这份工作比起来不值一提！拉巴夫站在那里，两条腿像被施了魔法似的钉在地上无法动弹。他看着躺在吊床上的瓦尔纳，表面虽然没有任何表示，心里却五味杂陈：他从未告诉过任何人自己的志向。虽然它现在在他的脑海里翻来覆去地出现，可是已经变得无足轻重，轻到他连说都不想说。他想起一年以前，自己参加完夏季班的学习后，本想按照和父亲说好的那样，回到家里帮着收割庄稼，但因为一个偶然的机会，他获得了一份工作——帮人修建橄榄球场地。考虑到那段时间离收棉花的季节还有两三个星期，而在大学他只需付一点生活费和住宿费就可以住到九月中旬，他毫不犹豫地接受了这份唾手可得的工作。虽然他不知道橄榄球场地长啥样，但那又有什么关系？因为在他看来，这份工作是一个不错的额外赚钱的机会。挥动铁锹干活儿的时候他心里会浮出一个讥讽的念头：凭什么这么一个比赛场地需要搭进去这么多的人力和金钱，比一块面积和它差不多大小的庄稼地还要娇贵?! 如果把这些钱和人力投入一块庄稼地的话，那收获的不是庄稼，而是金子！时间一晃到了九月，比赛场地快建好了，他心里依然保留着对这份工作和这块比赛场地的消极看法，以及事不关己的态度。等到那块场地正式投入使用，他发现汇集到场地上的年轻人不是在打比赛，而是在训练。也许是因为他常常站在附近看他们训练，也许是他自己也没有意识到他看他们训练的次数很频繁，又或许是他自己也不知道当他看他们训练时，脸上的神情和眼睛里流露出的神态和别人不一样，总之不管什么原因，一天下午，那些人中的一个（他注意到那支队伍里有一个老师，很明显他们付给他钱来教这些人如何打球）走过来对他说："你觉得自己可以玩这个吗？想试一下吗？这样吧，你跟我来。"那天晚上（九月的夜晚空气干燥不说，还有很多尘土）他坐在邀请他的那个人的屋子的台阶上，直截了当地，不客气地说："我可不会借钱打比赛！"

"我现在就告诉你，你不仅不需要借钱打比赛！我们还会帮你付大学的学费！"教练说，"你可以住在我屋子的阁楼上，平日里帮我喂喂马、挤挤牛奶、生生炉子，我负责提供吃住。怎么样？"小拉巴夫脸上浮现出不屑一顾的表情。但是他想，天这么黑，他肯定看不到我脸上的表情，而且，他也不认为自己发出了什么轻蔑的对方能够听到的声音，但是他分明听到教练说："我明白了，你是不相信我说的话！"

"不是不相信您！不管谁跟我说只要我肯打比赛就管吃管住，我都不会相信！"

"那就试试看？看我说的到底是不是真的？从现在起你就在我这里吃住，然后看我会不会问你要钱。"

"如果你们那时候问我要钱的话，我能不能不用还钱就离开？"

"没问题！"教练说，"这个我可以保证！"当天晚上，小拉巴夫给父亲写信说自己今年不会回家帮忙收割庄稼了，如果家里实在缺人手的话，他可以寄点钱，让他们拿这点钱雇人完成本应该他干的活儿。事情就这样定了，他没有回家，而是留了下来。没过几天，球队里的人发给他一套打球用的衣服。领到衣服的那天下午，球队的一个队员受了伤，伤得很厉害，站都站不起来，他们找到他，给他大致讲了一下比赛规则——有哪些暴力冲撞被判为犯规，情形就像那天下午他穿着工作服在比赛场地干活儿时，教练走过来问他要不要打球一样，他努力想搞明白哪些行为是犯规，哪些不算，努力想搞清楚该如何比赛：但是如果他们抓住了我，把我绊倒了，我怎么能做到带着球冲向那条白线？

这些话他当然不会和瓦尔纳讲。这个穿一身洗得干干净净但明显不配套的衣服的年轻人只是神情严肃地站在吊床旁，用"是"或者"不是"这样的简单字眼回答着瓦尔纳，脑子里却回忆起去年秋天的生活，它们像是梦境中的画面，一帧帧出现在他的脑海中：搬进教练给他提供的那座阁楼后，他每天四点钟起床，起床后先生火——有五间屋子（屋子的主人来自不同的部门）的炉火等着他生，然后喂马、挤牛奶，干完这些后他去上课——在那间外墙爬满了常青藤，装饰朴素的教室里，台上讲课的老师满腹经纶侃侃而谈，台下听课的学生全神贯注如饥似渴。下午课程结束后他去铲煤劈柴，为第二天早晨生火做准备（不久他不用天天起来生火喂马和挤牛奶了，而是隔一天一次，但他们又给他加了扫五所院子的树叶的活儿），之后再给那几头牛挨个儿挤一遍奶，等到把这些全做完后他才能开始学习。没有生火的阁楼寒气逼人，他坐在桌旁，就着灯光一直看到夜深人静，不知不觉趴在桌上睡着为止——这是他一周五天的生活。到了星期六，他意气风发地出现在橄榄球赛场上，抱着对他来说毫无意义可言的小球冲过重重堵截，冲过同样对他来说毫无意义的运动场上的白色码线，迎接自己校园生活的巅峰时刻。那几秒钟不管他心里如何瞧不起这项运动，但他感觉到了自由，是他身上天生的斯巴达式的不屈不挠的刚毅品质给了他这种仿佛重生般的自由——短短的几秒钟里，脚下的土地在飞速后退，高速奔跑中闪开对方球员的拉扯，耳边回响着重重的喘气声和从看台的人群中传来的震耳欲聋的欢呼声，这一切发生时，他脸上却始终带着那种不以为然的讥讽表情。"至于那几双鞋……"瓦尔纳把两只手枕在脑后看着拉巴夫说。他想说，他从没想过会一直把橄榄球打下去，但终于没有说出口，只是垂着手站在瓦尔纳跟前，等着对方把下半句话问完。

"是不是他们手上有很多那样的鞋？"瓦尔纳看着他说。

"买鞋时他们一次性买很多，各种尺码都有。"

"那肯定！我猜你们想要鞋了只要和他们说一声，说鞋小了或者鞋丢了就可以领到一双新鞋。"

拉巴夫没有挪开视线，他神色平静地看着躺在吊床上的瓦尔纳说："我知道那鞋多少钱一双，我问过教练，对于大学来说，鞋不值钱，值钱的是赢球。打赢比赛就是价值。"

"我明白了，这么说你没有白拿他们的鞋，那些是你应得的，是你赢回来的。我看见你家里有五双鞋，你打过几场比赛？"

"七场。"拉巴夫说，"有一场比赛我们和对方打了个平手。"

"我明白了，"瓦尔纳说，"好了，你还得天黑前回到家里，十一月前我给你准备一匹好马。"

十月的最后一个星期，拉巴夫正式就职于法国人湾学校。开学第一个星期他就用拳头解决了原先那位老师遗留下来的课堂的混乱局面。之后的每星期五晚上，他骑着瓦尔纳给他找来的那匹马去四十多英里外的牛津镇，第二天上午上课，下午打比赛，比赛后倒头大睡，一直睡到星期天的中午起来，然后骑马往法国人湾走，到家时已经是后半夜了。好在住的地方离学校很近，还来得及在屋子里那张冰冷的小床上睡上一觉再去学校。他的房东是一位寡妇，当初他搬进来的时候只简单带了些随身物品——一把刮胡刀，一身不配套的裤子和外衣，两件衬衫，一件教练给他的大衣，一本柯克[①]的书，一本威廉·布莱克斯通[②]的书，一卷密西西比州法律案例集，还有他的教古典文学的老师（每天早晨他也担负着给这位老师的屋子生火的任务）送给他的圣诞节礼物：贺拉斯[③]和修昔底德[④]的诗歌集——他有一盏由气门、活塞和量计等零件组成的镍金台灯，这盏灯光芒无比，比村子里任何一盏灯都亮，就放在屋里那张由几块木板搭成的简易桌上，这盏价格不菲的台灯可以说是他屋里最值钱的家当，它的价值超过了其他东西的总和。为了目睹这盏灯放出的炽热的稳定的光芒，有些村民不惜大老远在晚上跑过来站在拉巴夫的窗前一睹为快。

开学后的第一个星期，学校里所有的孩子都领教了他的厉害——在学生眼里，他那干燥的嘴唇，看不到一丝笑意的眼神，刮得干干净净的脸庞只能让人想到伏尔泰或者伊丽莎白时代的海盗。即便他在他们心里是这样一副模样，当着他的面他们还是客客气气地称呼他为老师——二十一岁的老师——学校只有一间教室，学生从六岁到十九岁（对于那个十九岁的学生，拉

---

① 柯克（Edward Coke，1552—1634）：英国法学家、政治家。
② 威廉·布莱克斯通（William Blackstone，1723—1780）：英国法学家。他的著作《英国法释义》一书对美国南方影响很大。
③ 贺拉斯（Quintus Horatius Flaccus，前65—前8）：古罗马诗人、文艺批评家。
④ 修昔底德（Thucydides，约前460—约前400）：古希腊历史学家，代表作《伯罗奔尼撒战争史》。

巴夫是用拳头在对方面前建立起自己作为老师的威信的）都有，所教内容从最简单的 ABC 一直到基本分数入门。他教的都是他会的。对他来说，放在他兜里的教室钥匙和每天按时开店门的商人手里的店门钥匙没什么区别。每天早晨他用它打开教室门，打扫卫生，学生到校后他把男孩子们按照年龄和身高分成挑水和砍柴两组，监督他们干活儿时不惜使用武力和心理战术。孩子们干活儿时他偶尔也会搭把手帮个忙，但这种行为不是要在学生面前树立榜样，而是为了消耗自己多余的精力。为了让大一点的孩子听自己的话，放学后他会插上门，堵在教室门口，用拳头揍得他们不得不从窗口落荒而逃。他还强迫孩子们和他一起爬到房顶上修房换瓦，搞得身为学校信托人的瓦尔纳常常为此事和他念叨，拜托他要注意学生的安全。到了晚上，从他屋子窗户里透出来的灯光是那般耀眼，路人经过时瞥到的都是他坐在灯下孜孜不倦地看书学习的身影，但对他来说，与其说读书是他的爱好倒不如说是他的信仰，他坚信读书好似劈木头，只要心无旁骛，一定会圆满完成任务。在时光的流转中，他像一只爬行缓慢、一点一点啃食树叶的尺蠖，通宵达旦地阅读、思考，吸收着书里的知识。

每个星期五的下午他都去瓦尔纳家的围场里，牵出那匹脑袋长得像锤子的瘦马[①]，骑着它去第二天要打比赛的镇子。如

---

① 在美国小说《沉睡谷传奇》里，校长也骑着一匹脑袋像锤子的瘦马，后面的章节表明，在尤拉眼里，拉巴夫就像《沉睡谷传奇》里的校长。

果他比赛的地方太远，他就骑马到附近的火车站，坐火车去打比赛的地方。因为火车误点，或者自己没安排好时间，在哨子马上要吹响的前一分钟才换好衣服的情况时有发生，但无论怎样，他总是能在星期一早晨准时回到法国人湾的学校。这样的安排让他从星期四到下个星期一的这段时间里只能有一个晚上——也就是星期六的晚上——可以安安心心地睡个好觉。打完感恩节州立大学对抗赛后，他的照片出现在了孟菲斯的报纸上。照片里的他穿着球衣，虽然看着一点都不像他本人（但是照片还是要给人看的），但照片下的名字是他的名字。村民们只知道他每个周末要去大学里工作，但具体做什么一无所知——那不在他们的关心范围之内。他们虽然也认可他——教师这份工作没点本事的人干不了——但在他们眼里，不管怎么说，当老师都是女人的职业，所以只有女教师才会得到真正的尊重。学校设立了老师不能喝酒的规矩，村民们喝酒时从不叫他。拉巴夫心里十分清楚：虽然村民们对待他如同对待村里的神父，都是小心翼翼尊重有加，但一旦他的表现有什么让他们不满意的地方，那第二年这个教师的位置也就不属于他了。因此他在村民面前总显得很严肃，但他掌握的火候刚刚好，既不显得傲慢也不显得过于刻板。

第一年，大学要举行期中考试的那段时间，他离开了法国人湾，去大学参加考试。一个星期后，他回来了，之后便追着瓦尔纳出资找工人在学校建一个篮球场。建篮球场的时候，他和大一点的孩子一起上阵参加劳动，篮球场建成后他教孩子们打篮球。第二年年底，他们的球队已经开始四处下战书并打败了所有应战的球队。第三年，他领着孩子们去圣路易斯参加比赛，虽然上场时这支球队队员身上穿着平常穿的粗布衣服，脚上也没有篮球鞋，但是他们打败了所有参赛的球队，一举摘下密西西比州篮球锦标赛的冠军头衔。

回到村子时他和队员们受到了村民们的夹道欢迎。三年后他毕业了，取得了一张文学硕士文凭和一张法学学士学位的文凭。毕业前夕他最后一次离开村子一段时间去大学学习——这一次他带着自己的书、灯、剃须刀，以及一张第二学年过圣诞节时他的古典课教授送给他的阿尔玛-塔德玛[①]原作的复制品——在那段时间里，他从早晨学到晚上，不错过每一节课（他既要学习公共课程，又要学习法律专业课）。这时他已经戴上了眼镜，每次从教室出来眼睛都被外面的阳光刺痛，得眨好一会儿才能缓解。他还是穿着原来那身不配套的衣服，走在校园的路上，他发现自己周围那些嘻嘻哈哈的男男女女穿得都比他好，在他来到这里之前，他还从来没有见过有人穿得这么好看。不过他知道，没有一个女生会注意到他，他在这些人眼里和路边的灯柱子没什么区别——他们是不会把目光落到一根

---

① 指劳伦斯·阿尔玛-塔德玛（Lawrence Alma-Tadema 1836—1912），在荷兰出生的英国画家，作品以描绘古希腊、古罗马以及古埃及的场景、人物而著称。

第二部分 尤拉

不起眼的路灯柱子上的。说起来他第一次看到路灯还是两年前来到这所法学院后。他走在熙熙攘攘的校园里，看着周围的红男绿女，看着那些来这里求学只不过是为找到一位如意郎君的年轻女孩儿和那些自己也不知道为什么来这里学习的年轻男孩儿们，脸上总是不自觉地浮现出他在赛场上向终点线冲刺时的表情。

毕业典礼那天，他穿戴着租来的毕业礼服和帽子，和其他人一起亲手接过递到自己手里的那张羊皮纸卷大小的毕业文凭。这张被卷成一个小筒的、比日历大不了多少的纸凝聚了过去三年里他经历的所有甘苦——在比赛场上，向那道白色终点线冲刺；夜深了仍旧骑在马上拼命往家赶路；坐在那间没有多少热气的小屋里，面对枯燥乏味的书本，就着台灯的光亮熬夜苦读等。毕业典礼后的第三天，他和班级同学站在牛津镇法庭的法官席前，参加了律师资格的授权仪式。他终于实现了心愿，达到了目的，可是当天晚上在一家酒店的餐厅里他却改了主意。当时他坐在餐桌旁边，看着在法学院教授和法学院的支持者的簇拥下主持晚宴的法官，听着咬文嚼字的致辞，脸上再次浮现出惯有的讥讽表情。那一刻他清醒地意识到这间大厅相当于一间临时休息室，迈出这间屋子他就可以拥抱世界，拥抱自己的未来。三年来他锲而不舍地努力就是为了这一天，如果说得更确切点，他为这一天已经努力了四年——如果把他尚未定下目标的那一年算上。当法官讲完，房间里响起震耳欲聋的掌声时，他站了起来，往门外走去。他的脸始终朝着前面，没有回头，没有任何迟疑，就像这三年来他勇往直前朝着目标奔跑一样，可是这一次他是往来路上走，他又一次回到了法国人湾。他不得不这么做。尽管在朝向自由（他知道自由的滋味，他说过这句话）和自尊的路上，他已经不用再走从法国人湾到牛津镇那四十多英里的路程，他还是做不到不回去！他必须回去！回到那个十一岁女孩儿给他设定的区域！课间休息时他看见她坐在教室门口的台阶上，她在太阳底下眯起眼睛的样子像一只无辜纯洁的小猫。她身上那种与世无争的气质像荷马或者修昔底德作品中的女神：春光旖旎却纯洁无瑕，既有处女的纯洁也有一个哺育勇士的母亲的成熟。

她哥哥把她带到学校的第一天，他便对自己说：不，不，她不应该来这儿！不要把她放在这儿！他在那所学校教了一年（其实只是五个月，一个学期，中间还不算每周末他都要去牛津镇，星期天才返回来，还有一月两个星期的考试时间）后便彻底整顿了前任老师留下来的混乱局面。他制订了有步骤的教学计划，在没人帮忙的情况下，他把原本乱坐一起（教室里甚至都没有按照年纪划分座位区域）的学生按照他们掌握的知识情况划分成不同的组，制定出一套学生们乐意遵守的学习纪律。他对自己的工作并不感到骄傲，甚至连满意都谈不上，但是有一件事他是满意的，那就是不管怎么说，学生们的面貌发生了改变，他们在进步，即便不是在知识汲取上突飞猛进，至少也是在课堂纪律上有了进步。有一天早晨，他正站在简陋的黑板前给孩子们上课，一转身突然看见她从教室外进来。那是一张八岁孩子的脸，可是和这张脸搭配的却是一个十四岁孩子的个头和二十岁女人才有的身体曲线。女孩儿跨过教室门槛的瞬间，原本还是光线昏暗的带着清教徒清规戒律印记的寒冷教室突然变成一间春潮涌动充斥异教徒①的场所，在这里，异教徒们大行其道，心甘情愿地跪倒在被摆上高台的代表人类初始欲望的女性生殖的子宫前，俯首称臣。

他只看了她一眼，便想到她哥哥肯定是最后一个知道这一点的人。他心里很清楚，对这个女孩儿来说，来学校学习没有任何意义，因为书本里没有她需要学习的东西，她需要学习的不是知识，而是一出生就注定要面对的东西，她必须学会战胜它们才能生存下去。他看着这个虽然才八岁，但显然还是胎儿时就已经度过了青春期的女孩儿，想到未来至少两年内自己要和她待在一间教室里就不由得心慌意乱。他发现她喜欢发呆，但不是闷闷不乐地发呆，而是不慌不忙安静地坐在座位上发呆，似乎对宝贵年华一天天溜走无动于衷。她似乎在等某一天一个男人来到她面前，虽然她现在还不知道那男人是谁，叫什么名字，但是她已经开始等待那个将会闯进她生活的男人。五年过去了，他一直在观察她，从每天早晨她哥哥把她送到他这

---

① 这里的异教徒是相对于清教徒而言，因为美国是一个清教立法的国家，清教徒提倡禁欲、克己、节俭，敬畏上帝，努力工作。

里一直到他再把她交还给她哥哥，他无时无刻不在观察她。她总是安静地坐在座位上，两只手搁在大腿上，很少换姿势。她被提问时回答往往是"我不知道"，被问得急了只会多说一句："我还没看到那里。"她好像从不厌倦上课，她只是坐在那里，像一个慵懒的少女，虽然活着但没有思想，来学校似乎仅仅是为了等着自己那个好嫉妒的，动不动就生气，性格像是阉人般无常的哥哥接自己回家。

她每天早晨背着里面只装了烤红薯的油布花书包（这只是他的猜测，他总是一厢情愿地认为她的书包里除了在课间休息时吃的烤红薯外什么也没有）出现在学校，只要她一走进教室，原本看着呆板的桌椅板凳立刻变成了维纳斯徜徉漫步的果园，教室里的所有异性，从刚进入青春期的男孩儿到已经成人的十九或者二十岁的年轻人（其中还有一个已经结婚并且当了父亲的年轻人，力气大得可以一个人一天翻十英亩地，他与别人摔跤一般都先让对手出手）立刻把注意力放到了她的身上。有些个星期五的晚上，学生们会在教室里举行晚会，他也在场。少男少女们在一起玩游戏时总会有一些春心萌动的表现，不过她很少参加，虽然不参加，却依然有着权威的作用。她坐在炉子旁边，脸上挂着和上课时坐在座位上一样心不在焉的表情，在尖叫声和踢踢踏踏的脚步声中显得那么安静。她是那些穿着花布棉裙的女孩儿的中心。她的成绩既不领先也不是最末，这不是因为她不爱学习，也不是因为她是瓦尔纳的女儿，这个学校的真正的管理者的女儿，而是因为她来到这个班上第一天后，这个班级的成绩就不再排序了。也是从那一年开始学校就再没设立比她低的年级的班级。孩子们就像一群蜜蜂，以她为中心闹成一团，而她被围在中间，安静，不受任何人的影响，似乎对周围的一切毫不留意，人类那些经过思考和痛苦而产生的所谓知识、教育、智慧，在这样一个宛如女王临世的女孩儿面前毫无意义。

他又在法国人湾教了两年书，虽然他认为自己疯了。她来学校后的第二年他就完成了大学学业，取得了两个学位，这也意味着当初他来到这个学校当老师的目的已经达到了，他可以离开了。为了这张文凭，他吃的苦绝不仅限于众多夜晚骑着马在往返于法国人湾和大学之间的乡村小路上的颠簸之苦——即使他身上有农民吃苦耐劳的本性，在马上颠簸也肯定不是乐趣！他完全可以不再做这份教书的工作，一走了之，再也不回头瞧一眼。那年大学春季学期的最后两个月和接下来的夏季学期的八周是他大学的第四学年，那段日子里他一直在艰难地跟自己说着这样的话。学期结束后是八周的假期，这段时间里他一直在锯木厂打工（虽然那时候他已经不缺钱，但想到毕业后尚不明了的前程，自己要面对的困难，他觉得口袋还是多存些钱好），假期结束接下来的六周里他重新回到大学橄榄球队，每周六下午他都要参加比赛，重新体会奔跑中脚下的白线飞速后退，耳边回响着观众的喊声和尖叫声的感觉，在冲向终点的短短的几秒钟用尽全身力气奔跑，仿佛重生一般，虽然脸上还是一副不以为然的表情。

直到有一天他发现这两年他其实一直在骗自己。那是第二年春天他返回大学上课的那段日子，离毕业还有一个月，虽然他没有正式从法国人湾学校辞职，但是他知道这是自己任教的最后一个学期，因为他当初答应瓦尔纳来法国人湾学校任教是为了挣钱完成大学的学业（这一点他想瓦尔纳也知道），现在他毕业了，离开的时候也到了。再过一个月就是期末考试，然后是司法考试，考完后他就可以当律师了，那座殿堂的大门马上就要向他敞开，学校里也给了他一个留校工作的机会。可是有一天下午，他和往常一样回到自己租的屋子的饭厅里等着房东端饭菜上来，房东太太一进门就说："今天我请您吃红薯。我妹夫带了一些红薯过来。"她把手里的盘子放在他面前，盘子上只有一个烤红薯。看到他不动，女人大声说："怎么了？拉巴夫先生，您生病了？"他没有回答，强撑着站起来离开饭厅回到他自己的房间。那一刻他只想离开，即便找不到交通工具，步行也要离开牛津镇。因为那块红薯让他看见了她，闻到了她的气息：她坐在教室门前的台阶上，安静地吃着红薯，身上带着让他害怕的楚楚可怜的气息，似乎对身外的一切漠然置之，但又是那么惹人怜惜，在他眼里，她似乎是裸着身子坐在那儿，只是她并不知道罢了。那一刻他才意识到她已经在自己心里住了两年，他对她的感觉已经不再是生气，而是恐惧。他害怕了，因为直到那一刻他才意识到当初为了完成学业而来到法国人湾任教，现在他达到了目的，却发现那并不是终点，就像一个男人遇到灾难时用尽全力并不是为了赢得奖牌而是为了保命。

但是他并没有从法国人湾的学校辞职，虽然那时候他开始对自己说，不回去了。之前他没有对自己说过这句话是因为他一直觉得自己不会那么做，至少他在警觉地提醒自己不要那么做。出于这些原因，学业考试通过后他就加入了律师协会并参加了协会为即将入行的新律师举行的晚宴。其实在举行毕业典礼的前几天，一个平日和他并不相熟的同学凑到他跟前说，典礼结束后几个同学想庆祝一下，去孟菲斯玩一趟，算是犒劳一下，他立刻明白了对方话里的意思：在酒店里大喝一顿，然后趁着醉意去妓院嫖妓——至少他们当中的一些人会这么干。他一口回绝了对方，不是因为自己还是处男，也不是因为他口袋里没有为这种事买单的钱，而是因为一直到那一刻他还像一个从乡下来的男人那样，对教育抱着纯洁的感情和信念，相信拉丁语的白色魔法，就像一个僧侣对那根木头做的十字架怀抱纯洁的感情和信念一样。可是到了毕业典礼那天，台上的人讲完了，在如潮的掌声和拖拉椅子的声音中，他仿佛看到一扇门在自己眼前打开，一条金光大道出现在门外，等着他走过去，可是就在那一瞬间他突然意识到自己永远不会踏上那条大路。典礼结束后他找到那个邀请自己去孟菲斯的同学，说自己也要去。到了孟菲斯车站后,刚下车他就问和他一起来的同学妓院在哪儿。"真有你的!"其中一个同学说:"注意点形象!再着急也得先找个酒店安顿下来再说。"他没等他们,而是问一个同学要了妓院地址,自己一个人找到那地方,毫不犹豫地敲响了那扇暧昧之门。可是他发现和妓女上床帮不了他,实际上去的时候他也不指望一次嫖娼就能把他从对那女孩儿的迷恋中挽救过来。他的这种行为只能说明男人既不是特别勇敢也不是特别懦弱,当危险来临时虽然不能挺身而出但也不会畏缩不前,即使知道失败是不可避免的但还是幻想胜利的可能性。他对自己说:至少不能让她嘲笑我还是个处男。第二天早晨他问那个陪伴自己过夜的妓女要了一张便宜的格子信纸(粉红色信封散发着香水的味道),给瓦尔纳写了一封信,信里说自己打算再在法国人湾学校里教一年书。

此后的三年里他没有离开过法国人湾。他教书,但过的却是僧侣般的生活,仿佛一名身强力壮隐居在偏远之地修行的古代僧侣。他把这座贫瘠的村庄、破旧的教室看作他的圣山——他的客西马尼[①]、各各他山[②],那间冷冰冰的小屋是他修行的洞穴,立于石头地板上的小床相当于修士用石头垒成的休息的地方。冬天的夜晚,他赤身裸体地躺在床上,牙关紧咬,汗毛浓密的双腿仿如半人半羊的农牧神。虽然屋子里冰冷彻骨,但他

---

① 客西马尼:耶路撒冷附近的一个花园,基督教《圣经》中耶稣蒙难的地方。
② 各各他山:耶稣被钉上十字架的地方。

如学者般神色严肃的脸上挂满了汗珠。天亮后他起床穿好衣服，一开始他还吃饭，后来竟然连饭也想不起吃就去学校。到学校后他打开教室的门，坐在桌子后面等着她从门外进来。他也不是没有想过娶她这件事，他甚至想，等到她长大后就向她求婚，不过这个念头只是在脑子里闪了一下就被他弃之脑后。原因是他不想结婚，现在不想，也许一辈子都不想结婚，即使结婚，他也不会选她做自己的妻子。可是他又很想要她，只要一次就够了，这种渴望和一个手脚长了坏疽，曾经经历过被人用斧子切掉身体那些坏死部分的男人渴望以后还会有人这么帮他砍掉坏疽一样。为了她他过了三年这样的生活，他无法从对她的迷恋中走出来，可是他心里很清楚，他不会得到她的，不光瓦尔纳不会同意，就连那女孩儿也不会喜欢他，因为她不是面对单身男人的许诺会交出自己贞操的女孩儿，口头上的承诺对她来说不是爱情。他甚至预见到她未来嫁的那个男人的样子——一个矮子、侏儒，毫无性能力和欲望，在她的生活中只是一个代号，就像一本书的扉页上的买书人的名字。光看那家伙的外表就已经知道这是一桩什么样的婚姻：瘸腿的武尔坎和美丽的维纳斯的结合①。那个相貌丑陋的家伙并不能真正拥有她，他从和她的结合中似乎得到了一些浮财，可是他并没有拥有她，他只是凭借一些浮财的力量占有了她，他得不到这里的土地，也没

---

① 在罗马神话中，美丽的爱神维纳斯嫁给了相貌丑陋的锻造之神武尔坎。

有在这片土地上给自己竖起一座塑像。但在那个相貌丑陋的家伙看来，他要的是对土地的占有权，他对土地没有感情，再美丽丰饶的土地在他眼里不过是散发着粪臭味的东西，因为他现在赚钱的种子要十倍于原先这片土地的主人毕生投放在地里的良种，而他得到的收成要千倍于他所能希望的收成。

离开法国人湾的事就这样放下了。他留了下来，只为每天等到最后一节课上完，所有的学生都走了，他从讲桌后站起身，面无表情地走到她的座位旁边，把手放在她坐过的凳子上抚摸着。木板上似乎还留着她的体温。他跪下来，把脸贴在她坐过的地方，蹭着，体会那块没有知觉的木头，直到那上面的温度完全消失。他是疯了，他自己知道，他甚至不再想和她做爱，而是想伤害她，想看到血从她的身体里飞溅出来、流出来，想看到那张表情沉静的脸在他的身下因为恐惧和痛苦而扭曲变形，想在那张脸上看到带着他的印记的永久烙印，直到那张脸看着不再像一张脸，然后再把她唤醒。这一次他要让她在上面，而自己被压在下面；这一次轮到他苦苦哀求那张虽然只有十四岁但有着恣情纵欲的妇人神态的脸，而他成了一个对逾界之事懵懂的生手。就像一个小女孩儿，一个春心荡漾的少女，在欲望（直到那时她似乎才意识到这欲望其实已经默默地潜伏在她身体里多年）的驱使和勾引她的人的诱惑下，一步步走向沉沦。他匍匐在她面前，气喘吁吁地哀求："告诉我该怎么做，告诉我，我会做任何事情，去学你知道的那些东西。"他是疯了，他知道，这样下去早晚会出事，而他注定是失败者，尽管他不知道和她对峙的那一天自己的软肋在哪儿；但是他知道她肯定会击败自己。可是她对这一切浑然不知，不知道她其实已经处在危险之中。危险?! 他想，几乎是在心里呐喊道：危险?! 她不会遭遇危险的！危险的是我！因为我害怕自己会做出什么事情，不是因为害怕伤害到她，没人可以伤害到她，而是害怕这件事会让我受到伤害！

仿佛一个手脚长了坏疽的人经历过坏死的神经和肌腱被斧子砍掉的第一次之后，会很乐意举起斧头砍掉那些坏死的神经和肌腱。终于，一天下午，他找到了"斧头"。她走进教室时他没有听到任何声音。那天下午教室里空无一人，学生们打完最后一场足球赛后已经走了，门早就关上了。等到他意识到有人，从板凳上抬起头时，看见她身上背着那个她已经背了五年的书包站在门口看着自己。他第一反应是她不仅认出了他跪下的位置而且知道为什么自己跪在那里，他甚至觉得她可能早就知道他对她的迷恋，不然为什么她一点都没有害怕的意思，嘴角也没有浮现嘲笑的意味，她根本就不在乎。不过她肯定不知道站在她面前的很可能还是一个潜在的杀人犯。可是她仅仅是松开门，沿着过道走到炉子跟前，说："我哥哥还没来，外面太冷了，你在那儿干什么？"

他站起来，朝她走过去。在他心里，她一直是那种出了学校大门从来不学习的女孩儿，也许只有往书包里放一块冷红薯时才会打开书包。女孩儿站住了,看着他。"别害怕,"他往前走了几步说,"别害怕。"

"害怕?"她说,"害怕什么?"她往后退了一步,看着他。她没有害怕,她还不知道害怕,他想。他感到恼怒,被喜欢的人拒绝,心一下子冷了下来,仿佛自己一下子被剥夺了爱的权利,但是他的脸上没有任何表现,他只是在微笑,那是一种似笑非笑的带着悲凉柔弱色彩的无奈的笑。

"这就是你,"他说,"因为你不害怕,那就尝尝这滋味,尝尝害怕的滋味。我来教你。"他开始想自己曾经教过她什么,可是又想不起来,五年了,他总该教过她什么吧,不然她怎么会一个年级一个年级升上来。他朝她走过去,并朝她伸出手,他的手抓住了她,他出手的动作很重很狠,就好像她是一个橄榄球,或者他手里已经有了一颗球,而她站在他和那道白线中间,挡住了他,所以他恨她,因为他必须要冲过那道白线。他生硬地抓着她,两个人很快撕扯在了一起。她一点都没有躲避他,也没有打他抓过来的那只手,她似乎在那一瞬间有点迷惘,又像是惊呆了。他已经冲到了她面前,她几乎和他一般高,他感觉到对面那具丰满的身体的气息,那种衣服都遮不住的女性酮体的气息。也许她从来不知道自己的身体这三年来给他的身体带来的困扰,也不知道三年来他对欲望的克制和压抑,这三年他为了她像是把命都搭上了,包括从他身体流出来的牛奶状的东西。

她开始反抗，很激烈地反抗，但从始至终都没有喊叫，好像她既不害怕也不生气，而是感到诧异和不耐烦。她力气很大，这他知道，他甚至乐意看到她反抗自己，这么多年他一直等着这一刻。两个人撕扯在一起，他的脸上始终挂着笑，甚至在低声鼓励她。"就这样！"他说，"打我呀！打呀！"他们像一对厮杀的男女，对对方充满仇恨，好像只有杀死对方才能彼此铭记。这样的男女甚至都不能平静地躺在一张床上，因为哪怕走向坟墓的那一天他们都在争吵，直到另一方死去，争吵才会平息。他放松了手底下的力量，但是他还是能感觉到来自那具身体的抵抗，他控制住了局面，手虽然还抓着她，但是又和她保持一定距离，不让她够到自己。从始至终她都没有喊叫，可是她应该喊叫的，因为她哥哥现在也许就在门外，她应该喊她哥哥帮忙，可是她没有，当时拉巴夫并没有想到她会不会喊叫的问题，也许他已经不在乎了。他只是抓着她，脸上带着微笑，嘴里说着希腊语、拉丁语以及密西西比地区的下流话。突然他的下巴遭受了重重一击，她腾出胳膊，用胳膊肘给了他一下，不等他反应过来，她的另一只胳膊肘又撞了过来，正撞在他的脸上。他被撞得后退几步，碰倒那张凳子后跌坐在地上，她深吸一口气往前走了几步站下，看着他说："别用你的爪子碰我！你这个活该被砍掉脑袋的老马夫伊卡包德·克莱恩①！"她看上去几乎和进来时一样，连头发都没有乱，也没有一丝一毫气喘吁吁的样子。

门砰地关上了，她的脚步声也消失了，空气里只有讲桌上的闹钟（他去大学时也带着这个闹钟）发出的嘀嗒声，指针每挪动一下，就像一颗子弹被扔进罐子里。不等他站起来，门又开了，"我的书包在——"不等说完，她已经抓起掉在地上的书包跑了。关门声重新震耳欲聋地响了一次。这么说她没有告诉她的哥哥，他想，他知道那个叫乔迪的性格，若是她一见到她哥哥就告诉了这件事，乔迪第一要做的不是带她回家，而是立刻冲进教室找他算账——五年来也许乔迪一直在怀疑自己会不会欺负他的妹妹，现在终于等到了报仇的那一刻。乔迪肯定会找自己算账的，他想，虽然不至于因为这件事给他一枪，但揍他一顿是一定的。对于他来说，身体受伤是难免的，而对于乔迪来说，与其说是为了妹妹，不如说是为了发泄他这五年来积攒的对自己的情绪。总之，他要为这件事付出代价。他这样想着，站起来走到讲桌后面坐下，然后把那只闹钟转过来，让它的正面对着自己（通常他是把这只闹钟对着教室，这样他在她的板凳前可以看到那只闹钟），心里估算着乔迪把她送回家

---

① 伊卡包德·克莱恩：华盛顿·欧文创作的《沉睡谷传奇》一书中的人物。书中的伊卡包德·克莱恩是一个身材瘦长喜欢体罚学生的校长，常年骑着一匹脑袋长得像锤子的瘦马。

后再返回来的时间（因为他常年骑马往返于大学和法国人湾之间，所以他对骑马能走多远的距离需要多长时间能猜个八九不离十），他甚至想，那家伙把妹妹送到家再往学校赶来的时候，速度肯定要快点。他坐在桌子后面，看着闹钟的指针一点点在向他认为的那个时间靠近（到了那个点儿，乔迪差不多就要到了），禁不住用眼睛去找可以用来防卫的东西。他的目光扫过空空荡荡的过道，落在炉子上和他常去的那张板凳上：炉子肯定是举不动了，板凳倒是可以，可是板凳不是好的武器……最好是去外面和他打，这样也许会打得过对方。然后他马上又想到那不就是他想要的吗？想要伤害某个人！可是他随后问自己：伤害谁？然后又回答自己：不知道，管他是谁呢？他重新看了看闹钟：一个小时已经过去了，乔迪没有出现，自己还完好无损地坐在教室里。他想，也许乔迪现在手里拿着手枪隐蔽在半路的一处灌木丛里，等着他，但是他怎么知道那人躲在哪处灌木丛里，再说灌木丛哪有在教室里这么方便呢？他仿佛看见明天早晨的一幕：女孩儿走进教室里，脸色平静，仿佛任何事情都没有发生过，好像她早把一个人因为她丧命的事情抛到了脑后，课间休息时还是和平常一样，坐在教室门前的台阶上，吃着从书包里拿出来的烤红薯，那张脸和以前一样贞洁，像是神话传说中没有名字的仙女，坐在沐浴在阳光中的奥林匹斯山的山坡上，吃着一小片来自伊甸园的面包。

他站起身，收拾好书包和教案（每天下午放学后他都带书、教案和闹钟回到自己简陋的小屋，第二天早晨再带回来），把它们放在讲桌的抽屉里，然后用手绢擦干净讲桌，给那只闹钟上弦放回原处。他做这些的时候神色平静，动作有条不紊。他盯着自己那件挂在墙钉上的大衣（这件大衣是六年前他的教练给他的）看了一会儿，然后走过去，从墙上取下来，穿着它离开了教室。他想起她第一次被她哥哥带进教室那天，当时教室里有很多学生，可是他似乎只看到她一个人，从那天以后，不管教室里有多少人，他眼里似乎只有她。

他来到街上，一眼看到乔迪的枣红马拴在商店门口的柱子上。该来的已经来了，他想，谁会带手枪出门呢？自己不会，所以自己那把藏在枕头底下的枪没有任何意义。该来的总归要来，躲是躲不掉的，可是他需要枪，她哥哥肯定已经找好了证人，自己也应该找几个证人过来，他沿着大路向商店走去，看似平静，但内心有说不出的悲壮。证人就是证据！他在心里默默喊着，活人眼里看到的就是证据！有证人总比没证人好，虽然连他自己也怀疑那些人会不会给他做证，但是不管怎么说，他和乔迪必须有一个要死。

灰突突的天色凝滞得像一块生铁，从早到晚都死气沉沉的，仿佛连光线都不会改变。村子毫无生气——轧花房的大门关着，铁匠铺也关着，四周一片死寂，商店看着破破烂烂，枣红马一动不动，你之所以知道它是活的不是因为它偶尔动一下，而是因为它的形象让人知道它一定是活的。那些人肯定在商店里等着，他几乎可以想见那些人的模样——他们脚上穿着又沉又重的鞋或靴子，身上穿着鼓鼓囊囊的工作服，蹲在炉子周围烤着火——炉子火热火热的，屋子里有一股雄性的气息，像是走进了修道院——炉子侧面还有冬天人们吐过的烟草的痕迹，炉火给屋子增添了热量。他走进去，等于一脚踏进了鬼门关，而不是从寒冷的外面到了一个暖和的地方。他一步步地走上台阶，感觉每走一步都离生越来越远，感觉自己跨过那道门就从生走进了死亡。枣红马抬起头，看着他从它旁边走过。你不必面对这些，他默默地对马说，最好离这里远点，以免被血溅到。他走上台阶，来到阳台上。阳台地板破破烂烂，商店大门紧闭，上面贴着一张专利药品的广告——广告中的演员有一张已婚成功人士沾沾自喜的脸，结过婚，有孩子，住在郊区的豪宅里，已经过了激情澎湃的年轻岁月，现在一心回归家庭。这样的肖像随处可见，他们出现在油漆剥落的门上、墙上、篱笆上，任由日晒雨淋。

把手放在门把手上的那一刻，他突然想起自己第一次也是唯一一次乘火车去孟菲斯参加比赛时遇到的一件事情——那天他刚从火车上下来，就听到一阵吵嚷声，中间夹杂着一个男人的骂声，紧接着一个黑人从车厢门口跳下来往前跑去，黑人身后紧跟着一个白人，骂声显然是从那个白人嘴里发出来的。众人纷纷躲闪，白人掏出枪朝黑人开了一枪，枪子儿打中了黑人。黑人转了个身，然后弯下腰，手捂住肚子扑倒在地上，之后又翻了个身,脸朝上躺在地上。他感觉那黑人的身体中枪后似乎一下子长高了不少,至少显得比原先的身高高了一码。人们抓到那白人,下了他的枪,火车在汽笛声中重新启动,一个穿铁路制服的人从人群中冲出来,去追火车,一边追还一边往回看。他也记得自己如何挤进人群中(往人群里挤时他甚至出于本能用到了打橄榄球时的技巧),低头看到那个黑人手捂着肚子闭着眼睛躺在地上,身体僵硬但面容安详。黑人旁边跪着一个男人——至于那男人是医生还是警官,他猜不出来。男人似乎想把黑人捂着肚子的手挪开,虽然没有遭到黑人的抵抗,但似乎很难达到目的,因为黑人的两只手和胳膊已经变得比铁还要硬。黑人闭着眼睛,脸上很安详,说:"小心,白人兄弟,我被打中了。"他们掰开黑人攥在一起的手,剥掉他的毛衣外套、工装裤和破破烂烂的半短大衣(那原本是一件长大衣,下摆也许是被剃刀割掉的,毛毛糙糙的,最里面是一件衬衫、一条宽松的裤子。衣服扣子解开了,子弹从黑人的身体穿过。他们从月台上找到了那颗子弹,上面几乎没有血迹)。他把已经放在门把手上的手拿下来,脱掉外套,搭在胳膊上,想,至少不能让自己看上去太惨,然后拧开门。屋子里空空荡荡,见不到一个人影,屋子中间的沙盒里放着一台炉子,炉子散发出痰吐在上面被烧焦的气味,炉子脚下三三两两散落着些铁钉,不远处立着一个倒扣过来的箱子。他等了几分钟,从桌子后面闪出乔迪那张表情呆板的胖脸。刹那间他心里涌出一股怒火:这家伙一定是故意的！把人赶走，清理场子，让自己死无对证！他突然不想死了！甚至对自己准备赴死的做法感到愤怒！他把身子往旁边一闪一蹲，看了一眼四周，看有没有可以当武器用的东西。可是乔迪并没有起来，他顶着一张黄恢恢的满月似的圆脸在桌子后面看着他说："你来这里找什么？两天前我就告诉你了，窗框还没到！"

"窗框？"

"你先在窗户上钉几块板子凑合一下！"乔迪说，"不就是教室灌了点儿风嘛！你大老远地跑来不会是逼着我为这么点小事给你专门跑趟镇子吧？"

他这才记起来，圣诞节放假那几天，教室的窗框坏了，他在窗户上钉了几块木板算是临时过渡一下，他忘了这件事，甚至忘了两天前乔迪告诉过他，说窗框还没到。他早把这件事抛到了脑后。明白过来的他站起来，大衣还是原封不动地搭在胳膊上。现在他甚至不觉得乔迪的脸带着怀疑的神色。是的，他心里想，是的，我明白了，她根本就没有告诉她哥哥！也许她忘了！也许她觉得这事儿没什么好说的！乔迪还在说话，可是他已经得到答案了。

"你到底想要啥？"

"我想要枚钉子。"他说。

"拿去！记得把锤子还回来！"乔迪话没说完已经重新蹲下去，那张脸消失在桌子后面。

"我不需要锤子。我只要钉子,一枚就够了。"他说。

从商店出来后他去了学校,路上经过那间他已经住了六年的小屋(小屋虽然冷清,但是里面的书和那盏打开十分明亮的台灯陪伴了他六年)时,他甚至都没有看它一眼。到学校后他锁好教室的门,用砖头把手里的钉子砸进教室门口的一侧墙上,然后把钥匙挂到钉子上,打开门,拐上教室旁边那条去杰弗生镇的大路。

第二章

1

在尤拉十四岁的那年春天和随后而来的漫长夏天里,她成了一群十五六七岁青年的中心。这伙青年里有和她一个学校的校友,也有不和她一个学校的,他们像嗡嗡飞舞的蜜蜂,在尤拉(她饱满温润的嘴唇多么像成熟多汁的蜜桃!)身旁转来转去。这堆年轻人有十二三个人,像是彼此因为合得来而走得很近的玩伴,他们吵吵嚷嚷聚集在尤拉周围,而被这几个年轻人围在中心的尤拉却神态宁静。她是蜜桃最诱人的部分。那十二三个人当中也有女孩儿,三四个,不过这几个女孩儿在这群孩子里的地位无足轻重,也许尤拉是为了让她们做自己的陪衬才和她们做朋友的,这个也说不准。这几个女孩儿虽然年龄比尤拉大,但个头和身材看着比她单薄很多,就好像自打襁褓起就生得白白胖胖的尤拉,不仅在五官、身材、发质和皮肤肌理方面让女孩儿们逊色,就连在个头上也要把她们甩下一截。

这群孩子每星期至少聚一次，有时候甚至更多。每到星期天早晨，他们都会出现在教堂里，坐在相邻的两条板凳上，那是其他人自动给他们让出来的座位，他们看上去像是一个班的，并且主动把自己和周围的人群隔离开来；他们还一起出现在学校教室里举行的社区聚会上（学校因为缺少老师，教室已经空了两年），玩二人唱的游戏时，总是在自己人里选择游戏伙伴，男孩儿们出怪相、吵吵闹闹，很少有安静的时候，大呼小叫得像是一帮被派到非洲和中国正在开周会的共济会会员。他们一直玩到星星和月亮出来才离开，几个人簇拥着尤拉一直把她送到家门口然后才各自散去。如果有哪个男孩儿说自己单独送尤拉回家，没人会信他，因为从没人见那女孩儿单独和男孩儿出去过，也没见任何一个男孩儿以任何一种方式送她回家过。

那一年他们一同参加了在这一地区举行的唱圣歌和洗礼活动以及之后的野餐会。按照以往的惯例，这一地区的人们在种下最后一批庄稼以及收割完第一批庄稼后的第一个星期天都要举行唱圣歌、接受洗礼的庆祝活动。因为那年是大选年，所以在唱歌和洗礼活动结束后的一段日子里，这里的人举行了很多次野餐会，目的是让更多的民众参与到选举活动中来。瓦尔纳每周都会带着家人去参加这样的聚会，和去教堂一样，他们坐着轻便马车来到举行野餐会的小树林附近，和其他人一样，把马车停在小树林边上后来到林子的一处空地上。这里早早摆好了一张大长桌子,桌子上摆放着丰盛的冷食——那是女人们忙碌了一个星期的成果。成年男人站在临时搭起的台子底下,听着台上那些一心要去政府部门的立法机关或者参众两院做事的人的演讲,年轻小伙子则成群结队地在林子里晃悠,他们想的是能不能勾搭上某个女孩儿,拉她进入一处不为人注意的角落,干些年轻人才会干的偷摸勾当。尤拉也在野餐会上,但是她从来不听演讲也不在摆着食物的桌子旁转悠,更不唱歌,她和三四个女孩儿坐在一起,周围吵吵嚷嚷,但她似乎永远都位于中心地带,永远都是焦点,是中心的中心。和去年举行的学校聚会一样,她一出现就迷住了每一个人,但是她却拒绝了每一只伸过来的手,她似乎很会保护自己,在那种自由和放任的环境里依旧能够泰然自若地做她自己,自由地呼吸行走——也许说她泰然自若地坐在那里更准确些——在新教的刻板和世俗的诱惑混杂的气氛里,这女孩儿身上带着一种任何人都无法接近的贞女气息加入那种微妙的环境中。就像她天生知道如何保护自己,而她之所以这么做是在等着某一时刻那个男人的到来,即使她现在还不知道那个男人是谁,是哪家的孩子、长什么样,但是她已经明确了自己在等他。她坐在那里,与其说是在等开饭时间,不如说她是在等一个男人的到来。

他们后来还在其他女孩儿的家里聚会过。不用问这是事先已经说好的,而且肯定是其他几个女孩儿的主意。也许尤拉心里很清楚,那些女孩儿邀请她是因为只有她去,男孩儿们才会去，不过你从她脸上可看不出来。她有时候也会去女伴家玩耍，住一晚上或者两三天的时间。至于晚上在学校教室或者在其他村子的教室或者商店里举行的舞会她从不参加，理由是家里不允许。其实这事儿她自己从没问过父母，就在其他孩子还在猜测她会不会回去征询父母意见的时候，她的哥哥乔迪已经提前给了否定的回答。不过去其他孩子家里玩乔迪倒是同意，就像他以前接送她上学一样，他也负责接送尤拉到其他女孩儿家，他这么做的原因和他不愿意让尤拉一个人从学校走到商店一样。一路上他阴沉着脸，似乎随时都可能中了邪似的发脾气教训人。尤拉背着油布书包安静地坐在马上，书包里装着母亲给她带上的睡衣和牙刷。她的手紧紧抓着哥哥裤子上两条背带交叉的地方，软软的乳房贴着乔迪的后背，嘴里发出吞咽和咀嚼食物的声音。坐在前面的乔迪心烦意乱，好容易到了她要去的那个女孩儿的家门口，立刻吆喝住马，冲尤拉吼道："一个红薯吃了一路！别吃了！赶紧下马！我要回去工作！"

每年的九月初是杰弗生县城举行一年一度县交易会的时候。这一年，十四岁的尤拉第一次跟着父母出远门去了县城。为了参加这届交易会，父母带着她在一家旅馆里住了四天。她的伙伴们也去了——他们有男有女，几个人约定在交易会上见面。交易会上，瓦尔纳忙着挑选牲口和农具，瓦尔纳太太则穿梭于摆放着罐头、腌菜和雕花饼干的摊位间，用挑剔的眼光挑选她要买的东西，无人看管的尤拉被吵吵嚷嚷的伙伴簇拥着，从射击台玩到投圈游戏，玩累了就到卖汽水的冷饮摊前饱饮一顿。在旋转木马游戏场里，她嘴里吃着东西骑在木马上，身上那件去年去学校时穿的短裙现在只能盖住她的大腿根，两条冠军运动员才有的大长腿一览无余地展示在众人眼前。

转眼尤拉十五岁了，那些来找她玩的男孩儿也长大了，他们看上去不再是男孩儿，而是男人。至少外表上有点男人的样子了，和其他男人一样，他们已经有了工作，能赚钱了——他们是十八九岁或者二十岁的小伙子，在那个年代和那一地区，十八九岁已经到了开始考虑结婚的年纪。因为尤拉的缘故，他们开始注意其他女孩儿，春心萌动的年纪恨不能和任何一个女孩儿交往，但似乎又不肯考虑结婚的事。这群男孩儿有十二三个，第二年的春天，尤拉十六岁了，这群男孩儿仿佛突然变成了四处撒野的野牛。虽然她和他们去年夏天还在一起玩耍的日子仿佛就在昨天，但他们每个人似乎都不再是去年夏天的那群孩子了，他们的出现（那时候她的哥哥乔迪还没有开始对尤拉或者她的玩伴的行为指指点点）有时也会搅动这女孩儿宁静的心扉。夏天到了，尤拉的哥哥乔迪庆幸今年的夏季野餐会没有往年选举年举办得那么频繁，而且他可以和家人一起坐在马车里去参加夏季野餐会，而不是骑着马，身后带着妹妹——这个一年到头都穿着呢子衣服和无领亮色衬衫、爱发脾气缺乏幽默感的年轻人突然改了以前动不动就对妹妹吼叫的习惯，并且开始在母亲面前絮叨让妹妹穿胸衣的事情。在他的絮叨下，瓦尔纳太太开始要求女儿穿胸衣。当尤拉在屋子外玩的时候，不管周围有人没人，乔迪都会一把揪住妹妹，让她回家穿上胸衣再来玩。

虽然乔迪对圣歌会或者浸礼会不感兴趣，但他每次都再三叮嘱父母替他看紧妹妹，所以对那几个年轻人来说，现在只有星期天才有机会正大光明地接近那女孩儿。为了这个目的，他们不得不星期六晚上从自家的马或者骡子身上卸下犁铧，第二天骑着卸了犁铧的马或者骡子来到教堂前等着，见到坐着马车来的尤拉后，他们在第三天一大早太阳升起来之前，再往马或者骡子身上重新套上犁铧，赶着它们去地里干活儿。他们还是去年在农交会上和尤拉一起玩耍的那几个孩子，有的孩子甚至整整一年没有见到尤拉了——瓦尔纳一家坐着马车来了，尤拉从马车上下来向教堂走去，她身上还是穿着去年在交易会上穿的短裙，为了加长而特意缝了花边，穿了胸衣的她看上去表情是那么不自然，步态僵硬，而那些一直等在教堂前面的小伙伴没等多看几眼，就被其他也是跑来看尤拉的人群挤到后边去了。也许不到一年的某一个清晨，这女孩儿就会在一位仪表堂堂的护花使者的护送下，坐着一辆闪闪发亮的，就连马身上的马具都是一等一漂亮的轻便马车出现在教堂门口，而他们这些年轻人会被挤到一边，只有瞪眼瞅着的份儿。但那是明年了。这几个年轻人坐在教堂后排的椅子上，看着被父母夹在中间后背对着他们的尤拉——光是看着那女孩儿的后脑勺和那一头金黄色的蜂蜜似的长发就已经让他们内心涌起翻江倒海般的欲望，仿佛一群发情的公狗面对一只母狗（可惜母狗尚未发情，不为所动）垂涎不已。但奈何这是在白天，在教堂里，他们只能约束自己的行为，保持应有的体面，时时提醒收敛自己。

教堂的祈祷会结束后，当哥哥的就离开了，村里人一致认为他是找相好的去了。下午的时光让人昏昏欲睡，就连瓦尔纳家的篱笆旁边站着的，那一溜儿背上带着被马具擦伤痕迹的骡子也迷迷糊糊地打着盹儿，而它们的主人则坐在瓦尔纳家的阳台上大声喧哗着，表面上看一群人其乐融融地待着，但实际上每个男孩子都在暗中较劲儿吸引尤拉的注意。尤拉从来没有表现出青睐任何人的样子。人们从瓦尔纳家门口经过时也会瞅上那群孩子几眼——这六七个年轻人一律穿着星期天才会穿的干净衬衫（衬衫袖口通常是粉色或者淡紫色的），刚刚理过的头发抹了不少发蜡，鞋子也是擦过的，只是那常年暴露于太阳底下的后脖颈子看着黢黑，脸上的皮肤也略显粗糙；从他们的眼睛里流露出的是一年四季在田间劳作的庄稼人才有的眼神，他们说起话来粗声大嗓，尤拉坐在他们中间——她身上的衣服明显显小，像是小孩子才穿的衣服，像是夜间一场大水冲垮了伊甸园，把她——一个迷迷糊糊还在睡梦中的孩子——冲了出来；路人发现她后，她们随手扯过来一件衣服手忙脚乱地给她披上。就这样，几个少年坐在瓦尔纳家的阳台上，咋咋呼呼，少有安静的时候，仿佛在用这种方式打发时间。再后来，日影西斜，夜色里响起青蛙和夜莺的叫声，小河里也浮起了萤火虫的点点星光，瓦尔纳太太急匆匆从屋子里出来，言不由衷地说着请他们进屋吃饭的话——饭桌上摆着中午剩下的冷饭，灯光下有几只小飞虫飞来飞去——少年们见状识趣地牵出自己的牲口，有说有笑、彬彬有礼地骑着骡子或者马离开了。他们的目的地是半英里外小溪边上的一处地方。一路上几个人虽然不说话，但看上去多少还像是一群互助互爱的朋友，但等他们下马把各自的牲口拴好后，一场无声的用拳头说话的野蛮斗殴开始了。打完后几个人在水里洗掉脸上身上的血迹，重新骑上马，打马跑过被月光的清冷光辉笼罩的种着庄稼的田野，沿着各自回家的路扬长而去。虽然每个人都受了伤，手破了，嘴唇被打裂了，眼睛被打成了乌眼青，但是心里的愤懑和欲望总算被彻底释放了出来。

到了第三年夏天，因为仰慕尤拉而来老瓦尔纳家拜访的青年人中没有一个是骑着庄户人家用来干农活儿的骡子来的，所有的人不是骑马就是赶着带漂亮车厢的马车慕名前来。那几个曾经和尤拉一起玩的男孩儿已经褪去了去年的青涩，模样看着像大人了。每到星期天早晨，他们还会一起出现在教堂门口，愤愤不平却又无可奈何地看着那原本应该属于他们的女孩儿被竞争者送到门口——送她的那辆车气派非凡，车身锃光瓦亮、纤尘不染，拉车的马高大漂亮，马佩戴的笼头是黄铜做的，驾驶座上坐着马车主人——一个家境优渥，从来没有住过阁楼，从来没有天不亮就被大人从床上叫起来去给牛挤奶或者种地（地是租别人的）的青年人，那是一个到现在无论是在法律层面还是生理层面上，都还在依赖父亲的年轻人。坐在他旁边的那个女孩儿去年还和他们在一起玩，可是一个暑假不见，她已经长成了一个大姑娘，而且看上去远远比他们成熟，那种成熟不是一个十六岁女孩儿把自己打扮得像二十岁的姑娘的成熟，而是像一个三十岁的女人穿着她十六岁妹妹的衣服的那种成熟。

  那年春天，一般是在下午或者晚上，经常会有坐着漂亮马车的人来到瓦尔纳家。这些马车总共有四辆，第四辆马车的主人是一位旅行推销员，他第一次来到法国人湾时赶着一辆从杰弗生镇马车行租来的破旧马车，那种马车一看就是专门租给旅行推销员用的。那天他赶着马车走到法国人湾附近的时候，迷路了，本来是打算进村打听一下路，但正好看到了瓦尔纳的商店，于是就停住马车，打算推销点东西，可是推销并不顺利，因为他面对的是一个叫弗莱姆·斯诺普斯的人。旅行推销员是个从城里来的年轻人，说话办事带着城里人的自信和坚持。他刚露面的时候还只能像那几个人那样在瓦尔纳家商店，以及瓦尔纳家的屋檐底下待着，可是没过几个小时他已经成了瓦尔纳的座上客。虽然村里的人不知道他有没有得到那家人的认同，但光凭他能在短时间内成为瓦尔纳家的座上客这一点，已经让众人对他刮目相看。两个星期以后他赶着同一辆马车又来到了法国人湾。这一次他只字不提卖东西的事情，后来人们知道那天，也就是星期二，他是在瓦尔纳家吃的午饭。那一周的星期五他又来到了法国人湾，不过这一次他换了马车，新马车简直可与杰弗生镇马车行最好的马车媲美——那是一辆小型敞篷马车，拉车的马精气神十足——推销员脖子上打着领结，穿的裤子也是法兰绒质地的，他这身行头让久居穷乡僻壤的村民们大开眼界。那天下午他是最后一个到达瓦尔纳家的，而且没有在瓦尔纳家停留多久。当天晚上他和瓦尔纳一家人一起吃的晚饭，吃完晚饭后他说送尤拉去参加学校举行的一个晚会，学校离瓦尔纳家有八英里远，可是他把尤拉送到学校后就消失了，晚会结束后是其他人把尤拉送回家的。第二天早晨天大亮的时候，杰弗生镇马房的工作人员发现那人借走的那匹马和马车还回来了，就拴在马房门口，借马车的人却没有出现。那天下午，在杰弗生镇车站工作的负责晚班的工作人员说自己早晨看见一个穿着花睡裤的男人上了离开杰弗生镇南下的那辆列车，还说那男人一脸惊慌，像刚刚挨过揍似的。后来人们听说那个旅行推销员住在孟菲斯，而且有老婆孩子，但是在法国人湾这地方，没人在乎也没人想知道。

剩下三辆马车的主人成了瓦尔纳家的常客，几乎是轮值似的，每到星期天便会拉着瓦尔纳一家去教堂做礼拜。那些去年夏天站在教堂门外只是为了看尤拉一眼，却常常被人群挤到一旁的年轻人也来了。他们早早等在教堂门口，看着尤拉扶着马车主人的胳膊从车上下来，进了教堂，然后一直等到她做完礼拜后从教堂里出来，钻进马车扬长而去。而这几个年轻人之所以等那么久，只是为了看一眼尤拉往马车里钻的时候暴露在外的那两条长腿。有的时候他们也会埋伏在马路边，等马车驶过后突然从路边的地里冒出来，冲着消失在团团烟尘里的风驰电掣般的马车大声地说几句下流话。下午的时候他们也会单独或者两三个人装作路过瓦尔纳家的样子，偷偷打量一下那家人家的动静——篱笆上拴着那辆马车，木制吊床上躺着闭眼打盹儿的瓦尔纳，为了隔绝热气，所有的窗户都关得紧紧的（夏天关窗防热是当地人的习惯）。夜幕降临后，这几个年轻人手里拿着山里人自己酿的白色威士忌，偷偷躲在瓦尔纳家门口、商店门口或者学校门口，藏在灯光照不到的地方，在从窗户里传出的悠扬的小提琴声中，盯着从窗户透出来的那些跳舞的人的身影。有一次，那天晚上有月亮，那几个年轻人躲在路边的阴影里，等到那辆马车过来时，突然跳出来大喊大叫。马被吓得后退几步后继续往前冲去，赶车的那个男人从马车上站起来，挥舞着手里的马鞭抽打这几个坏小子。几个人被鞭子抽得躲避不及，站在车上的人高兴地哈哈大笑。几个年轻人认出赶车人不是尤拉的哥哥乔迪，而是去年夏天常常送尤拉去教堂把马车赶得风驰电掣的那位。乔迪一年前就已经不接送妹妹了（每次尤拉穿戴整齐从家里出来，等在外面接送她的乔迪都要检查妹妹是否穿了胸衣，粗鲁的动作就像在检查一匹骡子的背上是否有被马鞍磨出的伤）。

用鞭子抽他们的人叫麦卡伦，住在离法国人湾十二英里远的一个村子里。他是独生子，母亲是寡妇。他母亲自己也是独生女，娘家有钱有地，但从小就没了母亲，长到十九岁的时候，她和一个长相英俊、能说会道、招人喜欢、胆子奇大的男人偷偷好上了。那男人是外乡人，至于他祖上是谁，他的过去是怎样的，这地方的人一无所知。那男人在女孩儿村子里待了一年，靠和人打扑克赢钱为生，地点是村子商店后面的小屋或者放马具的房间里。他从来不出老千，但总是能赢到钱，村民们觉得他还算诚实，也能挣钱，但并不愿意把女儿嫁给他。家里的女人们说他要结婚准不是好丈夫，男人们说那人只有拿枪逼着才能乖乖当人家的丈夫。因为他似乎是一个热爱夜晚的人——不是被黑夜包围的夜晚，而是那种灯火通明热热闹闹，一旦沉迷便忘了睡眠，人在里面过着一种黑白颠倒的生活的夜晚。不管村里人怎么说，一天晚上，艾莉森·霍克，也就是后来成为麦卡伦母亲的女孩儿和这男人私奔了！她的房间在二楼，女孩儿和男人跑了后，村民们既没发现窗户下面有梯子，也没看到从窗户伸出的用床单拧成的绳子，窗户旁边也没有下水管道，他们猜测那女孩儿是直接从窗户上跳下来的，那个叫麦卡伦[①]的男人伸开胳膊在下面接住了她。消失十天后两个

---

① 这里指男孩儿的父亲，西方习惯用对方的姓来称呼。

人重新回到了村子里——麦卡伦皮笑肉不笑地走在路上，咧着的嘴唇露出两排整齐的牙齿——走进女孩儿父亲老霍克的房间时，发现老头已经在等着他们了，大腿上架着一把猎枪。他已经这样等了他们十天了。

出乎村民们意料的是，那个人不仅是个好丈夫，还是个好女婿。虽然他对种地一无所知，而且看起来也不准备假装喜欢这行，但他很乐意协助老丈人管理家里的各项营生，也不介意承担到田间地头监督工人干活儿的苦差事。他的优点是听老丈人的话，老头交代的事情从来都是不折不扣地执行，比听写机器还准确无误，这让他赢得了老头的好感，翁婿两人处得相当好，女婿说什么话，老头也听得进去。这倒不是因为这女婿有张巧嘴，而是因为他会来事，脾气好，就连那帮在他家帮工的黑人也乐意听他使唤——他们仰慕的是他赌博厉害的名声，当然，作为老头女婿的身份和会打枪的特点也帮助他在那群人中树立了威信。结婚后他不再和人打牌，晚上也待在家里，很少出门。做了一年的上门女婿后，他当上了父亲，和艾莉森·霍克有了个孩子。也是在这段时间，他做起了贩牛的买卖，隔两三个月就会赶着牛群到附近的火车站，在那里把牛装车运到孟菲斯去卖。后来人们说起这事儿，都说不知道贩牛这事儿是他的主意还是老头儿的主意。这活儿他一做就是十年，这期间老头死了，财产都留给了外孙。最后一次他赶着牛群走了，两天后的夜里，他雇来的一个赶牛人十万火急地骑马跑回村子，叫醒还在睡觉的艾莉森·霍克，说她男人出事了，死了，而且被人发现时就已经死了，死在一座供人赌博的屋子里，是被人用枪打死的，但谁都不知道要他命的人是谁。艾莉森·霍克接到消息后立刻把九岁的儿子托付给家里的黑人仆人照看，自己一个人赶着马车把丈夫的尸体带了回来。后来她把死去的丈夫埋在一座长着橡树和雪松的山坡上，旁边是她自己父母的坟墓。与此同时，村子里谣言四起，说她男人是被一个女人用枪打死的，不过这个谣言传了两三天后就散了。村民们只是淡淡地说："他本来就是赌钱出身嘛！"后来关于他的传闻只剩了一个，那就是他这十年赢来的钱和财宝都拿回了家，藏在他们家的烟囱里。

他的儿子，霍克·麦卡伦，现在已经是二十三岁的年轻人了，虽然长相看上去比实际年龄要老，但那张脸还算英俊。他人有点冒失，爱吹牛（还不至于到让人忍受不了的地步）。从外表看他遗传了他父亲的自信神情，但实际上他缺乏他父亲的那股聪明劲儿，和人打交道时也不像他父亲那样，让人感觉到幽默且和蔼可亲（这一点就连他的外公，那个在女儿私奔以后在家里坐了十天，大腿上架着一把上了膛的猎枪的老头身上也不具备这种气质），他从小的玩伴是一个黑人男孩儿，两个人睡一个房间，一直到十岁才分开。他睡大床，比他大一岁的黑人男孩儿睡一张小床。六岁时，他用拳头征服了对方。从那以后他和那个黑人男孩儿商量好，他付给对方一点钱，条件是他可以用皮鞭抽对方，当然，他下手不重，用的鞭子也是一条骑马时用来抽马的短鞭。

他长到十五岁的时候他母亲把他送到一所军事化管理的寄宿学校，在那里他接触的都是些心智成熟、好学上进、自律性极强的年轻人。他在那所学校学了三年，受益匪浅，学习成绩足够让他挑一所大学继续学业。但他最终去了母亲为他挑选的一所农业大学，可是从第一年起他就开始逃学，可以说几乎一天学校也没去过，只是待在镇子上浑浑噩噩地生活了一年，而他母亲还以为他已经顺利度过了第一年的新生生活。第二年秋季学期开学，他仍旧靠混打发日子，五个月后被学校退学，理由是他和学校一位年轻教师的妻子通奸，酿成丑闻。退学后他回到家乡，表面上是帮助母亲经营种植园，其实就是每天穿着一双当年他在寄宿学校上学时学校里发的，在他的家乡算是头一份，而且到现在大小仍旧合适的马靴骑着马在田间地头晃来晃去。这样的日子他一过就是两年。五个月以前，他骑马路过法国人湾这个地方，无意中看见了尤拉并开始追求她。

从此他就成了继那个从孟菲斯来的旅行推销商后第二个要被袭击的对象。那几个只能骑着自家骡子（每头骡子身上都有农具的擦痕）来教堂的年轻人开始计划保护尤拉——虽然他们自己也不相信这样做是骑士风格。几个年轻人像童子军侦察敌情似的，没事儿就躲在瓦尔纳家的篱笆后面，看那辆马车通常什么时间拉着尤拉去参加舞会，走哪条路。把一切侦察清楚后，他们开始跟踪马车，一直跟到举行舞会的地方，却并不进去，而是手里拿着威士忌酒瓶躲在外面，听着从里面传出来的摩擦地板的脚步声和悠扬的琴声——等到尤拉从舞会里出来，坐着马车离开时往往已经是深夜了，大地像睡着了似的，有的时候天上挂着月亮，有的时候没有月亮，周围漆黑如墨。马蹄落在土路上，像是裹着一层丝绸，麦卡伦收起马鞭，放松缰绳，由着识途的老马在沉沉的夜色里不紧不慢地向来路走去。路过浅滩时，拉车的老马不走了，脑袋往水面凑去，它的鼻息搅碎了星星落在水里的影子。喝几口后它抬起脑袋，浸湿了的马嚼子滴滴答答落着水，休息一下后马低下头继续喝水，喝饱后往水面喷着鼻息。这时候四周安静无比，主人也没有打马让它继续赶路。马站在水边，仿佛站了很久很久。一天夜晚，几个年轻人赶着自己的马车突然从路边的阴影里冲出来堵截尤拉的马车——这是一次事先没有计划的偷袭行动，他们之所以做出这样的举动，完全是因为突然按捺不住内心的气愤——却被赶车的人一顿鞭子抽得下了大路。一个星期后，他们又一次来到瓦尔纳家（瓦尔纳家围栏旁边停着那辆马车），躲在阳台下的暗处大喊大叫，敲着手里的东西制造噪声。很快，麦卡伦出现了，他不是从瓦尔纳家里出来的，而是从瓦尔纳家院子里挂着吊床的那两棵树的树荫里走出来，嘴里喊着那其中两三个年轻人的名字，慢吞吞笑眯眯像平常说话似的骂了他们几句，然后邀请他们在大路那里等着自己。麦卡伦转身时几个年轻人同时看见了对方手里的枪。

他们应战了,并且给麦卡伦正式下了战书。本来他们可以把下战书这事儿告诉女孩儿的哥哥乔迪,可他们没有那么做,因为如果他们这样做很可能会招来乔迪的一顿暴打。如果是和学校的那个老师——拉巴夫开战,他们不但不怕,还满心欢喜,因为和老师拉巴夫打架是真正的肉体之间的抗衡,不管是被打得鼻青脸肿还是鲜血飞溅,都是双方想要的结果。他们喜欢这样的打斗,也许他们自己也不知道他们渴望的是一场面对面的公平的战斗,一场能让他们内心的不忿和戾气彻底释放出来的战斗。就这样他们把全部的怨恨都给了那个男人,而不是那个女孩儿,但实际上她才是那个背叛他们的人。他们每个人都在战书上签上了自己的名字,然后让其中一个同伴在某天晚上骑了十二英里的路,把那张战书挂在麦卡伦母亲房子的大门上。第二天下午,麦卡伦家那个和麦卡伦一起长大的黑人(他现在也已经是大人了)给这几个年轻人带来了五份一模一样的纸,上面是麦卡伦对他们的战书的回复。几个年轻人立刻揍了送信的黑人一顿,黑人被打得满头是血,落荒而逃,所幸没有受重伤。

可是一个星期过去了,他们根本就没见着麦卡伦的面。本来他们打算在他去瓦尔纳家的路上,或者等他从瓦尔纳家离开后往自己家走的路上截住他,总之他们不想尤拉在马车上时和他开战。但是他的那匹马跑得很快,他们追不上;他们想提前埋伏在路上堵他，可是他们每个人胯下的骡子因为常年在地里出力，胆子小得根本不敢站在路中间看着那匹跑得飞快的母马冲过来；至于他们本人要不要站在路中间堵他，根据以往的经验，他们觉得这个法子行不通，因为他们很有可能成为那个龇着牙面带嘲讽之色，手里挥舞着马鞭的家伙的车轮底下的牺牲品。还有，那家伙对付他们不光可以用车轮和马鞭，他还有手枪，他们听说自打那人长到二十一岁后就走哪儿都带着手枪，再说他不会把他自己的黑人挨揍的事情当作没发生，他一定不会放过他们当中那两个揍了那个黑人一顿的年轻人的。

仔细斟酌后他们决定把埋伏地点选在那片浅滩处。原因是麦卡伦载着尤拉经过那条河时，拉车的母马肯定会停下来喝水。到现在也没有人知道那天晚上到底发生了什么（虽然离那片水域不远就住着一户人家，但那天晚上他们并没有听到什么异常的动静）。只是第二天人们看到五个年轻人有四个都挂了花（身上青一块紫一块，有的人身上有刀割的伤口，有的人牙齿缺了一颗），最后一个（他是打了黑人的那两人的其中一个）昏迷不醒地躺在离浅滩不远的一间小屋里，有人在浅滩周围发现了一个沾满了血迹和头发的马鞭把儿。很多年以后，那几个年轻人中的一个和人讲起这件事说，那天晚上，当他们当中的两个人手上戴着指节铜套，手里挥舞着马车辐条逼近那辆马车时，麦卡伦掏出手枪，用枪把儿和他们对打，尤拉从车厢里出来，站在马车上用手里的鞭子抽得另外三个人节节后退。这就是那件事的经过。击退那几个人后，那辆马车回到了瓦尔纳家，当时天色尚不算晚，瓦尔纳正在厨房里喝牛奶吃桃饼，看到女儿和年轻人进了院子，上了阳台。两个人边走边说话，尤拉的声音听上去和平时没什么区别，一直等到两人进了屋门，穿过走廊，出现在厨房门口瓦尔纳才抬起头。麦卡伦那张英气逼人的脸上，嘴唇张开露出牙齿，似乎在微笑，但瓦尔纳看得出那笑显然并不是因为看到自己以后展露的礼貌的笑，因为对方的眼睛肿得厉害，脸上赫然一道鞭印，一只胳膊耷拉着。"他撞到了东西。"女儿说。

"我知道。"瓦尔纳说，"看起来像是被牲口踢了一下。"

"他需要水和毛巾，这些东西在那边。"尤拉说完转过身走了，一边走一边说，"我一会儿下来。"瓦尔纳注意到女儿没有去亮着灯的厨房，而是去了楼上，很快，从二楼房间里传来烦躁不安的脚步声。瓦尔纳听见了，但是他没有多想。他看着麦卡伦，年轻人张着嘴，牙齿露出，但那模样不是笑，而是因为疼紧紧地咬着牙。瓦尔纳看见他全身都在出汗，可是他并没有多想。

"你撞到哪儿了？"瓦尔纳说，"先把外套脱下来。"

"关马的时候不小心撞到一根小梁上，受伤了。"

"你想让马进那么小的一间棚子它肯定不干，你这条胳膊断了。"

"可能吧，您不是兽医吗？我猜给一头骡子看病和给人看病区别不大。"

"那倒是，"瓦尔纳说，"不过骡子没有人对疼痛那么敏感。"尤拉走了进来，她身上穿的衣服已经不是当天晚上离开家时穿的衣服。做父亲的并没有注意到这一点，他对女儿说："帮我拿点威士忌来。"尤拉去了楼上，那个威士忌酒罐通常放在楼上瓦尔纳房间的床底下。麦卡伦坐在厨房桌子旁边，那条断了的胳膊平放在桌子上。瓦尔纳接骨的过程中麦卡伦昏过去一次，他躺在椅子上，不省人事，还好他很快醒了过来，牙关紧咬，大汗淋漓，但是一直坚持着。瓦尔纳接好骨头后对女儿说："给他倒杯酒来，然后让三姆送他回家。"但是麦卡伦不肯，他既没有答应回家也没有要求在瓦尔纳家留宿，而是喝完酒和尤拉一起去了阳台。瓦尔纳自己就着牛奶重新吃完刚才剩下的桃饼，拎着酒罐回房间睡觉去了。

以后的五六年里，村民们每次议论起这件事时都说那女孩儿是被人甩了，但议论归议论，这件事从来没有被证明过，女孩儿的父亲和哥哥照样在村中挺直腰杆做事。那天晚上，瓦尔纳上楼后喝了杯酒就去睡觉了，临睡前他没有忘记把酒罐推回原处。因为常年放酒罐，床底下放酒罐的地方已经积了厚厚一圈灰尘。那天晚上瓦尔纳睡得像婴儿一般沉，连呼噜都没打。尤拉后来自己去了楼上，这一次她脱下身上那件染了血迹（是她自己的血）的衣服，沉浸在梦乡的瓦尔纳没有听到女儿上楼的脚步声。那时候那匹母马已经拉着它的主人走了，在回家的途中麦卡伦又昏过去一次。第二天早晨他带着已经被包扎好的、上了夹板的胳膊去看医生，医生诊断是粉碎性骨折，但因为是粉碎性骨折，所以瓦尔纳给他接在一起的两块骨头有一部分又重叠地套在一起，医生不得不重新再给他接一次。瓦尔纳自然不知道这些——这个精明世故、日子过得优哉游哉的男人此时还在距离医生家十二英里外的家中酣睡，酒罐就放在他的床底下——这个男人虽然很懂女人，但是他显然没有读懂女儿的心思，更没有想到大逆不道的女儿即使胳膊也受了伤，还是和一个男人做了那种事情，甚至用也因为受伤而包扎了的手帮着受伤的男人完成了交合。

　　三个月以后，瓦尔纳家门口的篱笆那里再也看不见停着的那几辆跑起来风驰电掣的高头大马拉着的漂亮马车了。瓦尔纳是最后一个发现这一情况的。实际上，那三辆马车和马车主人是一夜间消失的，他们不仅从法国人湾消失了，就连法国人湾附近也没有见到他们的影子。虽然这事儿只能是一个男人做下的，另外两个男人一定是无辜的，但是三个人都同时消失了（为了溜得快些，他们带着挂在马鞍子上的袋子或者旅行包匆匆从小路跑了）。其中一个人卷铺盖走人是因为他知道那女孩儿出事后瓦尔纳家会怎么收拾自己，另外两个人卷铺盖走人是因为他们知道瓦尔纳家不会做什么[1]。瓦尔纳肯定从女儿嘴里知道了那个让女儿怀孕的男人究竟是谁,而那两个人,以及那几个年轻人只能无望地收起热情,抱憾终生。虽然那两个人并没有对那姑娘做下什么罪孽的事,但是因为看到事情无望也就离开了,就仿佛站在废墟上的被光荣和罪恶同时包围的勇士。

这么一来,闲话就在村子里传开了,说麦卡伦和其他两个人消失了,丢下尤拉一个人,现在这女孩儿处在其他人(尤拉自己没有说)所说的倒霉境地,知道这消息的最后一个人是她的父亲——瓦尔纳对女人要保持贞洁那一套理论向来嗤之以鼻,认为那些东西就像祈祷和关税,是用来糊弄年轻男人的东西,村子里很多人都知道瓦尔纳的那些花花事儿,就是现在他也和村子里一个租他地种的佃户的老婆有着不正当的关系。那女人四十多岁,两个人刚搞上那会儿瓦尔纳就直言不讳地对女人说自己老了,已经过了晚上四处出击打野食、勾引别人老婆的年纪,所以他们最好是在下午见面,她可以假装找鸡蛋去她家附近小河边的小树林里和自己幽会。两个人在树林里做那种事儿的时候,为了预防那些半大小子偷窥,瓦尔纳连帽子也不摘。不管怎么说,瓦尔纳是最后一个听到闺女怀孕这件事的人。那天他照常脱了鞋躺在院子里的吊床上小睡,突然被自己老婆的声音吵醒了,他迷迷瞪瞪地起来往屋里走,想看发生了

---

[1] 指瓦尔纳不会再把尤拉嫁给他们。

什么事，正好撞上穿着宽松睡衣戴着饰有蕾丝花边儿睡帽的老婆。女人对他嚷道："尤拉有了！你的傻儿子也在楼上！你赶紧上楼敲敲你那傻儿子的脑壳，别让他做傻事！"

"什么有了？"不等老婆回答，瓦尔纳已经听见从楼上传来的儿子乔迪的咆哮声。夫妻俩一前一后往女儿的房间跑去，瓦尔纳跑在前面，他想起最近一两天女儿一直待在房间里不肯出来，就连吃饭时也不下楼，好像很痛苦的样子。他以为女儿贪吃吃坏了肚子，并没有当回事儿。闺女长到十六岁还没有因为吃闹过毛病，所以闹一回肚子也没什么要紧。尤拉穿着一件颜色鲜艳的真丝睡衣（那是她前几天从芝加哥的一家商店通过邮寄的方式买回来的），披头散发地坐在靠窗户的椅子上。乔迪站在妹妹面前，抓着她的胳膊拼命摇晃，嘴里喊着："是谁干的？告诉我，谁?!"

"别推我！"尤拉说，"我不舒服！"瓦尔纳一个箭步冲到两个孩子中间，使劲推开儿子。

"放手！让她一个人待着！"他对乔迪说，"出去！"乔迪涨红了脸冲着父亲嚷道："让她一个人待着?!"他大笑了一声，他显然不是因为高兴才笑，因为谁都看得出他脸上的怒气，眼珠都快鼓出来了。"这就是原因！她就是因为一个人待得太久才——！我和你们说过，早晚有这一天，五年前我就提醒过你们，可是你们当回事儿吗？你们应该比我知道得更清楚。现在怎么样?!出事了吧！问她要那个人的名字！上帝！等我找到他，看我怎么——"

"等等，"瓦尔纳说，"到底发生了什么事？"乔迪突然怔住了，也不说话，只是瞪眼看着自己的父亲，像是在极力克制自己，以免自己会从原地蹦起来。

"发生了什么事？"乔迪咬牙切齿地喊道，"你问我发生了什么事？"他猛地转过身向门口跑去，跑的同时扬起一只手向一边狠狠地挥舞了一下做了一个拒绝听下去的动作。瓦尔纳正要追赶，瓦尔纳太太到了！她堵在门口，和父子俩碰了个正着，她的手放在胸前，硕大的胸脯一起一伏，嘴巴张着，大口喘着气，似乎要等气喘匀后才能说话。虽然瓦尔纳太太身高也就五英尺多一点，但是体重和儿子相差无几，母子俩差不多都有二百磅重，即便这样，乔迪还是冲了过去，瘦瘦的瓦尔纳则像一条鳗鱼从老婆身边轻巧地滑了过去。"拦住那个傻瓜！"瓦尔纳太太喊道。父子俩嗵嗵嗵跑下楼梯，向一楼那间被他们称为办公室的房间跑去。那个房间也是弗莱姆睡觉的地方，瓦尔纳给他在里面安了张小床，他已经在瓦尔纳家住了两年了。一冲进房间父子俩同时向房间里的核桃木写字桌冲过去，那张桌子是从瓦尔纳祖父那儿传下来的，样式十分笨拙（桌子现在很值钱，不过瓦尔纳并不知道它的行情），父子俩几乎是同时把手伸到堆满干棉桃和干豆荚、挽具扣、子弹匣和旧报纸的抽屉里，他们是在摸那把枪！这间桌子旁边就是窗户，父子俩找枪的空当儿，从窗户里看见家里那个黑人女厨子往她住的小棚子跑去，这也正常，白人因为闹矛盾打起来时，黑人都是赶紧找地方躲起来。黑人仆人三姆跟在那黑女人后面，两个人一边跑一边回头看着。

"三姆！给我备马！"乔迪吼道。

"你敢！三姆！"瓦尔纳吼道。父子俩同时摸到了那把手枪，抓住不放。瓦尔纳继续喊道："三姆！你敢动一下那马试试！你给我回屋来！"瓦尔纳太太在大厅里跺着脚。争抢之中手枪从抽屉里掉了出来，父子俩弯下身子去抢枪，瓦尔纳太太一步跨进屋里，她双手放在胸前，胸脯因为生气而剧烈起伏着，平时总是高高兴兴的脸因为生气涨得通红。

"你抓住他，我去拿烧火棍！"瓦尔纳太太喘着气说，"看我怎么收拾他！我这两个孩子！一个怀了孩子，一个在屋子里大吵大嚷，还让不让人睡觉?!"

"你去！"瓦尔纳说，"去拿烧火棍来！"瓦尔纳太太摔门出去了。瓦尔纳从乔迪手里抢过手枪，一把把儿子推到桌子后面（老头力气很大，敏捷和结实的程度根本不像六十岁的人，和气呼呼的儿子比起来，他身上多了一层冷静的智慧），"砰"的一声关上门，锁住门后回到屋里，喘着粗气说："你想干什么？"

"我想干什么?!"乔迪嚷道，"你不看重名声，我看重！你不介意走在人前抬不起头来，我介意！"

"哈！"瓦尔纳说，"我没注意到这个家出过什么能让你抬不起头做人的丑事！要我看你现在太胖了，鞋带松了想系上都弯不下腰！"

"上帝，"乔迪喘着粗气看着父亲，"既然她不愿意说出那人，我就派人去打听！找到那三个家伙后我非——"

"你找到了又能怎样？想知道他们三个当中哪个对她干了坏事儿?!"乔迪不说话了。他站在书桌前面，像头被挑逗起来的野牛，挺着肥硕的身躯，怒不可遏却又无能为力，看上去痛苦万分。不是因为瓦尔纳的话刺激到他让他痛苦，而是因为对自己的无能感到痛苦。大厅里回响起他母亲重重的脚步声，很快，从门口传来烧火棍敲击门板的声音。

"威尔！威尔！给我开门！"瓦尔纳太太喊着。

"你是说只能这样？"乔迪说，"什么都不做?!"

"你打算做什么？怎么做？这你还不清楚吗？那三个野猫早已经跑了，没准儿现在正在去得克萨斯的路上。如果是你干了这种事儿，你会去哪儿?!这种事不管哪个年纪的人都会遇上，如果是我做了这种事，我会去哪儿，我知道，你也知道！那三个人早跑了！这会儿早骑着马不知道跑多远了！"瓦尔纳说完走到门口，用钥匙拧开门。这期间瓦尔纳太太一直在用烧火棍敲门，她敲得太用力，声音盖住了钥匙在锁眼里转动的声音。"你现在去牲口棚！找个地方坐一会儿，让自己冷静下来。要不让三姆给你挖些虫子钓鱼去！如果咱们这个家需要做些在人前抬头的事情，交给我！我亲自来管！"说完瓦尔纳一拧门把手，打开门，"这叫什么事儿！这吵吵闹闹都是因为那丫头稀里糊涂地被人给耍了，以后的日子你指望她什么——只尿尿不生孩子，自己一个人过日子？"

这一幕发生在星期六的下午。星期一，七个男人一大早来到瓦尔纳商店门口，蹲在阳台上看着弗莱姆从瓦尔纳家出来，沿大路步行朝商店这边走来。弗莱姆还是平时那身行头，脖子上打着领结，头上戴着灰色布帽子，要说有区别的话，那就是这一次除了领结和帽子，他身上多了件大衣。在他身后还跟着一个人，那人肩上扛着一个鼓鼓囊囊的柳条箱，柳条箱是弗莱姆的——一年前的一个下午，弗莱姆就是扛着这个柳条箱（当时看上去很新）去了瓦尔纳家，然后大家就再也没有看到那只箱子被扛出来。扛箱子的人像一只忠心耿耿的狗，寸步不离地跟在弗莱姆身后，这人的脸和弗莱姆长得很像，唯一的区别是，外人打眼一看会觉得后面人的那张脸看上去比弗莱姆本人的要小些，就像一个人有两个尺寸。总之第一眼看上去两张脸几乎一模一样，直到两个人走近了，那几个站在商店阳台上的人才看清两个人的区别在哪儿——两张脸看着十分相似，后一张脸不见得比第一张脸小多少，但五官集中，让人感觉这集中的五官是被外人用力捏在一起的，而不是依靠自身的力量长在一起，似乎捏这张脸的人也是潦草地完成了自己的作品。这张脸看上去反应很快，很明亮，脸上的神情不像是嘲弄人的神情，一双眼睛让人想到松鼠或者金花鼠的眼睛，明亮、机警、无辜，在那双眼睛后面则是一种深邃而固有的快乐。

两个人上了台阶，直接往商店门口走去。和往常一样，弗莱姆嘴里一直嚼着东西，他像瓦尔纳那样对阳台上站着的几个人偏了下脑袋，算是打招呼。过了一会儿，从对面铁匠铺里出来三个人来到阳台上，这十几个人没有走开，一直等在附近看着。又过了一个小时，瓦尔纳家的黑奴赶着马车出现在门口，马车的副座上放着一只巨大无比的弹力皮箱，当初瓦尔纳和他老婆去圣路易斯度蜜月时带的就是这只皮箱。每次瓦尔纳家里的人外出旅行，都会带这只皮箱，前几个女儿结婚时用的也是这只皮箱，女儿到了婆家后再托人把它带回来，带回来时那只皮箱是空的，仿佛象征着蜜月结束，新人们结束柔情蜜意的生活回到世俗生活。它的作用类似一张印刷目录卡片，带给人一线希望的曙光。瓦尔纳和他那个漂亮女儿坐在马车后排座位上。看到阳台的那几个人后，瓦尔纳淡淡地打了个招呼。谁都看不出来他家里发生了什么，几个人只看了尤拉一眼就把目光转向别处：女孩儿戴了一顶星期天戴的带面纱的帽子，身上的衣服也是星期天出门才会穿的衣服，外面披着一件冬天穿的大衣。不一会儿弗莱姆扛着柳条箱从店里出来，把箱子放在前排的空座上，自己坐到车上，上车后他把柳条箱（看上去像婴儿葬礼上的小型棺材）拿起来放在大腿上，马车继续向前驶去，轮子转动后众人看见弗莱姆扭头吐了一口唾沫，那口唾沫没有落到地上，而是落到了马车轮子上。

第二天早晨,去杰弗生镇往铁路上运牛的图尔和布克莱特从杰弗生镇返回来。当天晚上村子里已经议论纷纷——说星期一下午,瓦尔纳和女儿还有弗莱姆去的是杰弗生镇,到了镇上后瓦尔纳先从银行里提了一大笔钱出来。图尔说那是一张三百块钱的支票,布克莱特说如果是那样,瓦尔纳收这张支票时付出的现金一定是一百五十块,因为瓦尔纳和人用现金兑换支票时,总是按一半的折扣来。从银行出来后三个人去了设在法院里面的婚姻登记处,当天在管理法国人湾的文件上就多了一对新人结婚的记录。登记后尤拉和弗莱姆去了巡回员办公室,在维持治安的官员的桌前拿到了两个人的结婚证书。

　　图尔清了清嗓子,眨了眨眼睛说:"新娘和新郎举行完婚礼后准备去得克萨斯度蜜月!"

　　站在他旁边的艾姆斯蒂德说:"这一来这家子就五口人啦!得克萨斯可是个大城市!"

　　"添丁进口可是好事,你不是想说六口人①吧?!"布克莱特说。

　　图尔又清了清嗓子,眨眨眼睛说:"我听说那东西是瓦尔纳付的钱。"

　　"什么东西?"艾姆斯蒂德问。

　　"结婚证呗!"图尔说。

---

① 这里指弗莱姆加入瓦尔纳的家中,另外尤拉有了孩子,瓦尔纳家有了六口人。

2

她对他很熟悉,熟悉到甚至无须多看一眼的地步。十四岁那年她才意识到他的存在,那时候已经有人说他比她哥哥"强",不过她没有听到过这样的话,那些人是不会和她说的,再说即便她听到了也不会往心里去。等她长到十五岁,几乎天天都可以见到他,因为他常常过来找她父亲,通常是吃过晚饭后,她看见他和自己父亲在阳台上坐着聊天,他很少说话,通常都是她父亲在说,他只是听着。他从来不乱吐嚼过的烟草,而是走到阳台栏杆那里,把烟草吐到外面。星期天他会待一下午,嘴里还是嚼着烟草,蹲在挂着吊床的一棵树下,一言不发,陪着躺在吊床上的瓦尔纳。这时候尤拉往往在阳台上被一群星期天过来献殷勤的仰慕者围在中间。那时候她已经能分辨出他的脚步声,那是网球鞋和阳台木板接触时发出的近乎无的细小声音。她听到那声音后很少转头去看或者直起身和他打招呼,最多只是朝着房间里喊一声:"爸爸,有人来!"要不就是,"人来了!"或者"爸爸,那个人又来了"这样的话,有的时候她也叫他斯诺普斯先生,但是那和说"狗先生[1]"三个字没区别。

到了第二年夏天,他住到了她们家里,和她在一张桌子上吃饭,帮着她父亲打理生意(其中也有他自己的生意),外

---

[1] 儿童漫画书里的人物。

出时他总是骑着她哥哥的那匹马。她还是不拿正眼瞧他,好像眼里从来没有这个人。有时候她被哥哥在走廊里拦住,检查已经穿好衣服的她有没有戴束胸,也会碰到那个人从旁边匆匆经过,但是她并不介意这一幕被他看见,因为在她眼里,这个人好像从来没有存在过似的。现在她一天只有两次在餐桌旁见到他的机会,因为她通常都是要母亲叫才肯起床,好在起床后让她下来吃饭还算容易,她披头散发地从楼上下来,来到饭桌前坐下,身上的衣服邋里邋遢,仿佛前一秒钟她还是一个正在房间沙发上跟情人缠绵的女子,因为受到前来搜查的警察的惊吓而从楼上跑了下来。她在母亲和黑人保姆的催促下匆匆吃完早饭,从厨房出来的时候手里还抓着吃了一半的点心。一天,家里人给她穿上星期天穿的衣服,拿出一只箱子,把她那些日常用的东西——那件从外地邮购来的睡衣和睡袍,薄薄的几双鞋,七零八碎女人用的东西——塞进一个巨大无比的包里,然后让她坐上马车,和父亲瓦尔纳、他一起去了杰弗生镇,在那里和他领了结婚证。

那是星期一的下午,拉特利夫也在镇子上,他看见那三个人从银行出来,去了广场对面的法院。他随即跟了上去,一路跟着他们穿过法院大门,直到那三个人进了档案管理员的办公室后才止步。本来他可以等在附近,看他们后来会不会去巡回法院职员的办公室,然后悄悄进去目睹一下那对新人的婚礼,但是他没有那么做。因为他觉得没必要,既然自己已经知道发生了什么,还不如赶紧去车站等着。他猜得没错,一个小时后,那三个人拎着一个柳条箱和一个巨大的弹力皮箱(两只箱子虽然材质不同,但看着并不让人觉得有什么不和谐的地方)进了站台,上了火车。火车开动后,他看见那女孩儿戴一顶星期天做礼拜时戴的帽子出现在正在移动的车窗后面,那张躲在面纱后面的脸看上去十分平静,眼神茫然,似乎周围的一切都和她没有任何关系。如果他那年春天和夏天一直在法国人湾住,那么他也许知道更多关于她的事情——那座遗世独立的村子,在外人眼里连名字都没有,甚至都不屑被提起的一个小村子,却孕育出那样一个美人儿——这个夏天,那三辆马车不是被拴在篱笆旁边就是在瓦尔纳家和那间位于两条路口交叉处的商店穿梭,要不就是奔驰在去学校或者教堂(人们去那里或者为了心情愉悦或者为了逃避)的路上,可是某一天晚上,三辆马车突然消失了,一辆不剩地同时消失了——随之上场的是一个毫无活力,四体不勤,冷酷无情,只知道算计别人,个头只到那女孩儿的肩膀,长得像青蛙一样的男人。就是这样一个人成了这个漂亮女孩儿的丈夫,并且从女孩儿父亲手里接过支票,在银行里提取了现金,用这些钱买了一纸结婚证书,然后带着她上了火车——紧接着流言四起,说这些流言的人也许出于嫉妒,也许是因为得不到的心理,流言从一户人家传到另一户人家,人们做饭时或者缝补衣服时说着这件事情,赶着马车的人说,骑着马的人也说,消息传到田间地头。那是太阳下所有有能力伤害别人的男人的话语，也是他们曾经梦寐以求的东西——曾经日思夜想想要夺走那女孩儿贞操的年轻人想的是再也没有机会了；体弱多病身体残疾的虽然没能力做这种事，但夜里翻来覆去睡不着的时候也想过她；至于那些年老的，毫无生气的甚至已经埋在土里的男人，对于他们来说，如果说女人是鲜花的话，那些绽放的花朵，由花朵组成的花束要么早已没入贫瘠的泥土，要么经过防腐处理后被密封在墓前的玻璃罩里，要么已经变成了村子里那些已经当了祖母外祖母的女人围裙上面的印花，无所谓凋谢盛开——这些流言在说它的人的嘴里往往有着意味深长的含义，里面既有失败也有胜利，无论失败还是胜利，都有着难以想象的显赫——可是对于说这些流言的人来说，怎样才是好的呢？是继续说下去，让自己有个念想，还是不再议论这事儿，彻底放弃过去对那姑娘的幻想？那三辆马车中的一辆甚至留在了村子里。这件事过去几个月后，拉特利夫在离村庄几英里远的一个只剩了几根木头支架的空荡荡的马厩里看见了它。它上面落满了灰尘，鸡群把它当成了落脚的地方。曾经刷过清漆的明亮车身如今布满了干石灰般的鸡粪。也许等到下一个收获季节，人们手里有点钱的时候，这辆车就会被它现在的主人卖给一个在农场帮工的黑人。这之后的几年，每年它都会经过村庄几次，也许人们还能认出它，也许根本认不出。这期间它的新主人结婚了，组建了新的家庭，而它也失去了原有的闪闪发光的样子，车身变得灰突突的，车上坐满了孩子。再往后车轮子开始被用十字形状的桶板固定以让它能和地面保持垂直，后来桶板也解决不了问题了，几个马车轮子越变越小，车子变成了用来拉货的大板车，这时候它看上去虽然不新，但还算结实。再往后它的零件被一点点换掉，直到变成一副被钢丝和绳索捆在一起的农具，常年拖在几匹又瘦又癞的马和骡子屁股后面，仿佛一副主人十分钟前才从一个埋葬牲口的墓地里挖出来给自己的马套上。它的变化让人想到天鹅最后的绝唱，谁也不曾想到它曾经是那么漂亮的一辆马车，而如今落到这般境地。

当他再一次赶着马车向法国人湾的方向驶去时，尤拉结婚的消息已经由布克莱特和图尔的嘴传遍了整个村子。九月正是棉铃开花的时候，田野里飞舞着棉株的飞絮，空气里弥漫着棉花特有的味道，成片的棉株像是白色的海浪，棉花田里到处可见工人们低头捡棉花的身影，在田垄之间躺着长长的仿佛凝固的旗帜般的装棉花的麻袋。天气热得让人喘不过气来——夏天仿佛知道自己难逃季节轮换的宿命，所以赶着在降下帷幕之前拼命吐出最后一点热量——拉车的两匹小马在卷起的尘土里不停地倒换着蹄子，拉特利夫悠闲地坐在车上，一只手松松地挽着缰绳，脸上依旧一副让人捉摸不透的神情，深邃眼窝下的一双眼睛看着路边的风景，好像在琢磨什么，或者说是在回忆什么——银行，法院，车站；躲在正在移动的车窗玻璃后的美丽脸庞，看着她一闪而过，没关系的，那些都是肉身，是女孩儿的肉身，他想，世界上从来不缺美丽的女孩子，不管是过去还是未来，这个世界从来不缺美丽的女孩儿，可是，她们来到这个世界上简直就是被糟蹋，不光是被弗莱姆这样的人糟蹋，她们被世间所有的男人糟蹋，包括他自己——但是不被糟蹋又能怎样呢？这么想着，他的眼前突然又出现了那张美丽的脸庞，还有那个下午的那列火车——那列按时来去的火车似乎只有黑乎乎的车厢和火车头。他再一次看着那张脸。那张脸没有悲伤，没有沮丧，那还是一张美丽的脸庞。接着他看见了站在她身后的男人，这人现在成了天下所有男人的敌人，那张脸甚至让人感觉有强盗手里的匕首和手枪在太阳底下闪耀的光的痕迹。就在他再看时，火车向前移动了，车窗玻璃在往后退去，那张看似平静的脸消失了，它消失得很快，就像玻璃窗也在自动往回倒似的，不过，还是有一些零散的东西随着火车的离去留了下来：柳条箱，那个小小的领结，还有那张不停嚅动的嘴巴。

最后，已经无计可施的几个人来到王子面前。"主人，"他们说，"他就是不肯，我们实在没有办法。"

"什么？"王子喊道。

"他说交易就是交易，还说他当初诚心诚意，甚至感到能和我们做这笔交易很荣幸，现在他按照合同里写的要赎回自己的东西。可是，我们却怎么都找不到那玩意儿了。"那些人说，"我们找遍了，当初因为考虑到那东西很小，所以我们接管它时特别小心仔细，特地找来一个石棉①火柴盒放它，密封后再把盒子单独放进一个格子里。可是我们打开那个格子时，发现石棉火柴盒还在，外面的封条也好好的，但里面的东西没了；我们还发现火柴盒内壁一侧沾着一点污迹，像是东西干了后留下的痕迹。现在他要赎回他的灵魂，可是我们没有，我们找不到他当初交给我们保管的他的灵魂，所以我们没办法让他进入永恒的地狱。"

"真要命！"王子喊道，"那就另外给他一个灵魂！每天不是都有很多灵魂从各层地狱里爬出来敲我们的门吗？有的家伙甚至还带着议员的推荐信！虽然都是些没听说过的名字。你们就从那些找上门来的灵魂里挑一个给他！给他！"

"我们问过他了，他说他不要，他就要自己的灵魂，还说他有法律依据，说那东西原本就属于他，他不多要也不少要，只要那份依据银行法和民法我们和他白纸黑字签署的东西。他说他为履行这笔自己签字的契约做好了准备，并说希望您也能同他那样，承担履行自己的契约的责任。"

"告诉他离开这里！告诉他找错地方了！告诉他我们这儿不会记载任何对他不利的东西！告诉他我们丢了那张字条——天知道有没有这么张字条！告诉他我们这里曾经被洪水淹过！被严冬光顾过！告诉他！那字条丢了！"

---

① 石棉有防火的作用。

"他不会走的,没有那东西他——"

"那就赶他走!把他驱逐出去!"

"怎么驱逐?"那些人说,"他有理,法律站在他那边。"

"噢,"王子说,"你们这些锯木厂的代言人,我明白了,这样吧。"他说,"你们自己操作这事儿好了,别再来烦我!"王子重新坐到自己的宝座上,端起酒杯,吹了一下杯口的火焰,好像他这一吹那火焰就能被吹灭似的,但是火焰依旧跳动着。

"操作?"那些人说。

"是的,操作!也就是贿赂他!"王子喊道,"你们刚才不是说,他口口声声要按法律来吗?难道你还指望他亲自递给你一张支票让你在上面填个数吗?"

"这个办法我们也试过了,他不肯接受贿赂。"

王子立刻来了精神,嘴角明显带着讥讽。他开始教训那些人,言语刻薄不说,还不允许那些人打断他。他说给那人现金,如果对方能少要点钱的话就附加一个承诺——他进入立法委员会的机会。那些人站在那里,不说话,因为他们是在和王子说话,所以只能乖乖地听着,没有人敢说话。这些人里有一个老臣,这人曾经为王子的父亲效力过,小时候王子常常坐在他的膝盖上撒娇,这人还给王子做过一只小耙子,教他如何用这只耙子在那些中国人、拉丁佬和波利尼亚人身上练习,直到他的胳膊强壮了才同意他和白人交战。看到王子这样,他显然不满意,于是站了出来,看着王子说:

"您父亲这样做过,虽然没有为此背负骂名,但是失败了。也许那是因为他是一个伟大的人,对方也是一位大人物,这法子对大人物行不通。"

"那你就等着被那些小人物指责吧。"王子回敬那位老臣,但是他马上记起自己小时候,这位老臣成天陪着他,逗他开心,而且对他利用熔岩和硫火来折磨人的小发明甚是赞赏,晚上在他父亲面前报告他这一天的表现时常常夸奖他,说他想出来的对付拉丁佬和中国人的办法就是大人也想不出来。想到这些,王子向老臣道歉,为了让对方感到舒服,他又说:"你们答应给他什么?"

"满足。"

"他怎么说?"

"他说他很满足,还说对于一个经常嚼烟草的人来说,有个痰盂就满足了。"

"有没有给他其他什么?"

"还给了他虚荣。"

"他怎么说——?"

"他说虚荣他也有,说他行李箱里有一堆那玩意,是为他特制的虚荣,用石棉做的,地狱之火都无法使它们熔解。"

"那他要什么?"王子喊道,"想要什么?!天堂吗?!"王子看见老臣看着自己,他觉得是因为自己刚才用了嘲弄的口吻,所以老臣在用目光责备自己,可是很快他发现事情并不是自己想的那样。

"不,他要地狱。"老臣说。

王子立刻不嚷了,宏伟的带着威严的大殿里安静下来,烟雾缭绕(那是古老的殉道者被地狱之火焚毁后产生的烟雾)中传来那些真正的基督徒愤怒的喊声,声音微弱,持续不断。王子不愧是老国王的血脉,眨眼之间他脸上那种骄纵和嘲笑别人的表情不见了,人们仿佛再一次看到了那位上了年纪的老国王回到面前的王子身上。"把他带上来,"王子说,"你们都退下。"

老臣把当事人带进来后离开了大殿。进来时那人手里拎着一只柳条箱,衣服有的地方还在冒烟。他用手不停地拍打着身上着火的地方。火苗扑灭后他嘴里嚼着东西向王座走来。

"说吧。"王子说。

那人扭过头,吐掉嘴里的东西,东西掉到地板上,地板上马上冒起一缕青烟。"我来拿我的灵魂。"他说。

"我听说了,"王子说,"但是你没有灵魂。"

"那是我的错吗?"他说。

"难道是我的错?"王子说,"你觉得是我创造了你?"

"那是谁?"那人说。当王子意识到大殿里只有自己和那人后,他开始亲自和对方谈条件,他几乎列举出了一切可以诱惑和满足对方的东西,他说得很仔细,声音娓娓动听,可是对方拎着柳条箱站在王子面前,丝毫没有露出被打动的意思,甚至嘴巴都没有停下咀嚼。王子用手指着墙,示意对方看那里,然后他开始把自己将要给对方的好处亲自一一展示给对方，郑重得仿佛举行仪式般，最后，王子甚至把还没有发明出来的只是存在于他的想象中的东西也给那个人演示了一遍。可是对方看完只是转过头，往地板上吐了一口带着烧焦颜色的烟草。气愤的王子无奈回到王座上坐下。

"你到底想要什么？"王子说，"你到底想要什么？天堂吗？"

"我还没想好自己想要什么。"他说，"你只给我这些吗？"

"你以为呢？"王子说，他觉得自己抓住了对方的要害，事实上，王子一直觉得自己能搞定这人，从一开始那些人告诉他这人口口声声拿法律要挟着找上门起，他就知道自己能搞定对方。他往前探探身子，按响火铃，示意老臣看清楚他会怎么做，然后靠回到王座上，从上而下打量着眼前这个一直拿着柳条箱的人，说："既然你已经承认了，而且口口声声说你是我创造的，那么你的灵魂其实是我的东西，这么一来就可以解释当你把自己的灵魂作为合同保证交给我们时，实际上你交给我们的是一个不属于你的东西，而是我的——"

"我不和你争。"那人说。

"那你现在的作为就是犯罪。所以，现在就带着你的箱子，离——"王子说，"哦，对了，"王子又说，"你刚才说什么？"

"我不和你争。"男人说。

"什么？"王子想问"争什么"，可是他发现自己突然噎住了，说不出话来，身体不由自主往前一扑，人一下子跌倒在地上,膝盖底下旋即感到一股热流。他下意识地用手去抓自己的喉咙,想发出声来,但这一做法像从坚硬的地里刨土豆那样难。"你是谁?"王子瞪着眼珠子,大口喘着气问那人,那人已经坐到了王子的宝座上,柳条箱也被他放到了宝座上,王座周围立刻升起一团明亮的王冠形状的火焰。王子的眼睛瞪得更大了,他声嘶力竭地喊道:"我给你天堂!拿走它!拿走它!"一股大风席卷过来,大风过后四周立刻黑了下来。王子在地板上摸索着,竭力想抓住什么,可是什么也没抓住。他瞪大眼睛看着已经被锁住的大门,嘴里发出阵阵哀号声……

第三部分

漫长的夏天

第一章

1

拉特利夫坐在马车上,看着瓦尔纳那匹又肥又壮的老马从围场大门转出来,沿着围栏边上的小路朝自己这边走来。马车四周的空气里回响着从马肚子里发出的低沉而响亮的声音。这人开始出门了,他想。他现在每走一步都得用靴子磕一下马肚子,他付了钱,不光是一张地契外加两美元结婚证书的钱,还包括两张去得克萨斯的车票、现金以及雇人赶马车的钱,最主要的,如果未来他想把那个系领结的外乡人从商店或者从他家里赶出去的话,还指不定要付出多少代价呢!白马走到拉特利夫的四轮马车旁边站住了。拉特利夫端坐在马车上,没有动,脸上严肃得像是死亡之屋的敲门人。

"这都是没法子的事。"拉特利夫说道。他没有侮辱人的意思,他说这句话不是指尤拉,因为他根本没觉得那女孩儿做了什么丢脸的事情,他甚至都没想到那个女孩儿,他指的是土地——法国人湾的土地。这些土地太宝贵,即便这些土地的主人不是瓦尔纳,他也觉得它们珍贵无比,特别是想到瓦尔纳成为这片土地的主人后没卖过一寸土地,也没有将这片土地挪作他用,他就愈加觉得这片土地的珍贵。他不相信还有瓦尔纳搞不定的事情。在做买卖上,如果瓦尔纳想出手的话,他不光能以比别人便宜很多的价格成交,而且,东西到手后如果他认为这东西值钱,就一定不会卖掉!法国人湾就是这样一个值钱的地方!瓦尔纳买下这些地后这些年一直不卖给外人就是证明!可是现在,瓦尔纳松手了,一开始拉特利夫以为买家一定出了大价钱,即便不是过去二十年来所有给瓦尔纳的出价中最高的,也差不到哪里去;可是当他知道得到那块地的人是谁后,他马上猜到瓦尔纳一定是不得已才出让那块地的,而且,不是现金交易。

瓦尔纳知道拉特利夫在想什么。他用隐藏在浓密杂乱的赭色眉毛下的那双拒人千里之外的小眼睛打量着眼前这个无论在气质思维以及外貌上都和自己很像,甚至比自己的儿子还要像的年轻人:"你觉得单凭一颗小小的肝脏满足不了那只野猫?"

"也许你需要在肝里放一小段打结的绳子。"

"绳子?"

"算我没说。"

"哈!"瓦尔纳说,"你要去哪儿?我们一路吗?"

"不是。我去商店。"拉特利夫嘴上和瓦尔纳说着话,心里却想,也许这人只有到了他自己想拿绳子往那东西脖子上绕一圈的时候才能想明白这事儿。

"我也往那边去,"瓦尔纳说,"我今天要给人断官司!杰克·豪斯顿和那个叫明克的家伙,两个人为了一只该死的还没长大的牛犊闹上了法庭!"

"你是说豪斯顿起诉了明克?"拉特利夫说,"是豪斯顿起诉的?"

"不是,不是豪斯顿。是明克,他向法庭起诉,说豪斯顿扣押了他的牛。明克有只牛犊,打从去年夏天起就在豪斯顿的牧场上吃草,豪斯顿也不赶它,牛犊在豪斯顿的牧场上整整待了一个冬天,从去年冬天一直吃到今年春夏。也许是想吃牛肉了,上个星期明克突然拿着绳子去豪斯顿的牧场抓那只牛犊,豪斯顿不让他抓,可是根本拦不住,后来豪斯顿拔出手枪,用黑洞洞的枪口指着明克说他要开枪了。明克对豪斯顿说:'你这是吓唬我!你知道我没枪。'豪斯顿说那就决斗,定个日子,让人把枪放在篱笆桩上,他和明克各自站在篱笆两边,然后数三声,三声一到谁先抢到谁开枪。"

"不至于吧?"拉特利夫说。

瓦尔纳"哼"了一声,说:"走吧,早点儿去把这点官司断完,事儿多着呢!"

"您先走,"拉特利夫说,"我走得慢,反正也没有牛犊和官司什么的等着我去处理。"

那匹洗得干干净净的老马(这马被主人收拾得很干净,身上总有一股芳香剂的味道，每次出现，就像刚从洗马房出来似的）迈着有节奏的步伐沿着围栏（有些地方的尖木头桩已经腐烂，露出了缺口）边的小路继续往前走去，白马肥胖的后臀有节奏地扭着，仿佛它心里回响着雄壮的进行曲。拉特利夫坐在马车上，看着渐行渐远的白马和瓦尔纳的背影（瓦尔纳身体往前佝偻着，两条腿和两只脚随着马身体的晃动而上下微微颠簸着）陷入了沉思：那匹马已经跟了瓦尔纳二十五年，去掉它还没长大的那三年，这二十二年来，一直都是瓦尔纳骑着它，就连马鞍子都没换过！可是即便你给这匹白马和自己的那两匹马一副狗鼻子，让它们找一辆黄色的马车来拉，它们也找不到[①]。他想：这下这地方的男人们不再垂涎这女孩儿了！这些人里有八十岁的老人，也有十三岁的少年，过去他们从那女孩儿家门口经过时都要像公狗撒尿似的抬起一条腿以证明自己的领地，现在不会了！可是马车不会马上消失的，他似乎看到了那几辆马车。他想，事情就是这样，越扎眼的东西[②]越难被人忘记——消息虽然传得沸沸扬扬，但瓦尔纳还是保住了十六岁女儿的名声，可是，那女孩儿本可以被保护得更好的，像是纯洁无瑕的童贞之母，任何一个垂涎她的男人必须受到处罚，甚至根本就没有男人能征服她，如果他们尝试去冒犯她，一定会

---

① 这里说到的三匹马分别隐喻瓦尔纳和拉特利夫，暗指他们有着南方人的淳朴，而不是像弗莱姆那样追逐金钱。黄色马车隐喻金钱富贵。
② 这里指追求尤拉的那三个男人的马车在淳朴的法国人湾乡民的眼里很扎眼。因为那三个追求者都是看似和当地人不一样的"城里人"。

碰壁，因为没有任何男人可以在那女孩儿白璧无瑕的身体上留下印记（他想，在那个女孩儿眼里，自己和那些追求她的乡下男孩儿有什么区别呢？她是不会注意到自己的）——如果把名誉比作女孩儿身上的衣服，那这件衣服上的三颗纽扣已经变得廉价了。但是他从来没有垂涎过那女孩儿，即使是在瓦尔纳说的像野猫发情的年纪也没有垂涎过那女孩儿，他甚至从来没有想过去追求那女孩儿（对他来说，即便他能把她追到手，也像有人硬塞给他一架他根本不会摆弄的管风琴，他连如何给家里那个用邮箱换来的二手音乐盒拧发条都不会，怎么能演奏好管风琴？），也不嫉妒那个长得像青蛙一样的没有人情味的家伙。即便娶到那女孩儿是斯诺普斯家的人预谋好的，而他们现在得到了想要的，他也不嫉妒，因为这并没有意味着斯诺普斯家的人在法国人湾取得了胜利。可是他气愤！他气愤，把那女孩儿许给那样一个人简直就是浪费！一种毫无意义的浪费！是一笔从头到尾都不划算的交易，就好比为了抓一只老鼠而大动干戈地做了一个抓熊的陷阱，又在里面放了一头肉质鲜嫩的牛犊做诱饵，甚至比那还糟糕！就像各路神仙把他们手里原本用于装扮六月的美好的东西倾倒在了一堆牛粪上，结果滋养出一窝蚂蚁来。围栏尽头拐弯处就是去那座老法国人宅子的小路，路上的荒草几乎掩盖了路面。不等主人指挥，拉特利夫的马已经往那条路拐去。拉特利夫赶紧拉紧缰绳，扬起手里的鞭子，喊道："驾！"指挥着马车朝村子方向走去。

马车风尘仆仆地走在大路上，离村子愈来愈近，已经能看到瓦尔纳家的商店、铁匠铺和轧花房（太阳把轧花房烟囱似的排气管照得闪闪发亮）。现在是九月下旬，飞速转动的轧花机搅出团团尘土，它周围的空气似乎也被带动着跳动。在酷热的天气下，排气管周围的蒸汽聚集成一缕缕青烟，远看像缥缈的海市蜃楼；满载着棉花的马车发出吱扭吱扭的声音，像是因为忍受不了在这酷热的天气下还要背负重任而抱怨；空气里充斥着一股棉线绳子的味儿，大路两边，被尘土掩埋了一半的野草上挂着丝丝缕缕的碎棉花条，从马车上掉下来的碎棉花絮被马车轮子和牲口蹄子踩进土里。路边站了一长溜大车队伍，每辆车上都满载打包好的棉花，队伍好半天才往前挪一个轮子的距离，拉车的骡子们低着脑袋，耐心地等着棉花被乔迪和新来的店员从大车上卸下来，放在吸棉花的管子下方——新来的店员和弗莱姆长得很像，除了看着比弗莱姆身材瘦小点外，几乎就是弗莱姆的翻版，就好像这两个人是用同一个模具做出来的，只不过后一个比前一个做得小一点，五官捏得紧凑一点。又好像这后一个是先刻好的，在刻出它后模具边缘变钝了，向外延展了一点，刻出了前一个——这第一个刻出的有着小小的饱满而鲜亮的粉红色嘴巴，让人想到纽扣上猫咪①的嘴巴，眼睛则像金花鼠，明亮灵活、单纯幼稚，这给他身上添了一层喜气，

---

① 有一种做成猫咪形状的纽扣。

但谁都知道这是假象,是迷惑人的东西。

拉特利夫没有下车,坐在马车上抻着脖子往队伍最前面看去:乔迪坐在磅秤旁边,白色无领衬衫的腋窝位置各有一坨黄色的汗渍,黑色的帽子上沾满了尘土。拉特利夫赶着马车往商店门口走去,心里想着,今年的收成好,大家似乎都很满意。可是这个念头刚冒出来就变了,"除了一个人!"因为就在那一刻他看见瓦尔纳从商店里走了出来,台阶下有人看到瓦尔纳出来,赶紧殷勤地帮他解开马缰绳。瓦尔纳骑上马走了。商店阳台上站满了人,他们是早早把满载棉花的马车赶到等着称重的大车队伍里,自己来到阳台上等着的村民。不等拉特利夫来到商店跟前,就看见明克和另外一个人(那人是学校的老师,也是斯诺普斯家的,见人总喜欢胡诌名言警句。他今天身上穿了一件新外套,虽然是新的,但看上去一点都不合身。拉特利夫想起自己第一次见到对方时,这人穿的是一件很旧的衣服,和现在他身上的新衣服比起来,拉特利夫倒觉得那件旧衣服似乎更符合他的气质)从商店里出来,明克那张平日里就拧拧巴巴,只有一条眉毛的脸还是带着怒气,只不过今天在怒气外又多了一层冷酷。他旁边的那张脸则让人想到啮齿动物的脸。两个人火急火燎地从拉特利夫旁边经过,一边走一边挥舞着胳膊大声说着什么,似乎这两条胳膊不是身体的仆人,而是这副血肉之躯的主人。就连他们的声音也是张牙舞爪的。

"你们等着吧!耐着性子等!恺撒一天之内建不成罗马

城！耐心是一匹跑起来稳稳当当的马！时间会证明公平是好人的面包，坏人的毒药。我已经查过相关的法律，威尔·瓦尔纳罔顾事实，我们肯定会上诉的！我们肯定——"拉特利夫往门口的柱子上拴马的时候看见豪斯顿从商店里出来，上马离开了，豪斯顿的猎狗和往常一样，紧紧跟在主人后面疾驰而去。拉特利夫拴好马后来到阳台上，阳台上已经站着好多人，至少二十个左右，布克莱特也在里面。

"原告似乎天生爱打官司，"拉特利夫说，"怎么判的？"

"明克·斯诺普斯要想领回他那头牛，必须付给杰克·豪斯顿三块钱的饲料费。"奎克回答他。

"没毛病！"拉特利夫说，"这一次瓦尔纳没给律师[①]说话的机会？"

"没有，他似乎有一大堆话要讲，但是瓦尔纳没让他说完。"布克莱特说，"你就是想知道这个？"

"噢，"拉特利夫说，"事情明摆着，瓦尔纳也辩不过斯诺普斯家的律师，所以只能让他闭嘴。可是有啥用呢？斯诺普斯家的人可以来，斯诺普斯家的人也可以走，看来瓦尔纳已经被斯诺普斯这家子瞄上了，现在不瞄以后也会——这是早晚的事，那句话怎么说来着？旧的不去新的不来！教会徒弟饿死师傅！不是吗？"布克莱特看了他一眼说："我看你干脆站到门口

---

① 这里指艾欧·斯诺普斯。

大声吆喝去，好让那家人听得更清楚些！"

"听见就听见！"拉特利夫说，"人小鬼大，谁不惦记有钱人那点东西，可是没辙啊！不是家家都能出个会打官司的人，更别说出个大神了！一般人家也就是过过日子，不想那么多，可是有些人天生腰比别人的粗，他们不需要先知来告诉自己怎么赚钱。他们太精明，知道谁的钱好赚！"所有人都看着拉特利夫：那张刮得干干净净的脸上带着捉摸不透的神色，无论是眼睛还是嘴角的纹路都透着让人摸不透的神情。

"你自己听听你这些话！"布克莱特说，"怎么突然冒出这么多感慨？"

"没怎么。"拉特利夫说，"最好天下太平，大伙儿相安无事！不过世道这事儿谁说得准呢？！卖给你领结的伙计也许早就准备了一双黑色长袜对付你！会画广告牌的家伙可以在自己床头立个牌子，大得像商店里摆放食品的墙，上面画着各种各样好吃的罐头食品解馋——"

"啧啧，听听你这些话！"布克莱特说。

"——现在他成功了，可以对那个女孩儿做那种事情，那可是这里从十三岁的男孩儿到一百零一岁的老头见到她后都日思夜想的事情。当然了，他也可以偷偷摸摸地从窗户里爬进去，但是那么做对他来说，第一没必要，第二他也不会那么做。先生们，他不是躲在人家屋檐底下偷腥的猫，他是那种——"拉特利夫正说着，一个小男孩儿踢踢踏踏地从台阶走上来，向商店门口走去。那男孩儿只有八九岁的样子,身上的衣服是粗布做的,一双眼睛湛蓝湛蓝的。拉特利夫不说了,一直等那男孩儿走进店里后才继续说道:"——他是那种坐在店里,等着有人进来拿走一块价值五分钱的猪油的人,不过来人没有递给他钱,而是直接要他给自己切一小块猪油,他照做了。给那女人切完猪油后他把账记在一个本子上,然后撕下画着一只猪(那女人认得出那是一只猪)的那页纸,连同剩下的猪油一起放进店里的一只锡桶里。做完这些后他把本子放好,把锡桶放回原处,然后走到门口关上门,插上门闩。这时那女人已经绕到柜台后面,躺在地上,也许她认为这是她要做的,以这种方式还那块猪油的钱,因为账已经被记了下来,她要做完这件事情才能走——"拉特利夫正说着,新来的店员[①]突然从商店里冲出来,他眉头皱着,五官似乎都拧在了一起,刚才进去的那个蓝眼睛的小男孩儿跟在他后面。众人听见他急急忙忙地对男孩儿说:"知道了,孩子。这么说他又犯病了,你先回去。我暂时脱不开身,要待在这儿做事。到那里后你从后门绕过去,别让那个老女人看见。她就喜欢窥探别人的事情,都快成对眼了。"阳台上马上有五六个男人跟着站了起来,脸上现出一副看热闹的表情。男孩儿下了台阶,沿着通往小约翰太太家围场的那条小道走去,刚才站起来的那几个人也下台阶跟了过去。

"你们怎么啦?"拉特利夫说。

---

① 这里指兰普·斯诺普斯。

村子
238

"跟着走就行了,你还没看过吧?"一个人一边走一边对拉特利夫说。

"看什么?"拉特利夫问。阳台上有几个人待着没动,其中就有布克莱特。他低着脑袋,认真地削着手里的一块白松木头,每削一下刀子都深深地没入木头里。

"快点走!"另外一个人催促因为和拉特利夫说话而放慢了脚步的人,"去晚了就看不到了!"拉特利夫没动,看着那几个人匆匆忙忙下了台阶,沿着小约翰太太家院门外的篱笆跟在小男孩后面,举止神态有点偷偷摸摸的感觉,好像要做什么不应该做却偏要去做的事情。他问布克莱特:"什么事让这么多人兴师动众?"

"想看就去看吧!"布克莱特不客气地说。他没有抬头,还是削着手里的木头。拉特利夫看着布克莱特:"你看过?"看布克莱特不说话,他又问:"你去吗?"

"不去。"

"你知道他们去看什么?"

"你去看就知道了。"布克莱特的口吻还是很不客气,甚至有点粗鲁。

"看样子我得亲自跑一趟了,因为没有人愿意告诉我。"拉特利夫说完往台阶走去,这时候前面那几个人已经沿着篱笆走得挺远了。他们走得很急。拉特利夫一边下台阶一边说话,他一直没有往后看,没有人知道他这些话到底在说给谁听,是说给他身后的人还是其他人，反正他一直在说："——那人走到门口，关上门，把门闩拉上，然后走回来。那个刚从地里过来在他眼里像一头黑牲口的女人躺在地上，因为刚刚在地里出过力，她身上有一股浓重的汗味儿，可是她自己不知道那是汗味儿，因为她从来没有闻到过其他味道。这就和骡子只闻到自己身上的味道是一个道理。女人脱了衣服，躺在柜台后面的地板上，抬起头，但不是看他，而是看着他身后那一排排摆放在架子上的小罐头盒子。她并不知道那些罐头盒里的东西的滋味，是鱼还是其他让人馋的东西，她从来没有钱买一盒给自己尝尝，她身上连一毛钱都没有，即便他给她五分钱她也凑不够一毛五分钱买一盒罐头。她知道那罐头盒里装着吃的东西是因为有一天她听到别人说，才知道那里面的东西可以吃，她很穷，就连一块猪油的钱也付不起，如果她想得到剩余的猪油，还得像这样再来店里两三次才行。女人躺在地上，等到那个人不看自己的时候就看着那人身后那一排排的罐头盒子，说：'斯诺普斯先生，那个沙丁鱼罐头可以打开吗？就给一点。'"

2

冬天过去，春天来临，随着日子一天天往前推进，可供他藏身的夜晚越来越短。天没亮他就已经从谷仓里那间放马具的小屋子（那是他住的地方，稻草就是他的被子）出来，蹑手蹑脚下楼离开了小约翰酒店。酒店里，沉浸在梦乡中的旅行推销商躺在他昨晚为他们铺好的床上（是小约翰太太教会他铺床的，他现在已经铺得和她一样好）鼾声阵阵。四月的早晨，黄道光悬在天边，光线缥缥缈缈，衬托出他的身影，刚才躺在黑屋子里那种让人毛骨悚然的被坏人包围的恐惧感消失了。虽然黎明到来前的那一小段时间里，他还有点害怕，但随着黑暗褪去，鸟叫声和其他动物发出的声音响起来后，他心里的恐惧感彻底消失了。天色泛白，天空从最初的灰蒙蒙到淡黄色再到辉煌无比的金黄，现在他不害怕了，心里感觉踏实了许多。为了早点到那儿，早点回来，他迈开腿，踢踢踏踏地朝那座小山坡跑去。翻过那座山坡后，他来到坡脚的小溪边，在溪边被露水打湿的草丛里躺下，等着她的到来。

一个小时过去了，两个小时过去了，三个小时过去了，终于，他听到了她的脚步声：声音从雾气里传来，从寂静的晨曦传来。他躺在湿漉漉的草丛里，一动不动地听着。他闻到了她的气息，和晨雾融合在一起，他感觉自己的身体仿佛长出了一双伸缩自如、虚无缥缈的手，在晨雾里向她伸去，并裹住她的身子，和她紧紧贴在一起。大地仿佛刚刚苏醒，被露水打湿的蕨草叶子沉甸甸地弯着腰，在他眼前抛出一道黑色的曲线。透过将落未落的被玫瑰色晨光照亮的露珠，可以看到一个缩小了的世界。他仿佛被裹在一个混合着青草和牛奶味道的世界里，那气味温暖浓郁，宛如一位在空中飘过来的仙女，刺激着他的味觉。她越来越近了！他甚至听到了她的喘息声和蹄子从泥土里拔出来的嗵嗵的脚步声，他感觉她正踏着在他心里奏响的结婚进行曲的鼓点一步步向自己走来……

他仿佛看见了她。早晨的太阳奏响了一天的号角，也映照出她的身影：她站在河滩上，身上的露水闪着珍珠似的光芒。她把脑袋伸进溪水里，鼻子里发出粗重的温暖的带着奶味儿的气息。他躺在草丛里，眼睛由于太阳的直射而微闭着，两条腿不由自主地夹紧，来回动着，嘴里发出呲呲的带着颤音的呻吟声。他不能在白天和傍晚和她做那种事，不是因为他必须回去干活儿。酒店里没有多少活儿等着他做，他也不觉得干活儿对他来说有多么困难，所以抵触干活儿。不是，对他来说，每次面对躺在他扫帚底下的土和垃圾时，他都带着一种喜悦，他也喜欢看到自己凭着记忆用手把那些被单揪展铺平——这些活儿他已经干习惯了，干活儿让他感到快活。他想起那个女人[①]教他干活儿时温柔但带着命令似的手，她的敦厚仁慈的声音，好像在耐心地教导一只小狗该怎么做。

他还是躺在草丛里，他之所以没有站起来朝她奔过去是因为他知道自己不能离她太近。他有过教训，前两次他迫不及待地朝她奔过去，但不等他靠近，她已经跑了。这是他第三次躺在草丛里等着她靠近。晨雾散尽后他抬起头，在那一瞬间他真

---

① 指小约翰太太。

真切切地看见了她。他立刻忘了一切——忘了铺床时的喜悦，忘了女人的手和她的声音；忘了听话，忘了要以铺床和打扫为生。他从草丛里站起来，手往前伸着朝她走过去，嘴里和她说着话。她抬起脑袋，看到他后扭头往岸上跑去。他追了过去，但河水拦住了他，他小心地走进河水里，每走一步都把脚抬得高高的，嘴里发出小声的哞哞声，声音既急迫又小心，但是尽量不惊动她。中间他跌倒了一次，跌倒的一瞬间他喊了一声，手想去抓住什么，但什么也没抓到，整个人一下子倒下了，但他很快挣扎着浮出了水面，他想喊，但是被水呛着了。后来他不喊了，开始和她说话。终于，他爬上了岸，重新伸着手往她跟前凑去。她跑开了，速度很快，跑了一会儿又站住了，扭过头看了他一眼，然后低下头继续吃草；他继续追过去，就在他的手马上要碰到她的那一刻，她又跑了，他重新追了上去，嘴里还是跟她说着话，他的声音急切又甜蜜，似乎在哄她。最后她掉头往河边跑过去，几乎和他擦肩而过。她跑起来比他快多了，他哼哼唧唧地跟了上去，却怎么也追不上她，只能眼睁睁地看着逃亡爱人的身影离自己越来越远，看着星星点点的叶子的影子划过，一直到最后看着她穿过那条河，沿着一个缓坡上了岸，然后停下来，低下头继续吃草。

他不再哼唧，而是重新跑到那条河流窄一点的地方，下水往对岸走去。每走一步，他的腿都抬得高高的，好像在试探着找到能让他踩实的地方，好像他知道自己随时都可能跌进水里。还好这一次他没有跌倒。可是当他上岸后,她又跑了,跑到刚才过来时的那个大坡的边缘,似乎在戏弄他,而不是躲他。他再一次去追她。他跑得跌跌撞撞,嘴里发出哞哞的声音,似乎在喊她回来,声音愈来愈慌乱。她现在跑到了她一早出现的那条路上,其实她每天早晨都出现在这条路上。但他并不知道,可能是他出来时自己也不知道要到哪儿去,他的眼睛里只有她,已经注意不到周围的环境。虽然他对这一带的地形知道得很清楚,从来不会迷失方向,也知道每天早晨她是从哪里跑出来的,但是他的确没有意识到她在带领自己往围场走去。他跟着她进了围场,又穿过围场,来到一个挤奶的棚子里——那是她一个小时前待的地方。四周黑了下来,周围的物体变得模模糊糊,但是井然有序,也许他根本不明白他已经跟着她来到了她的牛棚里。他只是注意到她终于不跑了,停下了,而他也停止了刚才仿佛唤她停下的急切的哞哞声,跟在她身后进了牛棚。他换了一副语气,开始喃喃地和她说话,又伸出手去抚摸她,口水顺着他的嘴角流下来。她转过身,想逃跑,但是路被他堵住了。他当然不知道她想跑,他只是觉得她停下了,不跑了。他一边抚摸她一边和她说着话,声音轻柔,里面带着许诺和渴望的色彩。然后他躺在地上,由着她站在他旁边,不停抬起蹄子踢着旁边的木板墙,有的时候她的蹄子从他的脑袋旁边掠过。突然,一只狗的脑袋出现在他脑袋上方,紧接着他被一个男人抓住衬衫一把揪了起来。揪他的人是豪斯顿。豪斯顿似乎很生气，揪着他的衣服一直把他拖到外面才松手，一边拖一边骂着，可是他并不知道对方是在骂自己。豪斯顿的狗站在几英尺远的地方，瞪眼看着。

"艾克！浩普！"他说，"艾克！浩普！"

"艾克你娘！"豪斯顿骂道。他被豪斯顿拽得直摇晃。"滚！"豪斯顿说，"滚远点！"又命令狗，"把他赶出去！别咬！去！"那只狗没有动，还是站在原地，"汪"地叫了一声，就一声，好像在说"滚！"他看着对他瞪着眼睛的豪斯顿，向大门走去，嘴里还哼哼唧唧的，好像要对豪斯顿说什么。大门敞开着，刚才他就是跟在她后面从那里进来的。那只狗追了过去，跟在他后面，他回过头看了小棚子和她一眼，似乎想停下来，和豪斯顿解释，但是嘴里流着口水的他什么也说不出来。那只狗又冲他叫了一声，就一声，他往前走了一步，又站住了，恐吓似的朝那只狗瞪了一眼，然后转身向大门口走去。那只狗又冲他叫了，一连叫了三声，他喊出声来，似乎是被吓住了，他想跑，只是他的身体不听话，拽住了他的脚步。"不许叫！"豪斯顿呵斥狗。他不知道豪斯顿叫住了狗，他耳朵里只有狗向自己追过来的声音。他开始奔跑，一边跑一边喊叫。

现在他哪儿都不能去了，只好躺在草丛里，等着她出来，他一心渴望听到她的声音，渴望在晨雾散尽后见到她，脑子里只有这一件事。偶尔他从草丛里站起来，身体微微晃几下，嘴里哼唧着，然后再躺下。躺了一会儿后，他站起来，转身往山下走去，光线刺得他睁不开眼睛，根本看不清脚下的地面。因为脚上没有穿鞋子，他能感到他的每一脚都踩在一个软软的地方，然后微微陷进去。到了山下后他开始小跑，他跑得很急，嘴里还是哼哼唧唧的。他看见地面上自己的影子，很短的一截，冉冉上升的太阳把后背烤得暖烘烘的，湿透的衣服也在慢慢变干。回到小约翰酒店后他走进二楼的一间屋子，地上很乱，床上的被子也没叠。他找来扫帚扫地，扫一会儿停一会儿，嘴里哼哼唧唧地说着什么，似乎很难过，哼唧一会儿后低下头继续扫地。随着扫帚的移动，灰尘和垃圾被打扫干净，她的形象出现了：浑身散发着金色的光芒出现在绿草如茵的大地上，在淡紫色的霞光里，头戴王冠、脖子上戴着花环的她和周围春天的景色是那么的和谐……

突然，一股浓烟出现在窗户里——虽然浓烟是从河对面长满灌木和莎草的山坡上冒出来的，离他现在所在的地方有三英里远，但他还是看见了她！她被困在浓烟里，火焰逼得她不停后退，嘴里发出哞哞的叫声。他顾不上丢下手里的扫帚就往冒烟的地方跑去，却一下子撞在了墙上。烟越升越高，透过那扇窗户（窗户离地面很高）他看得很清楚，他想从窗户里爬出去，无奈窗户离地面足足有十八英尺高，他根本爬不上去！即使他爬上去，也不敢从那儿跳出去，除非他是一只飞蛾或者一只鸟。这时他看见了房间的门，门开着，门外就是走廊，他走过去，穿过那道门，来到走廊上。他的手里还抓着扫帚。就在他准备往楼梯那里跑的时候，小约翰太太从隔壁的房间里出来拦住了他。"站住！伊萨克！"她说，"站住！伊萨克！"她既不是呵斥他，也不是要打他，而是命令。他站住了，嘴里发出哞哞声，从那双呆滞的眼睛里流露出抗拒的神色，他的双脚轮流抬起、放下，好像猫踩在一个很烫的东西上。小约翰太太伸出手，掰住他的肩膀，让他转过身去，他顺从地转过身，顺着原路哼哼唧唧地返回房间。进到房间后，他看着那扇窗户，一缕青烟出现在窗户里，他挥舞了一下手里的扫帚，看了看通往走廊的门，没有动，又看了看手里的扫帚，抽抽噎噎地哭了。后来他不哭了，走到刚刚铺好的干净而整洁的床边，把被单往后拉开，把扫帚塞进去，扫帚头那一端放在枕头上，然后重新拉好被单，盖住扫帚，再把该压的地方压好，手忙脚乱地做好这些后，他离开了房间。

　　他走得很轻，不用踮起脚尖也可以没有任何动静地下楼，而且，很敏捷。眨眼的工夫他已经下到了第二层楼，他停了一下，继续往下走去，小约翰太太没有出来。三年前他只会上楼不会下楼，有一次小约翰太太去商店买东西，回来时看见他抓着酒店三楼的栏杆吊在半空中，双眼紧闭，大喊大叫。小约翰太太拨开围在酒店楼下往上看的人群，冲到楼上抓住他，把他往回拖，可是他依旧闭着眼睛不肯。那三天他一直待在楼上不肯下来，害得小约翰太太不得不把食物给他端到楼上去吃，有人听说这件事后特地从大老远跑来看热闹，他们对小约翰太太说："他还没有下来吗？"后来他终于肯了，几分钟后小约翰太太领着他的手在看热闹的人群的注视下一个台阶一个台阶地走下来。小约翰太太的那双手是那么柔软，但从里面传递出的是坚定的不容分说的意思，声音虽然严厉，但很有耐心。从那以后他突然敢下楼了，但是是摔着下楼的，就好像明明知道自己落脚就会摔倒，他还是一脚踏空，稀里哗啦地一顿滚动，一直滚到地面，四仰八叉地躺在地上，眼睛睁得老大，嘴里只是哎呀哎呀地叫着，好像并不知道疼的样子。

经过一段时间的摔打后他终于学会了下楼，知道如何小心翼翼地迈出一只脚，沿着狭窄的楼梯一个台阶一个台阶地走下来，整个过程似乎很自信，而不是像以前那样带着惊恐的神情。下楼后他穿过走廊，来到后院后他再一次站住了，摇头晃脑哼哼唧唧地不往前了。因为从这里他看不见刚才的烟雾，所以他有点迷惑（因为他的头脑里只有那座矗立在晨曦中的小山坡，自己从那座山上下来，到小溪边去等她），似乎觉出哪里出错了。头顶的太阳把周围的一切照得很明亮，土地、树木、房子，包括他自己都一清二楚，全然不是他印象中黑暗的样子。他嘴里哼唧着带着迷惑的表情站了一会儿，然后穿过院子往围场大门走去，到那儿后他转过门闩（他会打开它），走进围场里，扣上门，在强烈的阳光下，向围场里的马厩走去。

因为刚从阳光强烈的地方来到暗处，一进入马厩，他的眼睛很不适应——他的眼睛对光敏感，瞳孔被太阳照射到立刻就收缩得很小，还有一个原因就是他每次回到家里都是夜晚——进入马厩后他不哼唧了，走到放马具的隔间（他住在这里）门口，伸出两只手抓住门把手，抬起一只脚迈进去，另外一只脚则踩到了地面上，他从黑暗的马厩里退出来，明亮的世界重新无声地裹住了他，他感觉自己重新完整起来，和周围的世界连成一体，他转过身，朝着小山的方向跑去（山脚下就是他早晨躺的那片紧挨着小溪的草丛）跑到围场一处缺口前，从一片已经躺倒的铁丝网上踏过去。铁丝钩住了他的裤脚，他撕开裤子，挣脱了，他嘴里不再哼唧，一直跑到大路上，来到大路上后他没有停下，他浑圆的女人一般的双腿不停摆动，他跑着，脸上和眼睛里流露出惊慌的神情。

他连续跑了三英里，直到看到那座小山后，才从大路上下来，往山顶爬去。上到山顶后他向对面张望，烟是从河对面的山坡上冒出来的。他嘴里哞哞地叫着（他受到惊吓就会发出这样的声音）跑下山坡，穿过今天早晨他躺过的那片草丛（草已经被阳光晒得很干），毫不犹豫地向草丛附近的那片浅滩跑去，刚来到水边他就毫不犹豫地踏进泛着涟漪的水里。因为速度太快，他没有收住身体，整个人头朝下跌进了水里，他惊叫一声，挣扎两下后站了起来——河水并不深，只到他膝盖——他高高地抬起一只脚（就好像将要落脚的地方很高似的），踩稳后再快速地跟上另一只脚以防自己跌倒。即便很小心，快到对岸的时候他又一次跌倒在河水里，这一次水比较深，他在水里挣扎了半天，终于站稳了。随后他又听到了她的叫声，叫声从浓浓的烟雾中传出来，时有时无，但总在回响，让他心惊肉跳。他刚上岸就开始奔跑，可是没跑几步就结结实实地摔在了地上，爬起来后他没有停顿，继续跌跌撞撞地向前跑去。他的衣服上沾满了泥土，他往冒着烟雾的山头爬去，四周没有一点风，在灼热的太阳底下，烟雾呈现不同的色彩，从蓝色到淡紫色，再到更深一点的紫色，再到红铜色。

这一带的山坡和一英里以外的那片河滩地不同——这里是阿巴拉契亚山的余脉部分，曾经是奇克索印第安人[①]的领地。印第安人迁走后，这里成了白人的地盘。他们砍伐林木，把土地变成农田。南北战争结束后，这里就被人遗忘了，仅留下几间经营流动开采业务的锯木厂。现在，就连锯木厂也看不到了，只有一些腐烂的、形状和墓碑差不多大小的木屑堆立在过去是锯木厂的空地上，宛如一座座纪念碑，提醒着人们这里曾经有过人类为了满足自己的贪欲而进行乱砍滥伐的行为。山坡上分布着松木和橡木的次生林，在松树和橡树之间生长着一些可以用来做棉花纺锤的山茱萸树，原来被开垦出来的良田现在变得面目全非，连地垄的痕迹都看不到了。四十年过去了，在雨水、冰霜和酷热的蹂躏下，这些荒废的土地变成了沟壑纵横的山地，坡地上长满了荒草和灌木，野兔和鹌鹑把这里当成安

[①] 原住在美国密西西比州以及亚拉巴马州北部的印第安人，19世纪30年代被政府强制移居到位于现在俄克拉何马州的印第安保留地。

村子

家的乐园。支离破碎的溪谷露出一道道红白相间的土地，红的是黏土，白的是沙地，他就是在这样的山坡上奔跑着，他的脚下是被火烧过后的灰烬，地上还残留着去年被火烧过的木桩，一些不可燃的绿色植物，以及从被烧过的土地里顽强生长出来的蓝色或白色的雏菊。但是他意识不到自己脚下踩着的是灰烬，因为这里的土地被火烧过已经是前一阵子的事儿了，现在这片大地已经荒凉了，终于，他爬上了位于山顶的平地。

他的眼前出现了厚厚的浓烟，像一堵墙似的挡住了他，从浓烟里传来牛的惊慌叫声。他一头扎进浓烟里，循着声音跑去。从脚底下传来烫人的热量，他一边跑一边拼命地倒换着两只脚，嘴里发出惊恐的喊声，浓烟里充斥着他嘶哑的喊声和回声，像是有人在模仿他的声音喊回来，那声音从上面冲下来！从底下蹿出来！从浓烟里漏出来！无处不在！无处不有！突然，一阵嗒嗒的蹄声传了过来，他不由得站住了，屏住呼吸一动不动等着：一匹烈马从浓烟里冲出来，直直冲他跑过来。那是一匹疯马：惊慌的眼神，飘动的马鬃，仿佛一头形象扭曲的怪物。他惊慌地尖叫起来，有那么一会儿的工夫，他也叫，马也叫，马离他越来越近，他看得更清楚了：惊慌的眼神，黄色的牙齿，红红的长脖子上面的马脸显露出曾经的贪婪和劫后余生的兴奋。那匹马冲到他跟前时猛地一闪，和他擦肩而过，几乎没有停顿地往远处跑去，迅速消失在烟雾中。他身上的头发和衣服被那匹马冲过来时挟带的一股大风掀起，大风过后空气里充斥着一股恶龙身上才会有的臭味。他继续向牛叫的声音方向跑去，可是他再一次听到了坚硬的马蹄快速踩踏地面的嗒嗒声，这一次马蹄声是从他身后传来的，从他脚下的大地和浓烟里传来。他顾不上回头，也没有尖叫，只是不顾一切地跑着，似乎在和那声音赛跑，直到身后传来一声高亢的嘶鸣才猛地扑倒在地，伸出两只胳膊抱住脑袋。一阵带着臭味的风以摧枯拉朽之势从他的身体上方掠过，四只高高扬起的蹄子在他头顶上方一闪而过。

他从地上爬起来，接着跑。牛叫声越来越近了，他看见了火——烟雾中一条橘红色的火舌拦住了他！牛的叫声就是从那里面传出来的！脚底下更烫了！和刚才他每跑一步（不等一只脚完全落下，另一只脚已经快速抬起）都要尖叫一声不同，现在他带着受到惊吓的表情原地倒换着双脚，像是在舞蹈。这时候他再一次听到了身后朝自己奔跑过来的马蹄声，在嗒嗒的马蹄声的催逼下，他尖叫着冲进了火海，他的叫声和马的嘶鸣声汇成一种野性暴怒但又无助的喊声。等到他重新从火海中出来，来到青天白日下，身上的衣服已经被烧得破破烂烂。他看到她了，站在离自己有十英尺远的一条深沟的边缘处，低着脑袋，嘴里哞哞地叫着。他立刻朝她飞奔过去，就在他马上要靠近她的时候，那匹马也从火焰里冲了出来，直接朝他和她冲了过来。他立刻转过身，站到她前面，用手抱住头，挡在她和马之间。

疯马连片刻停顿都没有就朝他们全速冲了过来，像一头飞翔的怪物从他和她的头顶上方飞了过去,他又一次看见了那惊慌的眼神、被红棕色马鬃覆盖的长脖子、被烧得打着卷儿的鬃毛和前额的那一缕毛,随着半月形的蹄子在半空中一闪,在怪物挟带的风声中,他和她好像被一股巨大的力量吸走了,甚至还没来得及叫喊就已经被那匹马挟带着从陡峭的山崖边上直直坠下——大地猛地倒栽过来,垂直地朝上冲去——掉到了沟底。疯马触地后连着打了好几个滚,站起来后顺着沟底跑了,他被她压在身下,受到惊吓的她肚子软得像一摊烂泥。在他们头上,火舌在悬崖边上蹿出来,在阳光下变成浅浅的一缕黑烟往远处散去。

她把他压得动弹不了,终于,她爬了起来,脸冲着他哞哞地叫着。他朝她爬过去,但他的这一举动似乎惹恼了她,她一个转身往坡上跑去,可是脚下的沙土流动得很厉害,她根本踩不实,也跑不动。他看她徒劳地甩动着蹄子却一点也前进不得,像是因为在暗处做什么见不得人的勾当时突然被甩到山脚下的这块地上,所以又羞又恼,竭力要甩下他自己一个人跑远。他追了上去,和她说话,想告诉她这没什么,她在他眼里并没有多狼狈,她不需要感到羞愧,他们的爱情之网是用坚固如铁的线编织而成的,这点事情丝毫不会影响他对她的爱,但是她不听,还是往上跑。他只好用自己的肩膀抵在她的屁股后面,使劲往上顶她,脚下的土纷纷往下掉落,两个人仿佛绑在一起一样,很难使上劲,还没有往上走上一码远他们就重新跌落到坡地，陷进沙土里，像是两座放在木筏上的雕像。他挣扎着站起来，重新用自己的肩膀顶在她的屁股后面，往上推她，可是又失败了。于是他不推了，开始跟她说话，教她怎么做，然后才重复刚才的动作，可是他们还是轰的一声滑了下来，落在沟底，他再一次被她压在身下，沟底已经是暴土扬尘，甚至飘到了上面，和缕缕黑烟混在一起。她恼怒地甩着脑袋，哞哞地叫着挣扎着站起来，和那匹疯马一样，沿着沟底跑了。

他沿着沟底去追她，小溪渐渐变宽，汇成一条河。走到离豪斯顿的草场很近的地方时，他看见了她，当然，他不知道这里已经离豪斯顿的草场很近，他甚至连那处浅滩都没认出来，因为他眼里只有她。他趁她放慢脚步时跟上了她，站在河岸对面，低声唤着她的名字，因为他不想她受惊再一次跑开。她站在岸边，他不再叫她，只是抬起被烟火熏得黑乎乎的脸看着她。她不跑了，低下头开始喝水，他蹚水向她走去（他已经忘了刚才她倒下来时差点把他压瘪的事情），每走一步脚都抬得高高的（其实这里的水很浅，他用不着把脚抬得那么高），嘴里又开始唤她，仿佛是在提醒她，声音里充满了关心。上岸后他直奔她而去，走到跟前后伸出手去摸她，她没有抗拒，依旧低着脑袋喝水，他把手放在她的一侧腹部抚摸了几下，她不喝了，扭过头，仿佛女孩儿似的毫不害羞地看了他一眼。

豪斯顿发现了他们。当他看见自己那头牛的时候，立刻打马穿过草场朝着河边跑了过来。豪斯顿赤裸着上身，他身下的马也没戴笼头，那只大狗紧紧跟在马后。豪斯顿跑到河边，看见一个人半蹲在水里，用一根柳树枝清洗着双腿。"没事儿吧？"豪斯顿在马上大声说。他"吁"了一声，使劲一揪马鬃，让马停下。"吁，吁，停下，停下，他妈的。——为什么你不拦住那匹马？"豪斯顿冲弯着腰站在水里的那人嚷道，"把马摔坏了怎么——"水里的人抬起脑袋，那是一张被烟熏火燎过的脸，豪斯顿立刻认出了他。他狠狠一揪马鬃，不等马完全站稳，人已经从马背上滑了下来。豪斯顿骂骂咧咧地来到河边，从地上捡起一根干树枝，狠狠地抽在牛身上。牛往岸边的坡上跑去，豪斯顿扔掉手里被打断的树枝，冲着牛的背影喊道："回去！你这个不要脸的东西！"牛跑到坡上后不跑了，低下头开始吃草，豪斯顿的狗也跟了过来，豪斯顿冲狗嚷道："赶它回去！"狗没有跑过去，只是抬起头，"汪！"地叫了一声。她一甩脑袋，继续往前跑去。他半蹲在水里，看见她跑远了，也急急地站起身，嘴里发出哞哞的声音。那只狗始终没有涉过小溪追过去，只是不急不忙地沿着岸的这一边跑，直到和那头牛平行，然后在岸的这一边冲着牛又鄙夷地先发制人似的叫了一声，这一下吓得那头牛又往前跑了几步。这一次离开河岸，往远处的围场跑去，那只狗还是在小溪这边跑，只是每次看到那头牛想停下的时候，它就"汪！"地叫一声，没过一会儿，牛就不见了。

他站在水里，嘴里发出哞哞的喊声，声音不高，像是受到了惊吓。当豪斯顿和狗出现在岸上时,他似乎要喊叫,嘴巴已经张开了,但是没有发出声音,脸上的表情呆傻无比,等到豪斯顿骂他的时候,他脸上的表情变了:那是一种不相信且害怕的表情,看上去有点可怜。豪斯顿皱着眉头站在岸上,盯着他的工装裤的前襟(上面脏得要命)气呼呼地喊道:"老天爷!老天爷——你给我过来!到岸上来!"一边骂一边冲他挥舞着胳膊。但是他没有动,脸冲着她逃走的方向看着,嘴里还是哼哼叫着。豪斯顿皱着眉头走到河边,探过身子,一把抓住他的工装裤的带子,把他从水里拽出来,然后三下两下把他工装裤的带子扯下,裤子掉了下来,堆在脚边。"站出来!"豪斯顿对他说。他没有动,豪斯顿见状揪住他使劲往自己这边一扯,他踉跄了一下,两只脚从裤子里迈了出来。他只穿一件衬衫哼哼唧唧地站在岸边,声音比刚才小了很多。豪斯顿嫌弃地用手勾起他掉在地上的工装裤,扔到水里。他沙哑着嗓子喊了一声,脸上露出可怜的表情,但是从始至终他没有去拦豪斯顿,只是看着,豪斯顿对他说:"去!去洗干净!"边说边伸出手臂比画着,示意他自己去洗水里的裤子。他没有动,眼睛看着豪斯顿,嘴里发出哼哼唧唧的声音。没办法,豪斯顿找来一根树枝,把树枝戳进漂浮在水面的裤子里,使劲搅动拍打一阵后把裤子从水里捞出来,扔到草地上,又用树枝继续拍打那条裤子。他一直看着……拍打干净后豪斯顿对他说:"拿走!回家去!"见他还不动弹,豪斯顿喊叫起来:"家!回家去!离那头牛远点！"他又开始哼唧，口水顺着他的嘴角流下来，也不走，呆呆地站在那里一动不动。豪斯顿又气又恼，从口袋里掏出一把硬币，从里面挑了一枚五十分币值的，走过来把硬币放进他的衬衫口袋里，又帮他系好扣子，然后重新上马，一拽缰绳，不等他反应过来，已经指挥着马沿着岸边跑远了。他呆呆地（一小时前他站在那处悬崖前拦在她前面，那匹马从他们上方飞过时也是这种表情）看着豪斯顿和马的背影，嘴里不再发出哞哞的叫声。

过了一会儿他又开始哼唧，低下头看了看豪斯顿已经帮他系好纽扣的衬衫口袋，又摸了摸，盯着地上那条沾满了泥土和水的工装裤看了一会儿，弯下腰把裤子捡起来。裤子的一条裤腿拧巴成好几股，他哼哼唧唧地花了好长时间才把它正过来，然后穿上裤子，把背带系好，走到小溪边上，小心地把脚放进水里，向对岸走去。和上午一样，每走一步都把脚抬得高高的，好像在登高似的。上岸后他往早晨躺的那片草丛走去，三个月来他每天清晨都躺在这片草丛里等她。这地方对他来说就像活塞和活塞头的关系，他手里摸着胸前的衬衫口袋站了一会儿，嘴里哼唧着往山坡上走去。沙土还很烫，可是他也许觉不出来，也许是因为她跑了，本能的失落感让他想到顺原路返回，回到他早晨离开的地方——小约翰酒店。中间他停下了一两次，手伸进衬衣口袋里摸着。虽然他不懂怎么解开口袋上的扣子，但那枚硬币还是被他摸了出来，他盯着手掌里的硬币看

第三部分　漫长的夏天

了一会儿，嘴里又开始哼唧。经过木桥（木桥建在一条长满了野草的浅沟的上方）时，他突然发现手里的硬币没有了。之前他一直老老实实地攥着那枚硬币，没有做任何丢或者扔的动作，可是硬币却不见了。空气里传来一声东西滚动的声音，什么东西在阳光底下闪了一下，然后他的手掌就空了。他惊诧地看了看拿硬币的那只手的掌心，又翻过手看看手背，最后又抬起另一只手看着。这对他其实很难，不比女人生孩子容易，因为他要往回想，要调动大脑中逻辑的部分找到发生过的一个画面，有一瞬间他似乎恢复了思维能力，像想起了什么似的，手往衬衫口袋里摸去，还翻看了一眼衬衫口袋里面，但就是一眼，好像他根本不指望自己能在里面找到那枚硬币，他的这些动作全部是凭本能，就和他本能地看着脚下想去找到那枚硬币一样。他默默地站在桥上，抬起左脚看看，又抬起右脚看看。他走到桥边往沟里跳去，刚落到地面就摔倒了，外人很难看出他是故意要跳下去的还是不小心跌下去的，可是对他来说，跳到桥下找硬币和刚才在桥上找硬币的一连串动作一样，都是本能地凭借对重力的感知——他默默地蹲在沟底下，脑袋晃着扒拉着野草找那枚硬币。他的动作并不协调，和平时干活儿时的灵活差得很远，似乎他根本不愿意找到那枚硬币。这时沿着桥面驶过来一辆马车，车夫和他打招呼，他听到了，抬起头，车夫又喊他的名字，往常有人这样喊他，他多少也能发出点声音算是答应，可是今天他只是茫然地看了来人一眼，脸上挂着谁也看不懂的神色。

马车走远后他从草丛里站起来，回到大路上，然后朝他刚才来的路上跑去。五月的太阳把地面晒得滚烫，他重新来到那座山坡脚下，翻过山后从山坡上滑下来。他跑得很急，经过他每天早晨躺在那里等她的那片草地时他甚至都没有看一眼。他沿着河岸往位于上游的豪斯顿家的围场跑去，这时候差不多是下午两点。做这些的时候他并不知道豪斯顿（一个没有孩子的鳏夫，他家里只有一只狗和一个给他们做饭的黑人厨子）不在家，而是在离这里三英里外的瓦尔纳的商店阳台上坐着——他脑子没有这些想法，他也没有停下来去想豪斯顿在不在家这件事。到了豪斯顿家的围场后他直奔牛棚，找到关她的隔间，牵着她从里面出来，然后把挂在牛棚墙上的一个笼头摘下（笼头挂在墙上的钉子上，他刚才摸索门闩时摸到了笼头，于是就把它拿下来），模仿着别人给牛戴笼头的样子给她戴上，牵着她离开了牛棚……

下午六点钟的时候，他们已经出逃了五英里。他不知道他和她已经走了那么远，对他来说，只要和她在一起，不管是上天入地还是走到天涯海角他也愿意，只要和她在一起，他永远也不会觉得累。他们奔向的并不是一个明确的目的地，而是位于时间轴上的一个囚禁人的尖塔，那里没有白天，也没有傍晚，只有黑夜。五月的和风渲染了他和她之间的暧昧。他面朝着她，手里拽着缰绳，用不容分说的口吻一边劝一边把她往自

第三部分　漫长的夏天

己身边拉,可是她不肯,不停晃脑袋,哞哞叫着往后退。半个小时过去了,他还是不能让她就范——她不仅不肯跟他走,还拗着劲儿往回走,往牛棚的方向走。他猜也许她是因为胀大的乳房感到不舒服,所以想回去,于是换了一种方式对她——放松手里的缰绳,伸出手摸她。这一次她没有抗拒,他轻轻地抚摸着她的头和脖颈,一边摸一边和她说话,终于,她不再反抗,乖乖地跟他上路了。他们在被松树包围的山道上走着,风小了很多,到下午的时候他们到达了山顶。山路崎岖不平,阵阵清风扑面而来,仿佛有人在四周低语;清风掠过树林,在宛如琴弦的树干和簇簇树叶上拨出动人的曲子。他们在风声中翻过山脊来到背阴面,刚才还在身后的影子现在到了前面,像一道道起伏不定的条纹。夜幕降临,夜空像是深蓝色的倒扣的一只大碗,在他们身后,夕阳的景色像是被一道巨大沉重的铁闸自上而下地关上了。一开始她不肯让他摸她的乳房,甚至狠狠地踢了他一下,但是当他挤奶的手法渐渐变得娴熟,她对他的触摸就不再反抗了,终于,牛奶挤出来了,打在地上发出咝咝的响声,温暖的感觉在他的手掌和指尖弥漫。

  月亮升起来了,斜斜地挂在空中,朝着西方的部分变得越来越浅,天快亮的时候,和月亮并排的启明星在夜色中显得分外明亮。睡梦中他闻到了她苏醒的气息,黑暗中看不见她,只感觉到她用后腿撑起身体站了起来,随即一股淡淡的奶香味飘浮在他的梦乡里。他也站起来,在黑暗中摸索着把手里的绳子拴在摇摇晃晃的树枝上，凭着味道找到他昨天晚上挂在树上的筐子，取下来拿在手中，向林子边缘走去。走到林子边缘的时候他回头朝隐身在黑暗中的她看了一眼，虽然他看不见她，但是他可以听见她，就像可以看见一样——从她嚼着青草的嘴边传来让人感到温暖的鼻息声，空气中飘浮着从她身上散发出来的牛奶的香味。

有座牛棚离他们这里不到半英里远，没走多久他就看到了那间屋子，矗立在天边，在晨曦中若隐若现，显得有点神秘。当他走近，来到屋子院子的篱笆旁时，一只狗跑了出来，也不叫（他第一次来这里偷饲料的时候它叫得很凶），一动不动地站在篱笆里边，看着他。他停了一下，因为他想起了今天下午在五英里外遇见的豪斯顿的那只狗，但他没有因为害怕而掉头，而是迎着狗走去。他以前来过这里，为她偷过饲料，所以他只想着自己像上次一样，成功地拿着饲料离开。他头脑里刚刚闪现的被豪斯顿的狗驱逐的印象已经被抛到脑后，取而代之的是这只狗的殷勤，在他看来，它迎上来伸着舌头的样子就像殷勤的仆人张开手，准备迎接客人。

牲口棚里很黑，里面充斥着刺鼻的氨水味道和刚从睡梦中醒来的牛马发出的动静。他直接找到放饲料的隔间，走进去，把筐子放在地上，摸着黑用手从储存饲料的盒子里捧出饲料往自己带来的筐子里放。饲料从他指缝间漏下去，几乎一半都掉在了地上——这是他第三次来这里偷饲料了，他似乎并不在乎掉在地上的饲料会暴露自己的偷盗行为。装满饲料后他站起来，看了一眼门外，天色是灰的，还没完全放亮，就好像刚才他掉转身忙着装饲料的空当有一只手在门口竖着放了一块长方形的毛玻璃。接着，他听到了鸟叫声，从牛棚里传来的牛马发出的动静也比刚才进来时大了好多，那只狗还站在牛棚门口。也许是意识到很快就会有人过来喂牛，给牛挤奶，他动作更快了。离开充斥着牛马身上散发出来的味道的牛棚时，他站在门口待了一会儿，好像在听周围的动静，又像是一个流连花丛的好色之徒混杂在一个满是女人的房间里，脸上挂着胜利者的慵懒表情，好像他和每一个女人（哪怕他根本不知道她们的名字，也记不住她们的脸）都有瓜葛似的。

在清晨鸟叫的叽叽喳喳声中，他再一次被狗驱赶着穿过围场，因为手里抱着筐子，他走得很笨拙，湿漉漉的草地上留下了一串深深的脚印，走到篱笆那里，狗停下不走了。他抱着筐子翻过篱笆，加快速度往前走去，这时他再一次看到了三天前曾经看到的一幕——那也是他人生中第一次看到的景象：晨曦的光芒不是从天上降临的，而是从大地里钻出来的，光线在多年沉淀下来的腐朽落叶和肮脏腐烂的骨殖中短暂蛰伏后，挣脱密密麻麻的草根和盘根错节的树根，冲出了那片由蠕动的蛆虫和生前曾显赫一时的世人的尸骨组成的黑暗世界——那是由特洛伊城海伦的尸骨，被宗教礼仪送上祭坛的美丽少女的尸骨以及显赫一时的国王的尸骨组成的黑暗世界——大地苏醒了！明

村子

亮的光线像一股流动的气体,在苏醒过来的虫子的呢喃中沿着数以万计的秘密通道上升,从每一棵草的根部渗透到每一片草叶,在地面穿梭绕行,点亮每一棵植物的根叶,唤醒沉睡的大地,然后,继续向上,游走穿行于树木的枝条之间,加速点燃每一片树叶!树叶被光线点亮的一刹那,鸟叫声响起!拍打翅膀的声音和鸟鸣声在空中回响,仿佛雷声过后的沉寂被重新打破。从村子方向传来公鸡的打鸣声和猪牛的叫声,宣告着新的一天的开始!尖塔上的叶片在西南风的作用下开始转动,被田垄割据的起伏的田野依稀可见躺着的犁铧,整个田野仿佛尚未苏醒的海面。不到半英里地的工夫,太阳已经完全跃出地平面,金色的光点燃了他眼前的草地和道道田垄,在他笨拙而不协调的双脚前方跳跃。他和自己的影子一起,穿过田野,走上山头,继而又翻过山头,在翻过山头的那一刹那,太阳的金光突然变得暗淡,像从黑夜中无声无息地延伸出一段桥,而当他走出山脚下的阴影时,金色的霞光重现出现在大地上,和微风一起在田垄地间、树林枝头跳跃,出现在他的头、肩膀、后腰和双腿上,直到他走进树林……

她仍旧站在原地,嘴巴动来动去地在等他。从她那两只大而潮湿的眼睛里他看到了自己的影子,两个影子像是一对神秘莫测的双胞胎——那是他在朱诺女神[①]眼里的样子,也是他

---

① 朱诺女神:罗马神话里的天后,婚姻和母性之神,罗马十二主神之一,也是朱庇特之妻,集美貌、温柔、慈爱于一身。

看着她时一言不发含情脉脉的样子。他把装着饲料的筐子放在她前面，她开始吃了，移动的树叶在她嘴边变换着细碎的光芒。她贪吃的样子让他觉得内疚，怀疑自己是不是太晚才给她拿来吃的，但他很快释然了，因为她的乳房是如此饱满，他把手伸过去，摸着她沉甸甸的乳房，然后，蹲下来，开始拽她的奶头……

他们从同一个筐子里拿吃的。以前他也吃过饲料——谷糠和麦麸、燕麦、没有加工过的玉米、青贮饲料、猪饲料等，他都吃过。他吃东西不是一顿一顿地吃，而是零零散散一次吃一点，但是从不间断，只要他醒着，他就这儿找点吃的那儿找点吃的，像是鸟儿那样，左叨一口右叨一口。每到吃饭的时候，小约翰太太总是把盘子盛得满满的给他端来，但他通常只吃一半就不吃了，半个小时后开始吃别的东西，那些东西是被人类称作秽物的东西，他并不觉得那些东西有多好吃，也不觉得它们有多难吃，唯一让他味蕾感到不舒服的只有混在土壤、旧石膏中的石灰，咀嚼废旧报纸时里面散发出的溶解的墨水的味道和被蚂蚁咬过的东西散发出的蚁酸，但是他大部分时候靠吃草为生，靠草里的生命来维持自己的生命。他不让她吃了，把饲料筐从她嘴边挪开，她的嘴巴还在动，样子似乎有点吃惊，因为筐里还有一半的饲料。他没有理会她脸上的表情，提走筐子，把它挂在树枝上。他已经学到了和她相处的办法，知道如何成功诱惑她，不让她逃跑，如何偷偷地进入人家的饲料房为她偷饲料，如何节省着吃那些饲料，为了这些饲料，原本内心充满欲望、贪婪嗜血的他开始有意识地担负起半夜起来为她偷饲料的责任。

把筐子从她嘴边拿开后他领着她去喝水。从发现这个树林的第一天起，他就发现了这个泉眼——水从一丛桤木和山毛榉的根部静静流淌出来，在太阳常年照不到的植物根部缓缓散开去。他清理出一小块凹地，把水引进去，水面映出层层叠叠树叶的倒影，他和她低下头，开始喝水，他们的脸庞遮挡了原先水中树叶的影子，影子时而破碎时而完整。喝完了他站起身，抓起缰绳，牵着她穿过低洼的地方，重新消失在树林里。

天亮了。太阳高高地挂在天空，鸟儿们成群结队，有的外出寻食，有的飞回巢穴哺育幼鸟。它们的身影掠过地面，又冲上天空，姿态像闪电，像带着哨音的箭头，像天空中一道色彩鲜艳收缩自如的曲线。晨曦中回荡的不再是天色熹微时从林间枝头传来的忽左忽右的带有神秘色彩的合唱，而是掠过空中的一声声脆响。鸟叫声和风声混在一起，在松林上方回响。他放松了手里的缰绳，不再拽得那么紧，从现在起到夜幕降临，他和她只需游荡，不需着急忙慌，目的只有一个：等天黑。从黎明到清晨到正午，他们一直追随着太阳——这个睥睨万物的散发着热量的圆球在天地间行走。如果把地球比作一个巨大的车轮，那么树木就是车轮上的根根辐条，在太阳的照射下投射出一方阴凉。他们在这阴凉里悠悠荡荡……将近中午的时候他和她走出了这一方幽暗如洞穴似的密林,随即被从天空直射下来的灼热的正午阳光罩住,后背很快就被烤得暖烘烘的。他蹒跚着步子,弯腰去捡草地上的青草和在初夏伊始就绽开鲜艳花朵的雏菊,因为手脚不灵活,他没有费力去折花的茎骨,而是直接掐下花头(地上很快散落着从花头上掉下来的花瓣,他揪得有点多,他原本只想揪两朵,两朵就够了),然后怀里抱着花花草草冲着站在阴凉地里的她奔过去,把揪好的青草放在她面前,开始为她编织花环。他很快编好了,可是不等他把花环在她头上戴好,花环已经散架,花环上的草叶像雨点一样从她的眉毛和不停摆动的脑袋上滑下来或者掉下来,有的成了她嘴边的食物,有的直接掉在地上。她的嘴巴在不停地咀嚼,直到最后一片花瓣挂在她有节奏蠕动的腮边。

下午的时候天空突然下起了雨。他看着雨水由小到大,从最初的随意挥洒几滴到连成线条。一开始像老天拿不定主意似的,雨水只是在地平线那端徘徊,在两三处地方斜斜地洒下几行,天边仿佛蒙上了一层薄纱。在西南风的作用下,天边汇集着大朵的积雨云,形状像是夏天在草地上啃食青草的母羊,羊身被太阳镀上了一层金色。雨水像是在寻找他们,一旦发现站在树荫下的他和她,立刻变得不容分说的野蛮和暴怒。大风瞬间刮了起来,在阵阵的松涛声中,风毫不留情地卷起地上的层层落叶,让人想到公母马交配时的狂暴场面——在嘶鸣声中完成排泄和受精——眨眼的工夫公马已经完成使命,消失得无影无踪；风过后密集的雨水落了下来，冰碴似的雨点打在被狂风席卷过后的大地上（急切程度一点也不逊色于刚才那阵狂风），也打在他的身上和仰起的脸上，亮晶晶的雨点让人想到多愁善感的女孩儿面对凋零的花瓣流下晶莹伤感的泪水，感慨时光已逝，红颜不再。很快，雨水往东北方向走去，彩虹出来了，凌乱的地面仿佛狂欢过后散落在地上的彩色纸屑，雨滴从树叶上、树枝上和草尖上落下来，落到地上，汇成涓涓流淌的细流，映照出天空的样子。雨滴还在落着，砸到水面上，幻化出金色或者蓝色的碎光。

雨停后他抓起缰绳，牵着她从树底下走出来，和雨前一样，他们走得不慌不忙。只是这一次的行走有了目的——太阳马上就要落山了，他们要在夜幕降临之前找到歇脚的地方。雨来时很急，去得也很急，像一个莫名其妙发脾气的孩子。噼里啪啦的雨水带着一种无理的蛮横，似乎在用这种方式对抗原来一成不变的天气，对抗白昼的遥遥无期，对抗时光的轮回反复。雨水打湿了他的衣服，破旧的衣服贴在身上，冰凉彻骨——那是一种能冻死人的冷，和刚才下雨时的冷截然不同，后者虽然冷，但是带着勃勃生机。雨水钻进土里，夕阳的光芒自由自在，叶子和树干笼罩在金色的光辉中，叶子上和树枝上的雨滴在夕阳中散发出五彩斑斓的细光。在夕阳余晖中，他牵着她表情庄严地向巨大的夕阳走去，人和牛被笼罩在金色中，就连那根把他和她连在一起的湿漉漉的缰绳也被镀上了一层金色。终于，他带着她到达了山脊的最高处，然后翻了过去，随着他们的消失，太阳也落了下去，和翻过山脊的他们一样，消失在夜色中。

迅速降临的夜晚一扫白天的燥热。他和她仿佛从孕育生命最初形态的子宫中出来，向不可避免的人生终点行进。他们在黑暗中走下山冈，走进那片树林。他找到挂在树上的筐子，取下来放在她面前。她把脑袋伸进筐子里，鼻孔里喷出的气息和饲料散发出的甜丝丝的味道混在一起。他摸着她的乳房。白色的乳汁在他的手掌和手腕之间流淌，牛奶的味道和饲料甜丝丝的味道融合、缠绕，宛如流淌在上帝身体中的永不变质永不断流的神圣的灵液。她吃完后，他把筐子放回原处，以备明天清晨回来取，然后牵着她再一次去了那口泉眼，从水里又一次看到了自己。水中的映像被打碎复原，这是时间之泉，是大地的一道缝隙。它静静地流淌，从未枯竭过，以自己的方式默默地记录着每一天的清晨，正午和日落，记录着昨天，今天和明天——从繁星到宛如象形图案的万物，从霞光褪去到天色放亮，时间从缓慢到加速，一直到正午的日冕最亮时分，然后日光像潮水般褪去，然后又是一轮的清晨、正午和午后。时光被无声无息地记载在泉眼里，水面倒映出天空和树的影子，水流在小虫的呢喃声中承载着飘落下来的树叶向下游流去，直到最后一点光线在水面凝聚、消失，仿佛被一张嘴吞下。他站起身，泥塘上方飞舞着萤火虫的荧光，夜空中最亮的那颗星星在移动的星云中脱颖而出，在夜幕中闪着金子般的光亮，仿佛在给迫切需要依靠的赶路人指引方向。在经过一片草地时，她被招摇的野草吸引，再不肯挪动脚步。他回转身向她走去，他的脚步是那么轻，仿佛不忍心打扰这沉浸在酣眠中的苍穹——不忍心惊动那长眠地下的海伦和主教、国王和守卫他的六翼天使们。不等他来到她身边，她已经开始往下躺——先是两条前腿跪下来，然后是后腿，夜色正在变暗变深，她舒舒服服地躺在那里，仿佛躺在弥漫着哺乳动物气息的巢穴里。他和她一起躺了下来……

3

那天下午太阳落山以后，豪斯顿回到家中，发现自家的牛丢了。他是个鳏夫，无儿无女，三年前他老婆被马踢死了，从那以后他家里唯一的雌性动物就是那头牛。他雇了个黑人厨子给自己做饭，通常是那个黑人厨子给那头牛挤奶，但是今天早晨他向豪斯顿告假，说自己要参加一个野餐会，还说自己会早点回来，给牛挤奶，准备午饭——虽然豪斯顿没有相信那家伙的话，但是换作平时他也就不回来了，这样他也就不会在那天晚上发现牛丢了，可正是因为那个黑人厨子一而再再而三地保证自己早点回来，反倒让他多了个心眼儿，想着回家看看。

前面说过，他回到家时太阳已经落山了，他回来不是为了吃饭,吃饭对他来说已经没什么意义,他回来是惦记着给牛挤奶。平时星期六下午他也会喝酒,但是那个星期六下午他多喝了些(他很健康,身子骨结实,但因为情绪不好,所以养成了喝酒的习惯)。三年前他的妻子死了,他一直很难从悲伤中走出来,不想和任何女人交往,一个人孤孤单单地住在那座大房子里,常常觉得凄凉(特别是太阳落山到天完全黑下来的这个时间段)——老是恍恍惚惚地看见死去的妻子,有的时候是娘俩(虽然她没有给他生孩子)在房子里院子里玩耍——这些东西让他随时会像变了个人似的。回到家后他去牛棚,发现牛不见了。

他一开始以为那只母牛自己撞开门跑了,觉得它拖着个还没挤过的乳房肯定不会舒服,所以也跑不远,最多也就是跑到围场大门那里。可出乎意料的是,那牛不在围场门口。他带上狗骂骂咧咧(骂牛,也骂自己,他以为是他自己忘了关草场附近的围场大门①)地往自家紧挨着那条小河的草场走去。天还没完全黑,还能看得见路,他注意到路上有一串人的脚印,一串牛蹄子印落在人的脚印上面。仔细察看一番后他得出论断:男人的脚印和那牛蹄子印不是同一时间落在路上的,中间隔着至少六个小时的间隔。他推断出那牛不是被人牵走的,路上的只是间隔了六个小时的六只脚的印记,四只是牛的,两只是人

---

① 一个围场有好几个门。

的。他并不担心,因为他认为那牛是跑去草场了,即使猎狗从那片浅滩(那条河有一处浅滩)跑回来,重新往山上跑去,他也没有回过味儿来,而是生气地喊住狗,不让它往那边跑。狗在山坡上站住了,扭过头看着他,脸上带着动物的聪明劲儿和认真劲儿,他(酒精和长久以来的压抑和悲伤的情绪影响着他的判断)继续喊它回来,狗跑回来了,他踢了狗一脚,命令它往浅滩那里走,狗似乎并不情愿,一直在他脚边打转,他又踢了狗一脚,吆喝了一句,狗这才往前面跑去。

他和狗从浅滩处蹚水到了河那边的草场,发现牛并不在那里,这时候他才意识到牛是被人偷了;他气鼓鼓地骂着那只狗,重新蹚水回来,沿着来路找到那串脚印和牛蹄子印,从屁股口袋里抽出下午去村子时从邮箱取的报纸,卷成一束用火柴点着,借着报纸燃起的火光沿着偷牛贼的脚印和牛蹄子印跟过去,发现脚印到了浅滩那里拐了个弯儿,上了旁边的山坡(山坡边是一条大路)。他站在夜色里,望着天上的星星(月亮还没有出现),恨恨地骂了几句,对那个偷牛的家伙,他心里又气又瞧不起,觉得那家伙真是无药可救!

他的马现在在一英里之外。他已经步行走了两个草场那么远的距离,却还是一头雾水,不知道牛去了哪儿。他觉得自己似乎成了一个笑话:一个毫无意义却被说笑话的人描述得有鼻子有眼的笑话。讲笑话的人讲它的目的就是让他孤单单地站在黑夜里,看着眼前那一英里回家的路。他想,如果不能惩罚或捉弄那个偷牛的傻子,至少也要吓唬吓唬他!敢偷他豪斯顿的牛的只有上帝!他可不想每次离开家都担心自己回来时牛还在不在牛棚里。可是当他登到山顶,冷风一吹,刚才的愤怒突然消失了,随之而来的是觉得这事儿有点好笑:那人的脚步很重,走起路来一定笨拙,也许那也代表着那家伙的决心。所以在还没有到达村子之前他已经知道自己应该怎么做了:收拾那个惦记他牛的傻子可以用一个老办法,这个办法从来没失效过。先回家,让那家伙替自己喂牛挤奶,第二天早晨等那人喂完牛挤过奶后,再把牛牵回来。这么想着,他没有在小约翰酒店门口停下,而是沿着酒店旁边的小路向围场走去。这时从黑影里传出小约翰太太的声音:"谁在那儿?"

"是我!杰克·豪斯顿。"他吆喝住马,看着那个站在篱笆边,笔直得像根烟囱似的身影,想,还是不告诉她丢牛的事吧!

"你在那儿干什么?"她说。

"想借一下你家的水槽饮马。"

"商店那边的水槽没水吗?"

"我是从家里过来的。"

女人突然加快语速说:"那你有没有看见——"但又不说了,豪斯顿知道她的意思,说:"他没事儿,我刚才看见他了。"

"什么时候?"

"我从家里出来的时候,他今天早晨和晚上都在我的草场上转悠。他没事儿，估计星期六他也要给自己放个假。"

女人"嗯"了一声，问他："你家的黑人参加野餐会去了？"

"嗯。"

"那就在我这里吃点东西再走吧！中午剩下的冷饭，凑合吃点。"

"我吃过了。"他提起缰绳调转马头说，"他没事儿，不用担心。如果我再看见他我就让他回家。"

小约翰太太又"嗯"了一声说："你不是要给你的马饮水吗？"

"哦，差点忘了。"他骑着马走到围场大门口，从马上下来，打开围场门，把马赶进去。她一直站在篱笆边看着，饮完马后他牵着马出了围场大门，关上大门重新骑到马上，经过她身边时他对她说："晚安！"她没有吭声。

他回到家中。月亮已经升起很高，圆圆的挂在树梢。他把马关进马厩，向自家空落落的屋子走去。月光把房顶和围场照得一片银白，屋子里却是黑的，他脱掉衣服，躺在冷铁似的窄床上，狗乖乖躺在床脚。月光从四四方方的窗户里照进来，落在他的脸上身体上，他想起月光曾经也这样落在躺在床上的他和她的脸上和身体上。第二天早晨起来，他骑马来到昨天晚上脚步消失的地方，带着蔑视的表情看着隐藏在各种各样的脚印（星期六下午有不少人从这条道经过，马车轮子、马蹄子和人的脚印层出不穷，那个偷牛贼好像知道这一点）下的偷牛贼的脚印，好像他已经看到了那个贼心不改的傻瓜的下场。

第三部分　漫长的夏天

就在豪斯顿打量那偷牛贼的脚印的时候，附近的一户人家里，男主人发现自己的牲口草料被偷了——牛棚放饲料的槽子附近散落着不少草料。掉在地上的草料围出一个半圆形的空白印迹，大小和他家几天前丢失的筐子差不多。他沿着脚印跟出去，走到围场时脚印消失了。主人回到牛棚重新检查了一遍，看有没有丢失其他东西，检查完后他把散落在地上的饲料收拾起来重新放回放饲料的箱子里就去忙了。白天的时候他想起这事儿突然有点儿生气：一点饲料和一个破篮子值不了多少钱，可是擅闯民宅还是让人感到光火。所以第二天早晨当他又一次看到地上散落的饲料时，禁不住大为光火，因为这就像一个刚刚从监狱里跑出来的犯人，本以为安全了，却又被地上的香蕉皮害得摔了一跤。那一刻他不仅想弄明白那个偷饲料的贼是怎么进来的，他还想杀了他！因为在他看来，这第二次的偷盗和《圣经》里说的大逆不道的行为毫无二致（他是被《圣经》教育长大的，为人正直是他全部的人生观），所以一定要抓到那家伙好好教育一下才行，就像他教育自己的那五个孩子一样（在过去的二十年里，他和老婆无时无刻不按照《圣经》的标准教育孩子，可结果并不尽如人意）。他年轻时很穷，除了还算健康的身体外一无所有。他用不到一美元一英亩的价格买下了这片贫瘠的山坡地，凭着清教徒般的吃苦耐劳的精神建了这座农场，中间结婚生子，成家立业，用农场的产出养活一大家子人，并按照上流社会的标准严格教育孩子，要求他们兢兢业业勤勤恳恳地生活。可是他们长到可以反抗他的权威时，都离家出走自立门户了（一个出去当了护士，一个在县城里的一名政客手下干些跑腿的活儿，一个搬到城里当了名理发师，一个是妓女；最大的那个孩子杳无音信，没有任何消息），现在陪伴他们两口子的只有这座收拾得井井有条的小农场。如果这农场是人的话，估计也会对他心生恨意，而它还没有这么做也许是因为它知道自己活得比他长，他的妻子可能同样也有离开他的想法，只不过选择容忍留了下来。

他喊着老婆的名字从牲口棚里跑出来。她出现在厨房门口，他大声喊她过来挤牛奶，自己冲进屋子，拿了把枪重新来到牲口棚里。老婆已经在牲口棚里了，可是他还是嫌她动作太慢，骂骂咧咧地给骡子套上缰绳，沿着偷饲料贼的脚印追了过去，追到围栏那里时脚印消失了。他出了围场继续寻找那贼人的印记，很快，在自家湿漉漉的牧场上发现了一串七歪八扭的脚印。他跟着脚印穿过牧场，进入对面的树林。脚印进入树林后就消失了，但他还是不依不饶地搜索着，因为上了年纪，他累得气喘吁吁，一心想让那个贼人见点血的冲劲儿一点点在减少，更多的是心力交瘁带给他的疲惫不堪。他想起自己还没有吃早餐，一大堆农活儿还等着他做〔如果说他有不共戴天的敌人的话，那就是这个农场，他与它战斗，日复一日年复一年，没有帮手，只有他一个人搭进自己的身体，不屈不挠，不肯认输，就像他不肯和自己的儿女认输一样，就这样一直干到他死

第三部分 漫长的夏天

的那一天为止——而当那一天（他知道早晚有这么一天）到来时，他一定是双手扶着犁铧把儿一头栽倒在地里，死去时双眼还睁着，要不就是手里拿着斧头或者犁耙跌倒在长满荒草的沟渠里，直到尸首（秃鹰在上方盘旋）被好奇的过路人发现，然后把秃鹰吃剩下的那点骨头和肉找个地方埋起来］。但当他走到沟底的一条小溪边的时候，看见沙地上留着一串牛和人的足迹，一开始他不确定，因为他最后一次看到那偷牛贼的脚印是在一英里以外，他似乎没什么理由判断这就是那偷牛贼的足迹，但他还是马上认定这就是他要找的足迹。他沿着脚印追过去，早晨过去一半的时候在林子里遇到了豪斯顿的黑人仆人，对方骑着一匹骡子，也在找牛。他立刻知道了那头牛是谁的。他把枪口对准黑人让他滚，说这是他的地盘，没有什么走失的牛，但其实他站的地方三英里之内只有那个篮子是他的，其他和他一点关系也没有。

　　往家走的路上他心里有了主意：不仅要抓到偷牛贼，狠狠地揍一顿，还要想办法抓到那头牛，问它的主人要一笔赔偿。如果对方拒绝，他就告到法庭，问对方索要扣押费——但他很明白，即便自己赢了，那点钱根本不够赔偿的，为了找牛，他不仅要搭进去大把的时间，还会耽误地里的活儿——农场上所有的活儿他都要亲力亲为，不是因为他不肯雇人，而是因为在这一带，不管是白人还是黑人都不愿给他工作，出多少钱他们都不愿意，而他也不愿意低三下四地去求这些人给他干活儿。

想到地里还有活儿等着他,他没有回家,而是直接去了地里,给骡子套上犁铧(犁铧从昨天晚上起一直放在地里)开始犁地,一直到中午听到他老婆摇铃的声音才停下回去吃了口饭,吃完饭后回到地里继续干活儿,一直干到天黑才回家。

到家后他给骡子戴好鞍子,躲在牲口棚里等着那个偷牛贼。天蒙蒙亮的时候,一个狗熊似的笨重身影穿过围场进入牲口棚,然后进了放饲料的隔间,不一会儿手里提着篮子从里面出来,朝来路返去。他看见自己的那只狗一声不吭地跟在偷牛贼的身后,心里不由得怒火万丈。他想起第一次丢饲料的那天清晨他曾经听到狗叫声,但是等他起来要去察看时,狗已经不叫了。第二天和第三天他根本就没有听到狗叫声,他甚至怀疑如果自己这时候跳出去,自己的这只狗也许会对着自己叫几声,而眼睁睁地看着那偷牛贼扬长而去。因为安全原因,他一直等到偷牛贼消失在视线中才从牲口棚里出来,随即看见自己的狗站在篱笆后面,从缝隙中往外望着。他走过去狠狠踢了狗一脚,狗这才意识到主人的出现,惊慌地掉头向屋子里跑去。

他沿着偷牛贼留在被露水浸湿的草地上的脚印一路追过去,直到来到那片位于山脚下的树林跟前才意识到自己应该在刚发现偷牛贼的时候就一路跟过来,因为脚印一进入树林就看不见了!他想到豪斯顿,估计那位也和自己一样,都是后知后觉,所以跟丢了偷牛贼的踪迹。他饿着肚子带着怒气在树林(五月的树林幽静却充满生机)里四处寻找偷牛贼的踪迹。在

第三部分 漫长的夏天

他身后，黝黑的夜色越升越高，似乎在提醒他离自家那块他为之不懈奋斗带着专制象征的土地越来越远。最终，他找到了偷牛贼的痕迹——他发现有一摊牛奶在地上，还在附近发现了被篮筐压过的草的印记，显然，筐子里盛着给牛吃的草料（其实他如果再仔细一点，就不难发现附近的树枝上挂着的筐子，因为偷牛贼并没有打算藏起那个筐子，但是他的注意力在地上，而不是高处），他压着心头的怒火继续寻找偷牛贼和牛的脚印（脚印断断续续时而出现时而消失），从早晨一直找到中午——随着气温的升高，他感觉体内的愤怒随着血液的加快越攒越多，好像他体内的血管流淌的不仅有血，还有愤怒。后来天下起了大雨，电闪雷鸣，他站在树下避雨的时候，因为气愤，冰冷的雨水砸到他身上他甚至感觉不到冷。大雨终于往平原的方向飘走了，这时候他才意识到自己站在离家七英里远的地方，离天黑只有一个小时了。他又在林子里转悠了四英里的路程，直到启明星升起才突然想起那偷牛贼也许又回到了当初他发现牛奶的地方，于是他重新回到那个地方，没抱任何希望，也没有愤怒，但是他找到了偷牛贼和牛……

午夜时分他才牵着牛和骡子回到家里。他是走回来的。最初他还担心那偷牛贼跑了怎么办，可是走了一段路后他恨不得那家伙跑了才好！因为这回家的半英里路（从他家距离他发现牛的地方有半英里）他走得委实不容易，那个长得像动物似的偷牛贼一直跟在牛后面，嘴里哼哼唧唧，赶也赶不走——他感觉自己快要崩溃了！他一天没有吃饭，还要怀着无名怒火对付一个傻子——他把气撒在牛身上，骂了它一路。到家后他把系着骡子和牛的缰绳递给提着灯笼等在院门口的老婆，自己关上院门，从地上捡起一根树枝照着跟在他后面的偷牛贼抽了过去，一边抽一边上气不接下气地骂着。他老婆过来拦他，喊着："别打了！别打了！你不怕把自己气死吗？"

"气死?!"他喘着粗气，声音颤抖着说，"我死不了！走这几里路累不死！你去拿锁来！"那锁是挂锁，他们家就这一把锁。他最小的孩子离开家的那一天，他买来这把锁。他老婆把锁拿来了，傻子拖着笨重的脚步在围场边走来走去，嘴角挂着涎水，不停地发出哼哼唧唧的声音。他去赶他，可是他发现自己很难抓着那家伙。虽然女人一直站在他旁边给他举着灯笼照亮，可傻子要不就躲在灯笼之外的地方，要不就躲在他身后，浪费半天力气之后他不得不放弃了，只是用锁锁上了牛棚的门。第二天早晨，他打开锁，取下拴锁的铁链之后发现那家伙待在牛棚里，甚至还帮他喂了牛，他猜测那个傻子是从牛棚里爬出去，找到饲料后又端着回到牛棚。他把牛赶出来，往豪斯顿家走，一路上那傻子一直跟在他后面，流着口水的嘴里不停地哞哞叫着，可是等到他把牛赶到豪斯顿家门口时，回头一看，却发现那傻子不见了。他也没注意到那家伙是什么时候消失的。还给豪斯顿牛后，他口袋里揣着问对方要的那一美金往回走，路上有几次甚至停下来，检查路上的脚印，想看究竟是在哪里那人不再跟他的,可是没看出来。

那头牛在豪斯顿的围场里待了不到十分钟的时间就被豪斯顿送给了小约翰太太。一开始豪斯顿打算让自己家里的黑人把牛送过去,但他很快改了主意,觉得还是由自己来做这件事比较好。他让黑人给家里的马备好鞍子,自己一直待在屋子里骂骂咧咧(骂人既不是因为厌恶也不是因为生气,纯粹是为了表达内心的看不起)。当他牵着牛走进小约翰太太的围场时,小约翰太太正在给马套车,她看了一眼他和那头牛,从口袋里掏出几张虽然卷着边角但看着干干净净的纸钞,递了过来(就像惺惺相惜的两个人很容易明白对方的想法一样)。豪斯顿没有接,粗声粗气地说:"我不要钱!我只是不想再看到这头牛!"

"这是他①的钱,拿着吧!"

"他哪儿来这些钱?"

"不知道。钱是拉特利夫给我的,给我时说这是他的钱。"

"如果是拉特利夫这么说,那应该就是他的钱。可是我不能要这钱!"

"他要钱干什么?他不需要钱!"

"好吧。"豪斯顿接过钱,但是没有展开它。如果他问她这里面总共是多少钱,她肯定会说自己也没有数。他的脸上还没有完全恢复平静,还有些生气的样子。"真倒霉!你让他和那

---

① 指伊萨克·斯诺普斯。

村子

头牛离我的地盘远点！"他说。

小约翰酒店的牛棚位于围场一个隐蔽的地方，无论是从大路这面还是从酒店里都不容易看到；再加上小约翰酒店的围场离着大路有一段距离，所以即便是从它周围其他人家的位置也很难看到那个牛棚。拉特利夫沿着小路朝牛棚走去，心里竟有些希望最好任何人都看不到这里还有个牛棚。五月他来法国人湾时还没有这条小路，现在是九月，几个月间地上已经被人们踩出了一条小路。牛棚的后墙钉着木板，其中有一块木板被人撬开了，挂在木板墙上。有几个人站在那块被撬开的板子前，一动不动地往里看着。曾经钉这块板子的钉子被人砸平了，钉子尖朝里弯着。拉特利夫知道那些人在看什么，和布克莱特一样，他不想看到那一幕，但是他还是来了。当他挤进正在往里看的那排人中间时，心里难受极了，仿佛他自己是那个有情感但不会说话的傻子，待在牛棚里，呆呆地看着这些看热闹的人。不等那些人扭过头，他已经把那块被撬开的木板拽了下来，朝旁边的几个人挥舞了一下，嘴里似乎骂了句什么，但不是因为愤怒或者因为觉得正义在自己这一边而骂人，而是和杰克·豪斯顿一样，嘲讽、温和地骂了一句。

"你来这里不也是为了看热闹吗？"一个人说。

"是。"拉特利夫说，"所以我不光是骂你们这些人，我也骂我自己，我们所有的人都该骂！"他从地上捡起一块板子和半块砖头，把板子钉在洞口上，每钉一下都会有砖头粉末落下——细细簌簌飘下来的粉末仿佛代表着罪恶和耻辱，红色的砖头粉末虽然没有鲜血那么鲜艳，但依然让人感到震撼。他一边钉一边说："那个斯诺普斯家的人，就是那个新来的店员，他叫什么？你们每次来这里看热闹的时候他是按次收钱，还是要求你们买通票？"钉完后他说，"钉好了，这下让你们看！"他不等那几个人散开就离开了。九月中午的阳光有些刺眼。他穿过围场和后院去了小约翰酒店的厨房，不等他开口，小约翰太太似乎已经明白了他的来意。她对拉特利夫说："你觉得每次看到那几个人悄悄站在篱笆后面往里看时我会好受吗？"

"可是你并没有阻止他们不是吗？收钱的那家伙叫什么来着？兰普还是兰斯洛特？我记得他的妈妈。"拉特利夫的脑子里浮现出一个女人——那是一个风风火火的女人，长得面黄肌瘦，似乎从来没吃过饱饭。她娘家有一堆兄弟姊妹，父亲靠做小买卖为生，但天生命运不济，总是破产，即便这样，她母亲还是一个又一个地生。她在缺衣少食的环境下长大，长大后在州立师范学校参加了一个暑假培训老师的课程，之后在乡下的一个小学校（学校里只有一间教室[①]）里找了份教书的工作，没承想不到一年她就从学校出来，和一个外地来的推销商结了婚。据说那人身上还有案子，有人说他从铁路给顾客放行李的

[①] 18世纪后美国开始出现一种单室学校（one-room country school），学校通常只有一间教室和一名老师，教授不同年级的孩子。老师的薪资由学生家长一起出，并提供老师住的地方。

房间里偷了一个推销商的一箱子鞋，箱子里装的鞋全是右脚穿的。就是这样一个人和她结了婚，婚后和她一起接济她娘家那一帮缺衣少食的兄弟姊妹，一直生活得很拮据。即便这样，她一直坚信在书本里可以找到骄傲、荣誉、救赎和希望。后来她生了一个男孩儿，取名叫兰斯洛特，生下孩子后不久这女人就带着对命运的不甘去了另一个世界。"兰斯洛特！"拉特利夫喊了出来。他差点骂出来，但是没有，小约翰太太就在旁边听着。"她妈妈是那么要强的一个人，可是这小子却是这么不知廉耻，难怪他让别人叫他'兰普'而不是'兰斯洛特'，是他把那块板子取下来的，就连高度都是他想好的。那块板子的高度孩子够不到，女人够不到，只有男人能够得到！他让那个蓝眼睛的小男孩守在那里，看到那个傻子和牛在一起的时候就跑到商店告诉那些聚集在商店门口的男人。哦，他还没有向每个人收费，这可不像他的做法，这让我有点糊涂。我害怕的是，如果他兰普·斯诺普斯，或者兰斯洛特·斯诺普斯和弗莱姆合起伙来……"拉特利夫几乎是喊了起来，"如果这两个人沆瀣一气……"因为气愤，他说不下去了，眼睛看着小约翰太太。小约翰太太（这女人长得和男人一样高大，脸上也总是一副男人似的严肃神情）身上披着一件衣服，看着他说："你是因为做出这种事情的人姓斯诺普斯才生这么大的气？还是因为那些人跑去看他和牛做那种事才生气？虽然这种事情被拿来让人观赏不对，但以前不是没有发生过这样的事情。"

"我当初很生气，但现在已经好多了。"拉特利夫说，"你或许可以说我虚伪，我都认！也许你会说那家伙也没挣到多少钱，让我不要多管闲事，可是我要管，因为我不信治不了他！即便我这么做不是因为正义感，也不是因为我想做个好人，而是因为我要让他看看谁厉害！"

"你打算怎么做？"

"不知道。也许我不会成功，也许我还没做就已经放弃了！但我还是想去做，不然的话我良心不安，睡不着觉，只有想办法治治他，我才能睡个安稳觉，至少今天晚上能睡着。"他似乎不知道自己下一步要做什么，他站在小约翰酒店屋子的台阶上，与其说是在想办法，倒不如说正在把头脑中浮现出来的人一个个过滤掉。那个面带凶相只有一道眉毛的家伙；那个高个子，常年系着打铁的围裙，脸圆圆的（像颗西瓜的横截面），眉毛稀疏的红脸汉子；那个常年穿一件不合身的大衣，长得像气球模型的家伙（他的鼻子长长的，没什么特点，其他五官似乎一刻也不停歇地动来动去，像气球模型上的脸，随时可以被一阵突如其来的大雨淋湿划花）——他们分别是明克、艾克、艾欧。他又想到了兰普，嘴里不由得骂了一句。他站在台阶上，他的脸和以前一样带着让人看不透的神情，心里却不停思量着：是马上离开村子，把这件事彻底抛到脑后，还是待在村子里，当村人谈论这件事时装糊涂？如果决定管这件事，该怎么管呢？这就像铁路候车室里的一台机器，你把铜币或是铅做的形状像子弹头的东西插到孔眼里,虽然你不知道机器会吐出什么来,但是你知道它肯定没有铜币或子弹那么值钱。他甚至想到了弗莱姆——那家伙是第一个来到法国人湾的斯诺普斯,虽然那人活着的目的就是赚钱,但是此时此刻他甚至觉得要是那家伙出面管这件事也许更好。

快到中午的时候,他去了瓦尔纳的商店,他问阳台上的村民要了艾欧的地址,然后离开了商店。他从一条小路拐进一座用铁丝网圈起来的围场,朝不远的一处房子走去。房子一看就是新盖的,只有一层,没有刷油漆。阳台底下摆放着一排被当作花盆用的锈迹斑斑的铁罐和铁桶,里面种着红色的美人蕉和天竺葵,现在正是开花的季节,红花上蒙了一层尘土。艾克那个蓝眼睛的儿子正在院子里玩耍,看见了拉特利夫,一个人高马大、怀里抱着一个身后还跟着一个孩子的女人过来给他开了屋门。他说自己来找艾欧,女人对他说:"他在他房间里看书呢[①]!进屋坐吧!"

房间是木头拼凑成的,很小,像一个结实的盒子,墙上没有刷油漆,虽然不像单身汉住的房间,但里面的气味让人想到中年寡妇的衣橱。床脚放着一件大衣,一个鼻梁上架着副眼镜的人坐在椅子上,手里捧着一本书正在看。看到拉特利夫进来,他马上从椅子上站起来,匆匆忙忙抓起床上的大衣给自己

---

① 这里有可能指艾欧住在艾克的家里。

穿上。拉特利夫说："别客气，我来是想和您说说您表弟伊萨克的事。"对方急匆匆地系着袖子上的扣子（袖口是活的，用扣子系在大衣袖子上），又匆匆忙忙地摘下眼镜，就像他匆忙穿上外套是为了匆忙摘下眼镜一样。拉特利夫注意到那副镜架竟然没有镜片。对方专注地看着他（他以前在这人眼睛里见过这样的眼神），眼神里流露出的神情（专注和智慧）似乎带着芒刺，他眼球上仿佛分布着一种类似于蒲公英花的毛刺的真菌，被孩子们一吹，那芒刺就飘了过来。拉特利夫说："我来是为了牛的事情。"

对方脸上的表情突然变了，脸上露出鬼迷溜眼的欢乐表情，除了那个看起来又长又硬的鼻子（他的长鼻子从脸上伸出来，好像在探寻什么，让人想起古罗马节日滑稽戏里制造笑料的小丑的鼻子）还顽固地待在原地，其他五官似乎无一不在动。拉特利夫看着那双眼睛，对方脸上的肉在动，但是眼睛里却没有笑意，而是带着某种比一般人要多的时有时无的机警的眼神。"那家伙真是一景，不是吗？"对方嘎嘎地笑着说，"我经常想，豪斯顿送给那家伙自己的牛，小约翰太太给他在马厩找了个地方住，这些人这么爱帮人，不参加竞选可惜了。就像人说的，要想多赢选票，就给选民提供免费面包和马戏团表演。兰普那家伙可真会利用人供大家娱乐——"

"我们得给他治病！"拉特利夫说。他没有喊着说，也没有再多说一句话，那人脸色没变，这是个长鼻子，脸色晦

村子

气，眼睛里看不出任何热情的家伙。过了一会儿，那人才说："治病？"

"是的，治病！"拉特利夫说。

"治什么病？除非你看见他和那牛真的干了那种事情，那治病还差不多！"对方说。拉特利夫心里说了一句：这家伙不是没脑子的人。

"你不答应是不是？"拉特利夫说，"那我告诉你，我会让希瑟老婆下个月去找瓦尔纳，要一份在学校教书的工作。你认为瓦尔纳会不会把教书的工作给她？"那人还是眉毛眼睛动来动去，似乎除了这些五官共同长在一个头颅上这一点相同外，其他没有任何联系。

"那我听你的，你说我要怎么做？"艾欧说。

"这是你应该做的，我怎么教你？我又不想教书！"

"但是你会提供帮助的！这件事是你提出来的。"

"我不会，"拉特利夫不客气地说，"我来就是看看，看看他的亲人会怎么做。你们作为亲戚，应该关照他。"

"你说得对！"艾欧说，"我们以前也管过，但没用。在这件事上我们有点力不从心，后来也就眼不见为净，至于别人怎么看这就是另外一回事了。再说我们斯诺普斯家的人即使做事一向在人前能抬得起头来，不是照样还有人挑毛病吗？有人就说我们是靠骗人家的牲口发家的。"

"别和我提学校的事情。"拉特利夫说。

"这样,我们先开个家庭会议,然后今天下午在商店里见面,告诉你我们会怎么做。"

那天下午,拉特利夫去了商店。所有的人已经到齐了——铁匠铺里的学徒艾克、学校老师艾欧,还有村子教堂里的牧师——这人也是农民,不仅长得像一家之主,说话时也是一本正经口吻严肃,人不聪明但诚实,是一个迷信但正直的男人。他没有上过神学院,没有文凭,但一直是村子教堂里的神父(他这个神父是瓦尔纳多年前任命村子的老师和治安官时一起任命的)。拉特利夫进去后,艾欧说:"找到办法了!怀特菲尔德兄弟想到了一个办法!只要——"

"我只是说我知道以前有人也像他那样,后来治好了。"神父纠正艾欧道。然后他说了那个治疗办法——表面上是他说,但其实大部分话是艾欧帮着他说的。

"他不是喜欢和牛干那事儿吗?那我们就宰了那头牛,把牛肉拿给他吃,总之必须是那头牛身上的一部分东西!如果他是和羊干那种事,就拿那只羊身上的一部分肉给他吃,以此类推,其他动物也是一样。在吃之前要让他知道他吃的是那头牛,总之你不能骗他吃,不让他知道他吃的是什么,更不能强迫他吃。如果拿其他牛代替,这法子就不灵了。人吃了那头牛的肉后,毛病就好了!从此以后就对女人感兴趣了,而且只对女人感兴趣。只是——"说到这里艾欧那张五官松散的脸露出了迟疑的表情,拉特利夫注意到了。"——如果小约翰太太不给我们那头牛怎么办？你不是说，豪斯顿把那头牛给了他了吗？"

拉特利夫说："这可不是我说的，是你告诉我的。"

"豪斯顿到底给没给他那头牛？"

"这件事得问小约翰太太、豪斯顿或者你那位堂兄，只有他们知道。"

"不要紧，如果小约翰太太不同意让我们宰杀那头牛的话，我们可以从她手里买下来。但是我有一点不明白，她告诉我，她不知道那头牛的价格，她还说你知道。"

拉特利夫没有理艾欧，他看着怀特菲尔德说："这办法管用吗？神父？"

"我见到过一次，挺管用的。"怀特菲尔德说。

"有没有失败的例子？"

"说实话我只见到过一次这法子被用在人身上，就一次！"怀特菲尔德说。

"明白了。"拉特利夫说。他看着站在自己对面的艾克和艾欧，心说：谁知道这些姓斯诺普斯的人是什么关系呢，堂兄？叔侄？但嘴上说出来的却是，"你们先得拿出十六美元八十美分买下那头牛"。

"十六美元八十美分？怎么这么多?!"艾欧眼珠子转了转，看着怀特菲尔德说，"非得要吃肉才行吗？用它身上的其他东西不行吗？比如说牛角、牛毛，只要是那头牛身上的部件给他吃可以吗？或者从那头牛身上取下一点东西，不需要太多，能熬碗汤就成,然后让他喝下,这样可以治他这个病吗?或者我们给那头牛放点血,用牛血给他治病。放血不是什么难事儿。"

"不行!只有吃那头牛的肉才能治他这种病,而且是新鲜的肉。"怀特菲尔德说,"因为要治好这种病,不仅仅要祛除生病的人脑子里的邪念,还要祛除最根源的东西,祛除让他身体产生邪念和罪恶的滋生地,所以说只有吃了那动物的肉,他才会彻底对那动物死心,不再有罪恶的念头滋生。"

"但是买下那头牛要十六美元八十美分,你能赞助一下吗?"艾欧看着拉特利夫说。

"不能。"拉特利夫说。

艾欧气咻咻地说:"明克肯定不会掏钱,他今天早晨输了官司,就是没输,也别指望他掏钱。至于兰普,那是个成事不足败事有余的家伙,根本指不上!"他转向拉特利夫说,"弗莱姆现在又不在这里,看来这事儿只能依靠我和艾克了。除非怀特菲尔德兄弟出于道德考量愿意出点钱,帮助一下我们兄弟俩。毕竟,对一个人做好事,就相当于对全人类做好事。"

"他不会出钱的,再说他出也没用,我之前也听说过这个办法,我听到的是这件事必须要由有毛病的这个人的亲兄弟或者有血缘关系的兄弟来做,否则的话就不灵。"拉特利夫说。

艾欧那双闪闪发亮的小眼睛骨碌了几下,看看拉特利夫又看看怀特菲尔德,说:"你们之前可没说过这话!"

怀特菲尔德说:"我只是告诉你我亲眼看到的事情,其他事情我就不清楚了。"

"十六美元八十美分！"艾欧说，"多大一笔钱啊！"拉特利夫看着艾欧，艾欧则看着艾克——拉特利夫看到从艾欧眼睛里透露出来的是狡黠，而不是精明。那家伙似乎是进来后第一次正眼看着艾克，拉特利夫想，这俩人究竟是堂兄弟还是叔侄呢？

"你是说我们俩买下它？"艾克说。

"是的，"艾欧说，"你不想让我们家族蒙羞吧？"

"那肯定，该怎么做就怎么做好了！"艾克从皮围裙底下抽出一个巨大的皮夹，打开后紧紧抓在手里，就像一个孩子手里抓着一个可以用嘴吹鼓的纸袋，"多少钱？"

"我是个光棍。不走运。"艾欧说，"可是你不是还有三个孩子——"

"四个，"艾克说，"还有一个在肚子里，马上就要生了。"

"四个。那这么办，我们按谁能从这事儿得到多少好处决定谁掏多少钱。你有四个孩子，再加上你自己是五个人，这么算的话，我掏一美元八十美分，艾克掏十五美元，因为他和孩子总共算五个人，三五十五，牛肉和牛皮归艾克。"

"那些牛肉和牛皮根本不值十五美元，"艾克说，"就算它们值十五美元，我也不想要！我要那么多牛肉干啥？"

"这不是牛肉和牛皮的问题。那些只是条件。这件事的价值在于它的道德意义。"

"可是为什么我要掏十五美元,而你只掏一美元八十美分?"

"为了斯诺普斯家族。这你还不明白吗?我们这个家族还没有什么坏名声。为了下一代着想,我们也得给自己的家族立个好碑。"

"可是我还是不明白为啥我要拿十五美元,而你只付一美元——"

"因为你有四个孩子,五乘以三是十五。"

"我只有三个孩子好不好。"艾克说。

"我刚才不是给你算账了吗?五乘以三是十五,如果你婆娘肚子里的那个已经生出来了,那就是四个,五乘以四是二十,二十美元,那我一分钱都不会出了。"

"除非有人欠艾克三美元二十美分。"拉特利夫说。

"什么?"艾欧说,然后扭头对艾克(拉特利夫到现在也不知道这俩人是堂兄弟还是叔侄关系)说,"那牛肉和牛皮呢?你不会忘了自己还有肉和牛皮可以拿吧?"

第二章

1

和豪斯顿结婚的女人长得并不漂亮，人也不算机灵，而且还没钱。她原是孤儿，人很纯朴，嫁给豪斯顿时年纪也不小了（二十四岁）。她从娘家的一个从小把她养大的远房亲戚家里跑出来投奔豪斯顿，来时身上仅带了一个行李箱，里面放着几件粗布衣服、几条手工缝制的床单和毛巾以及一块她自己绣的桌布，再就是她身上具有的农村女孩儿过日子的天性，以及后天学到的持家本事和一门心思和丈夫过日子的秉性和忠诚。可是他们结婚刚刚六个月，她就死了，他悲痛万分，脾气变得暴躁，心里始终忘不了她，孤孤单单的日子一过就是四年。

他和她从认识起就已经知道了对方是谁家的孩子。两家父母都是当地的农民，彼此挨得很近，不到三英里远，算是一个地方的人；两个人上同一所学校，学校里只有一间教室，虽然她比他小五岁，但是他上学的时候，她已经是高他一个年级的学生了。他上了两年学,也留了两次级,不过当他退学时,她还是比他高一年级。他退学以后就离开了家,不是搬出去住在附近,而是离开了家乡,一走就是十三年,这和他从十六岁起就打定主意不结婚有关。十三年后的一天,他突然意识到自己必须回家,当他意识到自己要回家的那一刻(从那一刻起他可能就开始责怪自己了)就想着她也许没有结婚,还在等他。而她确实如他想的那样,没有嫁人。

他十四岁才开始上学。他不是野孩子,但不喜欢被约束。他也不是那种对生活怀有憧憬、心怀远大,想过另一种人生的孩子,实际上他并不喜欢漂泊,但是他喜欢自由,喜欢既稳定又不受束缚的生活。虽然他不反感学习,但学校教育对他来说太刻板,太禁锢人。她母亲看到他喜欢干农活儿,于是在教会他如何写他自己的名字后就不再逼着他父亲把他送到学校去。就这样,有四年的时间他利用母亲对自己的溺爱逃避了父亲对他的严苛管教,后来母亲死了,父亲接过了培养他的责任,教他干更多的农活儿。他干活儿老老实实,负责任不说,还有自己的一套办法,到最后连他父亲也承认农场上再没有什么活儿是这个儿子不会的,这么一来他只能去学校学习。父亲的这个决定听上去有点不可理解,但确实是当时家长普遍会给孩子做的选择,可是他是那种还没有长到有选举权的年纪就已经知道如何做一个好公民的孩子,也是那种还没学会拼写就知道如何当父亲的孩子。十四岁他已经开始喝酒,还有了情人——那是一个比他大两三岁的黑人姑娘，家里靠租他父亲的地生活——上学后他发现和他同龄的孩子们五六年前就已经学完了 ABC 之类最基础的东西，而他现在才开始学。他比他所在年级的同学年龄要大很多，他仿佛来到了小人国，所以不可避免地表现得要比那些孩子傲慢，错事连连但屡教不改，不仅没有心思学习，还固执地认为自己不需要学习。

　　后来他回忆起，好像他第一次进教室，第一眼看到的就是她——一个披着一头褐色直发，低着头规规矩矩坐在板凳上的女孩儿。在他离开家乡的那段日子里，他心里一直记着她的模样，就好像她在他的生命里住了下来，好像她还没出生（他大她五岁）就已经出现在自己的生命里。不是她想尽办法占据这五年，而是那五年他就像从来没有在世界上存在过似的，好像一直等到她出生，他才真正出现在这个世界上，从她出生的时刻起，两个人就被拴到了一起，而且会一直相依为命地走下去，连接两个人的不是爱，而是始终如一的忠诚和克制——从一个角度说，他愿意为她改变，变得越来越好，但是从另一方面说，他心里又对这样的婚姻有所怀疑，他不知道这是不是爱——崇拜仰慕不是爱情——他确实对她有过激情，但那不是真正的爱情。即便如此，他还是接受了要和这个女人一生一世在一起的事实，认定这是自己的宿命，要自己臣服于这段感情。但如果换作出现在他生命里的别的女人——比如说他的母亲或者情妇——要他臣服于她们，那对他来说就是奴役。他到现在也不理解什么是真正的奴役——女人带着暴君的专制意志奴役男人，不仅仅是占有或者让男人心服口服，而且诱使他们改变自己，心甘情愿地牺牲自己。在他看来，当时的她或许从来没有想到要和他睡觉的事，不是因为那时候她年纪还小，不懂这些。也许她早就发现他身上没有适合自己的东西，可是她还是从一堆人里认定了他，不是因为他比别人更符合她对丈夫的要求，而是因为她在他身上看到了一种可以通过他来重新塑造自己生活的可能性。

她帮他，想让他把学上完。她并不指望他从学校学到什么，也不指望他能通过上学变得更聪明，不是，她只是希望他把学上完，和其他人一样，按时升学，一年一年按部就班地把学上完。虽然她是好意，想拉他一把，让他升到和他年纪相符合的那个年级，可是在他看来，他宁愿自己来处理这些事情，升学或者留级，那是他自己的事情，他不需要别人来帮他想这些事情。他还想她这么做也许是因为她早就看出来他在学习上不仅跳不了级，就连跟上和他同一个年级的同学都是问题，所以，他在哪个年级根本不重要，即使他留级也没关系，只要她一直在学习上帮他就行。

他和她一开始就是一种战争状态，她前来挑战，既不给出发动战争的理由，也不打算认输，可是在他看来，她不屈不挠追求的不是爱，不是激情，而是结婚。他生气也是因为这个，因为他追求的是孤独和自由，所以他不打算输给她。第一年他就准备好了留级，其实不光是他自己，整个学校都觉得他会留级。她从来没有和他说过话，即使在操场上碰见，也总是擦身而过，连看都不看他一眼，就好像眼睛里没有这个人。然而，他的课桌里常常被人放进去一个苹果，或者一块饼干，那原本是她自己饭盒里的东西，她悄悄拿出来放在他的课桌里；他的书里会被她悄悄塞进一张折叠好的纸，上面是她帮他解好的题，或者是对他拼写或者句子的改正，每个字母都是圆圆的，很坚定，出自孩子的手——他想拒绝她的好意和帮助，甚至因为这个而生气，不是因为他觉得自己的人格受到了侮辱，或者让人感觉自己好骗，而是因为他不能公开表示自己对这种事的轻蔑，也不能在私下当面拒绝她——比如扔掉她给他的苹果或饼干，撕掉她给他做的题目——教室里她总低着头，规规矩矩地坐在座位上，一副专心致志的模样。他看到的也总是她的侧面，或者四分之三的侧面，再不就是背影，他甚至从来没有听到过她叫自己的名字。然后有一天，一个块头儿顶不上他三分之一的男孩儿当着他的面唱了一首自己编的类似打油诗的东西——不是鲁西·帕特①和杰克·豪斯顿搞对象之类的话，而是鲁西·帕特强迫杰克·豪斯顿和她一起上二年级之类的话。他立刻毫不留情地揍了那男孩儿一顿，很快，他的毫不留情引来了四个大一点的孩子对他的围攻。正当他要落败的时候，她出现了，站在他身旁，奋力挥舞着手里的书包，准确地打在围攻他的那几个孩子身上。他掉过头没头没脑地揍了她一顿，动

---

① 女孩儿的名字。

作粗野得和对付那几个男孩儿一样,她整个人被他甩了出去。接下来的两分钟他成了一个疯子,直到那几个孩子把他打翻在地,用一根用来捆扎篱笆的电线把他绑得紧紧的(他们怕他挣脱再追过来)才结束。

第一次交锋他赢了,原因是他留级了,这也是他打算好的。第二年秋天开学时,他还是待在原来的年级(他在同班同学中像个被侏儒包围的巨人),他的同学是一群年纪比他小很多的孩子,在那堆孩子中他又一次看到了那张脸。这一次他看到那张脸时第一个反应就是要逃走,那张脸离他那么近,他看着她,意识到下一个学年对他来说又是一个被她打扰的学年,也就是从那一刻起他意识到自己不可能赢她。两个月后他知道了她也没及格,没有通过上一学年的期末考试,所以她留了下来,两个人现在还在一个教室里上课。

新的学年他一直处在惊慌失措中,因为他发现发生在两个人之间的斗争的调子变了,它不再是互相讨厌的关系(也不可能发展到那一步),而是成熟了,像是成人之间的关系。以前他和她之间的斗争多少带着点孩子气,虽然有打得你死我活的时候,但还是带着孩子之间相处时那种既合理又不合理,既解释得过去又无法解释的特点,但是现在,他和她之间变成了成年人之间的拉锯战。放暑假了,两个人很少能见到彼此,偶尔几次见面,也是在教堂做礼拜的时候,在不知不觉中,两个人长大了,知道男女有别,虽然他已经不是童男之身,但是见到她时并非一点都不动心。既然她扔下白手套,前来挑战,他就得应战。她不再塞给他苹果或者饼干,她现在只塞给他试卷,上面是她做好的题,他会在每月的笔试中提交自己的空白试卷,并收到一份成绩完美的试卷,试卷是她写的,上面甚至还有他的签名(她已经学他的签名很像了)。她从来不和他说话,甚至不看他一眼,她在他眼里常常是低眉顺眼,个头只有他的四分之三,他好像常常只能看到她的侧脸,白天在学校里看到她是这样的,到了晚上想起她时还是一张安静而倔强的侧脸。他试着把心思放在自己那个黑人相好的身上,想以此忘掉她,把她从心里抹去,却发现根本做不到!她平静、无怨无悔、不等他开口便已打算原谅他的样子似乎在他心里生了根,她的等待让他害怕,她那副波澜不惊的样子也让他害怕。最后那一年里他几乎被折磨得发疯,认为自己要想永远摆脱她和来自她的帮助,只有重新补上过去所有落下的课程。于是他拼命学习,以期补上落下的功课,但只坚持了很短一段时间就放弃了,因为他发现他依旧抹不掉那张脸。他是永远摆脱不了她了,不管是过去还是将来,她注定会出现在自己的生命中,对她来说或许也是这样。也许在她还没出生前,他已经在哪里等着她了,他永远跳不了级,永远不会在学业上超过她,升到比她高或者和她平级的年级里,在学校里她永远比他高一个年级[1],这是

---

[1] 过去美国乡村学校只有一间教室,不同年级的孩子可能在同一间教室上学。

他逃避不了的宿命。他只能屈服于她的倔强和不折不挠，而他自己像是穿着锥子高跟鞋的人，一走路就跌，前进不能后退不得，只能在原地站着。

于是他放弃了学习，可是他还是错误地估计了她不折不挠的个性，因为他亲眼看到自己交了的白卷被她拿走，然后写好答案，重新交回到他手上，甚至连他的名字都工工整整地写在卷首的位置。几个月后，到了期末考试那天，他交了白卷，卷子上只有他的名字和他折卷子时手指留下的污渍。他合上干干净净的书本走出教室，出门时听见老师对他说交这样的卷子不会及格的，但是他不在乎，他觉得自己自由了。这种自由的感觉从交卷子开始一直持续到当天晚上准备睡觉前，脱裤子时他突然想起了什么，于是重新蹬上已经脱了一条腿的裤子，连衬衫也没穿，光脚向学校方向跑去。屋子里他的父亲睡得正酣。学校的教室常年不锁门，只有老师的书桌上着锁，他撬开锁，找到自己的作业和卷子带回家。卷子是空白的，那三本算术、地理、英语的作业却写得满满当当、整整齐齐，只是他并不认识那上面的很多字，也不理解答案的意思，因为那不是他写的。

他回到屋子里，整理好行李，带上几件衣服，把那把已经跟了他三年的手枪打包到行李里，然后叫醒父亲。夏天的屋子里闷热无比，那是他人生中最后一次和父亲坐在一起——虽然他打定主意要走，但内心并不踏实。平日里看着凶巴巴的父亲在灯光下突然变得那么瘦小，睡衣松松垮垮地耷拉在身上，白花花的头发乱糟糟地堆在比他还要矮一头的脑袋上。父亲拿起搭在椅子背上的裤子，从裤子口袋里掏出一个用旧了的钱包，把钱包里不多的那点儿钱都倒出来给了他，然后找出一张支票，戴上眼镜，在支票上写了一个把利息算在里面的数字，写完后父亲让他签上名字，说："既然你想离开家，我也不拦你，这是你自己要找苦吃。你今年十六岁了，去外面闯闯也没什么不好，我在你这个年纪也离开家自谋生路，但是我和你打个赌，神灵在上！不出六个月你就得跑回家里要吃饭的钱。"就这样他离开了家，经过学校时他又去了学校，把试卷和作业重新放回到抽屉里，但是想修好锁已经不可能了。后来他还清了父亲借给他的钱——离家一年后他往家寄了三次钱，彻底还清了父亲当作赌注给他的那笔钱（那笔钱是他在俄克拉何马州的一个铁路工地上做计时员时赢的，是某个星期六晚上他和人家玩骰子发的横财）。

他逃跑了，不是脱离自己的过去，而是回避自己的未来。他用了十二年的时间才意识到过去和未来，哪一样也甩不开。他去了埃尔帕索，最终找到一份火车司炉的工作，干了一段时间后他顺利晋升为一名火车司机。他在城里租了一间屋子，屋子虽小但收拾得干干净净，和他同住的还有一个女人，邻居和附近商店的人都认为那女人是他的妻子，但实际上她是他七年前从加尔维斯顿的一家妓院里赎出来的。在做火车司炉的工作前他在堪萨斯州帮人割过麦子，在新墨西哥州帮人放过羊，在亚利桑那州和得克萨斯州西部的工地上打过工，在加尔维斯顿码头做过码头工人。一晃很多年过去了，他甚至忘了当初自己出来是为了躲开那个披着一头褐色直发的女孩儿，那张脸不再出现在他的回忆里。也许能让一个人逃避过去和将来的只有一个办法——逃离原来的地方，越远越好。（如果想逃避一个人，在地理上远离是万不得已才会采取的办法，也是唯一的办法，对他来说，走多远可以忘记一个人不是由具体的地理数字决定的，而是由他是否可以感到无拘无束自由呼吸决定的。）他离家似乎也不完全因为她，其中也有逃避对母亲的怀念和那个他年少时期认识的黑人女孩儿的成分（那时他本人还没意识到这一点），但他又是个离开女人就没法生活的人，于是在某一天的清晨，为了把一个妓女带走，他在昏黄的煤油灯下和妓院里顶着一头烫发纸的老鸨发生了一场鏖战，把一个头天晚上才认识的妓女带离了妓院。当时的情景颇像一个男人从某个母亲那里夺走了她唯一有身价的女儿。

  他和那个他带出来的妓女共同生活了七年。在埃尔帕索铁路公司找到工作后他再没换过，后来甚至因为表现突出获得了晋升。他对她不错，无论是在心里还是在肉体上一直保持忠诚，虽说中间也出过轨，但只有一次。她对他也不错，心思都在他身上，一心一意地和他过日子，从不提过分的要求，很少乱花钱。他们一开始住在公司宿舍里，也是从那时起她开始用他的姓，后来他们在市区里租了房子，省吃俭用，一点点添置家具,并开始把它叫作家。虽然她从来没有和他提过结婚的事,但是他并非没有想过娶她(西部生活对他的影响之一就是改变了他骨子里具备的南方基督教徒对女人和婚姻的看法,南方男人重视女人和婚姻的纯洁性,娶来的妻子必须是处女,而不是抹大拉似的荡妇①),但是又害怕父亲不同意他娶这样一个女人,虽然自打他离开家乡后还从来没有回去过,也从来没有打算回去看看他。因为他从来没有想过有一天父亲会离开人世,没想过自己再也不会在密西西比州家的那间老屋里见到父亲的身影。他总以为密西西比州是他老了以后才会回去的地方,也是他和父亲相见的唯一地方。他知道如果父亲知道这个和他一起生活的女人曾经是一个妓女肯定不会接受,他知道离家后他做过的那些事情父亲一辈子都没有经历过,也就谈不上原谅。后来他收到了父亲去世的消息(和父亲死讯一起来的还有他父亲的邻居想买下他们家农场的信息,他没有答应,那时候他不知道自己为什么没有答应),知道父亲去世后他脑子里原来的想法不再干扰他回家,也许他从来就没有想过有一天告老还乡的事。这么些年来他已经习惯了过自己的生活,他一直记得多年前的一天晚上,他在上班时(他在火车上工作,是火车司机)听着铁轨发出的咔啦声对自己说:"也许她堕落过,但我不是也堕落过吗?她已经和我规规矩矩生活了这么长时间,

---

① 抹大拉:《圣经》里提到的一个妓女。

至少过日子她比我强。"可是他还是离开了她。如果他们有个孩子，也许他也不会离开她。同居后他一直盼望有个孩子，觉得有个孩子自己就能和这女人踏实过日子，可是没有，她一直怀不上孩子——新教带着神秘色彩的古老训诫一直在他心里萦绕：犯淫罪的人一定会受到上帝的惩罚，巴比伦城的消失就是证明。他不知道她守着自己过多久才会得到上帝的赦免，才会涤净她过去的罪，但是他愿意相信有那么一天——也许在某个不可知的瞬间，那些没有名字的买春客们在她身上发泄后留下的伤疤将会被彻底抹掉，消失得干干净净。

日子一天天过去，他不再盼望她是否会得到上帝的赦免，他想的是如果某一天她告诉自己怀孕了，他第二天就会向她求婚。可是后来这个想法也成了过去式，他再也不指望她能怀孕。他们就这样过了七年，直到一天晚上，他上完夜班回到公司宿舍，不知怎么就看到了那份三年前邻居要买他家地的合同，他突然明白自己当初为什么不同意卖掉家里的农场了。他对自己说，我要回去——马上回去，没有为什么，他做出这样的决定也不是为了那个曾经和他一起长大的女孩儿，说实话他现在已经忘了她长什么样。第二天火车抵达埃尔帕索后，他先去银行取出这七年他和她共同攒下的积蓄，把钱拿回家后分成两份儿放在女人面前。那个像妻子一样和他共同生活了七年的女人只看了那钱一眼便骂了起来："我知道你是要回去和别人结婚！"她不哭，就是不停地骂，"我不要这钱！看着我，你觉得我是挣不上钱的人吗？我要和你一起走，到你家乡后我在附近找个地方住下来，你想来找我的时候就过来，我不会给你惹麻烦，我不是那种人。"

"不行。"他说。她继续骂他，也骂她自己。倒不如她冲过来给我几下子，惹得我火起，揍她一顿，这事也就了了。他这样想，但是她没有过来打他，她骂的也不是他，她骂的是那个和她从未见过面而他连对方长什么样都忘了的女人。于是他把自己那份钱——这么多年攒下这些钱也算是运气，这些钱不是他赌博赢回来的，也不是他捡到的，而是他攒的（和她生活后，他开始学着把扣除开支后剩下的钱攒起来）——又分出去一半给了她，然后揣着自己的那点钱回到了密西西比州的家乡。他用了一年的时间让自己适应家乡的生活，对自己的过去不再耿耿于怀，对未来重新有了期许。他刚回来的时候，住在附近的人家都以为他回来是卖农场的，但是几个星期过去了，没见他有什么动静。春天来了，人们想着他肯定要打理他家里的那些地，要么租出去，要么自己种，可是没有，他还是一直住在他父亲留给他的那座内战之前建造的老屋子里——老屋虽然不大，看着也不气派，但三个人住还是绰绰有余——众人以为他从铁路上（他父亲很早就告诉乡亲他在铁路工作）休假回来，住几天就走。但是几个月过去了，他还是住在那间老屋里没有离开，偶尔有记得他的、小时候的朋友会过来看看他，几个人坐在一起喝几杯或者打个牌什么的。夏天的时候，他去参加乡亲们举行的户外聚餐,或者在星期六下午,去瓦尔纳家的商店门前站一会儿,和人说几句话。他是个话少的人,很少主动谈什么,大多时候是在听,有人问到他西部的一些事情,他也会说几句,语气和当地人毫无二致。在外人看来,他有过经历,这从他脸上淡漠的神情就可以看出,只不过那种淡漠的东西没有那么明显,说它是一种提防的神态也行,但他给人的感觉并不可怕。也许他曾经是一头独自在荒原中生存的野兽,现在却一步步地被陷阱①吸引。这野兽也许知道面前的是陷阱,但却并不害怕,也不抗拒,它的举止神态已经丢掉了部分野性。

　　一月里他们结了婚。他从得克萨斯带回来的那点钱已经花完,不过村人们还是认为他有钱,不然他怎么能一年不工作还活得挺好,还和一个一文不名的丫头结了婚。因为他没有欠债,他们就很笃定地认为他有钱,就像当初他离开家后他们也曾很笃定地认为他肯定会讨吃要饭回家一样。他用自己的一块地做抵押从瓦尔纳那里借了点钱,用这点钱在离大路不远的一处地方挑了块地,盖了间新房。新房盖好后他买了一匹种马带回家,也许他是想把它作为结婚礼物送给她(虽然他从来没有这么说过),也许是因为那牲口的血肉和骨头代表着已经从他身上消失了的那种不甘心被征服,同时喜欢征服异性且越多越好的雄性气息,不过,这些话他从来没有说过。

---

① 这里的陷阱意指婚姻。

村子

婚后三个月，新房子盖好了，他和她搬了进去，还雇了一个黑人厨娘，要知道在这个村子家里能雇得起厨子（包括白人厨子）的只有瓦尔纳家。来拜访的村民络绎不绝，男人们直奔他家围场，为的是看一眼他买回来的种马，女人们则是奔着他们家里的摆设来的——新屋大而明亮，家具和做饭的家当不仅新，而且都是这地方的主妇没见过的，即便有几件家具看着眼熟，也是在投递的宣传广告册上见过（她们做梦也想给自己的家整这么一套！现在，她们不用去取那些广告宣传册页就可以看到和上面一模一样的新家具）；新娘子穿一身朴素却洗得干干净净的衣服，头发梳得利利索索，原本看着普普通通的脸庞现在看上去红润了不少，几乎就是一个美人的脸蛋儿——那张脸上展现出来的不是自信，不是好运来临时受宠若惊的神情，而是心安自得的宁静。她忙忙碌碌地招呼客人，客人们看到新婚夫妇的床就放在窗户底下，不由得称赞说这房子建得正是时候，四月的月圆之夜正是女人最容易怀孕的时候。

可是那匹种马杀死了她。家里的母鸡到处下蛋，她去马厩里找鸡蛋时发生了意外。其实当时家里的黑人仆人提醒过她："夫人，您最好离它远点，因为这马不是一般的马，它是种马。"但她显然没当回事儿。也许她不是不知道动物或人身都有两重性，她的男人不也曾经和野马一样？但她想的是：一匹野马有什么好怕的呢？我不是已经结婚了吗？虽然她没有说出来。事情发生后他第一时间冲进马厩，从兜里掏出一把平常放在口袋里的折叠小刀就要和疯马拼命,是家里的黑人拽住了他,避免了他也被马踩死的惨剧。后来旁人从屋子拿了把枪出来递给他,他开枪打死了那匹疯马。以后的四年零两个月里,他一直住在那间新屋子里,陪伴他的只有猎狗和给他做饭的黑人仆人。再后来他卖了家里所有的牛和马(包括那头他特意买给她的母马),放跑了家里所有的鸡,解雇了黑人厨娘,把结婚时分期付款买来的家具搬进老屋(他在那里出生)的牲口棚里,然后通知卖给他家具的商家自己过来取走。总之除了煮饭的炉子和吃饭的饭桌,他卖光了新屋里所有的家当。他找人搬走原先那张放在窗户旁边的大床,自己找来一张简易行军床代替那张大床。他睡在那张简易行军床上的第一天晚上是月圆之夜,当天晚上他就把那张小床挪到另外一个房间的北墙墙根底下,那里月光照不到。在新屋子里睡了两个晚上后,他重新回到自己原先的家里待了一个晚上,但绝望和悲伤的情绪让他根本无法入睡。

他重新回到新屋子里。月亮一天天瘦下去,只有日落后天色全黑之前的那一个小时才是它最亮的时候。为了躲避月光,他每天早早上床睡觉,疲倦是能够让他酣眠的良药。让自己疲倦对他来说并非难事,因为他要还债:首先要还欠瓦尔纳的钱,其次有些家具商不愿意收回已经卖给他的家具,所以他还要还买家具的贷款。他开始早出晚归去地里干活儿,想通过劳动让自己慢慢忘掉妻子亡故的事实。渐渐地他对日落后到天黑之前那一个小时的有月亮的黄昏不再害怕，除非他沉浸在回忆里，久久地沉浸其中，无法脱身，然后，突然像呛了水似的，无法呼吸，紧接着，她那副倔强的模样就又出现在这座他为了她而建的屋子里，到处都是她的影子，有时候甚至还有他们第二年打算要的儿子的影子，而实际上这间屋子已经搬空了。凡是她的东西，不管是她摸过的、看过的，以及使用过的统统被他搬走了。在这座只有一台炉子、一张餐桌以及一件衣服（不是晚礼服，也不是她穿在里面的一件衣服，而是他第一天在学校见到她时，她身上穿的那件条纹格子衣服）的屋子里生活，即使在夏天最热的夜晚，他也会坐在闷热的厨房里，喝着石罐里的威士忌和雪松木头做的桶里的温水，大声骂着在一边忙忙碌碌煮饭的黑人仆人，言谈举止间充满了容不得他人占据上风的挑衅和无礼。

　　月圆是必然的，有的夜晚大地变得一片银白；月缺也是必然的，那被月光镶了一层银边儿的窗户迟早会黑下来。夜色渐长，夜色渐暗，他想起月圆时和她躺在床上，两个人沐浴在月光里，按照乡村里古老的说法（这地方有个说法，四月份满月的那几天男人最容易让女人怀孕）做着男欢女爱的事。但是现在，月亮圆了，他却失去了和他曾经一起沐浴在月光里的女人。他孤零零地躺在床上，身边没有一个人，他的床太小，容不下任何一个女人，和他睡在一起的只有他的狗。它躺在那张小床投下的阴影里，而他像是将死之人躺在小床上，不甘心地喘息着说:"我不明白,我不知道为什么会是这样。我自始至终都不明白。但是你打不倒我,我和你一样坚强,你打不倒我。"

从马鞍上滚落下来的时候他还活着。听到枪声后他感觉身体一震,随即意识到在枪响之前自己被子弹打中了。他感觉时光突然倒转了,在时间的刻度上,他三十三岁的生命正在往回走。身体撞击到地面前的一刻他还有感觉,知道自己正在下降,还没有接触到地面,然后才落到了地上——地面阻止了身体的下降。看见腹部伤口的那一刻他还在想:如果不赶紧包扎的话,我会死。可是他却发现自己做不到,有一瞬间,他的意识让他想到自己为什么做不到,之后才是一片茫然,眼睛和脚的那一段距离突然成了空白,他面朝天躺在地上,心智变得毫无头绪。他屡次想冲进那片空白地段却无法成功,思维突然变得像一根头发丝那么轻,像虫子那样没头没脑,进去了又断开。这时候他才感觉到了疼!疼痛像是一道突然炸裂的闪电,一下子就击穿了他的腹部,疼痛的闪电是从另外一个方向冲过来的:不是从他这边,也不是从外部,而是从他身子底下的泥土里钻出来的。等等!等等!他想说,走慢一点!我好跟上你!但是不等他说出口,那道闪电又咆哮着冲下来,用挟带着的力量抬起他,翻过他的身体,让他打滚,但就是不肯带上他,把他拽到那片虚无里去。他想喊,想举起枪,可是眼前一片猩红,透过那片猩红他看到了自己的脸——那颗十毫米口径的子弹似乎把他炸成了两个人,一个死去的,一个活着的,死

村子

去的想把活着的带进土里，可是一次又一次地被大地阻隔——他手里的枪无力地垂下了。"上帝惩罚你！为什么你不用两颗子弹？你这个偷偷摸上来的笨蛋——"他双眼圆睁看着天空，太阳消失了，那两只眼睛像是两口迅速干涸的深井，几滴眼泪顺着他已经干枯的毫无知觉的面颊流下。

2

那声音真大，大得不像枪声，不像任何声音，甚至让人觉得那不是声音。就好像周围任何能够发出声音的东西（包括回声）联合起来制造出一波巨大的动静，以此反对他用谋杀这种方式证明他的清白，补偿自己受到的伤害。即便是在枪响过后，他肩头被枪托一撞，火药燃烧后的黑烟散发出的臭味渐次散去，那匹马一个转身抬起前蹄，空空的脚蹬和空无一人的马鞍撞击后发出"哐"的一声后，枪声还依旧顽强地在他趴着的草丛上空和夜色里已经看不出轮廓的大路周围回荡，不肯散去。他四年没有打过枪了；他甚至不知道自己一直藏着的五颗子弹是否全是哑弹，他要求不高，只要现在装在枪膛里的这两颗能炸响就行。第一枪是哑弹，打中豪斯顿的是第二枪——第一次扣扳机的声音虽然微弱，但在他耳朵里却像晴天里打了一个霹雳！等到他找到第二个扳机[1]扣下去后,他反而听不到第二次扣动扳机后发出的枪响了,枪声响了,似乎不是声音而是火药的臭味儿让他在一瞬间身体一歪,失去平衡。想再开一枪已经不可能了,太迟了!那只猎狗已经跑了!看不到了!他伏在一根粗大的原木后面,全身颤抖,不停地喘着粗气。

他必须做完这一切,不是按照他想要的方式收场,而是按照必须的方式收场——不留痕迹、坦然地、不用纠结地离开。其实他最想做的是在豪斯顿身上留下一张大纸,正中间写一行大字——这就是扣押明克·斯诺普斯牲口的人的下场,下面还有他的签名。可是他不能,绝望和愤怒的情绪再一次涌上他的心头,似乎感觉自己的权力被有预谋地践踏了。他提醒自己从草丛里站起来,离开这里,按照他预先想好的开始下一步行动。这件事还没有完成,甚至可以说才刚刚开始第一步,其实在他听到豪斯顿的马蹄声过来,举起枪瞄并准备扣动扳机的那一刻里,他已经知道完成这件事后面会发生什么,意识到他不光是瞄准一个敌人扣动扳机,还要想办法怎么把这个即将被自己杀死的人的尸体藏好。他坐起来,后背靠着原木,闭上眼睛,心里默默地数着数,直到感觉身体不再发抖,马蹄嗒嗒的声音听不见了,还有那一震耳欲聋的枪声彻底从他耳朵里消失,他才拎着枪膛里还留着一发臭子儿的枪缓慢地从草丛里

---

[1] 这把猎枪有两个扳机。

站起来，快速地朝那具尸体走去……他必须在天黑之前赶回家里。

黄昏时分他出现在一座山坡脚下。山坡上种着一片玉米地，稀稀拉拉的玉米地的尽头矗立着一座屋子——那是一座简陋的，由一个前后贯通的走廊把仅有的两个房间连接在一起的木屋。屋子外墙没有涂油漆，外面连着一个加盖出来的厨房。这里就是他的家了，他就住在这座破屋里。屋子是租来的，一年的租金差不多赶上盖一所房子的钱，除了不用付房税。虽然这间木头房子盖了没多少年，但刮风下雨的时候已经有点漏了，有些地方的防雨封条已经挂不住，垂下来贴在墙壁上。这屋子和他曾经住过的所有的屋子都差不多。他在和这屋子一样破旧的透风漏雨的屋子里出生，只不过那间屋子是他父亲租的。如果他有一天死在家里，很可能也是死在和这间屋子一样破旧的屋里——他死的时候很可能不是躺在床上，而是死在床边、桌边，或者门边。死的时候穿着衣服，没有一点预兆，他那颗常常暴怒的心脏随时会要了他的命——自打结婚后他已经搬了六次家，这间屋子和他曾经住过的那六间屋子没什么区别，他甚至知道自己临死那一天很可能还是住在这样的破屋里。不过，虽然这屋子是他租的，但因为房东是他堂兄，所以他觉得这屋子和他自己的屋子一样。他看见两个孩子站在院子里，两个孩子显然也看见了他，直起身子朝这边看了一会儿，突然转过身飞快地朝屋里跑去。他仿佛看见了她，站在连接两个房间的通风走廊上，八个小时以前，她也是这样站在走廊上看着他，而他背对着她坐在冰冷的灶台旁边，用从培根上烤出来的油（他家里只有这个可以当作油来用）擦着手里的猎枪。那油因为本身有盐，不但没有多少润滑作用，反而具有腐蚀性，接触到金属时会自动凝固成一种像肥皂的东西。她站在走廊的出口，一动不动地看着他，看了很长时间。从通道穿过的光线让她看起来像是站在相框里，那光线十分强烈，比灯光还要强烈，就好像她手里高高地举着灯盏似的。他内心突然一阵恍惚，仿佛回到了九年前他在那座密西西比南部劳改营里初见她时的场景，当时她站在劳改营厨房的门口，整个人也是被罩在强烈的灯光底下，虽然夜色里看不见人，但不时传来人的说话声，声音很大，刺耳。他把目光收回来（实际上他并没有看那么长时间，他只是瞟了那小屋一眼），钻进那片稀稀拉拉的玉米地。他没钱买化肥，缺好一点的牲口农具，也没有人帮他，每一年都是在赌，纵使他出尽力气搭上工夫，也要看天气吃饭。春天天气无法预料，入夏以来的天气更是让他的丰收计划沦为泡影，从五月中旬开始就开始下雨，一直下到七月才停下来，就好像天气也会欺负人似的。他在稀稀拉拉的玉米地里弯腰走着，玉米叶子打在他的胳膊上、脸上，生疼。那把猎枪对他来说太大了，大到外人也许会怀疑他是如何拎着它，用它瞄准并且开枪的。枪是他七年前用粮食换的，而对方之所以愿意为一点食物和他交换是因为没有人愿意要一把子弹匣这么大的猎枪，这样的枪只能打打

村子

鹅或者鹿，除此之外打任何一种不包括人在内的猎物都是浪费子弹。

他没有进屋，甚至都没有看它一眼，而是直接去了后院那间破破烂烂的仅由几块木板围起来的小棚子里。棚正中有口井，他把枪倚在棚子的木板墙上，从井里打了一桶水上来，坐在快要散架的凳子上，开始洗从脚上脱下来的鞋子。没过一会儿，有脚步声往这边走来，他知道那是她，他没有回头，依旧专心致志地用玉米棒子搓着鞋子上的污迹，又把桶倾斜过来，让桶里的水冲一下鞋子。他的身体看上去那么瘦小，身上穿的衬衫洗得都褪了色，工装裤打着补丁。她进来了，站在他身后看了一会儿，突然哑着嗓子笑了。"我今天早晨说过了！"她说，"我说如果你去杀人，如果你带着那把枪去杀人，我就离开这个家！"他没有抬头，还是蹲着身子洗着手里的鞋——他的一只手放在鞋子里，像鞋楦子一样把鞋撑开，另外一只手抓着玉米棒子蹭着鞋面。"你躲得了吗？他们来抓你的时候你往哪儿躲?!"他没有说话，把手里刚刚洗干净的鞋放在一旁，然后开始洗另一只鞋，还是一只手撑在鞋里，另一只手用玉米棒子搓着鞋面。"他们很快就会找到这儿来！"她嚷道，声音虽然不高，但是喊的语气。"他们会把你吊死！吊死你的时候我要去，亲眼看着你被他们吊死！"他松开手里的鞋子，把玉米棒子也放下，光着脚朝她走去。他的个头只到她脸的一半，脑袋微微低着，走起路来有点斜着身子——她站在入口处，发根处长出的新头发颜色看着比染过的部分要深,她已经一年没有染发了,原因是没钱。和他预料的一样,她的脸上带着一种无礼的笑,眼睛里闪烁着和平时不一样的光。他抬手朝她脸上扇去,手划过她的嘴角,抬手时他感觉到了吃力。她没有躲闪,也没有任何害怕的表示,甚至连眼睛都没眨一下。"你这个混账杀人犯!"血还源源不断地从她的嘴角流出来,染红了他的手掌。当他第二次抬起手朝她脸上挥去时,动作慢了许多,不是他有意地放慢速度,而是他骨子里对事情很容易厌倦的性格让他放弃了。"滚!"他说,"赶快滚!"

他跟在她身后向屋子里走去,跟着她穿过院子,来到屋子的过道处,他站在门口,除了从那扇满是灰尘的窗户里透出一星半点的光线外,屋子笼罩在一片黑暗中。她点着火柴,"哧"的一声,灯芯上爆出一团火花,一团明亮的光线中出现了她的身影。站在暗处的他仿佛又一次看到了那些他叫不上名字的男人们,在她身边的黑影里晃来晃去——她的身体还是没生孩子时的身体。他和她只掏了两美元买了一张结婚证书就进入了这场根本谈不上圣洁却对双方都具有约束的婚姻。每次走进回忆的时候,隔在他们中间的不是衣服,而是被戴绿帽子的阴影,仿佛被压在身下的不是她而是他。尽管贫穷的生活让他无暇顾及这些感受,尽管在某些没有星星的寒夜他想起这些事已经有些麻木并告诉自己:这就像喝酒,就像毒品。在火柴和油灯的光亮中,他又看到了两个孩子的脸,随着她手里火柴的移动，孩子们的脸依次出现在黑暗中：他们待在角落里看着他，当他从坡底下往家奔时头脑里也出现过他们的模样——不是怯怯的，而是很平静，似乎他们看到母亲脸上的血迹时就已经知道了要发生什么，已经意识到自己的渺小而只能逆来顺受。女人从墙上的钉子上取下一件大点的衣服，铺在床上，然后把几件衣服、一双鞋（这双鞋天气变冷时两个孩子轮流穿）、一副镜片已经有裂痕的放大镜、一把木梳、一把没有把儿的刷子放进衣服里包好，对两个孩子说："我们走！"他闪到一边，看着她领着两个孩子从自己身边经过，两个孩子紧紧拽着妈妈的裙角，一出房间立刻跑到前面。他跟着走了几步，站在门口看着她领着孩子们下了台阶，走到院子里。看到她没走几步又站住了，他想跟过去，却看见两个孩子中的老大跑到院子一侧，从地上捡起一块四个角钉着空罐头盒（用来当作轮子）的木板，抱在胸前，跑回母亲身边。他不再追了，不等母子三人走出破烂的大门，他已经返回屋子里了。

回屋后他吹灭油灯，周围的一切重新陷入黑暗中，就好像刚才那点可怜的灯光熄灭时一并带走了最后一点白昼。他摸着黑出了屋子，来到那口井旁边，摸着黑找到玉米棒子和还没洗完的鞋，继续洗鞋，洗完鞋后他开始洗枪。当他第一次拿到这把枪时，第一次用它打猎前就专门做了一个用来洗枪的枪条。那是一根削好的藤条，他把它捅进枪管里，把里面的油捅出去。后来他买了火药、子弹和火药纸，偶尔带着这把枪出去，打点野味回家。那段时间他对那根枪条的爱护甚至超过了枪本身，原因很简单，枪是他买来的，而枪条是他自己做的。现在枪条不见了，他不知道什么时候丢的，在哪里丢的，就像他回想自己成年后的人生，想不清楚自己珍视的那些东西为什么会丢，丢在了哪个地方，什么时候丢的，时间只留下了一座空空荡荡的里面一点食物都没有的房子（本身也不是他的财产）和一把枪，除此之外什么都没有。他把桶放平，脑子里出现"死亡"两个字，手指不由得痉挛了一下。他用桶里的水冲了冲枪，然后脱下衬衣，用衬衣擦干枪身，又捡起地上的鞋，提着鞋和枪回到黑漆漆的屋子里。他没有点灯，摸着黑从锅里（炉灶已经冰凉）捞出点豆子吃了，然后和衣仰躺在小床上。黑暗中他一直睁着眼睛，两只胳膊放在身体两侧，脑子里空空的，直到从黑沉沉的夜空中传来了狗[①]叫声……

他躺在床上，一动不动，屋子里死一般的寂静，唯一象征生命特征的只有他一起一伏的呼吸声。狗叫声消失后四周重新陷入无边无际的黑暗之中，直到那叫声再一次响起——低沉悲伤的声音似乎能穿透夜空。他还是没有动，他似乎一直都在等着它，好像预料到它一定会来。而他之所以镇静地躺着，脑子里什么也不想，不是为了等睡眠来到，而是为了积攒力气，像是游泳运动员或者长跑运动员在比赛前夕，在进入一段需要拼

---

① 指豪斯顿的狗。

尽全力的阶段之前一般都要躺上十分钟，倒空自己，让身体彻底放松。第二遍叫声过后，他坐了起来，摸黑穿上还湿漉漉的衬衣和刚刚洗过的鞋子，走到门后，从钉子上取下他最近刚从堂兄兰普（他现在是瓦尔纳商店的店员）那里买来的一团绳子出了家门。

　　天上没有月亮，唯一能照亮的只有星光。他往坡下的树林走去，穿过四周漆黑一片的玉米地时，玉米叶子发出咔啦咔啦的声音。夜色密密实实，只有萤火虫扯出飘飘忽忽的几点光亮，沉沉的黑暗中回响着此起彼伏的蛙声和狗吠声。进入树林后他突然发现自己看不到夜空了，他开始后悔进入树林前为什么没有提前看一下星星的位置，还好狗叫声又响了，这提醒了他，他踩着泥泞朝着狗叫声的方向走去，不时被地面上乱七八糟的藤条绊个跟跄，四周的荆棘抽打在脸上生疼，走着走着不知怎么就撞到了树干。他抬起胳膊肘护着脸，感觉自己的身体在不停地出汗，狗叫声离他越来越近，突然，叫声消失了，有一瞬间他相信自己看到了那团像磷火般的眼睛，但是他手里没有任何发光的东西可以让他看得更清楚点。他向那团磷火跑去（他的这一举动很突然，连他自己也不知道为什么要这么做），却感到肩膀撞到一棵树上，他身子一斜，挥舞双手想抓住什么让自己站稳，却还是向地面倒去。他的手碰到了那只狗，他听到了它的喘气声和牙齿碰撞发出的咯吱声。前面有棵树就好了，不等他想"我可以爬到树上"狗已经咬住了他，撕扯中他

第三部分　漫长的夏天

整个人重重摔倒在泥地里。他听到狗从他头上飞过去，又掉到地上的声音，接着，一切都静止了。

他其实是跪倒在一个洼地的边缘。他强挣着站起来，尽量压低身体，用胳膊护着脸，踩着脚下终日不见阳光的淤泥和腐烂的植物往前走去，直到来到一堆树枝边缘。他把带来的绳子塞进工装裤的前兜里，然后俯下身子清理脚下的树枝——把它们从烂泥里一根一根地拉出来，扔到一边，中间他听到一声像是小孩子的叫声，一个活的东西从树枝和烂泥里爬出来。他对自己说：不要怕，可能是只负鼠！不等他抬脚，那东西已经爬过他的脚面，溜走了。他弯下腰，继续清理树下那一堆又湿又黏的东西，抽出里面的树枝扔到一旁，直到手底下碰到尸体才停下。他在衣服上蹭了蹭手上的泥，然后抓住尸体的肩膀，拖着它回到身后的一条小沟里，然后沿着这条小沟继续往前走。这条沟曾经是一条运木材的小路，只比地面低两英尺左右，并不深，上面野草丛生几乎堵住了路。他用手拉着至少比他重五十磅的尸体沿着沟底的小路走了一英里多的路程，中间停下几回，用衣服擦擦手里的汗，然后重新借着星光一棵树一棵树地看过去，走着。

后来他拖着尸体爬出那道沟，朝着刚才来时的方向走了一百码远的距离，走到一棵大树跟前才把手里的尸体放下（也许是因为他清楚自己的位置，所以一直没有往回看）。他站在大树前，把手放在树干上，这就是他要找的——一棵曾经枝繁叶茂如今被削去树冠的十英尺多高的空橡树。树屹立在一处也许是因为雷击,也许是因为岁月自然衰荣而形成的空地上。这棵空橡树是两年前有一次他找蜂窝时发现的,当时他从旁边砍了棵小树,架在这棵大树上,然后沿着小树攀到大树上,从搭在这棵大树上的蜂巢里割了不少蜂蜜。他从胸前口袋里掏出绳子,把绳子的一端捆紧尸体,另一端咬在嘴里,脱掉鞋子,沿着旁边的小树爬到空树的最顶端,双脚踩在空树树干的边缘,把那具已经缩小到只有他一半大的尸体拉到了脚下(他一点点地往上拉着,中途尸体不停地碰撞着树干),像一个半空的麻袋那样横在树干边缘。他掏出刀子割断拴尸体的绳子,把尸体头朝上往树洞里塞,可是尸体被卡住了,这时候他才意识到刚才应该把尸体头朝下塞进树洞里,但现在已经不可能了。于是他用脚去踹尸体的肩膀,想把它踹进去,可是洞口太小了,尸体卡在洞口下不去。他把手里的绳子一端绑在离洞口不远的一根树杈上,另一端缠在自己的手腕上,然后两脚站在尸体的肩膀上开始跳,没跳几下他感觉脚下一空,尸体掉了进去,他也跟着掉了下去,悬在树洞里。还好那根绳子拽住了他,他开始用两只手撑着树洞内壁往上爬,随着树洞内壁腐烂树皮掉落的声音,他闻到一股鼻烟似的呛人味道。从外面传来树枝裂开的声音,紧接着他感到手腕上的绳子一松——绳子从上面掉了下来,他下意识地往上一跳,一只手借势攀住洞口边缘,整个身体贴紧树洞内壁,可是他马上听到了东西裂开的声音,随后感觉手底下的一大块树皮掉了下来,他马上用另一只手攀住洞口。可是同样的,另一块树皮也掉了下来,他不得不松开另一只攀缘洞口的手,去抓可以抓到的任何地方。随着手底下树皮一块块地裂开,他几乎是围绕着洞口转起了圈子,直到最后抓到一块实的地方。他嘴里喘着粗气愤怒地瞪着洞口上方深邃的夜空。终于,他从洞口爬出来,再从树上爬下来,抽掉旁边那棵小树,扛着它走出空地,来到距离空地十五到二十码远的一处地方后放下,然后重新回到大树下,找到鞋穿上离开了。当他回到家中,天已经微微放亮。他脱下沾满泥巴的两只鞋,一头躺倒在床上。可是他再一次听到了狗叫声,声音真切得似乎能听到那只狗在发出叫声前如前奏般的呼吸声,就好像它一直在等他。他的眼前浮现出那块坡地——黑黢黢的,到处是阴森森的树木,那里的夜晚似乎比别处要长。

他的白天和晚上现在颠倒过来了。他每天夜晚出去,清晨启明星出现或者太阳初升的时候出现在小木屋面前的山坡脚下,然后穿过因为无人照料如今已经近乎荒废的玉米地回到家中。他不再洗脚上的鞋子,也不生火做饭,只吃锅灶上已经剩了好几天的冷饭,喝的也是咖啡壶里剩下的泛着馊味的咖啡,等到冷饭和剩咖啡吃完喝完后,他就从几乎已经空了的米桶里找点生粮食吃。冷饭吃完后的第一天因为头一天晚上体力消耗过大,新奇和激动过后他感觉到了饥饿,但是接下来那种感觉就没有了,而且,他逐渐意识到这件事到最后只有一个结果,不然的话他就得一直这样躲着。因为想到这个，他不再感到饥饿。仅仅是告诉自己要吃点东西，只要是东西就行，不管它是不是生的（米桶里已经彻底空了，他只能用刀片从桶侧壁刮一些干了的东西吃），但是他心里并不想吃东西，就好像他在凭借身体的脂肪活着。进屋后他一头栽倒在床上，沾满了泥点子的衣服和鞋子弄脏了床也不管，他的嘴里还嚼着刚从地里揪下来的带着麦秆儿的麦粒，他似乎进入了一个忘我的世界。他忘记了自己还有眼睛和嘴巴，忘记了他刚回来，就好像一个躺进浴缸里休息的人，进入装满水的浴缸后就只想着休息，能叫醒他的只有闹钟。他也曾给炉子生火，想做点饭吃，可是除了从桶里刮出来的那点粮食外再也找不到其他可以做饭的材料。他想煮点咖啡喝，可是没有咖啡，没办法他只好往烧开的水里加点白糖喝下去。之后他会来到阳台上，在柳条椅上一直坐到晚上，看着夜色从坡底下升起，再被缓缓升起的太阳驱散（他发现那片玉米地在朦朦胧胧的暮色里比在白天看要少一些凄惶和贫瘠）。他就那么坐着，一直等到夜色吞没了屋子还不肯回去。夜色里又传来了狗的叫声，他在椅子上听着，十到十五分钟过去了，他还坐在那里，就好像一个手里有年票坐在站台椅子上看报纸的人，火车已经呼啸着进站了，他还不慌不忙地看着手里的报纸。

第二天下午醒来时他发现一个小男孩儿坐在屋前的台阶上——男孩儿圆圆的脑袋，一双眼睛清澈碧蓝，他认出男孩儿是在铁匠铺里做工的亲戚的儿子[1]——也许是听到他的脚落在地板上的声音，不等到他走出屋子，男孩儿已经跑了，等到他从屋里来到阳台站下，男孩儿站在离阳台几英尺远的地方对他说："兰普叔叔说让您去店里一趟！他说有很重要的事情！"男孩儿说完转过身往树林的方向跑去。他没有说话，低着头，看着自己的衣服和鞋子，他注意到衣服和鞋子上有很多干了的泥点子（他觉得自己似乎还在梦中），他的嘴角挂着早晨吃的麦子粒。男孩儿在进入树林之前又往他这边看了一眼，随后消失在树林里。他面无表情地看着男孩儿离去的背影，想，如果他[2]想给我钱，应该会让他[3]带过来，所以肯定不是让我去取钱的事儿，他不会给我钱的。第三天早晨他躺在床上，朦胧中觉得门口站着一个人看着自己。他想醒来，却怎么也醒不来，迷迷糊糊地仿佛还在梦中，身上一点力气都没有，只有意识像一匹即使几天没吃没喝依旧精力充沛奔跑在旷野中的野马。他迷迷糊糊地告诉自己：这不是那个男孩儿，是早晨了，我还没睡够，可是转而又想，他们早就发现了我，他们躲在暗处，看着我从坡底下爬上来，他想喊自己醒来，想摇晃着自己的肩头大声说：醒醒！醒醒！他终于醒了，已经是下午了，甚至不需要看从窗户射进来的亮光在地板上的位置就知道已经是下午了。

---

[1] 艾克的儿子，华尔街·恐慌·斯诺普斯（Wallstreet Panic Snopes）。
[2] 这里的他指兰普·斯诺普斯，明克以为兰普会给他钱让他逃跑。
[3] 指送信的小男孩儿，艾克的儿子华尔街·恐慌·斯诺普斯。

村子

他并不着急离开家，而是给炉子生着火，烧了一壶开水，往水里放了些糖，喝了下去，又从桶里刮出一丁点能吃的东西放进嘴里，把木头刺儿吐出来，用手抹掉，把粘在嘴角两侧胡子上的谷物用手指仔细地抹到手里，再放进嘴里。吃完喝完后他来到院子里，注意到地上多了一个人的脚印，他立刻知道这是那个体重两百四十磅，胸前常年戴着一块比扑克牌小不了多少的金属警徽的治安官（在这一带当治安官不仅不轻松，还有可能送了命）的脚印。脚印很深，即使没有雨水，土地都被太阳晒焦了，还是深深印在地上。那双脚印旁边还有另外两个人的脚印，他猜那是治安官两个下属的脚印。他还在屋子外面地板和地面之间的空当里[1]看到有人爬过的痕迹，显然，有人趁着他睡着的时候仔仔细细搜查了屋子周围。他去马厩时看见自己放在马厩里的铁锹被换了位置，马厩里常年堆积的骡粪堆被挪了地方——有人似乎在检查骡粪堆下面的土里埋着什么；他去树林时看见里面停了一辆马车。发现这些的时候，他的脸上没有任何表情——没有警惕、震惊和恐惧，也没有轻蔑或者从观察中发现乐趣的表情——从始至终他都是冷冰冰的，脸上带着一种顽固的、坦然自若而且积习难改的神情。

他回到屋里，把放在角落里的猎枪拿出来。也许是因为他拿出这把枪的第一天晚上擦拭得有点过了头，枪身上覆盖着薄

---

[1] 屋子最底下的地板和地面有一定距离。

薄的一层水渍似的棕黑色锈迹,他脱下衬衣,想擦掉锈迹,却怎么也擦不干净,枪上的锈迹和衬衣的水渍连在了一起。枪没有锈牢,他打开枪身和枪杆的连接处,里面露出一块厚厚的、巧克力色的像是肥皂的动物脂肪。他烧了一壶开水,浇在那坨凝固的油脂上,油脂化开后他开始拆枪。他把拆下来的零件拿到阳台上,放在阳光能照到的地方,零件晒干后他重新组装好枪,把仅剩的三颗子弹压进枪膛,然后把枪靠在屋外的墙上放好,自己重新坐回到阳台的椅子上,看着脚下的坡地:夜晚从坡底一点点地爬上来,先是吞没了那块贫瘠的玉米地,然后是这间屋子,夜色还在上升,像是从两只向上打开的手掌里飞出的一只向西飞行的终极夜鸟。在他的下方,在那块玉米地的边缘,萤火虫发出的光在深沉的夜色里飘飘浮浮,青蛙的鼓噪声远远近近地响着,叫声仿佛是从夜晚长出的心脏跳动的声音。他终于等到了那一刻——就像他每天下午总是在那一刻醒来一样——当那充满了无尽悲伤的狗吠声再一次响起时,夜晚的心脏仿佛瞬间停止了跳动。他把手伸到后面,拿起靠在墙上的枪往坡下走去。

这一次他没有依赖星星,而是向着狗叫的声音方向走,走到沟底的时候他突然想到了风向,于是站住,试了一下风是从哪个方向刮过来的,发现没有风后他继续朝着狗叫的方向走。因为不想制造出动静,他走得不快,但也不慢。他觉得这件事①不会耗费自己太长时间，他完全可以在午夜之前返回屋子，上床睡觉，甚至更早些。他谨慎地朝着狗叫的方向走着，每一步都很小心，心里不停地对自己说：做完这件事我就可以回去睡个安稳觉了。叫声离他越来越近，他把枪顶着肩膀，拇指试了试两个扳机。狗叫声停了一下，然后继续。和上次一样，他看到了两只黄色的小点，他瞄准黄点扣动了扳机：一个黑影在炸响的火花中跳了起来！他打中了！火花闪过，黑影向后打了个滚跌入黑暗中。他控制好发抖的手指，把它放在第二个扳机上，然后蹲下，屏住呼吸盯着前方，但黑暗中什么也看不见。狗叫声还在夜空里盘旋，从一棵树到一棵树，和枪声的回声混在一起，声音越来越小，像是有人在断断续续小声说话，声音越来越低。他一心想在那声音消失之前尽力让它凝固。三天以前，狗叫声打破沉沉夜色传到他耳朵里，然后那声音就没有消失过，即使在他睡觉的时候也在耳边回响着，到最后甚至像凝固的水泥般坚硬，不光是在他耳朵边回响，还钻进他的肺里，和他的呼吸混在一起，既进入他的身体又排出他的身体之外。他站起来，扣着扳机，让枪口对着声音发出的方向，向刚才看见的狗跌倒的地方走去，喘气声从他咬紧的牙关里出来，每踩一步脚都陷进泥地里。走着走着，他突然意识到自己好像走过了，他咬着牙命令自己站住，他感觉再走下去脑袋就要裂

---

① 明克打算杀死豪斯顿的那条狗，因为那条狗的叫声很容易吸引来治安官。

开了。终于，他站住了，松开手里的击锤①，一边喘着粗气一边抬头找着头顶上的那颗指路的星星，直到呼吸平稳后才继续往前走。这一次他朝着青蛙的叫声走，叫声此起彼伏，像是唱到了合唱的高潮处，每个叫声都不是单独的，像是有至少八个音符在应和，显示和弦的低音部，然后越来越高，越来越尖，然后突然停住，有一秒钟的时间蛙声似乎凝滞了，然后重新响起，像是有很多小手拍打水面，再后来他看到了水，水面上闪着粼粼微光，仿佛一闪一闪的小星星，消失，出现，出现，消失，一刻不停歇。他把枪朝水面扔去，枪身缓慢地做了个划圈运动，随即空气中传来一声划破水面的声音，没等沉没，枪身已经和水里的破碎的星星融为一体。

　　回到家里时还不到午夜。他脱了鞋，脱了那条三天三夜没有离身的裤子，倒在床上，可是他根本睡不着，不是因为过去的七十二小时内他过的是一种昼夜颠倒的生活，也不是因为他的神经和肌肉因为紧张而在抽搐，而是他脑子里还回响着枪声，第一声枪响打破沉默，然后是第二声枪响。他呼地坐起来，但马上又躺下了，他的两只胳膊僵硬地放在身体两边，眼睛还是睁着，周围黑乎乎的一片。他的脑子里和肺里似乎还充斥着那种无声的咆哮的东西，中间还有像萤火虫的微小的黄色的光闪来闪去，他还听得见青蛙发出的像心跳般有规律的声

---

① 击锤：火药类枪械中的部件。

音。他眍着眼躺着,直到窗户里的天空渐渐从黑色变成灰色,然后变成黄色才睡着,迷迷糊糊中看见窗框圈起来的那块四方形的灰白的天空里出现三只老鹰的影子……我得起来,他和自己说,如果我晚上睡着了,那白天就不能睡觉了。他对自己说,醒醒!醒醒!他终于醒了,第一眼看见的是地板上一个黄色的小方块——那是从窗户里透进来的光线,每到下午都会有一个黄色的光影方块出现在那里。接着,他看到自己盖的被子上有一张发黄的小字条,离他的脸只有不到一英寸的距离;他从床上起来,下地时看见门槛附近的地上有一个明显是小孩子光脚踩下的脚印。他拿起字条(那张纸一看就是随便从一个牛皮纸袋子上撕下来的,很小的一块),上面用铅笔写着"来我这儿一趟,你老婆给你带了些钱",下面没有签名。他立刻从床上坐起来,想,现在我可以走了,那一刻他的心理似乎有了变化,他抬起头,痛苦地眨着眼睛。仿佛三天来第一次从这座象征着他生命陷入绝境的小屋里看到了阳光灿烂的天空中的自由。终于可以离开了,他想,可是就在那时他看见了三个黑点,那是三只秃鹰,他看着它们盘旋着下降,仿佛被一个漏斗吸走了似的消失在天空下的树林里。他知道吸引秃鹰的不是狗的尸体,但还是安慰自己说:"它们是冲着那只狗的尸体去的。没关系,等到他们发现那人的尸体时我已经远走高飞了。"可是这个想法并没有让他轻松,反而让他觉得心里沉甸甸的像背负着什么东西,这是他杀人后第一次有这种感觉。

第三部分 漫长的夏天

他刮了脸，穿上洗干净的鞋子和工作服离开了家。太阳落山的时候他到了村子里的商店，阳台上空空的没有一个人。他走进商店，看见堂兄站在敞着盖儿的糖果盒子后面，正在从里面拿糖吃。

"她在哪儿？"

堂兄嘴里嚼着糖，放下盖子对他说："傻瓜！两天前我就让人带话给你，让你尽快离开这里！说不准哪天大肚汉汉普顿就会带人来这里抓人！你那把枪被一个黑鬼发现了，那黑鬼本来是去泥塘抓东西吃的，结果刚下去没多久就摸到了你那把枪。"

"那不是我的枪，"他说，"我没枪，她在哪儿？"

"别装了！这里的人都知道那把枪是你的！那种带击锤保险十寸口径的猎枪这地方再找不出第二把！所以我直截了当就告诉他们那是你的枪，更没拦着他们去找枪。当时汉普顿就坐在我商店的阳台上，黑人拎着枪上了台阶后，我对汉普顿说：'这是明克的枪！从去年秋天起他一直用这把枪打猎。'然后我又对黑人说，'黑鬼你什么意思？！去年秋天你向明克借过这把枪，说要去打松鼠，后来又说枪掉在水潭里，找不到了，不是吗？'"不等他说话堂兄已经弯下腰，从柜台后面拿出一把枪来，放在柜台上说："给！"枪被擦过了，但是没擦干净，枪把上有一处明显的泥点子印。

他尽量不去看那把枪，只是说："枪不是我的，我想知道她现在在哪儿。"

"你承认是你的枪也没事儿！我给你挡过去了！汉普顿就是想让我否认那是你的枪，这样他就有借口抓你。但是我帮你挡过去了，我让他怀疑摸到枪的那个黑鬼头上去！我打算今天晚上或者明天晚上叫上几个人去那个黑鬼家里，给他点苦头尝尝，让他说人是他杀的；如果他不肯承认，这事儿也没啥，这里的人知道那黑鬼晚上被打了后肯定会觉得这家伙杀了人，即便他们不会给他上私刑，也会要求汉普顿把他抓起来，汉普顿只能照办，因为他心里明白他没得选择。所以，你承认这把枪是你的也没关系！我让那孩子捎信给你也是想告诉你你老婆的情况。"

"她现在在哪儿？"

"我看她要给你惹麻烦了！她已经给你惹麻烦了。如果不是她，汉普顿也不会跑到咱们村子来到处转悠！那家伙为了巴结选民没事儿也要找点事儿！豪斯顿的马找到了，是他家里的黑人找到的，但是豪斯顿人和他的狗都不见了，本来外人也没往你身上想，可是你老婆当天晚上带着两个孩子，拎着一包衣服跑到村子里，嘴上还鲜血淋淋的，这倒也没什么！可是她见人就说你什么也没做。这种事嘛，虽然人不见了，只有马跑回来了，但是没有看到血，就也没什么，可是你老婆见人就说你什么也没干，这不就等于说这件事是你干的嘛！话说回来，你怎么不逃呢？你难道没想逃跑这件事吗？你应该当天就逃走啊！"

"没钱怎么逃？"

第三部分 漫长的夏天

堂兄说话的时候眼皮一直在眨，现在突然不眨了。他又说了一遍："没钱怎么逃？"他的后背对着门口，淡淡的夕阳从门口照进来，照到他身上，人似乎被笼罩在一层淡淡的血光中。"没钱？你进来就是为了和我说这个？告诉我那人口袋里什么都没有，我可不信你的话，上帝，我见过的世面多了！那天早晨他来我这里买东西，我看见他掏出钱包，他走到哪里都带着钱包，里面的钱从来不少于五十美元……"他的声音越来越低，最后打住了，顿一会儿后突然又用不相信的口气说，"你是想告诉我你根本就没有打开钱包看一眼?! 一下子都没有?!"他站在原地没有回答，仿佛没有听到。最后一缕古铜色的阳光像水似的无声无息地照在他身上。他的脸被一层猩红色的光笼罩，那仿佛是一张戴着面具的脸，没有任何表情，让人捉摸不透，然后那猩红的光变淡了，屋子里暗下来，夕阳的光现在挪到了那一排排的货架上和阴暗的角落里。店里弥漫着一股奶酪、皮革和煤油混杂在一起的味道，味道似乎是从他头顶上方的橡木那里散发出来的。人像是被这股气味封存在另外一个被遗忘的空间里。堂兄的声音再一次响起，声音缥缥缈缈，似乎一点重量都没有："你把它藏哪儿了？"堂兄从柜台里走出来，走到他跟前，站住了。两个人面对面看着对方，他几乎能感到对方说话时从嘴里喷出来的气息："上帝，他钱包里至少有五十美金！我看见了，就在我店里看见的，你把它——"

"没有钱包。"他说。

村子

"有！"

"没有。"两个人几乎是面对面站着，两张脸的距离超不过一英尺，彼此甚至听得见对方的呼吸声。随后另一个人往后退了一步，那张脸离远了，在昏黄的灯光下轮廓模糊了许多。

"这样吧，"对方说，"你不需要钱对我来说是好事。如果你来是借钱的话，我可拿不出来！不过你知道瓦尔纳同意给在他那里工作的人提前支取工资，支取十年后的工资他都给，更别说提前两个月向他要工钱了。不过你也不需要钱，你老婆手里有十美元，十美元够你离开这儿吗？"

"她现在在哪儿？"

"住在瓦尔纳家。她在那儿干活儿。"堂兄话音未落他就已经转身向门口走去。堂兄没有出来送他，依旧待在店的暗处。迈出店门槛时他听到堂兄在他身后说："你告诉她，让她去问乔迪或者瓦尔纳借钱，她怎么也能借出十美元来，加上她现有的十美元，够你跑路用的了！"

虽然天色还没有完全黑下来，但瓦尔纳家里已经点上了灯。看到灯光的一瞬间他感觉一个自己从身体里跑了出来，看着另一个自己向灯光走去，看着他和屋子之间的距离在一点点地缩短。终于到了！他想，这些天白天黑夜没有尽头的奔波似乎终于缩短到自己和那座亮着灯光的屋子之间的这一小段路程。他把手放在瓦尔纳家的院门上时，仿佛感觉到她在等着自己，并且看着他从大路那边过来。随后，她的身影出现在明亮的门框里，他想起九年前自己第一次看到她时她也是站在明亮的门框里，九年当中他从来没有过这么强烈地想见到她！他不喜欢回忆过去，可是现在，他想见她的愿望是如此强烈，强烈到他不怕回忆任何和她的往事。更何况他从来没有忘记过那些往事，更没有为自己所做的事感到懊悔——因为他并不奢望能够得到上帝的赦免。他只是想忘记几天来发生的一切，忘记杀人后落入的尴尬境地，他知道，这一切都源于他缺乏逃走的意志，也缺乏周密策划的头脑。可是现在走已经晚了，甚至连后悔也来不及了，况且他也不想用后悔来折磨自己，更不想对她咆哮怒骂（他不是动不动就破口大骂的人），他还和以前一样，冷漠的面容上带着倔强的不服输的神色。从小他便跟着父亲从一个农场搬到另一个农场，住在租来的简陋的小屋里，而他自己从来没有离开过任何一间小屋十五到二十英里。然后有一天晚上他突然离开了那座被他称作"家"的小屋，离开了贫穷的家乡和他熟悉的人，以及家乡在他身上打下的印记。他走得很匆忙，甚至没有时间带东西，家里似乎也没有什么可以让他带的东西。他没有和任何人道别，也没有什么人可以让他道别。几个星期后他来到距离自己家乡两百英里远的地方，一路上他都是在步行。那时候他二十三岁，还年轻，从来没有见过大海，他一心想去海边生活，哪怕只是看一眼，可是他只知道海在南边，具体是南边哪个地方，他不知道。其实在离开家乡之前他没有想过要去看大海，所以也说不出自己为什么突然想到要往海边走，意志坚定、决绝地离开家乡，一心只想找到那片深蓝色的海面，忘掉永远不会让自己有出头之日的故乡，似乎只有通过这种办法才能切断和故乡的联系，以此来惩罚因为它的贫穷而带给自己的失望。又或许他只是在寻找一处远离家乡的土地。它远在天边，物产丰饶得远非他贫瘠的家乡可比，他在那里不是为了吃得饱穿得好，而是为了自己死后可以埋在这个无数陌生人聚集的地方，埋在这个被来自金色帆船的海员和海上那些不死的妖女①称为坚不可摧的避难所的地方。有一天，他饿着肚子走了整整一天，晚上的时候才看到灯光。他朝着灯光的方向走，然后就看到了她—— 一个笔直地一动不动地站在透着灯光的门口的身影。他还听到了声音，大声说话的声音，像是有人在咆哮，冉冉地在空中回荡。他不走了，留了下来。第二天有人递给他一把斧头，要他干砍木头的活儿，他懵懵懂懂，不知道这是否算工作，但他还是照做了。后来他找了个机会去问递给他斧头的那个人，对方是个工头，态度粗鲁，和他说他体格太小，干不了拉大锯的活儿，只能留下来砍砍木头，又告诉他工资多少。因为他从来没有见过犯人的衣服是什么样的，所以一开始他没有意识到自己来到了一个什么样的地方，直到几天后才彻底搞清楚状况——这里原是猛兽出没的原始森林，现在变成了伐木场，由一个五十岁左右腆着肚子的小个子

---

① 古希腊神话《奥德赛》的故事里有返回家乡的船员被海中孤岛的女妖诱惑的故事。

男人经营，那人个头还没有他高，头发像铁丝一样粗硬，直戳戳地立在脑袋上。也许是行了贿，也许是上面有人，他说服州政府专门从监狱里找了一批罪犯来给他干活儿。他不用给犯人工资，只负责安排犯人的吃住就行。这人是鳏夫，老婆生孩子时死了。老婆死后他和一个有四分之一黑人血统的镶了一口金牙的女人搭伙过起了日子。两个人住在营地里，他管理犯人，女人负责给充当苦力的犯人做饭吃。犯人们住在用木板和帆布帐篷搭起来的简易板房里，这一男一女住在距离犯人们稍远的一间屋子里，也是板房，不过看着比犯人们的板房好点。他在那天晚上看见的站在灯光里的女人是这鳏夫的女儿。她和父亲还有那个黑白混血的女人住在一处，不过她的房间和他们的房间不是连着的，而是单独分出来的，类似于旁屋那种，有自己单独的门。那时候她的头发是黑色的，像漂亮的马鬃，这让她在那些工头以及被荷枪实弹的卫兵押着干活儿的罪犯中十分显眼。在被这女人传唤以前，他已经注意到她的房间有单独的门（在那间小屋里，他帮她把头发用剃刀剃成男人才会留的短发，这种发型让她看上去强壮，但并不好看，无论是在晚上的灯光下还是在太阳下都不好看）。有一天，他正在砍木头，转过身时看见她骑在马上居高临下地看着自己。马被她保养得很好，四条腿修长有力，是善跑的马。她穿着男人才穿的工装裤，看他时眼神既不肆无忌惮也不躲闪，而是一种很专注的眼神，大胆，无所畏惧，像一个不拘泥小节的成功男士看人时的眼神。

村子

那就是他看到的：成功人士才会有的行为方式——意志和能力结合起来的，在常人中一眼就能被看到的东西——这种东西让她看上去更像个男人，包括她的身高、体型和一头短发，就连她不苟言笑的样子也容易让人想到拥有众多妻妾的君王而不是带着甜美笑容的少女。她没有和他说一句话就离开了。后来他发现她不仅晚上叫人去她的屋子，白天也会。有的时候是她骑着马走到工头跟前，跟工头嘀咕几句，有的时候是那个有四分之一黑人血统的女人坐在马上冲着工头说出一个名字，那个被叫出名字的男人扔下手里的斧头或者锯子，跟在她的马后朝她的房间走去。每到这时候，虽然他头也不抬地挥舞着手里的斧子，但心却仿佛跟了上去，跟在那个男人后面，一直看着那人走进那个单独的入口，过一会儿再从里面出来，重新回来工作——这些犯人连名字都没有，长得也都差不多：一副强盗、杀人犯或者贼人的长相。他们谁也不受宠，所以谁也不嫉妒谁，但是他不，在没被她传唤之前，他内心已经充满了嫉妒，他心里很清楚自己早晚也要被她传唤，可是他出生在一个世世代代信奉娶处女为妻的乡村，那里的人认为不管男人婚前有多少故事，经历过多少女人，到最后娶的老婆一定得是处女，一定得是在他手里丧失贞操只被他一人蹂躏的女人。可是从他生出想占有她的念头起，他就意识到自己要和另外那些犯人竞争，以引起她的注意，而在那些彪形大汉的犯人里他弱小的身影就像一个孩子，而且，他本来就和那些人不是一类人，而当他最终接近她时，他要撕开的不仅是她的衣服，还有那三四十个男人的幽灵的缠绕。这种感觉一直伴随着他，从他第一次占有她时就有这种感觉（甚至从那时起他就看到了自己的命运）：即便他们是在狭小的房间里，四周漆黑，他还是看到了那些男人的影子，像是横冲直撞的公马，围在她身边。那一天终于来了，他清楚地知道自己是要去和她做那件事，他毫不犹豫地去了。他进入她（一个势必生不出孩子的荡妇）的房间时，感觉自己靠近的不是一张被情欲炙烤而散发着热烘烘气息的床榻，而是一头母狮的洞穴——肿胀的器官，赤裸的身体，毫不要求怜惜的眼神。这些东西彻底俘虏了他，让他沉迷，仿佛沾染了毒品的人和开了杀戒的人犯，一旦开始就很难收手。七月的阳光从没挂窗帘没有任何遮挡物的窗户里泄进来，照在她的床上，那是一张六英寸厚的表面坑坑洼洼的木板床，支撑木板的是交叉的几根轻钢索。他和她在床上做那种事时，床就像一把轻巧而失去平衡的摇椅在地板上往前一点点地移动。五个月后他和她结婚了。结婚并不是在计划当中，也不是她的想法——这一点他很肯定，因为他知道她从来没想过结婚的事情。她之所以和他结婚是因为她父亲的生意倒闭了，后来他想起那件事，总觉得那天下午他和她的交媾像是一个信号，提前预示了那座营地自生自灭的命运——汇聚了骡子、犯人、猎枪的营地一夜之间又被打回原形，沦落为一座到处是锯末堆、砍剩的枝条和废弃树根的遗址。他拿到将近五个月的工钱，带着她去了离营地最近的县城，在那里花钱买了张结婚证：他们付完证书的钱后，办事官员把嘴里湿漉漉的烟草抹到手里，找来两个正从办公室外面路过的男人做证，宣布他和她结为夫妻。他带着她回到自己的老家，和人合租了一个农场，开始生活。他们的家里只有一个从别人那里买来的二手炉子，一个玉米壳填充的床垫，一把剃刀（他用它给她剃头发），还有其他一些小东西。那时候他们需要的东西也不多。她说："我和至少一百个男人干过，但是从来没有碰见像你这样的，你那个东西有毒，它们太热了，可以把我的和你的都烧干，所以我怀不上孩子。"但是三年后她怀孕了，五年后她又生了一个，两个孩子渐渐长大了，可以在地里玩耍了，可以自己拿吃的喝的。每当他坐在门前的阳台上纳凉的时候，看着两个孩子在尘土中打滚儿，玩着木块、生锈的马具扣或缺了绳子掉了头的犁栓，他的欲望就上来了，和第一次一样强烈、凶悍、短暂。干的时候他会想，天哪！他们是我的孩子多好！他们在那张小床上做完后，她已经睡着了，他的身体还没有停止抽搐，心里还在想那个问题。他们怎么不会是我的孩子？即使他们不是，那又怎样？孩子让她变成了母亲，也束缚了她的个性，她变了，变化甚至比他还要厉害，她现在已经开始留头发，并且把它们染成黄色。

　　她踢踢踏踏跑过来，速度很快。不等他推开院门走进去，她已经跑到他跟前，连推带搡把他带到院门外面，抓着他的衣服压低声音嚷道："你怎么来了?! 噢，上帝，你来这里做什么？

你不能来这里!"

"我想来就来!"他说,"兰普和我说——"不等他挣脱,她已经松开他的肩膀,抓住他的一条胳膊,拉着他走到灯光照不到的暗处。他一把甩开她,站稳说:"你干吗?!"

"傻瓜!"她喘着粗气压低声音嚷道,"傻瓜!噢,上帝!他为什么不惩罚你?!为什么不惩罚你!"他内心的火突然腾地冒了出来。他甩着胳膊,不让她抓自己,但是她抓得更紧了,扳住他的肩膀,把他扭过来,看着他说:"为什么你不逃?上帝,我以为我离开家的当天晚上你就逃了!"她使劲摇晃他,好像他是个做了错事应该被粗暴对待的孩子,"为什么不逃?该死的!为什么你不逃走!?"

"逃?逃到哪儿去?堂兄说——"

"我知道你连逃走的钱都没有!家里现在只有桶里的土可以吃!可是你可以躲起来呀!躲到林子里——躲到哪儿都行,直到我找到机会出来找你——上帝诅咒你!上帝诅咒你!为什么不让我亲手吊死你!"她走到他跟前,抓住他的肩膀使劲摇晃着,一股热乎乎的气息喷到他脸上,"我不会杀你,我要折磨你,让你想跑没有钱,想留下来不给你吃的,我要把绳子套在你的脖子上,你快咽气的时候把你放下来,然后再绞,然后再把你放下来,一遍一遍地折磨你!"不等他甩开她,她已经松开了他,向后抬起一只腿,手伸进鞋里,从里面掏出一个东西,塞到他手里,他立刻明白了——那是一张被折成小块的钞票,上面带着她的体温。只有一张，应该是一美元，他想，同时又觉得不是。是艾欧和艾克给她的吧？又否定了，他突然意识到在村子里能一下子拿出一张十美元票子的只有两个人，他脑子里冒出十五分钟前当他迈出商店大门时堂兄对他说的话。他看都没看手里的钞票。

"你和瓦尔纳睡觉了?! 你趁他睡着的时候从他裤子里偷的？你和乔迪也睡了?!"

"就算是那又怎样?! 为了多给你十美元我可以今天晚上再去卖！看在上帝的份上别再来找我！躲在林子里，等到明天早晨我……"他一动不动地站着，手腕动了一下，似乎扔了个东西——东西淹没在路边被土埋了一半、草叶上挂着丝丝缕缕的棉絮的野草堆里——然后一转身往来路走去。她在后面追他，嘴里喊着他的名字："明克！"他不停下，继续往前走，她在后面追他，不停地说着，"看在上帝的份上！看在上帝的份上！"她终于追上了他，抓住他的肩膀，扭过他的身体脸对脸地看着他。他猛地甩开她的手，紧走几步弯下腰从路边的草丛里摸到一根树枝，凶巴巴地拎着树枝朝她走过来。她看到他脸上执拗凶蛮的表情后转身往来路跑去。他站在路当中，看着她的背影消失在夜色中，把手里的树枝往旁边一扔，转过身要走，却差点跟一个人撞了满怀——如果对方个子再小点或者他的个子再高点，他几乎就可以撞到对方，甚至踩到他身上。那是他的堂兄，看起来他一直在跟着自己。那家伙往旁边一闪，他走了过

第三部分　漫长的夏天

去，身后传来堂兄夹杂着喘息的说话声："你干吗要扔掉她给你的钱？"

他没理他，继续往前走，堂兄赶上来，走在他旁边，厚厚的几乎到脚踝的尘土淹没了两个人的脚步声。"那人裤兜里至少有五十美元，我亲眼看见的，别装了！"他不说话，只管往前走，但并不匆忙。堂兄也不紧不慢地跟在后面。两个人不像是赶路或者急着奔赴目的地，反倒像在享受肩并肩散步的乐趣。"好吧！就当我帮你忙！我看谁会对你这么好！我告诉你怎么做，你把他的尸体藏在哪儿了？"他不理他，还是一声不吭。堂兄突然扳住他的肩膀嚷道："你是想把那五十美元白白便宜了汉普顿和他那几个手下吗?!"他感到那声音里的恼火、愤怒、绝望和冷酷，他一定是把他当傻子了。

他一挥手打掉对方扶在他肩膀上的手："离我远点！"

"离你远点也行！条件是我给你二十五美金，然后你带我找到那人的尸体，你只需把他的钱夹递给我就行，你也别看里面有多少钱。如果你自己不想从死人裤子里掏钱的话，你可以直接把他的裤子给我。可是你不许碰他钱包里的钱，连看都不行！"他转身继续向前走去，"这样，如果你觉得碰那具尸体恶心，那你告诉我尸体在哪儿，我自己去！等我找到那个钱包，我给你十美元，一般人可不会随随便便地给一个啥活儿都没干的人这么些钱——"他还是继续走他的路，堂兄的手又摸上来，扶在他的肩膀上，用力把他扳过来对着他说，"等等，听我说！听好了！汉普顿一直在村子里！假设我明天去找他，告诉他我记错了，那支枪没有丢，而且你上个星期来我这里买了五美分的火药，那你就等着吧！等着跟那个家伙解释你是如何因为法庭判你付给豪斯顿几美元的动物饲养费而杀了他的……"那声音像是从夜色里冒出来的……

这一次他没有甩开那人放在自己肩膀上的手，而是直直地朝对方走去。"离我远点！"他说，"离我远点！不想倒霉的话别让我说第二次！我累了！离我远点！"对方看着他，往后退去，嘴里说："算你行，你这个小气鬼！谋杀犯！我看你能不能逃掉！"他没有追过去，带着疲惫的神色看着堂兄的身影消失在夜色里。

他重新回到村子里，厚厚的尘土淹没了他的脚步声，远远地隔着瓦尔纳家的商店，他已经看见从小约翰酒店漏出来的灯光——夜色里唯一的一点灯火。他往小约翰酒店旁边的那条小路走去——那条路通向自己四英里外的家，从那里他可以去杰弗生镇，然后坐火车逃跑，可是他又觉得晚了，三天过去了，这三天他本可以从容不迫地逃走，可是现在已经没有任何选择的余地，只能像一头被猎人从巢穴中赶出来的野兽饿着肚子仓皇而逃；就连这最后的一点逃跑希望，也因为那个钱包，因为他想戏弄堂兄而在时间上被推迟了一个晚上。他以为女人是他的希望，是漫漫黑夜中的灯塔，可是现在他才意识到她所能给予他的希望是有时间限制的，那点希望仅存于他看到那点灯光后奔向她的那段距离当中。到了这时候他才意识到自己过去的想法错了。"你以为杀了人,一切麻烦就解决了?"他对自己说,"不!麻烦才刚刚开始!"

到家后他没有马上进屋。他去了木头垛,找到劈柴的斧子,出了院门往玉米地走去。在院子里时他停了一下,盯着夜空的星星看了一会儿,判断现在是晚上九点多一点。走到门口大坡的一半距离时他停下脚步,听了一会儿动静,然后继续往下走。到坡底后他找到一棵大树,绕到它后面,把斧子小心地靠着树干放好,又记住这棵树的位置,确保自己回来还会找到它。做完这些他屏住呼吸等了一会儿,黑夜里传来玉米叶子被撞得哗啦啦直响的声音,中间夹杂着人重重的喘息声,声音越来越近。他一直等到那人过去才从树后面走出来,掉头往坡上走去。喘息声消失了。

当他重新穿过玉米地时,再一次听见堂兄跟了上来。他在前面走,堂兄在他身后五英尺远的地方跟着。因为瘦弱,他的脚步很轻,即使是在随时可以引发声音的玉米地里也没有什么动静,仿佛他的身体没有任何重量。夜色里只有从他身后传来的玉米叶子的咔啦声和堂兄笨重的脚步声,夹杂着一股重重的带着愤怒和压抑情绪的喘息声以及那人的说话声:"听着!咱们两个能不能明智些……"他一直没停,穿过玉米地,穿过院子,走进屋子,堂兄还在距离五英尺的地方跟着他。他走进厨房,点上灯,来到炉子前蹲下开始生火:把木头塞进燃着的炉子里,从桶里舀水把咖啡壶灌满,然后把壶放到炉子上。"你家里一点吃的都没有吗?"堂兄站在门口问他,他不回答。"有玉米棒子吗?我们可以烤一些吃。"火越来越旺,他把手放在咖啡壶上,后背对着堂兄。壶里的水还没有热,他听见堂兄说:"好吧,我去找几个玉米棒子回来。"

他把手从咖啡壶上拿开,仍旧背对着堂兄说:"你想吃你去拿,我不饿。"堂兄站在门口,看着他(他那张不对称的脸还是很平静,嘴里发出微弱的夹着杂音的呼吸声,气息平稳)等了一会儿说:"我去趟谷仓,去那里找找有没有能吃的。"

兰普从后阳台出来,绕了一圈来到屋子前面的拐角处,探出脑袋打量着屋里。这个狗娘养的别想甩开我自己跑了,他心里暗暗骂道,看了一会儿没有看到人影,就从暗处走出来,上台阶往门口走去。一进屋子他就故意把脚步踩得很重,经过厨房时往里看了一眼:明克还站在他刚出来时的位置,手放在咖啡壶上烤着火。狗娘养的杀人犯!他想,真倒霉,就算为了五百美元我也不想再和这家伙打交道!

兰普两手空空从外面回来。他走进屋子里,说:"这点水终于烧开了。"明克没有理他,拿来一只有裂口的瓷杯、一只厚玻璃杯、一个装有少许糖的锡罐和一把勺子,把壶里的开水倒进瓷缸里,又用勺子舀了点糖倒在杯子里,搅了搅,低下头一小口一小口喝着。兰普走到炉子跟前,把水倒进玻璃杯里,抿了一口,似乎被烫着了,眼睛、鼻子、嘴巴一起往眉头聚拢。他说:

"听着，咱们俩能不能理智点?!那五十美元不属于任何人!既然我不让你私吞你就私吞不了，既然我一个人也找不到那具尸体，得不到那五十美元，所以我们不如一起分了那点钱得了，可是折腾了这么大半天，你一直领着我在你这屋子周围转悠，这不是浪费时间吗？你多浪费一分钟，那个该死的警长和他的手下就会早一分钟找到尸体。这是再简单不过的道理。这件事没有好恶之分。如果我自己能把这件事做了，我早就做了，何苦还在这里等你？正因为我不能那样做，你也不能那样做，所以我们必须一起做这件事情，可是干坐在这里我们拿不到钱!"

他一口喝干杯子里的水，问："几点了？"堂兄把拴在皱巴巴的裤腰带上的一块廉价手表转过来，看了一下，然后重新放回放手表的口袋里。

"九点二十八分。我不能一直在这里陪你，六点钟我得去开店门，从这儿到我家还有五英里的路要走，不过不要紧，你不用管我怎么回家，我们做的是生意，和亲不亲戚没关系。你先考虑你自己——"堂兄把手里的杯子放在灶台上。

"下棋吗？"

"什么？"

他走到房间的角落里，从一堆东西中抽出一块四方形状的板子，从位于那堆东西上面的架子上取下一只罐头盒，拿着两样东西回来，把它们摆到桌子上。板子上用炭笔画着棋盘，由一小块一小块方格组成，盒子里盛着两种不同颜色的棋子——

一种是玻璃碎片,另一种是和玻璃不同颜色的瓷片,这些东西分别来自一个碎盘子和一个碎玻璃瓶。灯光底下他开始摆棋。堂兄手里的杯子停在嘴边,屏着呼吸看了一会儿,呼出一口长气说:"下棋就下棋!"说完把杯子放在炉灶边,拉过来一把椅子坐下(他身上的肉像一个正在塌陷的巨大的气球,不仅要把椅子也要把桌子包起来)说,"我们赢钱,一局五分镍币,赌金算在那五十美元里,同意吗?"

"走棋!"他说。两个人开始下棋——他每一步都是拿人死穴的险棋,搞得平日里下棋不是靠聪明而是靠偷棋换棋赢棋的堂兄(欺骗早已成为他的本能反应)疲于应付——堂兄把偷来的棋握在手中——也许是一枚卒,也许是一枚王——看着他那张静止的、消瘦的、低垂的脸,嘴里一直不消停(只是不再说那五十美元和死去的那个家伙)。一个小时后堂兄赢了他十三局棋。

"赢一局二十五美分怎么样?"堂兄说。

"几点了?"他问,堂兄把拴在裤腰带上的表盘正过来,看了看时间,然后把表盘扭过去:"差四分钟到十一点。"

"下棋!"他说。两个人继续下棋。堂兄开始忙着用一小块铅笔头在棋盘边上写下得分。三十分钟后,当他把分数加起来时,呈现在他眼前的不是一个符号,而是一个带有小数点和美元标记的总和,它似乎在下一瞬间向上跃起,发出几乎可以听见的撞击声。可是他脑子里马上闪出一个念头:见鬼!见鬼!他当然不会抓到我作弊,因为他不想!因为当我赢了所有

第三部分 漫长的夏天

的钱，包括他那份后，他就不会再带着我去找那具尸体，因为找到了他也没有钱拿。想到这里，他开始改变策略：主动解下裤腰带上的手表，把它面朝上放在棋盘边，似乎在用这种方式提醒对方。他的心里燃烧着怒火：不能这么一直耗下去了！不能！就为了五十美元被他这么耍下去，绝对不可以！想到这儿，他转变了棋风，似乎厌倦了偷棋的做法，现在他每走一步既冒进又斟酌，挪动棋子的手似乎也笨拙起来，现在藏在他手里的不是对手的棋子，而是他自己的一枚卒或者王。他被他抓住偷棋，对方用冰冷的声音问他卒子为什么突然就挪了位置，然后逼他把手里的棋子交出来。他带着侥幸第二次偷棋，又被抓住了，然后是第三次，他开始不好好下棋，每走一步棋都很随便，像是傻子或者盲人在下棋。快到午夜时，他终于忍不住了，说："听我说，那五十美元现在不属于任何人，那人没有亲戚，没有人会要他那五十美元，也就是说，那钱等于是白白地躺在地上等着过路的人捡走——"

"下棋！"他说。堂兄移动了一枚卒。"不，跳！"堂兄跳了一枚卒子。

"——你不想被吊死的话就得掏钱，所以你需要那钱！可是有我在这儿你不能吞独食。就因为你不能告诉我那钱在哪儿，搞得我一晚上都得在这儿，连回家睡好觉都不行，明天一早我还得去店里干活儿，你——"

"下棋！"他说。堂兄挪了枚卒子。"不对，跳。"堂兄捡起棋子，然后，看着他用瘦瘦的长着黑毛的手把蓝色的玻璃碎片棋子收走，清干净棋盘。

"现在已经是十二点了，再过六个小时天就亮了，汉普顿和那几个警察——"不等堂兄说完，他已经从凳子上站起来，堂兄见状也赶紧站起来，隔着桌子面对面看着他。"怎么样？想好了吗？"堂兄说。他的呼吸又开始紧张起来。"想好了吗？"他追问他，"好吗？"他没有看他，半低着脑袋，脸色憔悴，说："我早说让你离开这儿！越远越好！"

"没问题，我早晚会离开这儿的！"堂兄小声说，"可是不是现在！你现在让我离开，那我一晚上陪着你是为了什么？"他转身往门口走去。"等等我！"堂兄吹灭油灯，追了出来，在过道拽住他，小声说："如果你早听我的，六个小时前我们就去做这事了，这会儿已经找回钱包，舒舒服服地躺在床上休息了，而不是干坐了大半个晚上。你这样和人对着干有啥好处？你帮我，我帮你，那我们就——这是去哪儿？"他没有说话，穿过院子向牲口棚走去，堂兄跟在他后面。他又一次听到自己身后传来夹杂着咝咝声的说话声："真倒霉！也许你觉得给我一半太多，但是你想想，虽然到手的钱少了一半，但总比被汉普顿和那几个警察抓起来好吧？"

他走进马棚，走到隔间对面的墙跟前，从钉子上取下一条马鞭（白色橡木马鞭的末端带着一截麻绳。这条马鞭原本属于豪斯顿，是他对付烈马用的。把自己的农场抵押给瓦尔纳时，豪斯顿把这条鞭子落在了农场，他在租瓦尔纳这片农场时发现了这条鞭子），转过身一鞭子抽在站在隔间门口的堂兄身上，堂兄被这一鞭子抽得一下子往前倒了下来。他扔掉手里的鞭子，一把抓住往地上倒去的堂兄的身体，把他拖进隔间里，然后解下那条马鞭上的绳子，又从自家的犁铧上解下一段绳子，两根绳子一起把对方的手脚绑了个结结实实。然后，他从衬衫上撕下一块布，塞进堂兄的嘴里。

他重新回到坡底下，却怎么也找不到那棵放斧子的树，当意识到耳朵里听不到那没完没了的声音时，他似乎才清醒过来，猛然想起下午六点钟的时候他在商店里，现在已经六个小时过去了。"不着急，慢慢来。"他告诉自己说。他定下心，回头看了一会儿斜坡，想认出自己现在是在那棵树的哪个方向，上面还是下面，右边还是左边。然后又回到玉米地，努力回忆自己刚才是从哪里过来的。他想从一个点开始然后一棵树一棵树地找过去，可是却感觉到了时间的紧迫。他放弃了继续搜寻的想法，钻出玉米地，朝离他家有半英里远的大路跑去。

上大路后他没有停下，继续往前跑，一英里后前方出现了一座小屋。这屋子看着比他的屋子还要小和破——这是那个找到他的枪的黑人的屋子。不等他靠近那间屋子，从黑洞洞的屋檐下蹿出一只比猫大不了多少的土狗，朝着他疯了似的狂吠。在黑漆漆的夜里，狗叫声像是从四面八方传来。他以前来过这里，觉得这畜生应该能认出自己。他低声呵斥，想让它闭嘴，但它就是不停。他恐吓似的往前跑了两步，狗迅速退到屋檐底下，息了声。他转身往离屋子不远的木头垛跑去——那里有斧头！他刚刚找到斧头就听见从屋子里传来一声："谁在那儿？"他没有吭声，拿着斧子跑开了，狗没有追过来，只是在他身后狂吠了几声。

他重新回到家门口的那片玉米地，穿过玉米地，来到坡地。在没有下到坡的最下面的时候，他站了一下，看了看星星以确定自己的方位。他现在要找到那条沟，找到那道低于地面的小沟他就知道该往哪个方向走。其实如果他不想走错路，他完全可以沿着这座山坡底部的小路绕一圈，直到到达那片林子。只是他怕那样会耽误时间，刚才看着天上的星星时，他对自己说，已经过了一点了。

可是半个小时过去了，他还是没有找到那条沟。周围树木太多，他只能偶尔看到天空和那颗他依赖指路的星星。不过他确信自己没有偏离方向。他和自己说：应该就在这附近，很快就会碰到的。但是当他来回走了两遍还是没有找到那条沟时，他承认自己迷路了。但是他心里的情绪既不是惊慌也不是绝望，而是愤怒。就像两三个小时前他和堂兄下棋时他看到对方偷棋时感到愤怒一样。他觉得因为自己的软弱才走到了这一步，如果他当时藏斧头时给堂兄头上来一下也不至于耽误这两三个小时的工夫。

他的第一反应是想跑，但不是因为惊慌，而是意识到自己必须抓紧分分秒秒。即便这样想,他还是压抑住自己想跑的冲动,他感觉到自己疲惫的身体在微微颤抖,他竭力控制自己站了一会儿,直到他感觉自己已经能够控制身体的肌肉,感觉这时候奔跑肌肉不会弹跳起来,这才缓缓转过身,看着自己的来路,然后,迈腿往前走去。很快,从一个坡口看到了天空,看到了自己进入坡地时用来定位的那颗星星就在自己的正前方。应该是午夜两点钟了,他想。

他开始跑,边跑边想:我得赶紧找到那条小沟,如果我返回去再一点点地按照原路找上来,等到了坡底天也亮了。他跌跌撞撞地跑着,用胳膊护着脸,以免被荆棘和矮树丛的枝条刮到。空气里似乎只有他的喘息声,他看不清方向,突然他一脚踏空,跌了下去,倒在地上,等到他喘着气从地上爬起来时,发现自己倒在一条路上。他想:我没有走过去,我还在它的西面,现在应该两点多了。

他重新定位,认定自己离开这条路,照直走就能到达坡底。到了坡底他就知道路了,刚才摔倒的时候斧子从他手里飞了出去,他跪在地上用手摸索了半天才找到斧子,然后离开那条路。这一次他没有跑,因为他知道自己不会迷路了。一个小时后他出现在他家门前的那块山坡底下的一个角落里,前面就是玉米地。透过那层层叠叠的玉米丛他看见了自己的那间小屋的房顶。他向它跑去,玉米丛被他撞得唰啦唰啦直响,像是有人在低声说话。他紧紧咬着牙,喘气声从他干裂的嘴唇和咬紧

村子

的牙关里发出。这一次他看见了那棵藏斧子的树，他感觉自己仿佛又重新走了一遍刚才的路，仿佛从他藏斧子到现在重新看到那棵树的这一段时间消失了。他转过身往那棵树走去。就在这时，从树底下出来一个人，随之响起一个声音："忘了你把斧子藏在哪儿了？嗯？在我这儿呢，接着！"

他站住了，一声不吭，沉默得似乎连呼吸都停止了。真想拿那把斧子劈了他，他想。他听见对方的呼吸声，就在他头顶上方盘旋，时重时轻，伴随着恼怒的声音："你这个专门杀自己兄弟的小矮子！杀人犯！我太能忍你了！我早就应该用斧头把你打倒，亲自把你拖到汉普顿面前，扔进他的马车里！谁管他们能给我多少钱，二十五美金还是两万五美金！都是我的错！不然坐在这儿等你的应该是汉普顿，不是我！你现在就是给我二十五美金我也笑不起来！要不是汉普顿他们给我解开绳子，往我脸上泼了一桶水，到现在我还在那个隔间里躺着呢！就这我还是帮你撒了谎，我告诉他们是你照我脑袋上来了一下，用绳子把我捆了，掏干净我身上的钱，然后向铁路方向跑了。你告诉我，为了救你这条命，我还能为你撒几次谎？嗯？你在等什么，等汉普顿来抓你吗？"

"是的，"他说，"怎么着都行。""我不用斧子杀他。"他想，然后转身往树林走去。堂兄立刻紧紧跟了过来，从那张嘴里发出的喘息声和说话声一直在他头顶盘旋。他站住了，弯下腰用手摸脚下，后面的人收不住脚，撞在他身上。

第三部分　漫长的夏天

"你他妈的究竟想干啥？是不是斧子掉了？快找，然后给我，我给你拿着，然后趁着天还没亮我们去找那具尸体，别等那个一心想捞选票的汉普顿……"不等对方说完，他已经摸到了一根大一点的树枝。周围太黑，也许一下子打不着他，他想。他站起身，抡起手里的树枝朝那个声音打去，他打中了，可是他没罢手，又打了第二下……

他现在知道自己的方位了，不需要依靠星星指路就知道自己要往哪个方向走。空气稀薄，他走得很快。必须加快速度，现在快三点了，他想，就像所有的东西都在和我作对似的，就因为我杀了一个人。很快他确定自己找到了那棵树，这一次他没有看星星，也没有看路，而是凭着一股浓烈的臭味认准自己的方向，最后找到了那棵树——它在枝叶层叠的树丛中很显眼，隔着老远就能认出来。他走到那棵树跟前，先抬起胳膊，丈量了一下自己和那棵树的距离，然后抡起斧子砍了下去。第一斧下去，斧刃深深嵌进已经腐烂的树皮里，他把斧子在树干里扭动几下后才抽出来，然后重新砍下去。没砍几下突然从他身后传来很轻的一个声音，像是黑夜里有人叹了口气。他想转身，但已经迟了，有个东西扑到了他的背上。他立刻意识到是那只狗。他往前扑倒在地上，但是他并没有惊慌，而是就地打了个滚儿，举起手里的斧子向发出声音的地方砍去。狗又跳开了，这一次他看到了两只眼睛，像是游动的两个小黄点。他举起斧头朝那两个黄点劈过去，但是扑了个空，斧子刃嵌进了地里，他也跌倒在地，斧子把差点碰到他的脸。他从地上爬起来，再一次看到那两个黄点，他举着斧子朝着那两个黄点追了过去，黄点消失了，他还在不停地左右劈着。周围的灌木被他劈得刷刷作响，最后他终于停下来，喘着气看着周围。等了一会儿，确定狗不见了，他重新回到那棵空树跟前。

当他再一次举起斧子劈下的时候，狗又冲了上来，他迅速从树干上抽出斧子（他预计到自己将被攻击，所以劈到树上的那一斧子并不深），不等转身已经高高举起，朝着那两只眼睛砍过去。这一次砍中了，斧子从他手里飞了出去，他听到一声哀号，然后是唰啦唰啦的声音。他走过去，听到一阵轻微的声音就上去猛踩，然后回到空树跟前，跪在地上，用手摸着绕着那棵树开始找斧头。等他终于找到斧头，一抬头，从枝枝丫丫的树丛中间看到了启明星。

他开始朝树的根部砍，每砍一下都要停住听一会儿动静，接着再砍第二下。他的腿和膝盖随时做好了转身的准备，确定没有声音后他重新举起斧子。斧头每落一下都很深，仿佛砍进了沙子或锯末。终于，树被他砍透了，一股臭味扑面而来。他知道那不是他的想象，他扔掉斧头，用手去拨腐烂的根部。那只狗冲他扑了过来，他偏过脑袋，张开的嘴唇露出咬紧的牙关，嘴里发出嘶嘶的声音，使劲一甩胳膊，甩开那只狗，手里使劲掰开那个洞口。与此同时狗扑到树底下，呜咽着把头伸进不断扩大的洞口里，臭味滚滚而来。"滚开，该死的！"他气喘呼呼，骂那只狗，语气像是在骂人，"闪开，腾开地方！"他从洞里把那具尸体往外拽，尸体上的皮肉不断从骨头上滑落到地上，狗把整个脑袋和肩膀都伸进洞里，哀号着。

他终于把尸体拽了出来，当尸体从树干里掉出来的那一刻，他一下子往后躺倒了，尸体横在他的双腿上。狗不知道是什么时候过来的，也不叫，只是看着尸体。他从泥地上站起来，踢了狗一脚，狗跑开了，但是当他抓住尸体的腿往后拖着走的时候，狗又跟了上来，注意力一直在那具尸体上。拽了一会儿后他停下来想休息一会儿，狗叫了起来，他等了一会儿，力气恢复后抬腿向狗踢去。这时候他才意识到天亮了，因为他能看到它了，一清二楚——精瘦精瘦的身体，脸上有一道血糊糊的伤口，汪汪地叫着。他慢慢蹲下去，眼睛瞪着狗，手里在附近摸索着，直到手下碰到一根树枝后，抓着树枝站了起来。那只狗虽然全身脏兮兮的，但是看着很精神，当它抬起头再一次发出叫声时，他扬起手里的树枝抽了过去。那狗转了个圈再一次向他扑来，狗跃起的那一刻他看到狗身上有一道从肩膀到肚子的伤痕，像是枪子儿从那儿划过。他举起树枝抽过去，正打中狗的两眼之间。他扔下树枝，拖着腿往前跑去。

他从矮树丛里钻出来时东方已经破晓，天空被朝霞染得通红。他的面前是一条大河，河水上方厚棉絮似的浓雾把河面包裹得严严实实。他拖着已经缩得只有原来一半大小的尸体往被浓雾围裹的岸边走去。把尸体往河里扔的一瞬间他差点被力道

村子

带进去，这时他才注意到那具尸体似乎少了点什么——也许是一只胳膊？或者一条腿？他来不及细想就转身往回跑去，刚转过身便看见那只狗迎面朝他扑上来。他腿一软，膝盖着地倒了下去，在浓浓的雾气中，狗仿佛一只没有翅膀的大鸟飞过他的头顶。他用两只手撑起身，往前跑去，可是没跑几步又摔倒在地上。从身后传来一连串动物奔跑的声音，这一次那只狗几乎是从他头顶飞过，在空中掉了个头落到地上，瞪着两只像烧红了的煤球的眼睛继续向他扑来。他用手护住脸，挣扎着站起来继续跑，狗重新从他身后扑了上来，人和狗撕扯着到达了那片林子。他一头钻进来时的小路的出口，想找到尸体上的那只胳膊或腿，不顾狗还在从身后不停地往他肩膀上扑，咬他撕他。过了一会儿，狗不见了，从身后传来一个人的声音："出来吧！他，我们捞出他来了，你可以出来了。"

从他发现车辙的那天起那辆马车就停在他房子后面的树林里，已经停了两天了。他被带上马车，坐在后座上。他旁边坐着一位警官，一副手铐把他的一只胳膊和警官的胳膊铐在一起。警长是一个短脖子的壮汉，穿着浆洗过的无领衬衫，衬衫外的马甲没系扣子，胖脸上两只冷峻机敏的小眼睛像两块小黑玻璃被按进了一块生面团。警长坐上去后，赶车的警官指挥拉车的两匹马掉了个头，往村子里瓦尔纳家商店的方向驶去，那里有条路直通杰弗生镇。但是被警长制止了，警长问道："刚才那条路去哪里？"

第三部分　漫长的夏天

"去怀特里夫桥旁边的那条大路,"警官回答说,"从这儿到怀特里夫桥要走十四英里,从怀特里夫桥到怀特里夫商店还要九英里,从商店到杰弗生镇还有八英里的路程。但如果走瓦尔纳家门口的那条大路去杰弗生镇的话,只需要二十五英里。"

"不走那条路,走这条路。"警长看着前方说,"走吧,吉米。"

"好的。"车里的警官对赶车的警官说,"走吧,吉米,反正不是我们掏钱,是县里掏钱。"警长扭过头看了后座的警官一眼,警官说:"我没说什么呀!就照您说的办!走吧!吉米!"

为了连续赶路,这些人早已在车上预备了食物——吃的东西放在一个原来装鞋的盒子里,牛奶则盛在石头罐子里,罐子外面用打湿的麻布袋子包住——从早晨到中午,马车一直在被松林覆盖的山道上行驶,唯一的一次停车是因为一棵躺倒在马路上的大树,下车后他们在附近饮了饮马。驶出山区后,马车进入漫长而宽阔的肥沃平原地带,因为是丰收季节,田野上到处堆着已经收获的饱满的玉米,工人们在垄畔间采摘棉花。经过怀特里夫商店时(商店外墙上贴满了专利药品和烟草广告),他看见商店阳台上坐着或者蹲着几个人,当他们的车驶过时,有几个人站了起来,往这边看着。坐在他旁边的警官说:"这些人别是要给豪斯顿报仇吧?"

"别停车!"警长说。他们接着赶路。午后的烈日炙烤着大地,他们快马加鞭,疾驰的马车在大路上扬起团团尘土。但太阳西移的速度似乎更快。很快,夕阳从车窗西边照进来,照在他身上。警长眼睛看着前方，嘴里叼着烟对警官说："乔治，你跟他换一下位置，让他坐在太阳照不到的地方。"

"不用换。不碍事。"他说。阳光确实没有碍事，因为他们的马车行驶一段时间后重新进入群山中，高大的树木遮挡住西斜的太阳的光芒，杰弗生镇就在山谷的尽头。当太阳快要落到地平线以下的时候（现在，夕阳的光几乎是从他们正前方平平地照过来，照在每个人的脸上），路边出现了一块挂在树上的路牌，上面写着"距离杰弗生镇还有四英里"以及一个商家的名字。马车驶过路牌没多久他偷偷活动了下脚，然后突然把头和肩膀伸进座位旁边呈 V 字形的绳索上。马车一个刹车，他的身体瞬间挂在了马车一侧，脖子处的绳子一下子收紧了。他听见自己的骨头（也许是脊椎骨）发出一声脆响，他的脚乱晃着，他想，如果我把脚伸进轮子里，也许马车会停下来，可是他的脚不听指挥。他听见警长喊："刹车！该死的！快刹车！"马车颠簸着，昏迷中他似乎看见坐在前面的警长探着身子和旁边的警官揪着他，随即又是一阵憋气，他昏了过去。等到他醒来，把头转过来，首先看见的是一根大树枝横亘在蓝天上，树枝上的树叶在微微颤动，还有三张脸。过了一会儿他能呼吸了，泪水好像打湿了胸前的衬衫，风吹干了他脸上的泪水，也吹散了夕阳刺目的强光。终于，他们在日落前到达了杰弗生镇。林荫大道两旁的树木的枝叶像拱桥一样悬在车辆行人的头顶，穿着漂亮衣服的小孩子在家门前的草坪上嬉闹玩耍，女人们已经给饭桌上摆好了晚饭和咖啡,她们坐在阳台上,一边看着孩子们玩耍,一边等着下班归家的男人。漫长的黄昏似乎才刚刚开始。

马车是从监狱后门进去的,停在高墙林立的院子里。"下车!"警长说,"扶他下来!"

"我自己可以走。"他说。可是他发现他动了好几下嘴巴才冒出这么点声音,而且,根本不像他的声音。

医生走了,他躺在自己的小床上,看着从墙上那扇铁窗透出来的一小块天空,一股饭菜(熏肉、热面包和咖啡)的味道从窗户里飘进来,闻到味儿时他嘴里渗出了口水,咸丝丝的口水,是热的,他想咽下去,可是却感到喉咙生疼。他坐起来,小心翼翼地抻着脖子,使劲往下咽,一股微咸的热流经过喉咙流了下去。从监狱铁门那里传来一阵踢踢踏踏的脚步声,脚步声越来越近,他站起身,走到牢房门口,看到对面的牢房里关着很多人,全部都是黑人——这些人被白人抓进来,在狭小的房间里吃睡。他从牢房门口往上看,可以看到楼梯上面,踢踏声是从那里传来的。几个戴着皱皱巴巴的帽子,穿着皱皱巴巴的工装裤和破鞋的黑人被人从楼梯上押下来,进了对面一间空着的牢房,随即从里面传来杂七杂八的声音,中间夹杂着一个人哼歌的声音——他认出那几个家伙是镇上铁链帮的成员,这些人没事儿爱在街上晃悠,打个架赌个博(虽然钱数很少,十美分或十五美分)。现在被抓进来,至少十个小时内可以不用干抡铁锹和石锤的苦力活儿。他抓着铁窗的栏杆,想说点话,但喉咙里发不出任何声音。他把手放在自己的喉咙上,忍着痛想发出声来,可是干张着嘴,发不出来。对面牢房黑乎乎的,他几乎看不见那些人的脸,只看见几只白眼珠朝着自己这边翻着。"要不是尸体碎了,我就给它扔河里了,"他想说,"我本来能把那只狗弄死的。"他用手捧着喉咙,发出咳咳的声音,"可是那个畜生要撕碎我。"

"这人是谁?"对面牢房传来一个黑人的说话声,另外几个黑人翻着白眼小声说着什么。

"本来可以没事儿的,"他说,"可那个畜生——"

"闭嘴!白鬼!"黑人说,"闭嘴,这儿没人想听你那些垃圾!"

"我没事。"他的声音小了下来,最后彻底闭上了嘴。对面牢房里的人突然不约而同地向门口冲去,接着,他听到从楼梯上传来一下一下的脚步声,他紧紧抓着牢门的栏杆,仰起头想看得更清楚些。闻着咖啡和熏肉的香味儿,他想:他们不会先给那些黑人吃吧?

3

秋天到了。经过一个酷暑的炙烤,杰弗生镇街道上的许多树木都干死了,橡树的叶子也被烤得变了颜色。到了夜晚,星星冷冷地看着干旱的土地。在冬天的严寒凋敝彻底席卷热情耗尽的大地之前，是三个星期的小阳春天气，仿佛神话中的莉莉丝①在一群门庭冷落的交际花中宛如帝王登基般惊艳亮相。天是蓝的，人只想待在家里睡大觉，大路上空空荡荡，村头巷口十分寂静，空气里回荡着一股烧树叶和木柴的烟味。拉特利夫赶着马车从家里出来往广场走，经过镇子上用来临时关押犯人的牢房时，他常常看见两只脏兮兮的手在里面紧紧抓着牢房的窗户栏杆，从那两只手的位置看，铁窗后面的囚犯个头应该比一个孩子高不了多少。那一阵子每天下午他都会看到探监的那个妇人和两个孩子（每次拉特利夫看到他们时，他们不是刚要走进监狱就是刚从监狱出来），在征得妹妹（那时候他和妹妹一家住在一起）的同意后，他把那女人带回家里，给了她一份工作。女人很勤快，刚来的第一天就开始扫地洗碗劈柴（这些活儿以前都是外甥和外甥女干，他们是为了收获一些满足感），也不去理会拉特利夫妹妹对她的态度（拉特利夫妹妹几乎不和那女人说话，一副正气凛然的样子）。这女人身材健壮但并不胖，甚至比拉特利夫想象得还要苗条……他明白自己之所以收留她不是可怜她，而是出于关心。她很少穿鞋，也很少说话或笑。她的头发乱糟糟的，头皮处露出一截刚长出的还没来得及染的黑发。她的脸上有一种冷峻的美，也许是与生俱来的自信给了她这种美，也许是她天生强硬的性格赋予了她一种刚毅

---

① 莉莉丝：犹太神话中的魔女，放荡和轻浮女子的象征。

村子

而镇定的气质。她的丈夫被抓后不仅拒绝被赎出去（他也没钱赎自己出去），还拒绝找律师为自己辩护。提审时他站在两名律师之间，苍白憔悴得像是戴了副木头做的面具，人也瘦得皮包骨头——在预审法官面前，他表现得很漠然，对问讯置之不理，审讯结束后他被警察押回了牢房。从当年的十月一直到第二年五月，这起案件一直被搁置在一旁，理由是证据不足，就像一出戏剧演到一半就不演了。在这段时间里，一个星期有三天，通常是在下午，她带着两个孩子（孩子们穿着拉特利夫外甥和外甥女剩下来的衣服）坐在又小又窄、四面不通风、萦绕着木焦油和淡淡人体排泄物味道（汗味、尿味、呕吐物的味道）的房间里，情绪复杂（恐惧、无能、希望）地等着那个既是丈夫也是孩子的父亲的人出现在面前。他们在等弗莱姆·斯诺普斯，他想，在等弗莱姆·斯诺普斯。

寒冬来临的时候她找到了一份活儿，因为他妹妹对她的态度，她不可能一直住在他这里。当她告诉他自己找到了工作准备搬走时，他不仅没有感到诧异，还有点释怀，可是他还是觉得她不应该走，也许是因为孩子在这里怕他们嫌弃她才要走的。"找到工作是好事儿，"他说，"挺好，但是你没必要离开这里到外面住，因为你需要钱，你住在这里可以把省下的钱存起来。"

"是的，"她没有回避，"我需要钱。"

"你丈夫他还想着弗莱姆会——"他没说完，换了个口吻问她，"你有没有听说弗莱姆啥时候回来？"她没有回答，他也不指望她会回答。"你现在能省点儿是点儿，所以还是住在这儿，如果你实在觉得过意不去可以付给我妹妹点钱，比如一星期给她一美元，算是给孩子们付的住宿费。孩子们一个星期吃不了多少，一个孩子五毛钱伙食费足够了，我建议你就住在这里，哪里都别去。"

她答应了，没有搬出去。很早以前他就把自己的房间让给了女人的两个孩子住，他自己搬到外甥的房间里，和外甥住在一起。她在镇子上名声不怎么样的萨伏伊旅店里找到一份工作。旅馆坐落在一条小街道上，从外面看破破烂烂摇摇欲坠，每天天不亮她就得起来去上班，太阳落山回到家里，有时候甚至很晚了才能回家。旅店有两个服务员，她和另一个人，她主要负责打扫卫生和铺床，剩下的时间在厨房里帮忙，另外一个人负责洗衣和生火。旅馆里管饭，一周付给她三美元的工资。"她喜欢伺候那些马贩子、小陪审员和专门找黑人客户的保险经纪人，脚后跟起泡了还不消停，这个房间进那个房间出的。"拉特利夫听镇子上一个爱说风凉话的家伙这样说她，但他并不在意，他觉得那是她的私事，他不了解也不想知道，他甚至不愿意相信那些关于她的闲言碎语。她早出晚归，他很少能看见她，只有星期天上午能看见她带着两个孩子（她还是穿着他给她找来的那件旧大衣，收下这件大衣的时候坚持付给他五十美分，孩子们则穿着他买给他们的新大衣）去探监，每到这时候他总是想到一个事实：斯诺普斯家的人，包括阿比、校长艾欧、铁匠艾克、那个他们叫他"堂兄"的店员，他们一次也没有来探过监。拉特利夫想，如果这件案子真相大白的话，也许这些人当中至少有一个人也得给抓进去，待在和明克一样的一间单人牢房里，因为你不能对一个男人处以两次绞刑——就算是一个斯诺普斯为另一个斯诺普斯执行死刑，情况也只能是如此。

感恩节①那天天空飘起了雪花，这场雪整整下了两天才停。进入十二月后天气变得异常寒冷，空气如寒铁般冰冷，地面被冻得坚硬。严寒持续一周后天气开始升温，空气中有了风，风带起尘土。烟囱口常常集聚着一小团白色雾气，雾气一动不动，渐渐接近天空的颜色，天空灰蒙蒙的，太阳也一样，像是一块儿尚未被放进烤炉的饼干，冷冰冰的没有一点热气。天气太冷了，她们过不来，拉特利夫对自己说，从法国人湾来这里②少说也有二十英里的路程，谁会因为可怜这一家子而路途迢迢地赶着马车拉着个女人和两个孩子赶路到这里探望一个杀人犯？即便是斯诺普斯家的人都未必做得到。那间临时牢房的窗户现在安上了玻璃，外人经过时看不到那双抓着铁栏杆的手了，即使你有意识地停下去找，也看不到那双手了。拉特利夫现在从监狱门前过时走得很快，他把身体缩进大衣里，戴着线

---

① 感恩节（Thanksgiving Day）：美国人合家欢聚的节日。初时感恩节没有固定日期，由美国各州临时决定。1941年，美国国会正式将每年十一月第四个星期四定为"感恩节"。
② 指杰弗生镇。

手套的双手不时捂一下耳朵,从嘴里呵出的热气在冻得通红的鼻尖和双眼处凝聚成小团的雾气。偶尔会有一辆从乡下来的马车驶过广场,街道两旁店铺的窗户上凝了一层厚厚的冰霜,像是生了白内障的老人的眼睛,呆滞地看着过往的车辆(车上点着灯笼,凳子上坐着用被子裹住身体以保暖的乘客)。

圣诞节也是在寒冷中度过的。天空盐白色,冻得硬邦邦的地面和铁一样坚硬,没有一点松动的迹象。进入一月后,从西北面刮来的风吹散了天空的阴霾,天空开始放晴,经过三天的阳光普照后地面开始松动,中午的时候有些地方的冰雪会显出融化的迹象,深度大约有一寸,像是涂了层黄油或者车轴润滑油。有人瑟缩着身体走出家门,哆哆嗦嗦的样子像是过街的老鼠或者蟑螂。拉特利夫惊讶于太阳的热烈,看着那松动的土地的变化,内心也跃跃欲试起来,他想出去走走,把寒冷的日子抛到脑后。"今天晚上肯定不会冻住,"人们彼此之间说着这样的话,"你看西南方向的云,看样子离下雨的日子没几天了,到那时候这些霜啊冻啊就会被雨水冲走,冷日子快熬过去了。"雨水果然来了,可那风是逆时针方向吹的,往东面去了。"看样子雨水还会往西北方向来,天这么冷,雨水得冻上,但那也比下雪好。"人们这样说,果然雨水一下来就结了冰似的冷,到了晚上又变成了雪,雨夹着雪一连下了两天,落到地上就融化了,很快,地面冻上了,雪停后,寒冷又一次降临,太阳看着毫无热量,大地被冰雪封住了似的。从一月到二月底天气寒冷异常，大街上结着冰，冰面滑得连马都很难立得住脚。人们很少出来，偶尔有归家或者去镇子上办事的人影出现，也是瑟缩着身子，唯一活跃的似乎只有从各家烟囱口冒出的热气。空气里回响着斧子砍烧火木头的声音和火车的哨声，在哨声中，黑色的俨然庞然大物的火车，在喷出的水蒸气里疾驰而去，消失在白茫茫的天地中。不管天气多冷，女人每个星期天下午都回来接自己的两个孩子和拉特利夫的外甥去主日学校，拉特利夫坐在炉火边，听着女人回来的动静（她回来给孩子们穿衣服，把新大衣套在两个男孩儿的身上，两个男孩儿里面穿的衣服是拉特利夫的外甥穿剩下的，看着并不合身），脑子里想象那一家四口在牢房里相聚的一幕：四个人坐在那个几乎没有什么温度的铁皮炉子边上，牢房里凄凄冷冷，就连墙壁仿佛都承载了悲痛和失望的泪水似的。探完监后她带着孩子们回来，但从不留下来吃晚饭，每个月她都会从十二美金薪水中省下来八美金交给他，连同交给他的还有一些硬币和小额纸钞（有一次这些硬币和纸钞加起来有九美金多），他从不问她这些硬币和纸钞是怎么来的。他这里似乎成了女人存钱的银行，这件事他一直瞒着妹妹美雅，尽管他猜她可能知道。她存在他这里的钱在增加。"这要攒到什么时候？"他对她说，她不说话。他说："他至少应该写一封信给法庭，毕竟亲戚一场。"

  天气没有一直冷下去。三月九号那天天空又飘起了雪花，这一次没下多久雪就停了，地上没有结冰。人们开始不满足于待在家里，大街上的人逐渐多了起来。一个星期六，拉特利夫去了自己的饭馆，看见布克莱特也在里面，两个人已经差不多半年没见过了。布克莱特吃着东西，开门见山地说："我看见她了，估计是上个星期回来的。"

"她动作挺快啊！"拉特利夫说，"五分钟前我还看见她端着一簸箕煤灰从萨伏伊旅馆的后门出来。"

布克莱特嘴里嚼着食物说："我不是说他的女人，我是说弗莱姆老婆。瓦尔纳上个星期从莫茨镇把那娘儿俩接了回来。"

"娘儿俩？"

"对，娘儿俩，她和那孩子，弗莱姆不在车上。"

那家伙肯定听到了明克被抓起来的消息，所以躲着不回来，拉特利夫心里想，这么说有人写信告诉他了，嘴里说："孩子？噢，二月，一月，十二月，十一月，十月，九月，八月，应该是三月怀上的。所以这孩子应该出生还没几个月，还不到学吃烟的年纪。"

"吃烟就算了吧！"布克莱特说，"那是个女孩儿。"

知道弗莱姆不肯回来后，有一段时间他不知道该做什么，不过这种状况没持续多久，他很快做出了决定。他告诉自己说，这样也好，省得她还稀里糊涂地抱着希望。做出决定的第二天下午，他没出去，在家等着她来接她的孩子们。她来了，他对她说："弗莱姆的妻子回来了。"女人听了没动，"反正你也不指望弗莱姆会回来到法庭做证是吗？"

"是的。"她说。

冬天终于过去了，结束的那几天和初冬来临的那几天差不多，都下着雨，不是冷冰冰的小雨，而是夹带着热气的倾盆大雨。雨水冲走了铁一般冰冷的霜冻，迎来了蓬蓬勃勃的春天，万物生长迅猛，似乎等不及长叶开花便迫不及待地要结果。放眼望去，到处是色彩斑斓的草地，开满花朵的枝头和从冬眠中苏醒过来等待耕种的田野。因为是春耕季节，学校关了门，有一天，拉特利夫来到瓦尔纳的商店跟前，阳台上已经有七八个人，这些人还是以前的那几个人，还是蹲着或者站着，和半年前他看到他们时没什么变化。拉特利夫把马拴好后走到那伙人中间说："伙计们，我过来时看见学校大门锁着，学校关门是好事，让孩子们到地里学着干点农活儿，替替你们，也让你们休息休息。"

"学校去年十月就关门了，"奎克说，"老师不干了。"

"艾欧·斯诺普斯不当老师了？"

"是的，有一天他老婆找上门来，他就溜了。"

"他什么找上门?!"拉特利夫说。

"他老婆找上门！"图尔接过话茬说，"反正那女人是这么和人介绍自己的，她说她是艾欧的老婆。她穿得很朴素，一身灰色的衣服，人看着很壮实，手里领着——"

"你说什么！那人不是一直单身吗？他在法国人湾住了三年了也没结婚啊？女人不会是他妈吧？"拉特利夫说。

"不是！那么年轻怎么会是他妈？不过穿的衣服确实老气横秋，从头到脚都灰突突的。她是坐马车来的，手里还抱了一个六个月大的孩子。"图尔说。

"孩子？"拉特利夫打量了周围一眼，眨着眼睛说，"搞不懂！这都是些什么事?! 他有老婆?! 还有一个六个月大的孩子?! 他不是一直在法国人湾住吗？已经在这里住了三年不是？怎么突然就有老婆孩子了？意外意外！他在这里待了那么久，如果有这事儿，早就应该传到人耳朵里了。"

"华尔街说那女人就是他老婆，孩子也是他的。"图尔说。

"华尔街？华尔街是谁？"

"艾克的儿子。"

"你是说艾克那个十岁大的男孩儿？"拉特利夫似乎更糊涂了，他眨着眼说，"那场经济恐慌发生在一两年前，你说他们怎么给一个十岁的男孩儿起了个'华尔街恐慌'的名字？"

"那谁知道?!"图尔说。

"我觉得那女人应该就是他老婆！孩子也是他的！要不他怎么会朝车里看了一眼就溜了呢？"奎克说。

"这么说，他也可能是躲那孩子才跑到这儿来的，很多男人，如果有机会能重新开始的话，他们宁愿跑路走人。估计艾欧也是这样。"拉特利夫说。

"他要藏起来也得找到能让他藏起来的地方啊！"布克莱特敞着嗓门说，"也许她已经找到艾欧了，谁愿意让艾欧躲在自己家里呢？"

"我觉得也是。"奎克说。

"我也这么觉得。"图尔说，"她在商店里买了一罐沙丁鱼罐头和一包饼干就照着别人给她说的方向走了。他是走路，她应该能追得到。"

"见识了，见识了，"拉特利夫说，"这些斯诺普斯家的人。真是见识了——"他没说完就不说了，因为他看见一辆马车从大路那边过来，朝瓦尔纳家方向驶去，众人也都闭上了嘴，瞪大眼睛看着马车和马车上的人。马车从商店门口一闪而过，赶车的是瓦尔纳家的黑人仆人，马车后座上坐着已经成为斯诺普斯太太的尤拉和她的母亲。尤拉端坐在马车上，马车从门口经过时阳台上的人只能看见她的侧影。那张脸是那么平静，似乎对万事万物都不关心，从那张脸上看不出有什么悲剧发生，只有坦然。

马车过去后一个男人突然问道："那家伙还是被关在监狱里吗？还是一门心思指望弗莱姆救他出去？"

"还关在监狱里，还没开始审呢！"拉特利夫说。

"他还指望弗莱姆救他吗？"奎克说。

"指望什么？"拉特利夫说，"在那案子没有结案宣判之前弗莱姆是不会回来的。"空气里响起小约翰太太的开饭铃声，大伙儿站起身，散了。拉特利夫跟在布克莱特后面，一前一后下了台阶。

第三部分 漫长的夏天

"这事儿真让人恶心!为了省钱,弗莱姆竟然不闻不问,看来他根本不在乎自己的亲堂哥会不会被吊死。"布克莱特说。

"也许他认为他不会被判死刑,因为杰克·豪斯顿是被人从正面开枪打死的,村子里谁都知道他走到哪儿都带着手枪。人们在马路上发现了他的手枪,手枪旁边还可以看出马受惊后掉头的蹄印,现在就是不知道手枪是从他手里掉下来的,还是他从马上掉下来时从他口袋里掉下来的。是不是弗莱姆心里也认为人是他杀的,所以一直不露面,等到这事儿彻底了结了才回来?他这段时间回来的话,他的老婆肯定会求到他门上,其他人也会议论这事儿,觉得他怎么可以对待在监狱里的自己的亲堂弟不管不问①。但是我看这件事他们斯诺普斯家的人未必会管。"

布克莱特走了,拉特利夫松开缰绳,赶着大车缓缓走进小约翰太太家的围场里,下车后他从马身上解下马具,抱着马具进了马厩。自从九月那个下午后他就再也没来过这里,不知道为什么他突然想看看那个人现在怎么样了。把马具挂到墙上后,他沿着马棚中间的通道继续往前走,光线昏暗的马棚里充斥着一股浓烈的尿臊味,两边的马隔间里空空如也,没有一匹马,走到最后一个隔间时他看见里面的地上坐着一个人,昏暗

---

① 这里的意思是弗莱姆可以替明克交保释金。美国法律规定,在嫌疑人出庭受审之前,只要缴纳一定数额的保释金,保证一定准时前往法庭接受审判,就可以回家了。除可能对社会造成重大危害的嫌疑人不准保释之外,一般嫌疑人都可以保释回家。如果犯罪嫌疑人按时出庭受审,当局就返还保释金。

的光线中依稀可以看到那人女性般厚实的大腿和屁股。对方扭过头,仰起脸看着他,脸上的表情显示他似乎认出了拉特利夫(但拉特利夫从那双无神的眼睛里看出他没有记忆)。他的嘴歪了,嘴角不停地淌着口水,他看着拉特利夫,嘴里可怜兮兮地叫了一声,声音虽然不大,但很是凄惨。拉特利夫看到那人的腿上放着一个用木头刻的小牛,像是孩子们收到的圣诞礼物。

拉特利夫去了铁匠铺,还没走到跟前已经听到了叮叮当当铁锤敲击的声音。看见他进来,艾克扬起红润健康但有点傻乎乎的脸庞(脸上的表情既不惊讶,也不审视,就好像没有认出拉特利夫似的)看着他。"你好!艾克!"拉特利夫说,"吃完饭后能帮我个忙吗?给我那两匹马钉一副新掌子。我今天傍晚要出发。"

"没问题,把马牵到这儿就行。"

"那就这么定了。"拉特利夫说,"听说最近你给孩子换了个名儿,叫'华尔街'?"

艾克把手里的铁锤放在铁砧上,看着放在铁砧上的正一点点变淡变浅的红色铁片的尖说:"不是换名,是起名。他出生后我们一直没顾上给他起名,直到去年才给他起了这个名字。他妈妈,也就是我的第一个老婆死后,我把他留给了他奶奶照顾。因为那阵子我刚在法国人湾落脚,顾不上管他。她妈生他的时候我才十六岁,他奶奶一直用他爷爷的名字叫他,但那不应该算他的名字。去年夏天我彻底稳定了,就把他接过来和我一起住，觉得该给他起个名字，就找艾欧帮忙。艾欧喜欢看报，他说如果我们给这孩子起个'华尔街恐慌'的名字，他长大后或许会和那些能让整条华尔街都恐慌的大佬们一样有钱。"

"噢，十六岁就有孩子了！看来一个孩子不够让你彻底安下心来过日子，你总共有几个孩子？"

"三个。"

"除了华尔街又生了俩，那什么——"

"除了华尔街还有三个。"对方回答。

"噢。"拉特利夫答应了一声。艾克看他不再说话，重新举起手里的锤子，正要落下，看见铁砧上的铁片已经变冷了，就把锤子放下，钳着铁片去了煅炉跟前。拉特利夫说："这么说你付了那二十美元。"艾克听到了，扭过头疑惑地看着拉特利夫。拉特利夫解释道："我是说去年夏天那头牛。"

"噢，那个啊！是我付的钱，我还花了两角五分钱给他买了个玩具。"

"玩具？"

"是！他也可怜，我想的是如果有一天他突然记起来什么，也许那个玩具可以让他想起它。"

第四部分

村民

第一章

1

太阳即将落山之前,从村子南边的大路上走过来一支队伍。走在最前面的是两只骡子,骡子后面跟着一辆被捂得严严实实的马车,马车后面是一长串明显是活物的东西。在夕阳的余晖中,马车后面的那一长串东西,仿佛是从路边马戏团巨型广告牌上剥落下来的颜色五花八门的纸片,在风里飘飘荡荡——就好像被系在马车后面的是一束马戏团海报,像风筝尾巴一样随着马车行进的节奏一起一伏着。

"那是什么玩意儿?"一个人说。

"也许是马戏团。"奎克说。有人站了起来,分辨出那跟在马车后面的是一长串马匹。马车上还坐着两个男人。

"那不是弗莱姆吗?"弗里曼脱口嚷道。所有的人都站了起来,马车越来越近,最后停在了商店门口。弗莱姆从车上跳下,他还是老样子,身上的行头一点没变。头上还是戴着他那顶旧布帽子,白色的衬衫上打着一个小小的领结,裤子还是原来那条灰色裤子。这副样子给人感觉像是他今天早晨离开村子下午就回来了,而不是出了趟远门。不等弗莱姆走近,奎克和他打招呼道:"您好,斯诺普斯先生。"

弗莱姆没有理睬奎克,待看不看地朝阳台上的人瞥了一眼,跳上台阶,往商店门口走去。"您这是要成立一个马戏团吗?"奎克又问。

弗莱姆还是不回答,说了一句:"让一让,先生们!"顺着众人给他让出的路进了商店。等弗莱姆走进商店后,阳台上的人纷纷从阳台上下来,去看那群马。它们被拴在马车后面,每匹马的马蹄子上都有铁链拴着,马和马之间用带着铁蒺藜的铁丝串在一起。所有的马年龄看上去都不大,它们的脑袋比兔子大不了多少,身上的斑点花哨得像是鹦鹉,又像是有人给马身上披了五颜六色的花布,细细的马腿撑着不大的身体。每匹马的脸庞都透着点粉色,不太对称的眼睛不时向上翻几下,眼神里既有不服管教的神色也有老实的成分,像是随时会因为惊吓而逃跑的野鹿。虽然它们看起来很安静,但还是让人想到极具攻击性的响尾蛇,或者受惊就会散开的鸽子。和弗莱姆一起坐在车上的那个男人此时也下了车,站在稍远点儿的地方看着。不大一会儿乔迪从商店里出来,下台阶挤到人群前面。

"小心!"一个人在他身后喊道,但是已经晚了,离乔迪最近的一匹马突然扬起两只前腿向乔迪脸上蹬去,速度快得像拳击手出拳。就在众人惊呼之时,那匹马被拴它的铁丝拽得一个趔趄，身子往后退了几步，"砰"的一声重重落回马群里，马群立刻骚动起来。"吁！你这个扫帚尾巴！一把火点着了的东西！"让乔迪"小心"的是刚才和弗莱姆一起坐在车上的那个满脸胡须的来自得克萨斯的外乡人。他头戴一顶浅颜色的宽檐帽，牛仔裤的两个屁股兜里一边插着一把枪把上镶着珍珠的手枪，一边插着一个颜色花哨的饼干盒。外乡人分开众人挤到人群前面，站在人群和马群之间，告诫众人和马保持一定距离。"伙计们，离马远点！"他说，"它们好长时间没被骑了！很容易受惊。"

"多长时间？"奎克问。外乡人冷冷地看了奎克一眼，没有说话。他身材魁梧，平坦的小腹让他的上半身看上去像是一块被塞进裤子里的笔直的板子，脸上明显有风吹日晒的印痕。

"我猜它们自打过密西西比河被装到船上后就再也没被骑过！"说话的是乔迪。外乡人转过头。乔迪对他说："我是乔迪·瓦尔纳。"

"巴克·希普思。叫我巴克就行。"外乡人掏出插在屁股口袋里的盒子，从里面倒出一点姜饼，放在嘴里嚼着。

也许是注意到外乡人的左耳朵顶部有个很大的口子，显然是最近受的伤，伤口上涂了一层像车轴油似的黑色东西，奎克突然问了一句："这一路你和弗莱姆没遇到麻烦？"外乡人的嘴巴不动了，看着奎克，眼睛里闪过一道光，像是挖土时突然从土里露出来的打火石。

"什么麻烦?"他说。

"你左耳朵上的伤是怎么回事?"奎克说。

"噢,这个!"外乡人摸了摸自己的左耳朵,"是我自己不小心,给马蹄子拴铁链子时受的伤,当时脑子里想别的事儿了,不承想让几根长铁丝把自己给划着了!"周围的人立刻转过头去一起盯着外乡人的耳朵,外乡人往嘴里丢了一块姜饼,嚼着姜饼解释道,"这种事再常见不过!一天到晚围着马转,难保不会受伤,还好都是点小伤,往伤口上涂点车轴油,第二天早晨就好了。我知道,这几只马看着脾气有点坏,这是因为一路上它们一直被关在笼子里,所以脾气变坏了,过几天就好了。瞧!这么一会儿工夫它们看上去已经温顺了好多,不是吗?"众人不说话,脸上带着谨慎的、模棱两可的表情。乔迪转身往店里走去。这当口儿外乡人吃完了盒子里所有的姜饼,他把空盒子往衣服口袋里一揣,对众人说:"这些马棒着呢!个儿顶个儿听话,不信你们过来瞧!"说完往前走了几步,伸手去摸离他最近的一匹马的马头。那匹马正在打瞌睡,三条腿支撑着身体和熨衣板似的马头,眼皮耷拉着,不等外乡人触到它,它猛地一摆脑袋,闪开了,虽然眼皮还耷拉着,但嘴巴张开了,露出里面的黄牙。外乡人一抬手抠住马的两只鼻孔,马挣扎着扭过头去,嘴里发出压抑的嘶鸣声。过了一会儿马才安静下来。"看到了吗?"外乡人喘着气咬着牙关说。因为用力,他脖子到下巴上的青筋都露了出来,厚厚的鞋跟陷进土里,

"看见了吗?只要稍微用点力气就可以让它们听话,想让它干啥就给你干啥。小心!闪开点!"众人赶紧往后退去。就在外乡人制服这匹马的工夫,另外一匹马用嘴咬住他的马甲一扯,像剑客用剑尖划掉了对手的面纱,外乡人的衣服被扯开一道口子,口子从领子一直延伸到衣服角。

"这下好了,"奎克说,"衣服差点保不住!"

乔迪领着铁匠艾克一前一后挤过人群来到外乡人面前。乔迪说:"巴克,我看你还是先把这些马赶到围场上去,我让艾克帮你。"

外乡人和艾克跳上马车,外乡人身上被扯掉的马甲布从肩膀上掉下来,在空气里呼扇着。他一拽缰绳,骂道:"驾!你们这些骗人的约伯和耶洗别[①]!"大车往前走去,这群马由把它们挨个儿拴在一起的铁丝拽着,屁股一扭一扭地跟在大车后面绕过小约翰太太家的院子,来到围场大门跟前。艾克从马车上跳下来,打开围场大门,马群却不肯走了,开始往后退,但是一根铁丝把它们和马车牢牢拴在一起,有些马抬起两只前腿,依靠被铁链子拴在一起的两条后腿站立,想凭借自己的力量转身,大车瞬间被马群拖得往后退了几英尺,拉车的两头骡子也被拽得扭过身子,车子立刻动不了了。那个得克萨斯人见状骂了起来,跟在大车和马群后面的村民也赶紧往后躲避。"艾

[①] 约伯和耶洗别:《圣经》中的人物。

克！到车上来！"得克萨斯人喊道，"给你缰绳！你来赶车！"艾克听到命令后回到车上，从得克萨斯人手里接过缰绳。得克萨斯人从车上跳下来，手里拿着一条黑色双股皮鞭迂回到马队的最后面，开始抽马，空气中传来皮鞭打在马屁股上发出的啪啪声，响亮得像是枪声。看热闹的人群见状开始往小约翰酒店转移，他们匆匆忙忙穿过院子，跳上小约翰酒店的阳台，站在阳台边缘打量着围场里的动静。

"真不知道当初他是怎么把这些马拴在一起的。"弗里曼说。

"我倒想看看他现在怎么把那些马解开。"奎克说。得克萨斯人已经回到马车上，站在马车最后面的挡板处，手里抓着那根拴马的铁丝，开始把最前面的马往大车跟前拉。那马抬起前腿，身体一个劲儿地往后仰，试图挣脱开得克萨斯人的拉拽，群马开始跟着往后退，但很快又被铁丝揪回原处。艾克也站在车上。

"过来！帮我一下！"那个得克萨斯人说。艾克过去和得克萨斯人一起抓住铁丝往回拽马群。群马还在拧着劲儿不肯走，时不时从黑压压的马群里探出几颗粉色的脑袋。"使劲儿！下力气拉呀！"得克萨斯人催着艾克说，"不拉它们，它们是不会过来的！"两个人虽然使很大力气，但是敌不过群马的力气，大车往后退去，横挡板马上就要挨着最前面那匹马的鼻子了。得克萨斯人见状把手里的铁丝往马车柱子上一缠，对艾克说："抓紧了！别松手！"说完就消失了，过了一秒钟，他手里拿着一把大钳子站了起来，"别松手！"话音未落他已经从车上跳下，钻到马群里，马群即刻骚动起来。很快，得克萨斯人头上的那顶大帽子不见了！呼扇的衣服也不见了！人仿佛消失了似的。围场外的人只看见群马宛如被惊散的鹧鸪，扑棱棱从原先的队伍中跳出来，向围场里面跑去。它们露着长长的牙齿，眼睛里流露出野性，双腿有力地弹跳着从围观的人面前闪过，看得人眼花缭乱。每匹马的脖子上都戴着一个带刺的铁丝的环儿（得克萨斯人剪断了把马拴成一个队伍的铁丝），第一匹从马群里冲出来的马先向围场对面的铁丝围栏冲去，刚触到围栏上的铁丝就被弹得一屁股坐在地上，四条腿在空中挥舞着，眼睛也瞪大了。它挣扎着爬起来，向另外一道围栏冲过去，这一次和上次一样，又被弹得坐在地上。其他马被剪断铁丝后也向围场里冲去。群马乱作一团，在围场里奔跑着，像是鱼缸里昏头昏脑游泳的鱼儿。围场突然变大了好多，这可以发生在任何一个围场里的群马狂奔的场面像是镜子里的画面，围场里纷乱杂沓，围场外众人似乎不受影响，静静地看着。这时候得克萨斯人突然出现在滚滚烟尘里，他手里还是拿着那个大钳子，但身上的马甲不见了。他敏捷地闪开马匹，像个拳击手般不慌不忙地穿过围场，出了大门，穿过小约翰酒店的院子，攀上酒店的阳台，来到看热闹的村民中间，一把扯下仍旧挂在胳膊上的被撕烂的袖子，擦擦脸后扔在地上，又从屁股口袋里掏出饼干盒，倒了一点碎渣在手里，微微喘着气说："这些马真野！再

第四部分　村民

过几天就好了，就不会这么野了。"马群还在围场里迂回穿行，像是慌慌张张的鱼，但是跑动的步伐和节奏没有刚才那么剧烈了。

"艾克刚才没少帮你，你拿什么谢他？送他一匹马？"奎克说。得克萨斯人嘴里嚼着东西白了奎克一眼，没说话。

这时从阳台边走过来一个蓝眼睛的小男孩儿，他身上也穿了一件小工作服——样子和大人的工作服一模一样，只不过比大人的工作服小点。男孩儿一边走一边喊着："爸爸！爸爸！你在哪儿？"

"你找谁？孩子？"一个人问他。

"这是艾克的孩子。"奎克说，然后又对那个男孩儿说，"你爸爸在大车那边帮人赶马呢！"

"爸爸！"男孩喊着"爸爸！"往围场里走去。围场里，艾克手里抓着那根用来拴马群的、已经被得克萨斯人切断的铁丝站在大车上。经过刚才的混乱，马群现在明显比刚才安静了许多，甚至自己排成一行挨个儿经过马车往围场里走去。分散的马群数目看着比刚才多了一倍，从尘土里传来没有钉马掌的马蹄踏在坚硬地面上发出的嗒嗒声。"妈妈说让你回家吃饭！"男孩儿对艾克喊道。

一轮满月挂在夜幕上，晚饭时间过后，刚才在围栏外面看马的那几个人来到阳台上，倚在栏杆跟前，面对围场看着。天色虽然暗了下来，但月光给大地披上了一层银色，围场里依旧一幅幻影似的景象：群马或者单个奔跑着，或者成双成对地奔跑着，跑累了扎成一堆站一会儿，它们的身姿还是那么飘逸轻盈，空气中不停地传来马的嘶鸣声和马蹄落在地面上的声音。

拉特利夫也在阳台上。他吃过晚饭就来了。他没有把自己的那两匹马赶进围场，而是把它们寄放在离商店半英里远的布克莱特家的马厩里。"弗莱姆回来了。"他对阳台上的那几个人说，"事情很清楚，瓦尔纳帮他付了去得克萨斯的旅费，现在他回来了，伙计们！你们没有打算给他回来的旅费买单吧！"突然从围场里传来一声高亢的马的嘶鸣声，随即从马群里冲出来一匹马，它跑起来的样子是那么轻盈，轻盈得仿佛一点重量都没有，给人的感觉它不是跑过来的，倒像是飘过来的，轻飘飘的，随时可以转换方向似的。空气里传来马蹄踏在坚硬的路面上发出的嗒嗒声。

"弗莱姆没有说这些马是他的。"奎克说。

"他也没说这些马不是他的！"弗里曼说。

"我知道，"拉特利夫说，"这就是你们待在这儿犹豫不决的原因，你们是在等从弗莱姆的嘴里说出来这些马是他的还是不是他的？不如这样，拍卖结束后你们分成两拨儿，一拨儿跟着弗莱姆，一拨儿跟着那个得克萨斯人，看谁才是分给对方钱的人。但是如果那时候你们已经买了马，我猜你们才不会在乎谁赚了自己的钱。"

"不如你今天晚上就离开村子，这样就不用惦记明早起来买马的事情了。"

"那倒是！"拉特利夫说，"要想不上弗莱姆的当，得有点骨气才行！说句实话，只要有两个人看马，弗莱姆至少能让其中一个掏钱！可是，你们千万不能买他的那些马啊！"没有人回答他。有的人坐在台阶上，有的人倚着阳台柱子坐着，有的人坐在扶梯上。拉特利夫和奎克坐在椅子上对着围场，其他人似乎坐在黑影里。他们的身后是笼罩在一层轻纱下的围场，大路对面的那棵梨树树枝上缀满了白色的花朵，从树干上延伸出去的枝丫不是向左右撑开地长，而是一律向上，像漂浮在风平浪静的海面上的溺水女人的头发。

"有一次安斯·麦卡勒姆从得克萨斯买回来两匹马，"坐在台阶上的一个人轻声说，"那一对马可是好马，除了瘦以外没啥毛病。那两匹马给他干了十年的轻活儿，他不给它们重活儿。"他的声音轻得仿佛在自言自语。

"对了，"另外一个人说，"安斯说那两匹马是他用十四发步枪子弹换回来的，是不是真的？"

"我听说不止十四发步枪子弹，还有一杆来复枪。"第三个人说。

"没有枪，就是子弹。"挑起话头的人说，"卖他马的那个人想和他换那杆枪，说再多给他四匹马，安斯不肯，他说他不需要那么些马，说把六匹马运回密西西比州太费劲儿！"

"那就是了！"第二个人说，"当一个大男人不想在马身上投入太多的钱,也意味着他也不想从这些马身上赚到多少钱。"三个男人说话声音不高,好像只想让他们三个人听到,但阳台上的其他人还是听到了,隐身在黑暗里的拉特利夫发出一声冷笑。

"拉特利夫笑你呢!"第四个人说。

"你管我笑不笑呢!"拉特利夫说,刚才说话的那三个人依旧坐在阳台上,没有挪地方,他们的影子挨得很近,让人想到做错事被大人斥责的孩子,带着不服气乖乖站成一排接受大人的训斥。月色里,一只鸟向梨树飞去,轻盈得像一道黑影,很快,从梨树那里传来鸟叫声,听声音是一只知更鸟。

"这是今年我看到的第一只知更鸟。"弗里曼说。

"这种鸟在怀特里夫桥很多,每天晚上都可以听到它们的叫声。"第一个男人说,"二月的时候我就听到鸟叫声了,那时候还有雪,几只知更鸟躲在枫香树①里叫着。"

"因为枫香树最先发芽!春天没到枫香树就已经发芽了!"第三个人说,"所以知更鸟愿意到枫香树上筑巢。"

"枫香树最先发芽?"奎克说,"那柳树怎么说?"

"柳树不是树,"弗里曼说,"是草。"

"虽然我不了解柳树,"第四个人说,"但它肯定不是草。草可以被连根刨除,然后再也不长了,可是柳树你除不了根,

---

① 枫香树:一种冬天开始发芽的树,其树脂很黏稠,味道香甜,当地人喜欢拿它当口香糖咀嚼。

我一直想把我花园草地上的一块柳树根刨出来，年年刨，刨了十五年了，也没彻底去根。头一年刨出来了，可到了第二年，它又长得和以前一般大小，不光没除根，每年树根四周还会多长出两三棵柳树苗来。"

"如果我是你，"拉特利夫说，"我明天就不去看马，而是刨柳树根去！不过我知道你们几个做不到，你们还是要买马，乖乖把钱交给弗莱姆和那个得克萨斯人。但是我不会！我必须了解想赚我钱的人是个什么样的人才会和他打交道。对了，艾克不是在这儿吗？他会告诉你弗莱姆是个什么样的人！看在乡里乡亲的面子上，他还会告诉你们弗莱姆会不会坑你们！我看这一次他没少给自己的亲戚出力，刚才他还拽着他儿子给那些马饮了水，估计明天这爷儿俩还要给那些马喂草。说不定明天一到，牵马给你们看的就是艾克，他把那些马一匹一匹牵到你们面前，让你们出价。是这样吗，艾克？"

艾克坐在最高的台阶上，后脊背靠着阳台柱子说："不知道。"

"伙计们！"拉特利夫说，"艾克肯定知道，因为弗莱姆早就告诉他了，那些马是花了多少钱买来的。至于他打算多少钱卖给你们，快点，艾克，告诉他们！"艾克坐在台阶上一动不动，脸依旧冲着大路的方向。坐在他下面台阶的那几个人不说话了，似乎在等艾克说。

"不知道，"艾克又说了一遍。坐在椅子上的拉特利夫笑了。其他人没吭声，拉特利夫止住笑，从椅子上站起来，打了个长长的哈欠说："不说了，如果你们想买那些马，那就买吧！但是我不会买，我宁愿花钱买一只老虎或者一条响尾蛇，都不会买弗莱姆的马，哪怕他亲自把马挨个儿牵到我跟前，让我挑一匹，我都不会买，我连碰都不会碰一下他的马！因为我怕！怕等我买了马，第二天却发现买回来的不过是一只画在纸上的狗或者是一段橡胶软管。我敢和你们打赌。好了，我要去睡觉了，晚安伙计们！"拉特利夫回屋睡觉了，其他人挪了挪屁股，但终究没有站起来，还是坐着或者倚在阳台栏杆上自上而下看着围场里的动静。围场里还是有马在奔跑，马身上的斑点在夜色底下隐隐浮现，伴随着马的嘶鸣声和蹄声。从那棵梨树的树冠里传出知更鸟断断续续的叫声，声音单调。

"安斯·麦卡勒姆从得克萨斯买回来的那两匹马挺好的。"一个人说，"就是瘦一点，其他没毛病。"

第二天早晨太阳升起的时候，小约翰太太房子门前的小路上停着一辆马车和三匹上了鞍子的骡子，附近站着六个男人和一个孩子——孩子是艾克的儿子，昨天他也在这里——安静地看着围场里的马。围场里，马群扎成一堆安静地站在马棚前，看着栏杆外面看着它们的人。人和马对望着。从大路上驶过来一辆马车，车驶到小约翰酒店门前时从大路上下来，来到小约翰太太房门前的小路上停下，从车上下来两个人，来到那群人当中，其中一个人问："这就是弗莱姆的马戏团，是吗？"其他人没有说话，他看没人理他，就走到最边上铁匠和他儿子的旁边，问艾克："它们是弗莱姆的马？"

"你问他没用，他和我们一样，只知道弗莱姆是坐着马车和那些马一起过来的，至于马的主人，我们谁也不知道！"

"艾克明白得很，他知道即便自己是弗莱姆的亲戚，也是这个世界上唯一一个也是最后一个知道那个人头脑里想法的人。"

"不可能，"第一个人说，"弗莱姆做得比这还绝！他和谁都不会说心里话！甚至连他本人都不会告诉。我是说他一个人夜里躺在空荡荡的房间里的时候，都不会和自己说说自己头脑里的想法。"

"那倒是。"第三个人说，"那家伙骗起人来连自己的亲戚都不放过，艾克在他眼里算啥？对吧，艾克？"

"不知道！"艾克说。众人看着围场里面的动静，那些马竖着耳朵，弯着腿，三三两两结成队伍在围场里绕来绕去，然后重新扎成一堆，站在一起，看着围栏外也在看它们的几个人，看一会儿又低下头，嗅着地面。得克萨斯人突然出现在几个人中间。他换了一件新衬衫，身上的马甲也换了新的，看上去比昨天的稍微小点。得克萨斯人把手里的饼干盒往屁股口袋里一塞，说："早上好！早上好！一大早站在这里是要挑马吗？拍卖之前先给自己挑一两匹马出来，省得拍卖开始后价格涨上去？"几个人看了得克萨斯人一眼，没有理他，扭过头继续看围场里的马群。

"我们想先看看。"一个人说。

"正好，看看它们如何吃早饭！"得克萨斯人说，"马也不容易，饿着肚子站了一个晚上！"得克萨斯人打开围场大门朝马群走去。群马立刻抬起脑袋，看着他。"艾克！"得克萨斯人扭头冲艾克道，"你们过来两三个伙计帮我把马赶进马棚里！"艾克和另外两个人犹豫了一下往围场大门走去，艾克儿子见状也跟了上去，进了围场大门后艾克扭头去关门，看见儿子，立刻紧张地说："你别跟过来！当心那些马把你的脑袋当橡子给踢下来！"

关上大门后，艾克跟在前面那两个人身后往里走去。群马还是围成一堆站着，得克萨斯人往马跟前走去，同时示意艾克他们呈扇形朝马群包抄过去，马群明显不安起来。小约翰太太从厨房里走出来，穿过场院朝对面的柴火堆走去，一边走一边看着围场里的动静。她从柴火堆上挑了两三根木头，抱在手里，停下看着围场。围场栏杆那里此时又多了几个人。

"别怕！别怕！"得克萨斯人说，"这些马不能把你们怎么着。它们只是从来没有被关在马棚里过！"

"如果它们想待在马棚外面，就让它们待在外面好了，为啥非得赶它们进去?!"艾克说。

"你去找根棍子来！去栅栏那儿找！那儿放着好些从马车上卸下来的木棍，如果有马朝你冲过来，你就用棍子敲它们的脑袋，让它们长点记性！"艾克去了栅栏那里，找了三根棍子拿回来，分给另外两个人。小约翰太太抱着手里的木柴往回走，走到半路又停住了，往围场里张望着。艾克的儿子不知什么时候又跑到围场里，悄悄地躲在艾克身后。艾克显然没有看到儿子，只顾着和那几个人一起朝马群走去，刚才还挤作一团的马群立刻松动起来。得克萨斯人大声地骂着："进去！畜生！班卓琴脑袋的畜生！哎！进去！你以为马棚子是啥？——法庭？还是教堂？你以为赶你去马棚子里待着是要让你交钱[①]？"又对帮着他赶马的人说："别着急，让它们自己往里走！"马群并不听话，而是往后退去，有几匹马似乎想从马群里出来。得克萨斯人立刻从地上捡起几块土坷垃，准确地打在想逃跑的马身上，几匹马重新挤回马群里。整个马群一直退到马棚跟前，这时往里最靠近马棚的一匹马可能看见了它身后的马棚，立刻慌张起来，想跑，其他马也跟着骚动起来。得克萨斯人夺过艾克手里的木棍，照着其中一匹马的脑袋和肩膀一木棍敲过去，艾克见状也扬起手里的木棍照着另外一匹马的马头和肩膀敲过去。趁着艾克帮自己敲马的工夫，得克萨斯人找到头马，扬起手里的木棍一下子敲在头马的眉棱骨上，这一棍子把马敲得直接掉过脑袋和身子，往后挤去。得克萨斯人再一扬手，木棍落在头马的肩骨上，马彻底转过身去。得克萨斯人继续用棍子敲

[①] 通常人们去教堂时要奉献一定的钱。

村子

着头马的后臀,一步步逼着它进了马棚。其他马看见了,不再企图散开,而是跟在后面进了马棚,很快,从马棚通道里传来群马踩踏地面的声音,轰轰隆隆的声音像是矿道倒塌了般。等到马群全部被赶进去后,得克萨斯人说:"这马棚真大!全都能装进去!"另一个男人帮着他一起关上半人高的马厩大门。两个人从大门上方看着马厩里的动静,斑斑点点的马群此时已经走到了马棚最里头,幽暗的光线中,看上去像是幻影,木头格子让它们的影子看着断断续续的。马群逐渐安静下来,单调的马蹄声听着越来越小。"一个也没有落下!全能装进去!"得克萨斯人说。另外两个男人凑到门边,往里看着。艾克的儿子跑到他爸爸身边,趴在门缝上朝里看着,艾克一回头看到了儿子,喊道:"我不是让你离这儿远点吗?那些东西会踢死你的!到时候你连喊都来不及!赶紧到围栏外面待着去!"

"你不如求求你爸爸,让他给你从那里面挑一匹买下来得了!"其中一个人对艾克的儿子说。

"还给他买啥!?那我不如去河边给他抓一只甲鱼或一条棉花嘴①给他玩!那些东西都不用花钱!赶快离开这儿!现在就走!到围栏外面待着去!"就在艾克训斥儿子的时候,得克萨斯人打开马厩门走了进去,有人重新关上马厩门,把门闩落下来,然后继续从半人高的大门上方观察马厩里面的情况。艾

---

① 这里指得克萨斯人带来的马如同甲鱼、毒蛇般凶狠。

第四部分 村民

克的儿子挨训后并没有走开，而是偷偷从艾克的身后绕到大门另一头，从门板上的一个孔往里看着。马厩里，得克萨斯人沿着过道向最里面走去，马群都挤在后面，明显安静了很多，有些马伸出脑袋小心地舔着挂在后墙上的饲料槽里的饲料。黑暗的马厩里，带着斑点的马影若隐若现，马厩里像是飘浮着一群幽灵。得克萨斯人走到最里面，打开后墙上的一扇小门，走了进去，没过一会儿又从里面出来，大声喊着："昨天晚上弗莱姆和我说他在马厩里放了一些干草，可是这里除了玉米粒啥也没有！"

"它们连玉米粒都不吃吗？"外面看着的一个男人回答。

"谁知道？长这么大它们还从来没见过玉米粒呢！过一会儿就知道吃不吃啦！"

得克萨斯人重新走进他刚才从里面出来的那个小隔间，从里面传来哗啦哗啦盛玉米的声音，过了一会儿，得克萨斯人手里拿着一个两头带把儿的装满玉米的饲料筐从里面出来，往饲料槽走去。外面往里望的人现在只能看见站在饲料槽前的群马斑斑点点的屁股。空气里突然响起小约翰太太的吃饭铃声，几个人扭头看去，小约翰太太站在阳台上，手里举着黄铜大铃摇着。马厩里的马群重新骚动起来，得克萨斯人见状赶紧往马群跟前凑去，一边走一边声音很大地和马群说话，似乎在安抚马群，言语里既有骂也有甜言蜜语哄骗的成分。他的身影很快消失在马群里，站在门口的人继续往里看着，突然，一阵玉米粒倾倒在饲料槽里发出的哗啦哗啦的声音传来，中间还夹着一声马因为害怕而发出的响鼻声，紧接着，马棚通道爆发出一声巨响，几个人赶忙往里面看去，不等他们看清楚，马棚里的马已经炸了锅，群马像一道喷发的火焰般从马棚里冲了出来。

"见鬼！"一个人说道，随即又大喊一声，"快跑！"在门口的三个人转过身拼命向马车跑去，一直站在围栏边的几个人也开始喊叫。跑在最前面的艾克连滚带爬地跑到马车跟前扭头往后看去，看见儿子还趴在门板上，眼睛紧紧贴着小洞往里看着，艾克急得正要喊，突然看见门板猛地一下裂开了！一根根烧火木头大小的板子迸溅着落到地上！紧接着，像山洪暴发般，马群从马棚里喷涌而出，那是一股由五颜六色的马身、瞪着的马眼、坚硬的马蹄以及呲着的牙齿组成的洪流。艾克的儿子似乎被吓呆了，身体微微往前探着一动不动（刚才他贴近洞口往里看时就是这样的姿势），马群即刻淹没了他。逃出马棚的马群分成几股，朝四面八方散开。群马散尽后众人看到马棚大门的地方出现了一个巨大的洞口，艾克的儿子身体微微前探，毫发无损地站在洞口前，还保持着刚才从那个小洞里往里看的姿势。

"华儿！"艾克大喊一声。艾克的儿子似乎这才反应过来，转身往马车跑来，半途中有两匹马从他眼前跑过，但没有伤着他。冲入围场的马群数目好像突然比刚才它们待在马厩里的数目多了一倍，看得人眼花缭乱。不等儿子跑到跟前，艾克（他被太阳晒得黝黑的脸庞此时成了苍白色)已经冲了上去,一把揪住华尔街工装裤的带子把他拖上马车,脸朝下摁在自己大腿上,然后从马车上拿起一卷儿绳子要绑华尔街,嘴里喊道:"我刚才有没有告诉你离开这儿!我有没有告诉你离开这儿?!"因为生气,他浑身颤抖,连声音也是抖的。

"你冲孩子撒什么气!我看你现在手里要是有根鞭子的话得抽死他!你和我们这些人说话可没那么横!"旁边的一个人说道。

"与其找孩子出气,不如先把那家伙吊死!"另一个人说,"趁那家伙的马把法国人湾的人都踢死之前先干掉他!"众人把目光转向已经碎得稀烂的马厩大门:得克萨斯人站在大门口,从屁股口袋里掏出饼干盒子,要往手里倒饼干。

"你的意思是先把弗莱姆解决了?"第一个人说。围场里马还在跑来跑去,但速度明显慢了,马蹄发出清脆的声音,马的眼睛还是翻着,露出眼白的部分。

"我一直以为它们不喜欢玉米粒。"得克萨斯人说,"现在它们好歹知道玉米粒长啥样了,单从这一点,它们这趟旅程也没白来。"他摇了摇饼干盒,想从里面倒点饼干出来,但盒子空了,摇了半天什么也没倒出来。空气里重新传来小约翰太太的摇铃声,马群又开始骚动,嗒嗒地奔跑着,连地皮似乎都在震动。得克萨斯人把手里的空饼干盒一揉一扔,说:"又来了辆马车!"大路上现在停着不止三辆马车,这么一会儿的工夫围

村子

栏旁边站了足足有二十几个人。天空一点云彩也没有，耀眼的阳光下，插在得克萨斯人屁股兜里的镶珍珠的手枪闪闪发光，同样闪闪发光的还有小约翰太太手里的铃铛，发出叮铃铃的脆响，在空气中回荡。

二十分钟后，酒足饭饱后的得克萨斯人手里拿着剔牙的火柴棍儿从小约翰酒店走了出来，他走路有点罗圈，镂花短靴踩在地面上踏出一溜漂亮的鞋印。围场边聚集了更多的人，这些人不是赶着马车来的，就是骑马或者骑着骡子来的。马车、马、骡子组成的队伍一直从小约翰酒店的围场大门口延伸到瓦尔纳商店门口，聚集在围场边的人更多了，至少有五十多个。他们挨着围栏站着，一声不吭地看着那得克萨斯人。"早晨好，先生们！"得克萨斯人和周围的人打招呼道，然后对站在他后面正在偷偷打量他屁股兜里的手枪的艾克的儿子说："过来，小伙子！"艾克的儿子过来后，得克萨斯人从裤兜里摸出一枚硬币，交给他说，"替我跑趟腿，去商店里买盒姜饼回来！"艾克的儿子接过硬币走了。得克萨斯人用舌头舔着牙齿，叼着火柴的嘴角弯成一道弧线，火柴在他的两个嘴角间来回调换着。他抬起头看着周围默不作声打量他的人，说："你们这些伙计是不是已经想好要选哪匹马了？既然这样，我们现在就开始拍卖？"周围的人一律不作声，也不看他，当得克萨斯人把目光看向他们时，所有的人都回避。只有弗里曼说了一句："你不等弗莱姆了吗？"

第四部分 村民

"等他干啥?!"得克萨斯人说。弗里曼不再看得克萨斯人,从他的脸上看不出任何改变。得克萨斯人对艾克说:"艾克,你先挑,你挑好了我们就开始拍卖!"

"我不买!"艾克说,"那些马我碰都不敢碰,买下来怎么牵着它走路?!"

"一个马驹子把你吓成这样?!"得克萨斯人说,"给它们喂点水和饲料后,我打赌你儿子都敢牵着这里面的任何一匹马走。"

"他要敢那么做最好别让我抓到!"艾克说。得克萨斯人看了一眼四周,有那么一瞬间他的眼睛里闪过一丝警觉的神色,但马上又恢复了让人看不透的面孔,像是打火石,很难看透里面是什么,或者即便看透了,却发现里面什么也没有。

"这些马温顺得像鸽子,年轻人,谁买了它们等于给自己找了个拉车赚钱的好帮手!它们血气多旺啊!我不会卖劣马的!再说了,想买劣马在密西西比州买就行,还用得着大老远跑去得克萨斯州买一群劣马运回来?"得克萨斯人满不在乎地看着其他人,他的声音听上去干巴巴的,没有喜悦也没有幽默。人群后面传来一个人的干笑,和得克萨斯人一样,没有喜悦也没有幽默。这时候从大路那边又下来一辆马车,朝围栏这边驶来,到跟前后,马车主人把马车拴在围栏上,往人群这里走来。"伙计们!赶快拿主意啊!"得克萨斯人说,"这可是买便宜马的好机会啊!这些马不单体力好,脾气也好得很哪!"

"昨天晚上扯坏了你马甲的那匹马怎么说?!"四周传来一个人的喊声,有几个人立刻笑了起来。得克萨斯人显然不高兴了,瞪起眼睛把目光转向笑声传来的方向。

"那怎么了?"他说。笑声打住了。得克萨斯人转身朝离他不远的大门柱子走去。他攀到柱子上坐好,看着地上的人群说:"那就开始吧!谁先出个价?"太阳底下,插在他屁兜里的镶着珍珠的手枪枪把一会儿闪亮一会儿暗淡,他粗壮的两条大腿把裤子绷得紧紧的。站在柱子下的人神情严肃地听着,却不看他。"想出价的请站到右边!尽管拣你喜欢的马出价!等最后一匹马卖掉后,你就可以拿着绳子走进围场,把绳子套在你挑好的马上,带着它回家,让它给你赚钱。那里每一匹马至少值十五美元。它们年轻、健康,无论骑还是干活儿都行,一匹马的力气比四匹马加在一起的力气都大,我敢保证,这里面任何一匹马都可以拉动一辆车——"他正说着,艾克的儿子从人群里钻了出来,来到大门柱子跟前,朝着得克萨斯人举起手里的饼干盒子,得克萨斯人弯下腰接过盒子,打开,往艾克的儿子那黑乎乎的小手里倒了三四块饼干,然后抬手指着围场里的马说,"看到那匹白蹄子白耳朵的马了吗?等它过来时你们看仔细了,看它跑起来肩膀动得多漂亮,那匹马至少值二十美金,就从那匹马开始,谁先出价?!"他的声音透着股威严劲儿,流畅,不容他人辩解。站在柱子下的人群还是没有动弹,没有一个人做出掏钱的样子——虽然在他们每个人工装裤的口袋里除

第四部分 村民

了烟、放烟丝的袋子外，还有钱包（在这些用了很多年的旧钱包里放着已经有些破了的纸币、几枚银币和一堆硬币，那是他们今天早晨从烟囱或者墙缝里取出来的）。围场里的马时而散开，漫无目的地在围场里狂奔，时而围成一堆站着，用野性的不对称的眼睛瞅着站在围场外的人群。围场边的小路上已经停满了马车，可是从大路那边还是接二连三地有马车过来。因为小路上停不下，后来的车都停在大路上，马车主人们从马上下来，步行好大一截儿路往围场这边走来。小约翰太太从厨房里出来，走到院子角落放在四块砖头上的洗衣盆跟前，往盆底下生了把火，然后走到围场边，一只手叉在腰上，抬头往里看着。不一会儿从洗衣盆底下冒出了丝丝缕缕的青烟，看见火生着了，小约翰太太转身往屋里走去。空气里回荡着得克萨斯人的吆喝声："快决定呀！伙计们！谁第一个出价？"

"四个子儿！①"一个声音喊道。得克萨斯人看都没有看那个人。

"噢，如果那匹马不合你们的心意，那匹脑袋长得像小提琴，身上光溜溜的马怎么样？如果你是要骑的话，我建议你买这匹，这匹比那匹白蹄马要好。我刚才听到有人出价五十美分，我猜他是想说出价五美元，是五美元，我没听错吧?!"

"他说的是四个子儿买围场里所有的马。"还是刚才那个声

---

① 原文是"four bits"，在美语口语里，一个 bit 等于一角二分半钱。四个 bit 就等于五十美分。

音。这一次其他人没笑，反倒是得克萨斯人低着脑袋呵呵笑了，嘴里念叨着什么，好像在背乘法表似的。

"五十美分只够买它们身上的泥巴！"得克萨斯人说，"再出一美元还可以买它身上的苍耳子，来自得克萨斯的真正的苍耳子！"就在得克萨斯人鼓动众人买马的时候，小约翰太太手里提着一个大木桶从厨房里出来，走到刚才被她放在火上的洗衣盆旁边，把木桶放在旁边的一块木墩上，然后直起身，手扶着腰站在原地往围场这边看了一会儿，掉头往屋子里走去。

"你们这些人怎么回事?!"得克萨斯人说，"艾克，你一直在帮忙，你了解这些马，你给昨天晚上相中的那匹眼睛有眵目糊的马出个价咋样？先等我一下！"他把手里的饼干盒往屁股口袋里一插，两只脚转了个圈儿，脚步轻快地朝围场里面走去。围场里，马群扎成一堆，不等得克萨斯人走近立刻散开，得克萨斯人张开双臂，要拦住它们，那些马立刻掉头往对面跑去。得克萨斯人也往对面跑去，就好像他早就预料到那些马要往哪个方向跑似的。群马跑到对面，围成一堆重新站好，却发现得克萨斯人已经先到了，站在它们面前，慌张的马群像鸽子似的扑棱棱散开，围场里顿时尘烟滚滚，空气里回响着打雷般的马蹄声。得克萨斯人在后面追着它们，身影时隐时现，似乎根本不担心会被这些野马踩着。有一匹小一点的马被他逼到围栏和马厩之间的死角上，得克萨斯人眼睛看着小马，手向屁股后面的口袋里摸去，绝望的小马带着一种拼死的气势朝得克萨斯人冲了过来。得克萨斯人扬起刚刚从口袋里摸出的手枪，枪把儿朝小马脑袋打过去，这一下子正打在马脸中间，马一下子跌倒在地上，得克萨斯人就势一跳，骑在马脖子上。马反抗着，膝盖顶着地面，脑袋一颠一颠地想甩开得克萨斯人，地面灰尘四起，晃动几下后，马终于站了起来，骑在马脖子上的得克萨斯人也被带着离开地面。他抱着马脖子的身体在马的一侧晃来晃去，像一块附在马头上的荡来荡去的抹布……

小约翰太太重新从屋里出来，手里抱着一叠衣服和一块包金属边的洗衣板，一动不动地站在厨房后门的阳台台阶上，朝着围场的方向看了一会儿后走下台阶，穿过院子，把手里的衣服扔进盆里，从始至终她的眼睛一直朝着围场的方向看着。众人的眼睛全在围场里面，没有人注意到小约翰太太。等到尘土慢慢散尽，围观的人看到得克萨斯人死死站在地上（得益于他的鞋后跟，那两只脚才能紧抓地面），一只手揪着马额前的那一撮毛，一只手紧紧抠着马的鼻孔，马不停地向后挣着脑袋，徒劳地打着响鼻。"快看哪，伙计们！"得克萨斯人喘着粗气，扭着脸对站在栅栏边的人喊道，他的脸憋得通红，眼球突出，"快看它的肩膀和……"他扭脸喊的工夫，马得到了片刻的喘息，积攒力气再一次站了起来，得克萨斯人又一次被马带着脱离了地面。"……和腿，别动，你个混蛋！再动我把你撕了！快点看哪！伙计们！这匹马绝对值十五美金！吁……混蛋！伙计们！谁要出价快出啊！吁……你这个不老实的混蛋！"其他马开始不安地围着得克萨斯人和被他制服的那匹马走动——围场里很快乱作一团,眼前的一幕似乎变成了万花筒里的画面。在纷乱的画面里,得克萨斯人身上吊带的金属扣子不停闪着光芒。突然得克萨斯人头上的灰牛仔帽飞了出去,他松开马去捡帽子,被解放的野马恼羞成怒地踢着地面。得克萨斯人捡起帽子,掸了掸裤子上的土,出了围场,重新站到刚才站的桩子上。他喘着粗气从屁兜里掏出纸盒,倒出一块饼干放进嘴里嚼了起来,周围的人一直没有看他。小约翰太太转身继续干活儿,把罐里的水倒进洗衣桶里,每倒完一桶水都要抬起头往围场的方向看一眼。"看清楚了吧,伙计们,谁这会儿还敢说那匹马不值十五美金?十五美金你去哪儿买这样的好马?每匹马三分钟之内跑一英里地没问题,喂它们的时候只需往草场里一赶,它们自己就能吃得饱饱儿的,然后你想让它们干多久的活儿都可以。如果它们不听话,你就给它们套上轭,过不了几天这些家伙们就变得老老实实,你想让它跑它都不跑!"得克萨斯人从纸盒里又倒出一块饼干,放到嘴里。"来吧,艾克,"他说,"就从这匹马开始,十美元,怎么样?"

"我得先找个打猎用的熊夹子套住它,才能让它跟我走。与其那么费事,我要它干吗?!"

"你刚才没看我是怎么驯马的吗?"

"看见了!如果我每天都得和这么大的东西搏斗一番才能制服它,我要它干吗?"

"随你怎么说！"得克萨斯人说。他喘气的声音明显粗了许多，众人明白，那不是因为累或者呼吸不上来。得克萨斯人掰下一块饼干，塞进胡子拉碴的嘴里说："好了，我要开始拍卖了，不管你们说这地方有多好，我来这儿是做买卖，而不是住下来不走了。艾克，我送你一匹马怎么样？"四周一下安静下来，空气里只能听得到得克萨斯人的呼吸声。

"送我马?!"艾克说。

"是的，送你一匹马，条件是你得给下一匹马出个价钱。"四周更安静了，除了得克萨斯人的喘气声和小约翰太太手里的水桶和洗衣盆碰撞时发出的声音，没有一个人说话。

"出价就出价！"艾克说，"不过我可不会再加价，除非没人再出价我才买它。"就在艾克和得克萨斯人对话的时候，从大路那里走过来一辆破破烂烂的马车，马车连油漆都没刷，一块板子被铁丝绑在马车轮子上用来固定轮子上的辐条，骡子头上戴着的笼头也是用一小段一小段的棉线绳绑着才不至于散架，缰绳是普通的旧棉线绳。两只骡子瘦怏怏的，马车上坐着两个人——赶车人和一个女人，女人穿着灰突突的粗布衣服，头上戴一顶褪色的太阳帽，男人穿着一件满是补丁的旧衣服。两个人的衣服虽然旧，但洗得干干净净。看到小路上被马车塞得满满的，男人没有把车赶过来，而是停在大路上，自己下了车往围场这边走过来——男人瘦瘦的，身材不高不矮，他看上去似乎很疲倦。这人五官长得没什么出奇的地方，只是眼神看上去和正常人有点不太一样，脸上的表情迷迷瞪瞪的。他从后面挤进人群，不停地问着："什么？你说什么？他给了那个人一匹马？"

"这样吧，艾克，我把那匹眼睛上有眵目糊，脖子上有伤疤的马送给你，从现在起它归你了！我们从脑袋像是刚从面粉桶里出来的那匹开始拍卖，你出个价！十美金怎么样?！"

"一美金！"艾克说。得克萨斯人愣怔了一下，不等嘴巴合上，脸色已经沉下来，眼睛里的神色瞬间冷了好多。

"一美金？我没听错吧？"

"嗐！"艾克说，"那就两美金。但是我可不——"

这时刚刚那个挤在人群里不停地问"一美金？"的人突然对得克萨斯人说："等一下，你，就你，站在桩子上的那个！"得克萨斯人扭头看着那个新挤进来的人，其余的人也转过头去看那个人，众人似乎这才注意到那辆马车。这时候女人也从马车上下来，挤到人群里，女人消瘦的身子套在皱巴巴的灰色衣服里，头上戴着灰色的女士帽，脚上是一双沾满污渍的帆布运动鞋。女人追上男人，小声叫着男人的名字："亨利！"男人扭过头看了她一眼，呵斥她道："回马车上去！"

"这位女士，您也可以过来看一下，"得克萨斯人说，"不出一分钟，您丈夫就能做成他这辈子最划算的买卖！来，诸位给这位女士让个道，让她走得近点，看得更清楚点，这位男士准备为这位女士买下这匹好马，这马就差一副鞍子。刚才谁说十美金——"

"亨利!"女人又低低地叫了一声,伸手去拽男人的胳膊,从始至终她都没有看那个得克萨斯人一眼。叫亨利的男人一转身,打掉女人伸过来的胳膊,说:"我说了!你回马车上去!"

女人没走,她站在男人身后,两只手揪着衣角,不停地把衣角卷起来又放下去,既不看其他人,也不和其他人说话。

"他买不起那匹马。"女人说,"他买不起马,我们只有五美元,我们刚从济贫院出来,身上什么都没有。"新来的男人转过身看着女人,脸上带着怒不可遏但又迷迷瞪瞪的表情。其他人上身倚在围栏上,也不说什么,好像没看见那两人似的。小约翰太太这时候从洗衣盆边站起来,看着围场里。刚才她在洗衣服,她的手有节奏地在沾着泡沫的洗衣板上一上一下地搓着,搓了一会儿后她站起来,往围场里看着,两只沾着肥皂泡的手垂在身体两侧。

"你给我闭嘴,回马车上去!"亨利呵斥女人道,"看我回车上拿棒子揍你!"他仰起头,看着站在桩子上的得克萨斯人:"你要送给他马?"得克萨斯人看看女人,又看看男人,把手里的纸盒子斜了斜,从里面倒出一块饼干放在掌心说:"是的。"

"如果一个人买下你第二匹马,第一匹马可以送给他吗?"

"不送!"得克萨斯人说。

"那好吧,"新来的男人说,"你要送给肯给第二匹马出价的人一匹马?"

"不送。"得克萨斯人说。

"如果你是准备一开始就给人送马才开这样的拍卖会,你怎么不等人都到齐了再开始?"得克萨斯人扭过头,不再搭理新来的那个人。他举起手里半空的饼干盒,眯着眼往里看了看,好像里面有宝石或者有毒虫子似的,然后把盒子一揉,往旁边的地上一扔,说:

"艾克出价两美元,说实话这点钱只够买那马身上的铁丝,哪够马钱?! 不过,既然他出了价,我就接受,伙计们,你们打算……"

不等他说完,新来的男人说:"艾克相当于用一美元买了一匹马,那我出三美元买那两匹马!"站在他身后的女人立刻伸出手碰了碰他,男人头也没回,一甩手挣开女人的手,女人被甩开,站在那里用手不停地捏着衣角,不看任何人,自言自语似的说:"先生,我家里有一大群孩子等着吃饭! 去年冬天孩子们都没有鞋穿,家里也没有喂牲口的草料,家里只剩靠我织毛衣挣来的这五美元了! 是每天晚上等他和孩子们都睡了以后我就着炉子里的火光织毛衣挣的。他没有钱!"

"亨利出价三美元!"得克萨斯人说,"艾克,你再加一美元,这匹马就是你的了。"这时一匹马突然冲围栏这边跑了过来,跑到半路又停住了,呆呆地看着站在围栏边往里看的人群。

"亨利。"那个女人说。男人看着艾克,半张的嘴巴露出一口脏兮兮的烂牙，身上的衬衫因为洗过多次显得很短，他的手握成拳头露在褪色的袖口下面。

"四美元！"艾克说。

"我出五美元！"亨利抬起一只胳膊挥舞着拳头说，不等说完他已经要转身往围场大门走去。女人没有跟上去，一双灰眼睛看着得克萨斯人——这似乎是她第一次看人，她的眼睛、她身上褪了色的衣服和灰突突的帽子一样暗淡——说："先生，那五美元是我靠织毛衣给我的孩子们赚的，我要用这五美元给孩子们买吃的和穿的，如果您非得要赚我这五美元，您会遭报应的，这儿所有的人都会遭报应的。"

"我出五美元！"亨利几乎冲到了得克萨斯人站的桩子前，把攥成拳头的手（他的手只能够到得克萨斯人膝盖那里）朝得克萨斯人挥舞了一下，然后张开手掌，示意得克萨斯人看他手里那几张破旧的纸钞和几块硬币，"五美元！谁要再敢出价我就和他决斗！要不他把我的脑袋砍下来，要不我把他脑袋砍下来！"

"好了，算你出价，五美元！不过，少用你的手对我指指戳戳的。"得克萨斯人说。

下午五点钟的时候，得克萨斯人已经吃完了三盒饼干，他把那第三个装饼干的纸盒揉成一团，往身后一扔，盒子掉在地上。夕阳西下，从地平线散发的金黄色的余晖照在小约翰太太晾的衣服上，夕阳的光把得克萨斯人和他脚下的桩子的影子拖得长长的。围场里，那群马还在没头没脑地跑着。得克萨斯人侧着身子从口袋里掏出一枚硬币，弯下腰对那个小男孩儿说："小家伙，再替我跑趟腿去商店买盒姜饼来！"他的声音听上去有点哑，透着疲惫。站在围栏边的那些穿着褪色工装裤和衬衫，不知疲倦的男人们还站在原地。弗莱姆不知道什么时候出现在围栏外面，他似乎有意识地把自己与别人隔绝开来，远远地站着。他还是穿着那条灰色的裤子，脖子上还是系着去年夏天离开法国人湾时的那个黑色领结，一切都是原来的打扮。只不过这一次他头上的帽子虽然颜色还是灰色，但一看就是新买的，像高尔夫球手戴的那种带格子的呢帽，他嘴里嚼着烟草看着围场里面的动静。这时候除两匹马外，其余的都以三点五美元至十一二美元不等的价格售出。凡是买了马的买主们全部站到大门外面，手扒着围栏，眼神专注地看着里面那些他们已经买来有七八个小时，但是到现在碰都没有碰一下的马。亨利站在得克萨斯人坐的桩子旁边，他的老婆站在马车旁，一动不动，眼神茫然，仿佛一个没有生命的物体，仿佛她是被丈夫放在车上的一个没有感觉的对主人只有无条件服从的物件。

"我买了一匹马，而且付的是现金。"亨利·艾姆斯蒂德说。他的声音听上去沙哑而疲惫，眼睛流露出恼怒的神情，眼珠子直勾勾的，人看上去十分呆滞。"可是你让我待在这里，直到所有的马都卖完了，才可以牵走我自己那匹马。如果是那样的话，我才不管你想什么，我要拿走我的马！我要回家！"

得克萨斯人站在马车上,身上的衬衫布满了一坨一坨的汗渍,那张大脸一副不为所动的样子,冷冰冰的没有一点表示。他的声音也是冷冰冰的,他高高在上地看着亨利说:"那就去拿你的马。"亨利和他对视了一会儿,低下脑袋,嘴里咽了一下口水,说:"你难道不能帮我抓一下那马吗?"

"不能,因为它不是我的马。"得克萨斯人冷冷地说。亨利垂下了脑袋,不吭声了。过了一会儿他抬起头看着周围的人说:"谁能帮我抓一下马?"没有人回答他。所有人都面朝围场看着,也不说话。被夕阳拉长的屋子的影子落在围成一堆站着的马群身上,逐渐暗下来的光线让马群身上的颜色看着不再油亮,而是越来越深。从小约翰太太的厨房里飘出一股煎肉的香味,一群麻雀叽叽喳喳地从围场上方飞过,消失在旅馆旁边的楝树的树冠里。几只燕子在蓝色已经褪去的天空上盘旋着,俯冲下来的当口儿马上又抖了一下,往上飞去,空气里回响着几只鸟的叫声,叫声像拨动琴弦发出的声音。看到没有人理他,亨利扭头命令女人道:"你去马车上拿根绳子来!"女人犹豫了一下,往马车走去。过了一会儿,她回来了,来到围栏前,把手里一卷看着像新棉花捻成的绳子递给亨利。亨利接过绳子后向围场大门走去。得克萨斯人见状赶紧从大车上下来。亨利走到围场大门门口,把手放在门闩上,回头对女人喊道:"还不赶紧过来?!"听到亨利喊她,原本已经站好的女人往围场大门走去,从始至终她的脸上一直带着顺服的表情,两只手裹在衣角里。经过得克萨斯人时,得克萨斯人对她说:"别进去!夫人。"女人站住了,但谁也不看,也不看得克萨斯人。亨利拨开门闩,打开大门,进去后马上转过身来,手扶着大门,耷拉着眼皮对女人说:"快点!"

"您别进去!夫人。"得克萨斯人说。女人站在丈夫和那个得克萨斯人中间,她的半张脸几乎被头上的遮阳帽遮住了,双手摩挲着衣角说:"我要进去!"站在围栏边朝里看的几个人一副漠然的样子,他们的注意力似乎只在马上。等女人走进围场,亨利关上大门,转身向马群走去,女人跟在亨利后面机械地往前走去,像是站在一根随波逐流的木头上。马群看到有人来了,再一次不安起来,虽然基本上还是围成一圈儿,但已经是一副随时准备逃跑的样子。亨利冲着马群喊了几声,一边骂一边往马群跟前凑去,女人跟在他后面。马群散开了,跑到围场另一端重新站成一团,亨利和女人重新跟了过去。

"看着那匹马!"亨利喊道,"先把它逼到角落里!"马群散了开来,亨利的马因为蹄子被拴住了,跑起来一颠一颠的。女人冲着马,喊了一声,那马转了个圈,差点摔倒,好容易平衡好身体,又开始一颠一颠地跑。亨利扬手一甩手里的绳子,绳子正打中马脸,马转了个圈,一头扎向围场的一处角落。"就把它拦在那儿!"亨利松开手里的绳子,往马跟前凑去。马向女人冲了过来,眼神凶恶,女人害怕地冲马喊了一声,一边喊一边张开胳膊,似乎这样可以拦住那马。马从她身边跃过,向马群跑过去。亨利和女人跟上去，重新把马逼到另一处角落里，这一次和上次一样，女人还是没有拦住马，亨利转过身，一扬手里的绳子，打在女人身上，嘴里骂道："你为什么不拦住它？为什么不拦住它?!"接着又是一下，还是打在女人身上，女人没有躲避，甚至都没有抬起胳膊挡一下。站在围场边的人都看到了，但没有一个人说话，有人干脆低下脑袋，看着地面，好像在想事情。弗莱姆站在离众人很远的地方（仿佛一座孤岛似的）面朝围场看着，嘴里还在嚼着东西，新买的帽子下面，半边脸明显耷拉着。

得克萨斯人小声骂了一句，走进围场，朝亨利走去。当亨利再次用绳子去抽女人时，得克萨斯人赶到了，他一把夺过绳子扔在地上，亨利被拽得打了个趔趄，差点摔倒。他膝盖弯曲，几乎撞在得克萨斯人身上，幸好他用两只胳膊撑住了地面，眼睛正好盯住得克萨斯人那两只满是尘土的雕花皮靴上。得克萨斯人抓住他的胳膊，拽着他走到围场大门口松开，女人也跟在他们后面，三个人从大门出来时，得克萨斯人为女人抓着门，等女人出了大门后才松开手。他从裤子口袋里掏出一沓钞票，从里面抽出一张放在女人的手里，说："回家去！让他跟你一起回家！"

"你这是干什么？"弗莱姆不知什么时候走了过来。他站在得克萨斯人刚才坐的马车上面，得克萨斯人不看他。

"他不是买了一匹马吗？"得克萨斯人说。他的声音不高，没什么力气，好像是一个刚跑到终点的人有点累了。他再一次对女人说："你让他离开这里吧，夫人。"

"把钱还给他！我买了那匹马，要是套不住它，还不如一枪崩了它！"亨利冲女人吼道，可是他的声音听上去软塌塌的，一点力量也没有。得克萨斯人没有理他，直接对女人说："请带他离开这里，夫人。"

"你拿你的钱，我拿我的马，我回不回家关你什么事儿！"亨利对得克萨斯人嚷道，然后又对女人喊，"你把钱还给他！"说话的时候他好像在打冷战，身体一直在颤抖，伸在破破烂烂的袖口外的两只手不停地张开合上。

"我不卖给你不行吗?!"得克萨斯人对他说，然后对女人说，"带他回家去吧！夫人。"神色疲惫的亨利朝女人伸出手要她手里的钱，女人不肯，放在腹前的手紧紧地攥着那张钞票。亨利瞪起眼睛，抓住钞票一角，狠命从女人手里抽出来，转身对弗莱姆说："那是我的马！我买的！这里的人都看见了我已经给你钱了！这是我的马！这钱我不要！给！"他把手里的钞票递给弗莱姆，"这些马应该也是你的，我要买那匹马，这是买马的钱，不信你问得克萨斯人！"弗莱姆接过那张钱，其他人还是熟视无睹地站在围栏旁，一脸漠然。太阳消失在地平线下，紫色的晚霞落在围观者的脸上，也洒在围场里，群马突然开始奔跑。这时那个小男孩儿（他似乎不知道累似的）回来了，手里抓着纸做的饼干盒跑到得克萨斯人跟前，得克萨斯人接过饼干盒,但没有马上打开它。亨利弯下腰,笨拙地拾起掉在地上的绳子,抓在手里,他的手指关节苍白,头低着。女人站在他跟前,夜色降临得很快,只有一两只燕子在暮色中变换着飞行的姿态。得克萨斯人撕开盒子,从里面倒出一块饼干放在手里,手握成拳头,饼干的碎末下小雨似的从他的指缝间漏出来,他把那只手在裤缝儿上蹭了蹭,抬起头,把手里的饼干盒朝艾克的儿子伸过去:"给你了!小伙子!"艾克儿子接过饼干盒。得克萨斯人看着亨利老婆,柔声说:"斯诺普斯先生拿着您的钱,明天他肯定会还给您的。您最好现在劝您丈夫跟您回家,明天去找斯诺普斯先生,问他要回您的钱。"女人转身向马车走去,亨利垂头丧气地耷拉着脑袋站在远处,手里的绳子从左手倒到右手,也不看自己老婆。其他人表情严肃地倚在围栏上,谁都不说话,就好像他们处在另外一个时间和空间里。

"你还剩下多少马?"弗莱姆问得克萨斯人,得克萨斯人仿佛清醒过来,其他人也是一样,好像刚从眼前这一幕醒过来,他们转过头看着弗莱姆。

"还有三匹,"得克萨斯人说,"这三匹马可以用来换辆马车,或者换辆——"

"我买了,马车停在大路那边。"弗莱姆说道,"你自己套骡子。"说完沿着小路走了。得克萨斯人掉头进了围场,往围场里面的马棚走去,马群看到他后又开始骚动,但这次骚动和刚才比安静了许多,仿佛刚才那一幕把它们也折腾得够呛,感觉到累了。得克萨斯人从马棚里牵出两头已经配好了鞍子和辔头的骡子，骡子牵出来后，得克萨斯人又去了一趟牲口棚边上的草棚子——他的马车停在马厩旁边的草棚子里，等到得克萨斯人去马车上拿出来一捆铺盖卷和一件大衣，牵着两头骡子往围场大门走去，马群重新扎堆儿聚到了一起。它们不再跑动，瞪着大小不一的眼睛安静地看着得克萨斯人的一举一动，和得克萨斯人刚才进入围场时比，它们看上去老实了许多，就好像它们也意识到不仅它们和得克萨斯人之间的战斗结束了，而且可能再也见不到对方了。有人替肩上扛着铺盖卷儿，手里牵着骡子的得克萨斯人打开围场大门，得克萨斯人出了大门，其他人跟在他后面，只剩下亨利垂着脑袋，手里拿着一圈绳子站在紧闭的围场大门门口。经过亨利的马车时，众人看见女人坐在车上，还是谁也不看，身上那件灰色的衣服和暮色融为一体。小约翰酒店的院子里，晾衣绳上的衣服已经干透了，轻柔地垂着，从小约翰太太的厨房里飘出一股烹制火腿的香味，一轮又大又圆的月亮挂在还没全黑的天幕上，村民们跟着得克萨斯人上了那条小路。小路的尽头停着瓦尔纳家那辆带阳伞的轻便马车，暮色里车轮龙骨锃亮，马车旁边站着弗莱姆。得克萨斯人走到马车跟前站住，眼睛盯着马车，嘴里发出赞叹的声音："啧啧！这车可真漂亮！"

"如果这辆车你还看不上的话，那就只有自己骑着骡子回得克萨斯去了。"弗莱姆说。

"怎么会看不上呢?! 这车可是给太太小姐和搞艺术的人坐的!"得克萨斯人说完赶着两头骡子屁股朝后走进大车杠里,然后抬起车辕。人群中出来两个人,帮着他把挽车的皮带系紧,在众人的注视下,得克萨斯人上了马车,抓起缰绳。

"你去哪儿?回得克萨斯吗?"从人群里传来一个人的声音。

"赶这辆车回得克萨斯?!"得克萨斯人说,"像我这样的人,估计刚到得克萨斯地界就已经惊动那里的治安官了。再说了,这么好的一辆车,赶着它回得克萨斯岂不是有点可惜?!既然我已经离开得克萨斯这么远,好歹也往北边多走几步,多看看风景,至少去华盛顿、纽约,或者巴尔的摩看看。据我所知从这儿到那儿也就一两天的路程,对了,从这儿去纽约怎么走?"没有人回答他,因为他们不知道,这里的人只知道去杰弗生镇怎么走,于是他们告诉了他。

"沿着这条小路直走!"弗里曼说,"过了学校就到了去杰弗生的那条大路。"

"好的,"得克萨斯人说,"记住,要想让那些马听话,就得照着它们的脑门儿上敲!直到敲得它们老实了为止!"他扯了一下缰绳,就在马车刚刚启动的瞬间,弗莱姆跳上马车,坐到座位上,说:"捎我一程,我在瓦尔纳家门口下车。"

"这条路经过瓦尔纳家门口吗?我可不确定啊!"得克萨斯人说。

"经过瓦尔纳家门口,也去杰弗生镇。走吧!"弗莱姆说。

得克萨斯人甩动缰绳，马车往前走去，突然得克萨斯人像想起什么似的吆喝马车停下。他伸直一条腿，手伸进口袋一边掏一边对艾克的儿子说："给你这个，孩子，帮我去商店买——"也许是半天都没摸出一个子儿来，他又说，"算了，路过的时候我自己买吧，如果我走那条路的话。谢谢啦！小家伙，照顾好自己！"说完指挥着拉车的两头骡子掉了个头，离开了。

"难道他要绕个圈子去杰弗生镇？"奎克说。

"反正这一次他是轻装上阵，想怎么走就怎么走。"弗里曼说。

"是的。"布克莱特说，"看起来他口袋里可没装钱啊。"众人往围场走去，大路两边站满了马车，他们只能从两排马车腾出的中间的窄道走过去，走到最后的时候，发现亨利老婆坐在车里。亨利还是手里拿着那圈绳子站在围场大门口。太阳完全落下去了，但天色似乎并没有多少变化，因为月亮上来了，如果说有变化的话，光线甚至比先前更明亮了些，那是和先前不一样的光，而围场里的马在月光的洗礼下突然变得圣洁了许多。虽然它们的身形轮廓被夜色模糊了，但身上的斑点看得十分清晰——它们仿佛变得温柔了许多，不再是刚才那群野性十足潜伏着危险的动物。

"我们还等什么？"弗里曼说，"等它们自己回窝？"

"最好每个人都拿根绳子，"奎克说，"大家先去准备绳子吧！"有一些人没有绳子，早晨离开家时，也没有听说这里还有马要卖，他们是经过村子，偶尔听到别人说这里有马，过来围观的。

"你们去商店买几根绳子回来。"弗里曼说。

"商店这会儿已经关门了。"奎克说。

"不会的,"弗里曼说,"如果商店关门了,兰普早就来这儿了。"两个人说话的工夫其他人已经散去,有人去马车上拿自己一大早就带来的绳子,没带绳子的人则直奔瓦尔纳家的商店。他们刚到商店门口,就看见兰普正在关门。

"看这样子你们还没有开始套马呢!"兰普一见他们便说,"太好了!我正担心我赶到那儿你们已经散了呢!"他重新打开商店的门,领着众人进去。常年不见阳光的商店里弥漫着一股皮革、奶酪和糖浆混杂在一起的味道。兰普从墙上拿下来一圈绳子,量好尺寸剪成段,一边剪一边不停歇地说着什么。众人拿到绳子后从商店出来,沿着大路往围场走,经过小约翰酒店大门的时候,他们看见门口的梨树像被月光洗过似的,闪耀着银白色的光辉,从树枝里面传出知更鸟的叫声。酒店门口的栏杆上系着拉特利夫的马车和骡子。

"我说这一天下来总觉得哪里不对似的!"一个人说,"原来是拉特利夫没有去!"当他们走到酒店门口旁边的那条小路时,看见小约翰太太站在院子里,正在收衣服,院子里飘着一股熏肉的香味。他们离开时剩下的那几个人现在还站在围栏外面往里看着,群马挤成一团站在围场最里面,夜色遮住了马群的腿,马身像悬浮在半空中,像是凝滞不动的海底世界的鱼群。

"我觉得我们最好一匹一匹地来。"弗里曼说。

"那就一匹一匹地抓!"亨利嚷道。他还是站在原地,似乎自从得克萨斯人牵着骡子走后他就没有改变过位置,唯一不同的是现在他一只手抓着围场的大门,另一只手还抓着那圈绳子。"一次抓一匹!"他喊道,跟着骂了一句什么,说,"我已经在这里等了一天了,等着——"话没说完他又骂了起来,一边骂一边有气无力地摇晃着大门,一个人走过去,把门闩拉开。大门开了,亨利第一个走进围场,其他人跟在他后面也走了进去。艾克突然发现自己的儿子也跟了上来,立刻命令儿子回去,说:"你别进去,就站在门口等着,把你手里的绳子给我。"

"我想进去,爸爸。"艾克儿子说。

艾克说:"不行!那些东西能踢死人,今天早晨你难道还没看够它们发疯时的那副模样吗?你就待在这儿。"

"可是爸爸,我们有两匹马要套!"

艾克看了儿子一眼,说:"你说得对,我们有两匹马要套!这样,你待在我身边,紧紧跟着我,如果我让你跑就赶紧跑,听见了吗?"

"伙计们,"弗里曼说,"我们散开朝它们跟前走。"几个人手里拿着绳子散开,形成一个不怎么规整的半圆形朝马群包抄过去。马群现在都躲在围场最里面,一匹马打了个响鼻,马群开始有所松动,但还是围成一堆。弗里曼往后看了一眼,一眼看到艾克的儿子也跟在人群后面,马上喊道:"把那个孩子弄出去!"

"你出去吧!"艾克对自己的儿子说,"你到那边的那辆马车上去。在马车上也可以看到我们怎么套马。"男孩儿转过身朝马厩旁边的小棚子下停的那辆马车跑去。其他男人们朝马群逼过去,亨利走在众人稍前的地方。

"小心点儿,"弗里曼说,"也许我们应该先把它们赶进马厩里——"话音未落,群马散开,分成两拨儿分别沿着两侧的围栏跑去,人群中有人张开胳膊,喊着:"快拦住它们!"弗里曼喊道:"让它们掉过头去!"在众人的堵截下,群马往后退去,它们又开始扎堆儿,有的马转着圈儿,像是幽灵。"就让它们这样待着。"弗里曼说,"别让它们跑了。"几个人又往马群跟前凑去,可能是觉察到什么地方不对,艾克转头看了一眼,看见自己的儿子又跟了上来。他急忙喊道:"我没告诉你吗?去马车那儿待着去!"。

"小心,爸爸!"男孩说,"我看见我们家那匹马了!它在那儿!"艾克一看,得克萨斯人给自己的那匹马正朝这边跑过来。"快抓住它,爸爸!"

"别在这儿碍事!"艾克说,"去马车那儿去!"几个人继续往马群跟前凑,有的马开始打转,但很快被其他马挤住了,很难转身,马群逐渐往它们身后的马厩退去,马厩的门敞开着。亨利还是走在最前面，比别人稍微靠近马群，他佝偻着背的瘦削身影在月光下让人感觉到他的疲倦和无奈。几个人渐渐逼近马群。一种无形的压力逼着团成雪球似的马群往后面的马厩退去，敞开的马厩大门像是一张躲在阴影里张开的大嘴。马群的注意力被那几个渐渐逼近的村民吸引，压根儿没有注意到它们已经被逼到了马厩的角落里。突然，从马群里发出一声嘶鸣，马和人似乎都被对方惊吓到了，静止一秒钟后，马群突然散开，那几个人立刻掉过头往回跑，但是很快被四散的马群冲散，继而被马群包围了，四周晃动着野马的长脸和斑斑点点的身躯。所有的人都不敢动了，只有亨利手里拿着绳子挥舞着，但是立刻被马撞倒，群马向围场大门口冲去，人们这才发现围场的门半开着。显然最后一个人进来时忘了关围场大门，群马冲出围场后马上又被停在小路上的大车队伍分成两拨儿，朝大路两端相反的方向跑去。在马群的刺激下，原先那些停在小路和大路上的拉车的马和骡子也骚动起来，有的马开始咬拴着自己的缰绳和车辕。

马群散去后，围场里的人都站起来，向大门口跑去，只有亨利还趴在地上。艾克儿子还是毫发无损地站着。艾克走过去，一把把儿子像拎玩偶似的拎起来，喊道："我有没有告诉你去马车上待着?! 有没有?!"

"看! 爸爸!"男孩儿哎哟哎哟地叫着从艾克手里挣脱出来，嚷道，"看! 我们那匹马! 在那儿!"艾克一看，真是得克萨斯人送给自己的那匹马，父子俩立刻追了过去。那一刻对这对父子来说，那匹他们花钱买来的马好像被彻底遗忘了，好像别的马都不存在似的，他们眼里现在只有这一匹马，就好像他们和这匹马有血缘关系似的。那马跑出围场后一个转身，箭一样朝小约翰酒店的门口跑去，不等众人反应过来它已经跃上台阶，撞开酒店门冲了进去。艾克和儿子跟在后面追了进去！昏暗的灯光下（屋子里的桌子上点着一盏灯）野马像一座风车似的被堵在走廊中间，进退不能，狂躁地摆动着身体。突然，它往前一挣，一头撞到了一台离马头不远的脚踏风琴上，黄色的风琴发出一声低沉庄严的轰鸣声，声音在屋子里回荡。那马又猛地一甩怪物般的巨大身体，一扭头进了拉特利夫的房间。房间里，穿着睡衣的拉特利夫正倚在敞开的窗户旁边往外看着外面大路上和围场里的情况，他一只脚光着，一只脚穿着袜子，一只手里还拿着准备往脚上穿的那只袜子。听到动静，他扭过头，正好看到那匹马也在盯着自己看，没等他脑子反应过来四肢已经做出反应，一蹦子蹿到窗台上，然后又一跳，跳到外面的地上。野马转过身重新跑到走廊上，正碰上手里拿着鞭子追过来的艾克和他的儿子，那马被惊得又一个转身，朝走廊后门跑去，正撞上了刚刚去院子里收衣服回来的小约翰太太。

小约翰太太胳膊上搭着收好的衣服，手里拿着搓板，从后阳台的台阶刚刚上来，看见那匹马，立刻扬起手里的搓板朝马扔了过去，嘴里骂道："滚开！狗杂种！"洗衣板砸中马脸后掉在地上裂成两半,那马一扬脑袋,疯了似的转身重新向走廊另一端的艾克和他的儿子跑去。

"快闪开,华儿!"艾克大喊一声,往地上一趴,抬起胳膊护住脑袋,可是男孩儿却没动,甚至连眼睛都没有眨一下,也没有低头,瞪眼看着那匹马从他的头上飞过,落到前门阳台上。这时候拉特利夫手里拿着袜子,从房子拐角跑了出来,上了台阶。那匹马还没有站稳就又一个转身,这一次它往走廊后面的阳台跑去,纵身一跃,跳过后阳台的栏杆,落到了围场里。不一会儿工夫,它已经穿过围场,从那扇已经散了架的围场大门跳了出去,跳着穿过围场外翻倒的大车群(所有的大车只有一辆没有翻倒,那上面坐着亨利的老婆),沿着小路上了大路,扬长而去。

离村子四分之一英里远的大路上跑着艾克的那匹马,月光照在坑坑洼洼的路面上,染白了路两旁大树落在地上的影子。这条路通往村外的一条小河,小河上有座木桥,宽窄刚好够一辆车通过。当那匹马跑到那座桥时,一辆马车正从对面过来,来到桥上,拉车的两头骡子昏昏欲睡,那是图尔家的马车,一家六口都坐在上面。图尔赶着马车,他老婆坐在车厢前面,四个女儿坐在车厢后面的座位上。这家人一大早去拜访亲戚,高高兴兴地玩了一天,刚回来。那匹马既没有停下也没有转身,而是直直地朝着马车冲过去,一头撞在了两头骡子中间的车辕上,前腿搭上马车的前沿,挣扎着往上爬,两头骡子被惊吓后立刻背道而驰，向两个相反的方向猛拽马车。图尔大声骂了起来，扬起手里的鞭子向马抽去。两头骡子开始转身，想往回走，马车卡在了桥中间，随即翻倒在桥上，并且撞裂了桥两边的栏杆，栏杆发出咔嚓一声，声音之大压过了图尔老婆和四个女儿的尖叫声。野马从一头骡子背上踩了过去，挣扎中马车前部高高地抬起，把正在马车上用腿猛踢马脸的图尔甩到了车厢里，车厢里凳子七倒八歪，地板上散落着女人的内衣和丝袜之类的东西。野马踏过马车，往远处跑了。骡子还在拉着马车打转，马车再一次被拖得倾斜过来，实在转不动了，卡在了桥中间。手腕上缠着缰绳的图尔被骡子从车厢里拖出来，脸蹭着桥面被拖了好几英尺，一直到缠在他手腕上的缰绳断了才瘫倒在桥上。那匹野马跑远了，桥上只剩下惊魂未定的骡子和图尔的家眷围着已经昏过去的图尔尖声叫着。这时候手里拿着绳子的艾克和儿子气喘吁吁地追过来，问："它往哪个方向跑走了？"

月光照在空荡荡的围场上，一地银白。亨利·艾姆斯蒂德的老婆、小约翰太太、拉特利夫、店员兰普还有另外三个男人帮着把被马踩得不像样子的亨利从地上抬起来，抬进了小约翰太太的后院。亨利脸色发青，双眼紧闭，脑袋往后仰着，喉结暴露，上下排牙齿打着寒战，嘴唇抽搐着。一群人抬着他从院子里的那几棵楝树底下走过。一个男人说道："桥那边还有一匹。"众人没有说话，听着从夜色里传来的马奔跑的声音，虽然声音不高，但传到他们的耳朵里仿佛雷声似的。

村子

"那是艾克的马，"另外一个人说，"就是冲进房子里那匹。"小约翰太太先于那个人进了屋子，当那几个人抬着亨利走到门口时，小约翰太太已经把原来放在桌子上的油灯拿在手里站在门口，给他们照亮。

"抬到这间屋子来！"小约翰太太先走进屋子里，把手里的油灯放在高一点的橱子上，指挥众人说。几个人把亨利抬进来，放在床上。小约翰太太走到床跟前，看着亨利。亨利躺在床上，面色苍白而平静。亨利老婆一动不动地站在床脚，两只手不停地捏着衣角。小约翰太太对那几个抬亨利进来的人说："你们先出去吧。"那几个人听到了，但只是脚挪了挪地方便不再动了，眼睛看着别处。小约翰太太对拉特利夫说："维克，你让他们出去！看看还能不能找到其他要命的东西玩。"

"走吧，伙计们。"拉特利夫说，"走吧，我们去外面看看能不能把那些马追回来，待在这儿也帮不上什么忙。"几个人一起往门口走去，虽然他们尽量放轻脚步，屋子里还是响起脚底摩擦地面的声音。灯光把他们的影子投射在墙上，形成一块巨大的阴影。

"这样吧，你们帮我去叫威尔·瓦尔纳过来！"小约翰太太说，"就对他说，是要他来给骡子治病的！"拉特利夫和那几个人出了屋子，来到院子里。夜色里月光洒了一地，银色的月夜里传来似有似无的声音——那是喊声和马蹄声。急促的马蹄声听得很清楚，踢踢踏踏从木桥上跑了过去，喊声则微弱一些，但听得出不止一个人在喊,声音细细的,像是铃声,有一句是"快,拦住它!"

"那马在屋子里蹿得那叫一个快!也许它是怕再在屋子里碰到一个女人给它一下子!"拉特利夫边走边对那几个人说。从屋子里传来亨利的叫声,几个人转过身,看了一眼身后的屋子,夜色里只能看见从卧室里透出的一片灯光,亨利的叫声渐渐地小了,最后变成夹杂着"啊,哎哟,哎哟……"喊声的呻吟声,呻吟声越来越高,好像又要变成喊声了。"快点走!"拉特利夫说,"得抓紧时间!"几个人上了大路,月光洒在路面上,四月的夜晚还有些冷意,树叶刚刚从芽点冒出,似有似无的喊声和急促的踢踢踏踏的马蹄声一直在夜色里回响着。他们来到瓦尔纳家门前,屋里已经熄了灯,房屋黑乎乎地矗立在夜色里。几个人站在洒满月光的院子里,对着一扇窗户喊了几声,很快,一个人影出现在窗边,是尤拉,她现在已经是斯诺普斯太太。尤拉穿着白色的睡衣,编好的辫子在白色睡衣的映衬下变成了黑色,她没有探出脑袋往下看,只是靠在窗户边上站着,月光照在她身上,她的眼神看上去似乎很迷茫——一头浓密的金发,脸上没有悲伤,也没有被命运打击的迹象,仿佛有点被惊扰而有点沮丧,在那仿佛大理石石雕般坚硬的衣料下,隐约凸现出一双坚挺乳房的形状,她的样子让人想到布伦希尔德,想到用纸做的莱茵河少女的艺术品,想到海伦返回已经被夷为平地的安格斯城时的形象。她没有等任何人,她只是站在那里。"晚上好，斯诺普斯太太。"拉特利夫说，"我们来请威尔叔叔过去瞧病！亨利·艾姆斯蒂德受了伤，被安置在小约翰太太的酒店里。"尤拉从窗户里消失了，几个人在月光下默默地等着，远处的喊声还在继续。不大一会儿，瘦瘦高高的瓦尔纳手里拎着他给牲口看病的药箱（这药箱是瓦尔纳的宝贝，里面的工具几乎个个都像下水道工用的工具，瓦尔纳用它们给牲口灌药驱虫，或者给马和骡子拔牙）从屋里走出来，一边走一边往裤子里塞着衬衫下摆，又系紧裤子的扣眼，裤子的背带耷拉在腰间，被披在外面的大衣挡着。从屋门口的台阶上下来后他停了几秒钟，歪着脑袋站在院子里，仿佛在听回荡在月色里的若有若无的喊声。

"那些人还在抓那些脑袋比兔子大不了多少的野马吗？"他说。

"是的，所有的人都去了，除了亨利。"拉特利夫说，"他抓到了他的那匹马。"

"哈！"瓦尔纳说，"那你呢，维克？你买了几匹马？"

"我来晚了，"拉特利夫说，"没赶上。"

瓦尔纳说："今天晚上天气不错，有月亮，适合跑步。"几个人走出院门，来到大路上。珍珠白的月亮高高地挂在夜空中，仔细看能看到月亮表面深深浅浅的纹路，月亮周围的星群在明亮的月光下暗淡了不少。几个人挨得很近，这个人踩着那个人的影子，路两旁的大树有的刚刚发芽，树干还很纤细，树影落在大路上,和人影交叠在一起。当他们走过瓦尔纳的商店时看到了那株梨树,树冠披满了白雪似的梨花,从里面传出知更鸟的叫声。"看那棵树!"瓦尔纳说,"今年估计得结不少梨子。"

"今年的玉米结得也不错。"一个人说。

"有这样的月亮,大地上啥都长得好。"瓦尔纳说,"我记得我老婆怀上尤拉那会儿,她不想要,觉得我们已经有了一堆孩子,不想生了,可是我想再要个女孩儿,以前生的女儿都嫁到了外地,剩下的都是男孩子,男孩子就是这样,长大后根本不给你好好干活儿,有时间站在商店门口闲扯也不帮家里多干点活儿!可女孩儿不一样!女孩儿从小喜欢待在家里,帮大人做事,结婚嫁人前一直是家里的好帮手。有一次一个老太婆和我家里的女仆说,如果想生女孩儿的话,怀孕期间让孕妇的肚子对着满月那几天的月亮,就能生女孩儿。女仆说给我老婆听了,于是我老婆每天晚上都对着月光晒肚皮,一直晒到生,那时候我老婆常常让我把耳朵贴着她的肚皮听里面的动静。那孩子可喜欢踢她妈肚皮呢,好像她等不及要出来,好像她能感觉到月光照着她妈妈的肚皮,她也要出来看月亮似的。"

"这办法灵吗?威尔叔叔。"一个人问。

"哈!"瓦尔纳说,"你可以试试,你不是有很多女人吗?你就让她们把肚子对着月亮或者太阳晒,或者把手放在人家肚皮上好好摩挲,看看这样做能不能让她们怀孕;你还可以把耳朵贴在她们的肚皮上听听，只是别把人家肚子弄大了跑路走人就行。我说得对不对，维克？"众人哄笑起来。

"别问我，"拉特利夫说，"我连买便宜马都赶不上趟儿！这种事更不知道了！"大家又笑了起来。夜色里传来亨利的呻吟声——"咝，咝，啊！"几个人止住笑，好像刚意识到他们快到了，瓦尔纳走在前面，他走路有点摇晃，但步子迈得很快。他的头微微侧着，似乎在听什么，月亮给大地以及大地上的事物披了一层银色的薄纱，远处传来人的喊声，因为距离远，声音听上去很小，但一直有，像有人在喃喃自语，中间时不时穿插着马蹄跑过木桥桥面发出的打雷似的声音。

"那边的桥上还跑着一匹呢！"一个人说。

"也就是这些马能让那些家伙出来跑动跑动。"瓦尔纳说，"我看他们在马身上丢的钱也没白折，至少逼着他们跑来跑去，人放松了不少。这些人一年四季都在跟土地打交道，也就跟在骡子后面犁地的时候能轻松点，即便那样，还得小心踩上骡子拉的粪便。他们虽然不是年轻小伙子，一到晚上就野猫似的溜到别人家后院去找女人，但也没老到一到天黑只想躺在床上睡觉的地步，所以，出来追追马也挺好！至少累了第二天晚上能睡个好觉！当然，前提是他们能安全地回到家里。早知道这种活动对人的健康有好处，还不如找几只马驹子，或者几只大狗，扔到地里让那几个人去追，然后再搞个比赛啥的！"

"那是您的看法，"拉特利夫说，"要是布克莱特、奎克、弗里曼、艾克那些买马的人对这事儿的看法也像您这么乐观，也许他们心里会好受点。现在他们成天担心的是弗莱姆和那个外乡人带回来的这些野马会不会有'得克萨斯病'，如果有病的话，传染给本地的马，可真是没药可治呢！"

"哼，什么病都有药，除非马死了！"几个人说着已经来到了小约翰太太家的大门口，瓦尔纳打开小约翰太太院子的大门，几个人走了进去。屋子连同走廊笼罩在黑暗中，只有从卧室里透出一星微弱的灯光，空气里传来艾姆斯蒂德的呻吟声。

"就怕找到治病的药时马已经死了！太晚了。"拉特利夫说。

瓦尔纳"哼"了一声，回头看了拉特利夫一眼，说："晚了也没办法，该死的时候就得死。"夜色里拉特利夫看不到瓦尔纳的眼睛，只能看到对方浓密的眉毛耷拉着，似乎在嘲笑什么人。

第二天早晨九点钟，瓦尔纳商店门口的阳台上已经聚集了几个男人，拉特利夫站在其余几个坐着或蹲着的男人面前讲述着："那天晚上跑进小约翰太太家里的只有那一匹马，艾克说得没错。但那匹马是那群马里最大的。我从来没有见过那么大的一匹马！它跑进了我的房间，然后又跑到前阳台上，后来又跑到后院，隔着老远我都能听见小约翰太太的搓衣板砸在它身上的声音。就这样还是让那匹马跑了。我猜这就是为什么那个得克萨斯人把那些马叫作便宜货的原因——就是你怎么靠近它们都不会被踢。"众人都笑了，除了艾克。刚才他一来就去商店买了些吃的装在纸袋里出来。此时他从纸袋掏出一块奶酪，用随身携带的小刀仔细把奶酪切成大小正好的两块，递给儿子一块，然后又从纸袋里掏出几块饼干给了儿子。父子俩并排蹲在墙根底下，津津有味地吃了起来。外人看过去，这父子俩除了体格一大一小外，长相表情简直就是一个模子刻出来的。

"不知道那匹马看到拉特利夫时脑子里是怎么想的。"众人看过去，说话的人嘴里咬着桃树枝子，枝子上开着四朵粉色桃花，像是芭蕾舞演员身上穿的芭蕾舞裙。"他从窗户上跳下来，然后又穿着衬衣出现在好几个门的门口，你说那马会怎么想，一下子出来好几个拉特利夫？"

"谁知道它怎么想的?!"拉特利夫说，"它看见我的次数只要有我看见它的次数的一半，就会感觉自己一定是被包围了。每次我一扭头，就看见那家伙朝我跑过来，要不就是看见它转身朝那个孩子跑去！喏！就是那边坐着的那个孩子！我亲眼看见那匹马从他头上飞过去，可是他连脑袋都没偏一下，眼皮都没眨！是的，先生们，当我扭头看到那个害兽在门口站着，瞪着眼睛看着我，我确信弗莱姆从得克萨斯州带回来的不是马，而是一只老虎！还好我知道，一只老虎占不了整个房间。"几个人又笑了，不过这一次没有笑出声来。兰普·斯诺普斯坐在紧挨门口的椅子上，椅子微微往后靠着门框，堵了一半的门口，突然尖声尖气地笑了，笑完后说："我想如果弗莱姆事先知道你们能那么快就买下那些马，他就不会带马回来了，而是买一群老虎回来，要不就是买一群猴子回来。"

"这么说那些马是弗莱姆的？"拉特利夫说。刚才那几个人立刻不笑了，有人低下头，掏出小刀，开始专心地削手里的树枝或者木头，似乎很快就沉浸在这种单调而需要小心的动作中。兰普抬起头，看见拉特利夫正在看着自己，立刻不笑了（刚才还乐呵呵的不管别人感受如何的神情不见了，只剩下眼角和嘴角因为笑而堆起的皱纹还挂在脸上），说："弗莱姆说了吗？说那些马是他买回来的？别自作聪明了，就像你知道别人的心思似的，你是不是总觉得你们这些镇子上的孩子比我们村子里的孩子聪明？"

"不管是不是他的，大伙儿不也买了吗?!"拉特利夫没有看他，站起来，脸上还和往常一样，让人捉摸不透，神色既和蔼又严肃，"艾克就是证明，他有一大家子需要养活。他得到了两匹马，而且，他只付了一匹马的钱。我听说有些伙计昨天晚上为了抓马一直忙到半夜，但是艾克和他儿子为了抓两匹马已经两天都没回家了。"除了艾克，所有的人都笑了。艾克不说话，用刀子切下一小块奶酪，用刀尖扎着，放进嘴里。刚才他一来就去了商店，从里面买了一块奶酪出来，放在纸袋里，他用刀子切了一块奶酪给儿子。

"艾克抓到了其中的一匹马。"第二个男人说。

"是吗？"拉特利夫说，"哪一匹？艾克。是送给你的那匹还是你买下来的那匹？"

"送给我的那匹。"艾克嘴里嚼着东西说。

"哦，我一直不知道呢。但是艾克还有一匹马没有抓回来，那匹马可是他用钱买回来的。这是不是可以证明那些马不是弗莱姆的，谁会卖给自己亲戚一匹抓都抓不回来的马呢?!"众人又笑了，这时候兰普说话了。

"听着!"兰普对拉特利夫说，"没人把你当傻子。既然你从来没有从弗莱姆那里买过一匹马，也没从村子里的人手里买过任何一匹马，所以这件事不关你的事，到此为止好吗?"众人马上收起了笑。谁都听出兰普的话里没有开玩笑的意思。

"是不关我的事。"拉特利夫说，"早在两天前就没什么好说的了，事情闹到这一步是因为有人忘了关围场的大门，所有的马都跑了，至于艾克的那匹马，因为是白来的，所以肯定不是弗莱姆的马，他是不会白白送人马的。"

"其他马看来是追不回了!"有人削着梨树枝子说，"布克莱特和奎克两个人还在追。有人说昨天晚上八点钟左右在伯茨伯罗旧镇以西三英里的地方看见两匹野马，像是从那群马中跑出来的，可是他们不敢挨马太近，所以也不知道那是不是布克莱特和奎克的马。"

"当然，那马那么野，谁敢靠近?"拉特利夫说，"买马的人家都放狗去追那些马，只有亨利是一个人去追的，因为他没有狗。这家伙现在躺在小约翰酒店的房间里，看着围场里的动静，巴望着他那匹马兴许能回来，好喊他老婆去给他捉马……"拉特利夫还要说下去，却看见弗莱姆突然出现在台阶下，他没有惊慌，用平常的语调打招呼道，"早晨好，弗莱姆。"一旁的兰普立刻跳了起来，像是仆人看见了主子，动作敏捷地给弗莱姆腾位置，艾克和自己的儿子仍旧吃着东西，其他人也没和弗莱姆打招呼，只是停下手里的活儿，抬起头看了一眼。弗莱姆沿着台阶走上来，他身上还穿着那条灰色的裤子，脖子上系着领结，头上戴着一顶呢子帽子。他的嘴巴一直在嚅动，手里拿着一块白色的松木木头，上来后他只是对其他人点了下头，就径直在兰普给他让出的位置上坐下来，打开手里的小刀子，谁也不看，开始一下下地削木头。兰普跑到商店门口，后背靠着门框站着，脸上重新恢复到以前那种鬼迷日眼的欢乐表情，他对弗莱姆说："你来得正好！拉特利夫正在为马的事和人争呢！"

弗莱姆没有理他，似乎心思都集中在手里的木头上，动作宛如一个外科医生精准利落，削下的木片一绺绺掉在地上。除了艾克爷儿俩，其他人也在削着木头。兰普后背倚着门框，挤眉弄眼地对弗莱姆说："你说两句，打消拉特利夫的怀疑。"弗莱姆扭头往旁边吐了口唾沫说："他当时不是在场吗？看见了还用我说？"他手里一直没有停下削木头的动作。那口唾沫飞过阳台和台阶，落在地上。兰普咯咯地笑了起来，一边笑一边拍大腿，五官又开始往中间挤，像是有一只手在把他的各个五官往中间拽。

"你们最好别找他的事儿,"他说,"你们斗不过他。"

"也是。"拉特利夫说。他不再和阳台上的人说话,看着小约翰太太家门口的那条空荡荡的大路,陷入了沉思。一个弯腰驼背,身上衣服明显显小的少年突然出现在阳台下,他没有和阳台上的人打招呼,也不看他们,脸上的神色似乎有点茫然,但也无所谓,好像他不知道自己要去哪里,但也不为这件事烦恼。艾克的儿子坐在阳台上,眼睛一眨不眨地看着那个少年过来,手里的饼干也忘了吃,一直看到少年在商店的拐角处转过去才转过头来,继续吃他的饼干。

"对了,我听说图尔太太因为野马把图尔掀翻在桥上受伤的事情起诉艾克,还有亨利·艾姆斯蒂德也受了伤……"

"他们受伤怨不得别人,是因为他们没本事保护好自己。"兰普说。

拉特利夫心不在焉地"哦"了一声,似乎是说给身后那个人听,"你说亨利·艾姆斯蒂德,就我当时看到的情景而言,我认为得克萨斯人离开后那匹野马就不属于艾姆斯蒂德了。至于他摔断了腿的事儿,没准儿他还高兴呢,因为这样省了干割麦子的活儿了,都让他老婆干了。"兰普不动了,眼睛一眨不眨地盯着拉特利夫的后脑勺,然后又看看弗莱姆,弗莱姆嘴还在嚅动,手里的刀子没停,一小绺木片随着刀子的前进打着卷儿脱离了木头。兰普回过眼神,继续盯着拉特利夫的后脑勺。

"她不是第一次自己种庄稼。"嘴里咬着桃枝的人说。拉特利夫看了他一眼说:"我知道这事儿你最有发言权,我看见过你帮他们家翻地,亨利看来是干不了活儿了。你说说,今年你都帮着他家干过几次活儿?"

那个人没有回答,只是从嘴里抽出桃枝,吐了口唾沫,然后重新用牙齿咬住桃枝。

"她修整犁沟比我修得还直。"第二个人说。

"这事儿要怪就怪他们两口子运气不好。"第三个人说,"人就是这样,不走运的时候干啥都不成。"

"都说懒惰是最大的霉运,那两口子是不是因为懒才穷成那样?"拉特利夫说。

"他们可不是懒人,"第三个人说,"大概是三四年前吧,他家的一头骡子死了,亨利和他老婆和另外一头骡子拉犁翻地播了种子,所以说他们不是懒人。"

"知道了,"拉特利夫凝视着空旷的大路说,"看来今年那女人只能一个人犁地了,她的大女儿应该能帮点忙,骡子犁地时她可以和骡子一起拉犁,再不济她妈妈拉犁时她能帮着扶个犁啥的,你说呢?"拉特利夫看了一眼那个嘴里叼着桃枝的人,然后把眼光移向远处。兰普还是紧紧贴着门框站着,身体不再动来动去,瞪眼看着拉特利夫,好像蹭了半天的门,他现在累了,要歇一会儿。弗莱姆面无表情地削着手里的木头,他的嘴一直在嚅动,头上的帽子斜斜扣在脑瓜顶上,刀子每划一下,都会卷起一小绺弯弯的木片。"至于她妈妈,她现在和亨利住在小约翰太太那里，每天靠给小约翰太太洗盘子、打扫房间付他们两口子在那里的住宿费，干完这些活儿后她赶回家里，给牛挤奶，给孩子们做饭，给最小的那个孩子喂奶，喂完奶把他哄睡后才能离开家，走之前还要站在门外听自己的大女儿把门插好，那女孩儿等妈妈走后就上床睡觉了，睡觉前还要记得把斧子放到身旁。"

"斧子？"嘴里咬着桃枝的人说。

"她睡觉时身边放着斧子！她才十二岁，这一带的'野马'[①]多着呢！我说的'野马'可不是弗莱姆带来的那些野马！在那些'野马'面前，小约翰太太的洗衣板没什么用——女人回到小约翰酒店后，还要洗其他人吃完晚饭后留给她的碟子盘子，做完这些，这一天的活儿才算彻底干完了，剩下的就是待在亨利身边一直到天亮，这样他叫她时她能听得到。第二天天亮她就开始砍柴、生火、做饭，帮助小约翰太太洗碗、铺床、打扫房间。干活儿时她一直注意着大路那边的动静，惦记着弗莱姆回来后她就问他要回自己那五美元。拍卖会结束后弗莱姆就不见了，不知道去了哪儿，也许他是去镇子探望他那位堂兄了，就是那位因为犯了事儿现在被关在镇子上的堂兄。'谁知道能不能要回来呢？'她说，我猜小约翰太太也是这么认为的，因为她从来没有说过要钱这件事。我听到她——"

[①] 指觊觎女性的男人。

"你从哪儿知道这些事情的?"那个店员说。

"我听到的!"拉特利夫扭头看了一眼兰普,转过头继续看着远处说,"——有一次她们在洗碗,艾姆斯蒂德太太把盘子放进池子里说:'你觉得他会把钱还给我吗?得克萨斯人把钱给了他,还说他会给我钱的。所有的人都听见了,得克萨斯人说他把钱给了弗莱姆,还说我可以第二天从弗莱姆那里要回这五美元。'小约翰太太也和她一起洗碗,洗得很用力,手脚重得像是男人,就好像那些盘子是铁做的。'他不会还给你钱的,'小约翰太太说,'但是你可以试试,看看能不能问他要回来'——'如果他不愿意给我,问他要也没用。'那女人说。——'随你,你想要就要!不想要就别要!'小约翰太太说,'那是你的钱,旁人管不了。'然后两个女人就不说话了,厨房里只有洗盘子的声音,过了一会儿,亨利老婆又说:'你觉得他会还给我那五美元吗?那个得克萨斯人说他会给我的,那天在场的人都听见了。'——'既然你想要,那就去问他要。'小约翰太太说。然后又是一阵哗啦哗啦洗盘子的声音。'他不会给我的。'那女人说。'那就别要,'小约翰太太说,'那就别要。'两个女人的声音又被厨房里洗碗池的声音淹没了(厨房里有两个洗盘子的池子)。'你觉得他会还我钱吗?'女人说,小约翰太太一声不吭,洗碗的声音更大了,像在摔盘子似的。'也许我应该现在去找亨利,和他说说这事儿。'女人说。——'换了我我会!'小约翰太太说。那洗碗盘的声音更大了,就像她手

村子

里抓着两个盘子在互相撞似的,就像她手里的不是盘子,而是两个乐队演奏用的铜锣。'要回来五美元后亨利可以用这钱再去买一匹能踢死人的疯马来!如果他拿了钱还想去买马的话,干脆你们也别去要钱了,我给他五美元,直接买一匹能踢死他的马得了!''我还是去找他说一下吧。'女人说,然后我听到一阵收拾碗盘的声音。"拉特利夫还要往下说,被他身后的店员打断,店员说:"别说了!这就是弗莱姆!"但他也马上闭上了嘴,因为他看见艾姆斯蒂德太太——亨利的老婆往这边走过来,阳台上的人一律闭上了嘴,看着那女人一步步来到弗莱姆跟前站下,谁也不看,粗布衣服掩盖住了她干瘦的身体,脚上穿的一双网球鞋看着脏乎乎的。她的脚步很轻,两只手卷在围裙里。

"得克萨斯人那天说了,说他不卖给亨利马。"女人静静地说,"他说你拿着我们的钱,让我问你要。"弗莱姆抬起头,往阳台外吐了口唾沫说:"他离开的时候拿走了所有的钱。"艾姆斯蒂德太太没动,她身上那件灰色的衣服看上去很硬,仿佛青铜器上雕刻出的褶皱,她低着头,盯着弗莱姆的脚,好像并没有听见对方刚才的话,仿佛她说完自己的话后就不再接受任何外界的声音,即便她听到了,但那些话对她来说没有任何意义。兰普一边看着一边用门框蹭着后背,看着她。小男孩的眼睛也在一眨不眨地看她,眼睛里流露出来的东西很难说清,那是其他人眼里没有的。嘴里叼着桃枝的男人把桃树枝子从嘴里取下来,吐了一口唾沫,重新把树枝放回嘴里。

"他说亨利没有买他的马,"那女人说,"他说我可以从你这里拿到我的钱。"

"那是他忘了告诉你,他把你的钱带走了。"弗莱姆说,"他走的时候从我这里把钱要走了。"他盯着女人看了一眼,低下头继续削他的木头。兰普靠着门柱看着。女人不吭声,过了一会儿抬起头,看着大路的方向。一阵风裹挟着尘土从大路尽头吹过来,刮到小约翰酒店附近,风变轻了,开始往上走,拂过路边那几棵六月才会开花的刺槐和学校破烂的屋顶,走到那片桃树和梨树的果园,夹带起粉色和白色的花朵,像嗡嗡的蜂群往山坡上吹去。山顶上矗立着教堂,大理石的基石在阳光下微微发亮,教堂周围种着几棵雪松,附近的鸽群发出咕噜咕噜的声音。女人动了一下脚,破烂的地板发出吱吱声。

"我得回去了,快到吃晚饭的时间了。"女人说。

"亨利身体恢复得怎么样?艾姆斯蒂德太太。"拉特利夫说。女人看了拉特利夫一眼,原本暗淡无光的眼睛里突然闪过一丝亮色:"还下不了地,只能躺着,谢谢您的关心。"拉特利夫注意到对方眼里的东西又暗淡下去。女人往阳台台阶走去。弗莱姆突然从椅子上站起来,合上刀子,用手掸了掸大腿上的木头碎屑,对女人说:"你等一下!"然后往商店门口走去。刚才还不停地蹭着门框的兰普突然不动了,脑袋随着弗莱姆的身影转动着,眼睛不停地眨巴着,活像一只警觉的猫头鹰。

女人站住了,还是谁都不看,只是微微转过身子等着。可能不相信他会还她钱吧,拉特利夫心里想,我也不信这家伙会还她钱。弗莱姆进了店里。乔迪骑着马出现在大路上,他没有骑过来,而是打马往商店后面的桑树林子走去,他通常把马拴在那里。一辆大车在大路上走着,经过商店门口,赶车的人朝阳台上的几个人伸出手挥舞了一下,算是打招呼,阳台上的那几个也伸出手回应似的冲他挥舞了一下。大车走远了。艾姆斯蒂德老婆看着那辆大车。弗莱姆手里拿了一个带条纹的小纸袋从店里出来,走到艾姆斯蒂德老婆跟前,把手里的东西往前一伸,说:"给!"等到艾姆斯蒂德老婆犹豫着接过去后,弗莱姆说:"一点糖,给孩子们吃的。"然后从口袋里掏出一枚五分钢镚儿,递给兰普,等兰普接过去后他重新坐回椅子上,扭头吐了口唾沫,继续削手里的木头。那口唾沫差点吐到正要走的艾姆斯蒂德老婆身上。一个小男孩儿立刻盯上了艾姆斯蒂德老婆手里的那个纸袋。艾姆斯蒂德老婆似乎这时候才醒了过来,意识到弗莱姆给她的是什么。

"你真是个好人。"她把袋子卷进自己的围裙里,说,"我要回去做饭了。"那个小男孩儿眼睛一直盯着她的一举一动,最后落在她的衣角——那里放着那包糖。女人下了台阶往回走时,刚才还飘动的衣服现在突然不再飘动,机械的步态让她看上去仿佛是顺水漂流的一个东西。那个店员还站在门口,这时候突然笑了,笑得咯咯的,好像憋了半天终于忍不住似的,一边笑一边拍着大腿。

"上帝,"他说,"谁能斗过他?"

乔迪从后面进到商店里,刚走进店里他就站住了:一个男孩儿背对着他们,正在从那个盛着针线、鼻烟、烟草,以及一些放了很久的花花绿绿的糖果的柜台里拿糖果吃,男孩儿的脑袋和肩膀几乎全部探进了柜台里。乔迪轻手轻脚地绕到柜台后面,一把把他揪了出来!男孩儿在乔迪手里挣来挣去,嘴里被呛得不停地咳嗽着,但手里一点都没停歇,还在急急忙忙地往嘴里塞偷来的东西,一边塞一边嚼。终于,他停止了挣扎,手脚不再动弹,但是嘴还在嚅动。兰普刚刚走到门口,看到乔迪和那孩子,几步跳到店里喊道:"怎么又是你!圣埃尔莫!"

"我再三和你说,让他离我的店远点!"乔迪摇晃着男孩儿对兰普嚷道,"他快把店里的糖果偷光了!"然后又对男孩儿喊道:"你给我站直了!"男孩闭着眼睛,一点反抗的意思都没有,任凭自己的身体像一个麻袋那样被乔迪摇晃着。他双眼紧闭,人像睡着了似的,可是在这张死气沉沉的脸上一张嘴巴却在不顾一切地很有力地咀嚼着,随着每一下嚼动,他的两只耳朵也在微微动着。

"站直了!圣埃尔莫!"兰普也说,"站直了!"那孩子站直了身体,但还是闭着眼睛,嘴巴还是没有停止嚼动,乔迪松开手。"回家去!"兰普说。男孩儿赖着不走,试图留在店里,乔迪往外推他。

"你还想进来？你给我出去！走那边！"乔迪把男孩儿赶出屋子，男孩儿朝台阶走去，他身上的衣服几乎小得穿不下了，似乎勉强才套进去，两条腿把裤子绷得紧紧的。刚下了台阶，还没等站稳脚跟，他的手就从口袋里掏出刚才偷的东西往嘴里猛塞，从后面看去，他的耳朵随着嘴巴的咀嚼在微微活动。

"这孩子比耗子还可恶！"兰普说。

"耗子？哼！我看他就是一只咬断皮绳环扣，钻到邻居的院子里偷吃的山羊！"乔迪咬牙切齿地说，"它可不满足于自己家院子里的那点草！没准儿对面的铁匠铺也得遭殃！你听好了，如果让我再看到他在我的铺子里偷东西吃，我就在店里下个专门对付他的捕熊夹子！"乔迪说着走出店门，那个店员跟在他后面。

"早上好，先生们！"来到阳台上的乔迪和阳台上的人打着招呼，拉特利夫问乔迪："那是谁家的孩子？"兰普还站在商店门口。乔迪和拉特利夫并排站着，虽然这两个人都是单身汉（单身汉似乎看上去总有点一样的地方，至于究竟是哪里一样，很难说得清楚，它和穿衣打扮无关，也和待人接物无关），但是在外人眼里，两个单身汉未来的命运也会不同：总有一天两个人都会变成老头，但乔迪这样的单身汉最终会耐不住孤独，在六十五岁那年投降，娶一个只有十七岁的妻子，而这娇妻像为自己的同性报复似的会让他余生苦不堪言；可是拉特利夫一辈子都不会娶妻，所以也就不会受这样的苦。那男孩儿在大路上走得不紧不慢,手时不时伸进口袋里掏出个东西往嘴里送着。

"艾欧的孩子,"乔迪说,"上帝!对付他,我就剩下毒药可以用了!"

"什么?"拉特利夫说。他迅速看了一眼其他人,脸上的神色不光困惑还有惊诧:"我以为——不是有一天你们告诉我说——你们说有一个女人抱着个孩子过来找他——可是怎么又……"

"这是他另外一个孩子,"乔迪说,"那孩子总有一天会因为偷东西被人打断腿。对了,艾克,我听说你逮住你的一匹马了?"

"嗯,是真的。"艾克说。他和儿子已经吃完了饼干和奶酪,手里抓着空袋子坐在那里。

"是他给你的那匹马吗?"乔迪说。

"是的。"艾克说。

"给我另外一个,爸爸。"旁边的小男孩儿对艾克说。

"可是马呢?"乔迪说。

"死了,它折断了脖子。"艾克说。

"我听说了,"乔迪说,"但是那马的脖子怎么就折断了呢?"艾克没有动,看着乔迪,一副想说又说不出来的样子。乔迪嗑着牙花子笑着说:"还是我替你说吧!你和你儿子足足追了那匹马两天,最后把它赶进了通往弗里曼家马棚的那条小巷道，那条巷道四周围着八英尺高的篱笆，那匹马绝对跑不了！你们又在胡同入口处拦了一条绳子，绳子距离地面三英尺，果然，当那匹马跑到那条胡同的尽头，看到弗里曼家的马棚，立刻转了个身往回跑，速度快得像是抓鸡吃的老鹰受到惊吓后起飞。弗里曼太太说当时她在阳台上看到那一幕，那马快得像飞速旋转的圣诞节纸风车，人只看见一团影子向绳子冲去，也许它受惊之下根本就没有看见拦在胡同口的那条绳子，结果就折断了脖子。对了，另一匹呢？就是你掏钱买的那匹，也不见了？"

"不见了！"艾克说，"不知道跑哪儿了！"

"你答应把那匹马给我的，爸爸！"艾克的儿子接上话说。

"等我们抓到它再说！"艾克说，"抓它之前我们总得找到它吧。"

那天下午拉特利夫赶着自己那辆马车来到布克莱特家门口停下，布克莱特出来站在马车旁边，对拉特利夫说："你错了，他回来了。"

"他回来了？"拉特利夫说，"难道我错了……不可能，他没有那么仗义，他不是那样的人，我不会看错的。"

"也难说。"布克莱特说，"昨天一天他都没在村子，虽然没人看见他去了镇子上，也没人看见他回来，但是我猜他应该是去镇子上看他那个蹲监狱的堂兄了。谁都不会看着他的兄弟烂在监狱里不管，斯诺普斯家的人也不例外。"

"明克不会被关在临时监狱太久,下个月开庭宣判,他肯定会被判刑,然后送到帕齐曼农场服刑,到了那儿,他不想种地都不行!有的是棉花让他种,而且是给别人种!话说回来,他种自己的地时挣的那点钱也不够他养活一家子!弗莱姆不会管他的!"

"我不信!"布克莱特说,"谁会眼睁睁地看着自己的兄弟坐监狱不管?"

"他不会管的,因为他不想看到自己给亲戚打过的借条今天一个明天一个地被他的亲戚拿给别人看。明克一去监狱,至少有几张欠条就自动消失了。"拉特利夫看了布克莱特一眼——布克莱特拧着乌黑的眉毛,看着拉特利夫说:"你不是说了吗?你和弗莱姆早把那些欠条烧了。"

"我只是说明克给我的那两张欠条烧了,我可没说弗莱姆打给自家亲戚的全部欠条都烧了!再说那家人之间打交道时不一定啥都要记在纸上,因为记在纸上的东西一根火柴就可以烧得干干净净,你以为他们不懂吗?"

"噢,"布克莱特说,"对了,你该不会又送给亨利·艾姆斯蒂德五美元吧?"拉特利夫往旁边看去,他的脸色变了——脸上闪过一丝让人看不懂的东西,绝对不是笑,因为他的眼睛里没有一点笑意。

"我本来想给的,"拉特利夫说,"但是我没有,就像小约翰太太说的,那人手里不能有钱。他要是有钱,不定怎么作死呢！至于我替傻子给小约翰太太钱那件事，我只能说我并不是图什么。虽然那人是个傻子，但是他不贪婪，不会去伤害别人，即使他能够那么做他也不会。就像我，我也不会那么做。即便是你做坏事，如果让我看到了，我也不会袖手旁观的，我永远都不会成为斯诺普斯家那样的人，我永远都不会赤裸裸地去赚昧心钱，即便我有机会，我也不会，这就是我想说的。"

"我知道你不会，"布克莱特说，"你也不用太紧张，很快就会过去的！"

2

经过当事人双方的同意，艾姆斯蒂德诉弗莱姆·斯诺普斯，图尔诉艾克·斯诺普斯案（图尔老婆似乎气坏了，恨不能把法国人湾所有姓斯诺普斯和姓瓦尔纳的人都告上法庭）的审判地点重新换了地方。可是当事人只有亨利·艾姆斯蒂德、图尔和艾克·斯诺普斯同意出庭。法庭也给弗莱姆·斯诺普斯发了传票，可是送传票的法警找到弗莱姆时，他正坐在椅子上削木头。法警说明来意，把传票递给他，弗莱姆没有接，也没有表示出生气的样子，只是一扭头，往地上吐了口唾沫说："那不是我的马。"说完继续削手里的木头，搞得法警手里拿着那张传票，不知如何是好。

"这对斯诺普斯家的那个律师[①]是个多么好的辩论机会啊!"拉特利夫听到这件事后说,"那家伙叫什么名字来着?就是那个生了一堆孩子的家伙!一说话句句都是箴言名句,好像他是摩西似的!走到哪儿身后都有一群孩子,哪个孩子都和他有点关系!我以为只有我才能记得住那么多人的名字,没想到这家伙也可以把人名记得那么清楚!他说话时从来不给别人说话的机会,这下好了!有人请他替自己在法庭上说话,而且请他的这个人可不是那些心眼儿窄的客户,雇了律师却不让律师自己说话,请他的人会让他在法庭上说个够!到时候唯一能让他闭嘴的只有代表着法律尊严的法官本人。"

五月的一个星期六的早晨,距离法国人湾八英里远的怀特里夫商店的门前聚集了一堆人,他们是法国人湾和住在附近特地跑来看审案的村民。这些人来的时候有的赶着大车,有的坐着小型轻便马车,有的骑着备了鞍子的马和骡子。但瓦尔纳的那辆轻便马车和拉特利夫的马车不在其中。那段时间,这一带方圆二三十英里都奔跑着拉特利夫说的那种得了"得克萨斯病"的马,所以住在附近的人都很关心这件案子会怎么审。那天早晨,等到从法国人湾出来的村民到达怀特里夫商店门口时,已经有二十多辆马车(它们的主人卸掉马身上的马具,把马拴在马车后轮子上,一副要在这里待上一天的架势)早早停

[①] 这里指的是艾欧·斯诺普斯。

在商店门口，除此之外在商店旁边的树林里还拴着好多备着鞍子的马，数目大约有马车的两倍。本来法庭最初把审判地点定在怀特里夫商店，但是由于担心里面容纳不下太多人，于是在开庭之前把审案地点换到离商店不远的一间棉花坊（屋子很大，专门用来储存秋天收上来的棉花）里，可是到了开庭那天，上午九点不到已经来了很多人，新换的地点根本盛不下这么多人。法庭临时决定把审理地点从屋里挪到露天场所，众人也跟着一通忙活：把马、骡子和大车牵到远处，把原本已经在棉花坊里摆好的法官椅和表面看着坑坑洼洼的桌子搬到离树林不远的一处空地上，法庭专用的厚本《圣经》也被拿来放在桌子上（那《圣经》有一种让人爱不释手的外观，可以看出它虽然没少被使用但一直被爱护得很好），除此之外桌子上还放着一本《法律年鉴》和一本自1881年起的《密西西比州案例汇编》，在汇编一侧的书页处自上而下有一道细细的像一道线似的污迹，似乎它的主人长久以来只用那一页，所以那一页显得比其他地方旧。趁着其他村民忙着摆设新案堂的工夫，有四个人赶着马车从一英里外的教堂里拿了四张长凳回来，以供诉讼当事人及其亲属和证人坐着听证。看客们则一律站着——他们之中有男人、女人，也有孩子，每个人都神情严肃，虽然不像星期天去教堂那样穿得很正式，但身上的衣服干干净净。这地方的人有个习惯，那就是一到星期六都会出去走动走动，要么聚集在商店周围，要么去县城兜一圈，大多数时候出门前会换上一件干净衣服，这件衣服通常会伴随他们一个星期，等到下个星期六出门前再换一件干净的。法官是一个胖乎乎的上了年纪的小个子男人，穿一身浆洗得干干净净的衣服，仿佛漫画书里常见的面慈心善的老爷爷——穿着一件熨得规规整整的无领白色衬衫，洁白无瑕的袖口和前胸被精心浆洗过，鼻梁上架着一副金边眼镜，微微卷曲的白发梳得整整齐齐。法官来到桌子后面坐下，看着原告和被告——原告亨利·艾姆斯蒂德太太灰衣灰裙灰帽，两只关节粗大的手交叠着放在腿上，仿佛暴露在干沼泽地里的树根；出门一向穿得干干净净的图尔穿着褪色的衬衫坐在凳子上——这个家里全是女人的男人一向被照顾得很好，工装裤总是被浆洗熨烫得平平整整，裤缝和裤缝之间平整得连个褶子都没有，让人想到星期六被妈妈打扮得整齐利索的小男孩儿。今天他穿得和往常一样干净，但气色却和以前大不一样：一张脸胡子拉碴，一看就是很久没有刮过，大半个消瘦的脸庞都被遮盖在玉米穗似的胡须底下，人沧桑憔悴得好像变了一个人，仿佛过去那个被家里的女眷当作意大利小男孩儿照顾的人突然变成了一个不学好的无所事事的少年，仿佛他过去一直在伪装自己，现在终于露出了本来面目，唯一看着没有变化的是从那双蓝眼睛里流露出来的一个老实人才有的不敢惹事儿的眼神。矮矮胖胖的图尔太太绷着脸坐在丈夫旁边，似乎在强压心里的怒火，过去的四个星期她一直是这样的脸色，既没多也没少，仿佛这副表情在她脸上凝固了似的。这让见到她的人感到好奇，到底发生了什么事让她一副苦大仇深的表情，似乎她的怨气不仅仅是针对被告斯诺普斯或者和这件事有关的人，而是推广到世界上所有的男人，就连她的丈夫图尔也成了她的出气筒，而不是事件的受害者。他们的大女儿老老实实地坐在她的父亲的另一边，母女俩一左一右把图尔夹在当中，仿佛担心自己的丈夫或父亲随时会站起来走人——虽然她们（至少图尔太太）知道他不会这样做。坐在长凳上的还有被告艾克和他的儿子，父子俩长得像一个模子里刻出来的，只不过型号大小不同而已。瓦尔纳商店的店员兰普·斯诺普斯也来了（弗莱姆离开商店后他接管了弗莱姆的位置），他头上戴着一顶灰色的帽子，有人认出那顶灰帽子是弗莱姆的，去年弗莱姆去得克萨斯时戴的就是这顶帽子。兰普盯着法官，时不时眨几下眼皮，让人想到没有眼皮的老鼠看东西时的样子——在镜片的作用下，法官那双因为年纪大了虹膜变浅的眼睛显得有点不真实。兰普眼睛里的神色既有迷惑，也有警觉，同时还有些担心（四个星期前站在阳台上和村民聊天的拉特利夫的眼睛里也曾流露出类似的担心的神色）。

"咳，嗯——"法官坐在桌子后面看着众人说，"没想到来了这么多人，嗯……我们还是先祈祷吧。我的声音可能小点，希望各位和我一起祈祷。"他低下头，两只手十指交叉，合在一起放在胸前，开始祈祷。其他人表情严肃平静地看着他：清晨的微风掀起他稀疏的头发，被风吹得微微摇摆的树叶的影子落在他浆洗过的硬邦邦的前襟上，袖口上扣得严严实实的扣子在阳光的照射下偶尔反射出一道亮光，硬邦邦的袖口像一截足足有六英寸长的烟囱，几乎盖住了整个手腕。法官祈祷完了，抬起头很正式地说道："现在开始审理艾姆斯蒂德诉弗莱姆·斯诺普斯案——"法官话音刚落，一直坐在那里，两只手放在腿上一动不动的艾姆斯蒂德老婆开口道："那个得克萨斯人说——"她开始向法庭陈诉，但她说话时不看任何人，语调没有任何情绪的起伏。

"先等一下！"法官打断艾姆斯蒂德老婆，用隐藏在镜片后面的那双不太清澈的眼睛扫了一眼周围的人说，"被告呢？为什么我没有看到被告？"

"没来。"法警回答法官。

"没来？传票没有送到吗？"

"送了，可是他不接受，"法警说，"他说——"

"他敢藐视法庭?!"法官说。

"他藐视什么了？"兰普突然说话了，"谁能证明那些马就是他的？"法官把目光转向兰普，问："你是被告的代理人？"

兰普眨眨眼睛说："被告代理人是什么意思？您是要把他欠的账都推在我身上？"

"难道他不知道吗？如果被告不接受传票，法庭完全可以认定他不打算为自己辩护！如果被告拒绝出庭的话，我可以做出缺席判决，裁定他不为自己辩护，虽然这么做不能体现纯粹的公平正义。"

"那岂不是太不公平?! 这下谁都能看出您的心思了，都不用请那些会读心术的人来。"兰普顶撞法官道。

"你少说几句，兰普！如果这案子和你没关系，你最好少说话。"法警对兰普说，然后转向法官，"您尽管吩咐！要不我去趟法国人湾，把弗莱姆·斯诺普斯带过来？我可以那么做。"

"暂时不用。先等等再说。"法官用疑惑的眼神打量了一眼周围，问道，"那些马是谁的？有人知道吗？"年迈的法官坐在桌子后面，着装整洁，微微颤抖的双手交叉着放在桌子上。周围的人看着法官，谁都不说话。"这样吧，艾姆斯蒂德夫人，你先向法庭做陈述，告诉我们事件的始末？"法官说。艾姆斯蒂德老婆的声音重新回响在空气中，她说话的时候身体一动不动，眼睛不看任何人，从头至尾一个调子下来，没有起伏，就好像这件事和任何人无关，也不会有什么结果。周围的人静静地听着，法官则一直垂着脑袋，手放在桌子上，等到艾姆斯蒂德老婆讲完后他抬起头说："你没有证据证明弗莱姆·斯诺普斯是那群马的主人。你起诉的应该是得克萨斯人，可是那人跑了，即便你赢了这场官司，也拿不到钱，你明白我的意思吗？"

"是弗莱姆把得克萨斯人领到这个村子来的，"艾姆斯蒂德老婆说，"如果不是弗莱姆把他领来，那个得克萨斯人怎么会知道这里还有个叫法国人湾的地方?!"

"可是卖给你马的是得克萨斯人，钱也是交到得克萨斯人手里的不是吗？"法官打量了一眼周围几个人，"是这样吗？布克莱特，你来告诉我，是不是得克萨斯人从你们手里收的钱？"

"是的。"布克莱特说。法官看着艾姆斯蒂德老婆，眼睛里流露出遗憾和同情的神色。太阳高高地挂在空中，起风了，大风掠过头顶上的树枝，吹落一些花瓣下来，花香在人们头顶上方弥漫，落在地上的花瓣看着还没完全开透，让人觉得经过严酷的冬天，春天正在不计后果地、迫不及待地捧出仅有的春色。

"可是后来亨利把钱给了斯诺普斯先生。因为得克萨斯人说不愿意卖给他马，还说让我第二天问斯诺普斯先生要回那五美元。"

"有人当时在场看见了这一幕吗？他能给你做证吗？"

"有，法官大人，当时很多人在场，他们都看见了——"

"那你后来有没有向弗莱姆要钱？"

"要了，先生，可是弗莱姆说得克萨斯人把钱拿走了，跑了！不过我认识——"艾姆斯蒂德的老婆不说了，低下头，看着她自己的手，还是不看任何人。

"你认识什么？继续说！"法官督促她继续说下去。

"我认识那些钱！因为那是我自己织毛衣挣来的钱！杰弗生镇里的几个太太给了我一些毛线和织针，让我帮她们织毛衣，于是每天晚上等亨利和孩子们睡着后我就开始织，织完了卖给她们，靠着这个我攒了五美元，它们是我一分一分攒的，所以我认得。钱我放在盒子里，盒子放在烟囱里，我经常把盒子从烟囱里拿出来，数数里面的钱，看它们是否够给孩子们买几双过冬的鞋子。我认得那些钱，如果弗莱姆可以让我……"

"如果有人看见弗莱姆把那笔钱给了那个得克萨斯人呢？"兰普突然说。

"有没有人看见弗莱姆把艾姆斯蒂德交给他的钱给了得克萨斯人？"法官说。

"有！艾克看见了。"兰普插嘴道，他转过头看着艾克说，"你和法官说！"法官看向艾克，图尔太太和她的四个女儿一起转过头看着艾克，图尔太太的脸上还是冷冰冰的，带着鄙夷的神色。艾克坐在凳子上，一动不动，所有人的目光都凝聚在艾克身上。

"艾克，你有看见弗莱姆把艾姆斯蒂德给他的钱给了得克萨斯人吗？"法官说。艾克没有回答，身体一动不动，似乎没有任何反应。兰普突然不耐烦地说："上帝！如果他因为害怕而不敢说出真相的话，我敢！我不害怕！我看见弗莱姆给了他钱！"

"你敢对自己的这句证言发誓吗？"法官说。兰普看着法官说："您不相信我？"

"我只相信真相，如果我自己发现不了真相，我可以接受宣誓过的证词，前提是我也认为它是真相。"法官说着从桌子上拿起那本《圣经》。

"请您到这边来。"法警对兰普说，兰普从凳子上站起来，走到法庭前面。众人把目光转向他,人群安静下来,没有人走动,也没有人伸长脖子看。兰普来到法官的桌子跟前,回过头从头至尾扫了眼站在他身后的那一排个头参差不齐的人群,然后转过头看着法官。法官把手放在《圣经》上,对兰普说:"你说你亲眼看见弗莱姆·斯诺普斯把亨利·艾姆斯蒂德给他的买马钱又给了得克萨斯人,你愿意做证并宣誓吗?"

"我回答过您了,我愿意!"兰普说。法官松开手里的《圣经》,示意法警把《圣经》拿到兰普跟前,说:"让他宣誓!"

法警把手里的《圣经》递到兰普眼前,例行公事说:"请举起右手,把左手放在《圣经》上,庄严宣誓——"虽说法警说得很快,可是不等他说完,兰普已经把左手按在《圣经》上,举起右手,扭头看了一眼屋子里的人沙哑着嗓子大声说:"是的,我看见弗莱姆·斯诺普斯把亨利·艾姆斯蒂德买马的钱和其他人买马的钱全都交给了得克萨斯人,这么说可以吗?"

"可以。"法官说。周围安静下来,没有人说话,也没有人离开,法警把《圣经》重新放到法官手边。周围寂静无声,只有人落在地上的影子影影绰绰,空气中不时飘下几片刺槐花瓣。艾姆斯蒂德的老婆突然安静地站了起来,说:"我可以走了吗?"她还是老样子,两只手交叠着放在腹部,谁也不看。

"可以,"法官也站了起来,说,"除非您愿意——"

"我想早点走,"她说,"我家离这儿远。"她来的时候是骑着她家那匹瘦骡子来的。看她要走,一个男人帮她从树上解下骡子，然后牵着骡子走到一匹马车跟前，让她踩着马车轮子坐上骡子。她走后，众人重新扭过头看着法官。法官还是老样子，坐在桌子后面，两只手交叉着放在桌上，这一次他没有低着脑袋。法警俯下身子跟法官说了一句什么，法官好像突然清醒过来，就像一个老人刚从打盹儿中醒过来，打开交叉在一起的两只手，低下头，像读报纸似的一本正经地说道：

"现在开始审理图尔起诉艾克·斯诺普斯一案，此案涉及图尔起诉艾克·斯诺普斯的马给自己造成——"

"等下！您开始审理前让我先说几句。"图尔太太往前倾斜身体，扭过头，目光越过图尔看着兰普说："如果你觉得可以当面欺骗大家，为弗莱姆和艾克做伪证的话——"

"你闭嘴！女人家多什么嘴！"图尔呵斥自己的女人道。图尔太太扭头看着自己的丈夫，气愤地说："你让我闭嘴?!你凭什么让那两家子的人，让瓦尔纳那家人和斯诺普斯那家人欺负你?!因为他们，你在桥上走得好好的，突然就从马车里掉出来，被马一通乱踩，差点给踩死！但是轮到你为了自己的权利上法庭告他们，让他们受到应得的惩罚，你却害怕了?!你怕你会得罪他们！可是当农忙的时候，你本来应该在田里干活儿，却不得不躺在床上养伤的时候他们在哪儿？当我们从你脸上拔那些扎进你脸上的木刺的时候，那些人过来说过一句关心道歉的话吗?!"和刚才同兰普说话的口吻一样，她没挪地儿，一口气表达着自己的愤怒，中间没有任何停顿。法警急了，喊道：

第四部分　村民

"秩序！秩序！这是法庭！"图尔太太不说话了，往后坐回到座位上，气咻咻地看着法官。

法官继续一板一眼地接着刚才说道："——（造成）人身伤害，有证据表明当事人的身体受到伤害，被告艾克·斯诺普斯选择自己为自己辩护，此案证人为图尔太太和她的四个女儿——"

"我丈夫受伤的时候艾克也在场，"图尔老婆的声音略微有所缓和，"他当时在场，如果他还想抵赖的话，就让他看着我的眼睛，看他还说不说得出口——"

"肃静！夫人。"法官说，法官的语气让图尔老婆恢复了理智，她闭上嘴，不说话了。法官接着说道："您丈夫确实被马踩伤了，马伤人的行为也是存在的。按照法律规定，动物的主人在知道自己所拥有的动物是危险的情况下，应该把动物关进围场或者封闭的场所里以限制它的行动，避免它伤害公众，但是如果个人进入上述围场或者封闭场所，此人的行为相当于非法侵入他人产业——不管这个人是否意识到关在围场或者封闭场院里的动物危险，动物的主人对于动物给此人造成的伤害都不负有责任，但是如果是因为动物没有被关押在围场或者封闭的场院里而给他人造成了伤害，不管动物主人无意还是有意，是否知晓动物不在场院或者围场关押，他都对动物对他人的伤害负有责任，即使被伤害者本人已经知道上述动物很可能会给自己造成危险，动物主人也要对被伤害人负有赔偿责任。这是法律上的规定。所以我们现在首先要确定的是，一、动物的主人是谁？二、那些马算不算法律意义上的危险动物？"

"哈！危险？你去问我丈夫韦尔农·图尔！问亨利·艾姆斯蒂德那些马是不是宠物？！"图尔太太用布克莱特常用的那种不屑一顾的口吻说。

"请注意法庭秩序，夫人，"法官把目光转向艾克说，"请被告说一下自己的意见，你可以证明自己不是那匹马的主人吗？"

"什么？"艾克说。

"踩踏图尔先生的是你的马吗？"

"是我的马，我应该赔他多少钱——"艾克说。

"哈！'证明自己不是那匹马的主人'？！"法官对艾克说的话显然激怒了图尔太太，"他怎么证明自己不是马的主人？当时至少有四十个男人在场，虽然他们像傻子似的站在那儿，但即便是个傻子，还是对当时发生了什么看得一清二楚，也就是说，至少四十个男人看见那个得克萨斯谋杀犯把那匹马给了艾克·斯诺普斯。当心！不是卖给他！而是送给了他！"

"什么？"法官说，"送给了他？"

"是的。"艾克说，"他把马送给了我。图尔当时不巧正好经过那座桥，结果导致这种事发生，我对此感到抱歉，我应该赔偿他多少——"

"等一下，"法官说，"那你给了他什么？一张欠条？还是你自己的什么东西和他交换那匹马?"

"我没有给他任何东西,"艾克说,"他当时给我指了指围场里的那匹马,说要送给我。"

"那他有没有给你写一个书面的东西来证明那匹马给你了?"

"没有,"艾克说,"当时乱作一团,谁都没有时间问他要字条,就是想起了也没有时间。后来是奎克忘了关上围场大门。"

"还需要书面证明那匹马是他的吗?"图尔老婆看着法官说,"艾克已经承认了,说那匹马是他的,如果您不信他的话,您可以去问那些男人,他们站在围场边什么也没做,整整看了一天那些马,看得清清楚楚。那个得克萨斯杀人犯、赌牌大王、酒鬼、不信上帝的——"不等她说完,法官抬起一只手(他衬衫的袖口看上去是那么新)示意她不要再说下去了,转头对艾克说:"等等,那个得克萨斯人是怎么给你那匹马的?是牵过那匹马后把缰绳塞到你手里?"

"没有!"艾克说,"他没有把缰绳给我。他只是用手指着围场里的那匹马说那马归我了,然后拍卖完余下的马,和我们说了声再见就赶着马车走了。他走后我们几个人找来绳索,进了围场准备套马,可是奎克忘了关围场大门。我应该赔他多少钱?"他不说了,因为他看到法官根本没在看他,甚至可能都没有在听。法官坐在椅子里(好像是开庭这么久他第一次后背完全靠在椅子背上),脑袋略微低下,两只手交叉在一起放在桌子上,众人一律不说话,看着法官。过了半分钟,法官抬起头，看着图尔太太。

"好吧，图尔夫人，"法官看着图尔太太说，"根据你的证词，我认为那匹马不是艾克的。"

"什么？您说什么？"图尔太太的声音突然降了下来。

"从法律角度讲，所有权可以通过转让或者买卖转移给他人，但是这种转让或买卖必须有文字记录或者证明。第一，根据你们两人的证词，可以看出艾克从来没有给得克萨斯人任何东西作为那匹马的交换；第二，根据艾克的证词，可以看出得克萨斯人从来没有给艾克任何文件证明那匹马属于艾克；第三，根据艾克的证词和我在过去的四个星期内听到的情况，没有一个人曾经用手摸过或者用绳子套住过那匹马，所以，那匹马从来就没有属于过艾克；也就是说，即使那天得克萨斯人答应把这匹马送给艾克，但因为他没有给艾克任何转让文件，再加上艾克也没有真正抓到那匹马，所以说那匹马在法律意义上并不属于艾克；也就是说，拍卖结束后如果得克萨斯人想把这匹马送给当时在场的任何一位村民，无需征得艾克的同意。所以说虽然图尔先生是被那匹马踩伤的，甚至严重到躺在地上不省人事的程度，但从法律角度上讲艾克并不需要对此负责。图尔先生有权追索，但艾克无须负责。"

"您是说我们什么赔偿也得不到？"图尔太太说。这一次她没有喊叫，而是很平静，只是图尔知道那并不是真的平静。"我的牲口被那匹长得花里胡哨的野马冲散了，马车也被它撞得散了架,我丈夫被撞得从马车上摔下来,跌倒在地昏了过去,直到现在他都没法下地干活儿,因为没有人干活儿,我家的地到现在还有一多半没有撒种子,而我,什么赔偿都得不到?!"

"先让我说完!"法官说,"法律规定——"

"法律?"图尔太太猛地站了起来,看得出她在尽力让自己的两只脚稳稳地撑着她那胖胖的身体。

"孩子她妈,别再说了!"图尔对太太说。

"是的,夫人,是法律。"法官说,"您受到的损失由法律说了算!法律规定说,如果当事人因为受到被告的动物的袭击而遭受人身伤害或者财产损失,如果动物的主人不能或者不愿意承担责任的话,受到人身伤害或者遭受损失的原告应该从伤害他的动物那里找回损失。可是在这个案子中,由于艾克·斯诺普斯根本就没有对那匹马的所有权,根据我们今天早晨审的第一个案子的结论,法庭也无法证明弗莱姆·斯诺普斯对那群马有任何权益,也就是说,那些马还是属于得克萨斯人,或者说案件发生时是属于得克萨斯人的。我之所以这么说是因为现在,那匹冲散了你的一对骡子,把你的丈夫从马车上撞下来的马从法律的角度上说可以是任何人的马,包括您和您丈夫。"

"好了!孩子她妈!"图尔猛地站起来。图尔太太没有动,脸色几乎没什么变化,但呼吸却变得越来越急促。她突然扭过头对图尔嚷道:"那匹马!我们只看见它五秒,它就冲上我们的马车,然后又跑了出去,最后就消失了。至于它跑去了哪里，我看就连上帝也不知道！我们的骡子也跟着它跑了，马车散了架，你躺在桥上，脸上扎满了大得都可以拿它烧火的木刺！脸上血糊糊的，像头被宰杀的猪，人昏死过去！这就是当时发生的，现在这个人说什么那匹野马给了我们？你不仅不反驳，反而让我住嘴?！我们回家，孩子们！回马车上坐着去！坐在你们的傻爹后面，告诉他这次把缰绳在腰上系紧，回家！我们回家！"

法警不知从哪里找来个曲棍球棒，敲打着桌子说："秩序！秩序！"法官一屁股坐回椅子里，身体像中风似的抖着，惊恐地看着眼前的一幕，嘴里嚷道："这还怎么审?！不审了！关门！休庭！"

看这场审判的大部分人还在等着另一场庭审，时间是下个星期一，地点是杰弗生镇法院。当犯人被两个警官押着走进法庭时，人群看到的是一个身形比孩子大不了多少的人。他穿着一件崭新的工作服，人瘦得脱了相，身上的衣服硬邦邦的像搓衣板，像铁做的盔甲。八个月的关押似乎削弱了那张脸上的戾气，现在它看起来干枯、苍白、虚弱。为他辩护的是法庭指派的一名律师——这是个年轻人，去年六月从州立大学法学院毕业，取得律师资格证后开始执业。看得出他对这件案子很用心，该做的不该做的都做了，他以极大的热情投入这个案子里，似乎并没有考虑自己面对的是一个自这个州有在案记录以来，最难被质疑陪审团成员人品的案子，而且愿意当陪

第四部分　村民

审员的人很多，多到给人感觉这个县乃至整个州的那些正义人士和公众人士都愿意做这个案子的陪审员，而且不等开庭他们似乎已经确定被告有罪，一心要让他得到应得的惩罚。这位年轻的律师在法庭上竭力为自己的代理人开脱，但他终于意识到自己想尽办法为被告脱罪似乎是不可能的事情。当为法庭开门的守卫打开法庭大门，点名让陪审团成员进来的那一刻，律师似乎就已经知道了案子的结果。而且，他越来越觉得自己在法庭上即便有任何问询被告不到位和遗漏客观事实的地方也没什么，因为他的当事人看上去心不在焉，注意力似乎全不在回答问题上，就好像这场审判不是针对他，而是别人。这让律师觉得自己一个人在和陪审团战斗，因为被告根本没有和他在一条战线上。坐在审判席上的被告和一个警官铐在一起。他身材瘦小，身上穿一件铁灰色的硬乍乍的新工装裤，不时抬起上半身扭着脑袋看向法庭门口，似乎在找人。法警喊了两次"起立"他才勉强站起来，回答完问题后不是马上坐下，而是转过身子背对着法官席，神色沮丧但又急切地打量着法庭门口，虽然没有出声，但是那张脸上还明显带着其他神色，与其说那是希望什么的表情，不如说是虔诚。他对坐在他后面凳子上的妻子看都不看，所有的注意力似乎都放在法庭后面挨挨挤挤站成几排的人群上。那些个头高低不等，但是脸上有着关切表情的村民他大多数都认识，他就那样看着，直到他身旁的警官拽了一下手铐他才坐下。庭审持续了一天加小半个上午，在整个庭审过程中，在辩护律师为被告辩护的过程中，被告一直不停地往后转过头看着，他的脑袋是那么小，头发梳得一丝不苟，他的目光避开站在他身后的两个狱警高大的身体，看向站在门口的那几个人，仿佛在里面搜寻着什么，冷冰冰的脸呈现出一种邪恶的死不悔改的感觉，在看的时候嘴里还不停地自言自语说着什么。陪审团的成员们像在参加一场秘密会议，脸色凝重地听着辩护律师的辩词，履行职责（这职责是有期限的）似的听着那个人的胡言乱语。这场审判于开庭后的第二天上午结束，结束前陪审团成员出去了二十分钟，回来后展示投票选举结果判定被告为二级谋杀罪。犯人又站了起来，法官宣判他将被押解到州立监狱农场，终身服役一直到死。法官宣判时犯人显然没有在听，现在他不仅仅是调转脑袋往后看，还转过身子去看，后背几乎完全背对着法官席，嘴里开始自言自语，直到法官宣判完毕，他还在说话。法官举起手里的小锤敲了敲桌子，两个警官和三个副手走上前抓紧犯人命令他安静。犯人挣扎着甩开抓紧他的几个人，看着法庭后面的人群喊道："叫弗莱姆·斯诺普斯来！弗莱姆·斯诺普斯在吗？有没有人帮我带个信？告诉那混蛋——"

第四部分　村民

第二章

1

拉特利夫刚把马车停在布克莱特家门口,从黑洞洞的门洞里和房子后面便传来一阵狗吠声。因为没有点灯,屋子看着黑乎乎的。艾姆斯蒂德用手把受伤的那条腿从座位上放下来,准备跟拉特利夫下车。拉特利夫对他说:"你在这儿等着,我去叫他出来!"

"我能走!"艾姆斯蒂德粗声粗气地说。

"随你,"拉特利夫说,"反正那几只狗认得我。"

"它们也认得我,我倒要看着第一只狗朝我跑过来时会怎么办。"

"你还是省点儿心吧!"拉特利夫跳下马车说,"你在车上等着,顺便帮我抓一下马缰绳。"艾姆斯蒂德不再坚持,收回腿坐好。虽然今天晚上没有月亮,拉特利夫看不清艾姆斯蒂德脸上的表情,但夜色把穿着浅色工作服的艾姆斯蒂德的一举一动衬托得很清楚。拉特利夫把手里的缰绳交给艾姆斯蒂德,然后下车绕过布克莱特家门口的邮箱,朝大门走去。他经过挂在柱子上的金属邮箱,在那里拐了个弯儿,星光下传来几只狗吠叫的声音。他刚一走进大门就看到三只狗影(像是三张被烧得黑乎乎但形状无损从地上飘起来的纸片)吠叫着冲自己跑过来。他低声呵斥了一声,也许是闻到了他的气味,狗认出了他,不再叫了,而是一边换了低低的呜呜声,一边往后退,和他保持距离。布克莱特出来了,他身上的工作服在黑乎乎的房子的衬托下看着是白色的。布克莱特喊了一声,狗不再叫了。

"滚开!别叫!滚开!"布克莱特呵斥着狗朝拉特利夫走过来,地面白光光的,又衬着布克莱特的身影是黑的。"亨利呢?"他问拉特利夫。

"马车里。"拉特利夫说。不等布克莱特走近,他已经转身向大门口走去。

"等等我!"布克莱特说。拉特利夫停住脚步。布克莱特走到他旁边,两个人扭头对视了一眼,黑夜中他们看不清对方脸上的表情。布克莱特说:"你跟着他掺和什么?!他就是个疯子,为了从弗莱姆那里买一匹野马,把他老婆仅有的五美元也搭进去了,结果呢?腿摔断了!马也不见了!要我说他即便现在没疯,也离疯不远了,你跟这种人掺和什么?"

"我没跟他掺和!"拉特利夫说,"该做什么不该做什么我心里清楚。主要是我一直觉得那屋子里有宝贝!我相信瓦尔纳过去也认为那屋子里藏着东西，不然他为什么会买下那座大宅子，交了这么多年地产税也不卖？那屋子周围的几块地早被他卖光了，可是那屋子一直没动。以前他坐在屋子前面的桶上，和人说什么他坐在这里舒服，还说他不明白仅仅是一个和老婆睡觉吃饭的地方，为什么老法国人要花费那么大的人工建如此大的一个屋子？至于弗莱姆是怎么成功地以养羊的名义从瓦尔纳手里买下这座破屋子和周围十英亩的地，他肯定动了心思。昨天晚上亨利带着我去了一趟，我亲眼看见弗莱姆在那里挖宝贝。如果你不相信我的话，你可以不去。"

"我也就是说说，我跟你们走。"布克莱特跟在拉特利夫后面来到马车旁，坐在车上的亨利往里挪了挪，给他们腾出位置。布克莱特坐到车上后问亨利："你的腿没事吧？"

"已经好了！"艾姆斯蒂德粗声粗气地说，"随时可以下地走路，和好人没啥区别！"

"好了就好！"拉特利夫拿起缰绳说，"人都这样，好了伤疤忘了疼。"

"快走吧！"布克莱特说，"从这儿到那儿远着呢，就算有你这两匹马拉车，也要走上一阵子呢！"

"直接从河湾插过去要近点，"拉特利夫说，"不过我不想走那条路。"

"我就是要让那些人看看！"艾姆斯蒂德说，"如果你们害怕，就别来帮我这个忙，我自己可以……"

"明白！"拉特利夫说，"如果让那些伙计看见，他们肯定会过来帮忙，这可是我们不想见到的。"艾姆斯蒂德不说话了，默默地坐在拉特利夫和布克莱特中间。他仿佛害了场热病，人消瘦了很多（腿断后他在床上躺了一个月，好不容易可以从床上站起来了，却又一次摔断了腿，谁也不知道后一次他是怎么摔的，他也从来没有和人说过），只是他总是气呼呼的样子让人觉得不是病而是无能为力和愤怒消耗了他。

拉特利夫赶车，一路上他很少说话，他对这一带很熟悉，要走哪条路早已经想好了。大路上不见一个人影，大地像睡着了一样，黑漆漆的田野上不时传来稀稀拉拉的狗叫声，似乎在提醒赶路人每隔一段距离还住着人家。路越来越模糊，肉眼已经很难看清楚，到最后几乎是在凭着感觉往前走。这个季节，田野里的玉米已经抽穗，棉铃也开花了。走了一段路后，马车拐上去老法国人庄园的那条小路——这条小路除了瓦尔纳少有人来，路面上瓦尔纳那匹老白马的蹄印和那座带着阳伞的单座敞篷马车的车辙印，显然是这两天才轧上去的。小路两边的树长势茂盛，叶子密密叠叠，几乎遮住了夜空，只能从树叶的间隙看见天上的繁星。拉特利夫浮想联翩：三十年前，一个信差（要不就是住在离法国人湾不远的一个奴隶）骑着一匹刚刚从犁具上卸下来的骡子，快马加鞭地跑来报信，说萨姆特[①]的

---

① 萨姆特：地名，1861年4月12日，美国内战的第一枪在南卡罗来纳州的萨姆特堡打响。

南方人准备起义。女人们穿着带裙撑的裙子坐在带阳伞的马车上，在马车的颠簸中叫苦连天，男人们穿着厚厚的呢子大衣骑马跟在车子旁边，说着打仗的事情。而那时这个庄园的主人和他的儿子已经带着侍卫（家里的仆人，骑着一匹平时不用的瘦马跟在他们后面）全副武装进入了杰弗生镇，一路上父子俩用"军团和南方一定胜利"这样的话给自己打气。在杰弗生战役打响后，联邦巡逻队开进了这一地区，这时候每家每户只剩下了女人和黑奴们。

如今那场战争的痕迹已经消失得一干二净。地面上只有沙土，看不到任何道路，地势很低，快到河边的那座小桥时，地面开始抬高。平整的桥面看不到车辙印和马蹄印。过桥后马车开始沿着由一排笔直的低矮雪松组成树篱的小路往前走去，这排树篱显然也是由当初那位主人请来设计宅子的无名建筑师规划好的，差不多有两到三英尺高，树枝密密匝匝地交错在一起，圈起来一块地。拉特利夫找到树篱的一处缺口停下车，示意他们在这里下车。布克莱特想，看来这家伙说他昨晚来过没错。

艾姆斯蒂德第一个下车，不等拉特利夫和布克莱特下来，他已经钻过树篱缺口一个人走了。拉特利夫拴好马，和布克莱特一起去追艾姆斯蒂德——艾姆斯蒂德一瘸一拐走在前面，穿着褪色工作服的身影在漆黑的夜色中若隐若现。他的速度很快，显然来过这里很多次，对地形很熟悉。拉特利夫和布克莱特在后面追着。很快,一道已经干涸了的宽大河沟出现在前方,从后面看去,那深沟仿佛黑乎乎的大地裂开的一道口子,走在后面的拉特利夫和布克莱特有点着急,因为他们看前面的艾姆斯蒂德似乎要被那道深渊似的口子吞进去了。布克莱特对拉特利夫说:"你赶紧上前拽住他!他别掉下去了!"

拉特利夫嘘了一声,提醒布克莱特道:"小声点!很快就要到了!"

"我担心他再把腿摔断,那麻烦就大了!"布克莱特压低声音说道。

"他没事儿。"拉特利夫小声说,"他来过好多次了,别追得太紧,但也别让他离我们太远,昨天晚上我跟他来这儿的时候,我得抓住他才能不让他冲上去。"三个人滑到沟底,艾姆斯蒂德还是走在前面,速度之快让跟在后面的拉特利夫和布克莱特吃惊,他们想追,却怎么也追不上。沟里有很多忍冬植物,因为地面是沙地,艾姆斯蒂德一瘸一拐的脚步声在夜色里听上去十分清晰。走了两百码远后,艾姆斯蒂德不往前走了,一扭头往大沟上面爬去。拉特利夫也跟着往上爬去,一边爬一边小声对布克莱特说:"就快到了!小心!"布克莱特看着艾姆斯蒂德的身影和坡上足有一人高的灌木和野草,心想,他肯定爬不上去!但出乎意料的是,那么陡峭的大坡,艾姆斯蒂德居然拖着那条曾经骨折过两次的腿爬了上去——爬的时候不仅没有喊拉特利夫和布克莱特帮忙,而且看那架势似乎谁过去扶他一把都会被他推走。等到落在最后面的布克莱特落终于手脚并用地穿过坡上那些灌木野草，以及柿子树耷拉下来的枝条来到坡底时，拉特利夫和艾姆斯蒂德已经在位于大坡边缘底下的一处地方趴好了，正在静静地听着——离他们头顶不远处就是那座老法国人的旧宅子，宅子位于坡顶的平地上。据说这座宅子是那位法国人从外地请来的设计师设计的，现在的人已经不知道设计师的名字了，宅子的房顶早已经四分五裂，烟囱也没了，透过高高的空荡的长方形窗户可以看得见对面天空的星星。离着宅子四百码远的一个小圆丘埋着这座宅子的第一任主人以及他的后人，据说这里还埋着曾经风靡哈莱姆区[①]的一位萨克斯管演奏家的祖先，坟前的墓碑经过经年累月的风吹雨淋，上面的字迹已经模糊不清。他们头顶上的平地过去可能是一个玫瑰园。以前他们无数次经过这里，但是从来没注意过这座坡，更没注意到山坡中间的那座已经坍塌的三角墙曾经是一个日晷。拉特利夫伸出手，越过艾姆斯蒂德的身体抓住布克莱特的胳膊，示意他听从头顶传来的声音，那是铲子在空中划过时发出的风声和铁锹一下一下撞击地面的声音。"你听！"拉特利夫小声对布克莱特说。

布克莱特小声说："我听到了，是有人在挖土！可你怎么知道挖土的就一定是弗莱姆啊？"

[①] 哈莱姆区：纽约市的一个街区，这里以温馨的爵士乐俱乐部、时尚的餐馆、前卫的酒吧和独特的非裔美国人传统而闻名。

"亨利已经听了十个晚上了，昨天晚上我跟他一起过来，我们两个人整整听了一个晚上。那个人走后我和亨利过去看，发现地上有好些个刚被埋上的大洞，应该是那人挖的，他临走前又埋上，把表面的土弄平，以防外人看出这里被挖过。"

"我相信你说的，可是你们只是看见有人挖土，并不确定那人就一定是弗莱姆呀！"布克莱特小声说。

"别说了！那不是弗莱姆！你回去吧！"趴在布克莱特和拉特利夫中间的艾姆斯蒂德突然抬起头，压低声音气咻咻地喊了一句，随后又低下头，原本瘦削虚弱的身体抖个不停，像是一只被拴着的狗。显然，他在努力抑制内心的情绪。

"嘘！小点声！"拉特利夫提醒艾姆斯蒂德。

艾姆斯蒂德扭过头看着布克莱特说："回去吧，别在这儿碍事！"虽然两人相距不到一英尺，但夜色中很难看清对方脸上的表情。

"嘘！小声点！亨利！别让挖土的人听见！"拉特利夫说。艾姆斯蒂德扭过头，眼睛盯着头顶上黑黝黝的土坡，颤抖着身体狠狠骂了一句。

"非得确定那个挖土的人就是弗莱姆，你才相信这事儿吗？"隔着艾姆斯蒂德，拉特利夫小声问布克莱特，布克莱特没有回答。三个人不再说话，趴在那里听着。挖土的声音不紧不慢地回荡在夜色里，每一锹都很稳。艾姆斯蒂德的身体一直在抖，嘴里不时小声地恶狠狠地骂上一句。突然，铲土的声音

第四部分　村民

停止了，三个人立刻低下身体，趴在坡上一动不动。艾姆斯蒂德猛地一抬身子说："他挖到了！"说着似乎要站起来，一旁的拉特利夫急了，一把拉住艾姆斯蒂德，力量之大连布克莱特都感觉到了。

"别动！"拉特利夫小声嚷道，"别动！帮我按住他！奥德姆！"布克莱特赶忙抓住艾姆斯蒂德的另一只胳膊按住他，艾姆斯蒂德被压得不能动弹，趴在山坡上，眼睛紧张地盯着上面，嘴里小声地发出一连串的诅咒声。拉特利夫和布克莱特一边一个抓着艾姆斯蒂德的两只胳膊，两个人有点不敢相信那两只瘦得和棍子似的胳膊怎么有那么大的劲。"他没有挖到！"拉特利夫小声对艾姆斯蒂德说，"他只是知道那东西埋在那附近，也许他在那座宅子里找到了一张纸，上面写着那东西埋在哪里。不过他还是得找，就和我们一样，只知道那东西埋在花园里，至于具体方位，还得找，所以他在找，不然他也不会这几天一直挖来挖去没有个头儿。"艾姆斯蒂德一直骂骂咧咧，拉特利夫则尽量心平气和地小声哄劝着他，布克莱特在一旁不出声，只是听着。突然，一个人影出现星光下。拉特利夫立刻提醒布克莱特道："你不是怀疑那人不是弗莱姆吗？瞧仔细了！"三个人屏住呼吸看过去——那是一个黑乎乎的影子，也在往山坡上爬去。"快看！"拉特利夫小声说，艾姆斯蒂德立刻激动起来，嘴里发出呼哧呼哧的声音。布克莱特看见一个穿白衬衫的人出现在山坡的最顶端，在那儿站了一会儿，然后消失了。"看那儿！"拉特利夫小声对布克莱特说："你说那是不是弗莱姆？！现在你相信我说的了吧！"布克莱特深深地吸了口气说："是弗莱姆。"他似乎才想起自己还抓着艾姆斯蒂德的胳膊，那胳膊在他手里像一根绷得很紧的颤个不停的细铁丝。

"当然是他！"拉特利夫说，"我们只需在这儿等着，等到明天晚上就能发现那东西在哪儿埋着，然后……"

"明天晚上，见鬼去吧！我们现在就过去找，在他找到之前找……"艾姆斯蒂德说着又要站起来，拉特利夫和布克莱特赶紧重新使劲按住他，艾姆斯蒂德被按得重新趴下，嘴里还是小声地咒骂着，不肯住口。

"我们首先要做的是找到那东西，"拉特利夫喘着气说，"先找到那东西在哪儿。可是我们没有时间挖来挖去，只要出手我们就得在当天晚上找到宝贝，因为第二天弗莱姆过来一定会看到我们挖过的痕迹，明白吗？我们只有一次机会，如果被弗莱姆发现的话，我们就再也挖不了了。"

"我们应该怎么做？"布克莱特说。

"那我们应该怎么做？"艾姆斯蒂德也压低声音恼火地说，又对布克莱特说，"你刚才不是闹着要回家吗？"

"闭嘴，亨利！拉奥德姆进来是咱俩早就说好的，你有什么好吵的？先找到钱再吵也不迟！"拉特利夫抬起身子制止艾姆斯蒂德道。

"假如找到的钱是一分不值的邦联货币怎么办？"布克莱

特说。

"我不和你争这个。"拉特利夫说,"你觉得老法国人在那些家伙印制邦联钞票之前会怎么处理他以前攒下的那些钱,还有他那些银勺子珠宝什么的?"

"我不稀罕银勺子珠宝,"布克莱特说,"我稀罕钱。"

"这么说你相信那是弗莱姆在挖宝?"拉特利夫说。布克莱特没有说话,过了一会儿他问道:"我们现在怎么做?"

"我明天去找那个住在山里的迪克·玻利瓦尔大叔,天黑前赶回来。明天午夜之前我们什么也不能做,让弗莱姆先挖去。"拉特利夫说。

"这么说至少明天晚上我们才能挖那些宝贝。上帝,我不会等到弗莱姆把宝贝都挖完了再——"艾姆斯蒂德突然站了起来,拉特利夫和布克莱特也赶紧站起来,拉特利夫还是抓着艾姆斯蒂德的胳膊,艾姆斯蒂德想甩脱,拉特利夫干脆用两只胳膊抱紧艾姆斯蒂德,一直等到艾姆斯蒂德不再挣扎才松开他。

"听着,"拉特利夫说,"弗莱姆没有找到宝贝!如果他知道那宝贝在哪儿的话,还用在这里一连挖了两个星期都没停下?你们又不是不知道?!这座花园被人挖了少说也有三十年了吧?挖了十遍都不止!可是你听说有人挖到宝贝了吗?天底下估计还没有哪块地方能像这座小花园一样被挖得这么厉害!假如有一天瓦尔纳想在这里种棉花或者玉米的话,不用翻地,直接往地里撒籽儿就行!收割的时候那些玉米和棉花长得高的呀！他得骑在马上才可以够到！可是你们知道吗？那些人挖来挖去都是白费工夫，因为他们从来不敢往深挖！他们不可能一晚上挖个大洞出来，另外还得想着把挖好的坑埋起来，害怕第二天被瓦尔纳看出来有人跑到他的地盘挖财宝。所以说有一件事我们一定得小心，如果发生了，就再也别想找宝贝了！"艾姆斯蒂德立刻紧张起来，在夜色里和布克莱特一起看着拉特利夫。他粗声粗气地说："哪件事？"

"弗莱姆发现有人和他一样也在这里挖宝贝！"拉特利夫说。

第二天午夜时分，拉特利夫的马车第二次出现在雪松林，布克莱特骑了一匹马跟在马车后面。马车仅有的三个座位上坐着拉特利夫、亨利和一位老人。那是一个孤寡老人，附近这一带的人谁都不知道他的具体年龄，只知道他已经很老了，老到他的家人亲戚都死了，他还活着——这人又高又瘦，常年穿一件脏兮兮的外套，里面没穿衬衫，白胡子一直垂到胸前那儿。他住在河边的一间小屋里，那间屋子离哪条大路都有五六英里远。他靠卖草药和巫术为生，有人说他不仅吃青蛙和蛇这一类的东西，甚至连小虫子都吃——总之是逮到什么吃什么。他的小屋里除了一张小床、几个锅碗瓢盆，以及一本看着很大的《圣经》和一张褪色的银版照片外几乎什么都没有，照片里的青年穿着邦联军队穿的军服，看过那张照片的人说那是他的儿子。马车停下后，不等拉特利夫拴好马，艾姆斯蒂德已经从马车上跳下来，走到车厢后面，生怕动静不够大似的从里面丁零当啷地拽出一把铁锹,不等拉特利夫和布克莱特下车,他已经拖着铁锹一瘸一拐地消失在黑夜里。"如果动静这么大,让弗莱姆听见,还挖什么宝贝,还不如回家歇着呢!"布克莱特说。

"回什么家!"拉特利夫说,"赶紧去追亨利!这个时间弗莱姆肯定已经回家了!"拉特利夫说。白胡子老头没有动,拉特利夫扶他下车时,看见黑暗中老头长长的白胡子散发着一种淡淡的光泽,但很快融进夜色里。两个人把白胡子老头扶下马车,一只手拿着铁锹和镐头,一只手架着白胡子老头直奔老法国人庄园。他们速度也很快,但即便这样,还是追不上艾姆斯蒂德,刚到那座花园的坡地下就听到了艾姆斯蒂德挖土的声音。拉特利夫松开老人,盯着声音传过来的方向说:"我们得阻止他,让迪克大叔找到埋藏宝藏的地方再挖!"布克莱特也松开老人,两个人丢下老人,向声音传来的方向跑去,拉特利夫一边跑一边小声喊着:"等一下再挖,亨利!等迪克大叔过去你再挖!"艾姆斯蒂德疯子一样地挥舞着铁锹,不停地挖着。拉特利夫冲上去一把抓住艾姆斯蒂德手里的铁锹,却被艾姆斯蒂德使劲拽住,争抢间铁锹被举得高高的,立在空中像一把即将要劈下来的利斧!夜色中两个人虽然彼此看不见对方的脸,但可以感觉到对方下的力气都不小。空气里弥漫着一股汗味儿,拉特利夫三个晚上都没脱衣服了,艾姆斯蒂德更是,他那件衣服至少已经穿了两个星期了。

"你碰我一下试试!碰我一下试试!"艾姆斯蒂德一边夺锹

一边小声嚷着。

"我让你等等迪克大叔,等他找到埋宝的地方再挖!"拉特利夫说。

"走开!"艾姆斯蒂德说,"我警告你,别动我挖的地方!"拉特利夫不再说话。艾姆斯蒂德重新疯狂地挥舞起手里的铁锹,挖了起来。

看了一会儿,拉特利夫说了一句:"挖就挖!"然后转过身往回跑去,布克莱特跟在他后面。两个人一前一后跑到白胡子老头身边,拉特利夫弯下腰去旁边的草丛里摸铁锹。他先摸到了镐头,然后把镐头扔在一边,继续摸索着去找铁锹,他和布克莱特几乎是同一时间摸到了那把铁锹,两个人立刻争了起来,互不相让,都想把铁锹攥在自己手里,空气中回响着混杂着两个人粗重的喘气声和艾姆斯蒂德铲土的声音。"松手!"拉特利夫压低声音说,布克莱特也不甘示弱:"你松手!"那老头挣扎着想站起来,嘴里说道:"听我说,你们先听我说!"拉特利夫似乎意识到了什么,把手里的铁锹往前一送,松开手道:"给你!"说完长出一口气,压低声音嚷了一句,"上帝!钱还没挖到就先打起来了!"由于动作过大,差点把旁边挣着身子刚刚站起来的白胡子老头连带着摔倒,拉特利夫一把扶住老头。

"听我说!"老头颤巍巍地说道,"如果你们惊扰了大地,是挖不到宝贝的!"

"说得对!"拉特利夫说,"除非我们停止挖掘,否则迪克大叔没法帮我们找到宝贝。"艾姆斯蒂德还在不停地挖来挖去,拉特利夫去夺他手里的铁锹,和刚才一样,艾姆斯蒂德一挥铁锹,嘴里开始骂骂咧咧,白胡子老头走过去,拍了拍艾姆斯蒂德的肩膀。

"你挖吧!挖吧!年轻人!"老头颤抖着声音说,"不过埋藏在大地里的东西,挖是挖不出来的,除非大地想让它被人看到。"

"他说得对!亨利。"拉特利夫说,"别挖了!让迪克大叔找到那东西具体在哪块地方再挖,别挖了!行吗?"艾姆斯蒂德不再挖了,从坑里跳上来(这么会儿工夫他已经挖了一个一英尺深的坑),但手里一直抓着铁锹。老人带着三个人走到花园边缘处,从自己大衣口袋里掏出一个桃树枝做的弹弓,最末端的把手上拴了一个东西——那是一个布做的口袋,有盛烟丝的口袋那样大,拉特利夫见过老头这件东西,他知道里面装的是一颗金牙。老头抓着那个布口袋,时不时弯下腰把一只手放在地面上停留一会儿,十分钟后他向花园一处长满荒草的角落走去,那个弹弓被他举着,布口袋垂直挂在他胸前,他在角落里站了一会儿,嘴里念念有词。

"那我——"布克莱特说。

"嘘!别说话!"拉特利夫制止他道。老人往前走去,三个人跟在老人后面,形成一个队伍,这队伍看上去像是狂热的异教徒跟随领袖的游行或者像东正教徒的葬礼队伍。老人突然停住了，紧跟在他后面的艾姆斯蒂德没有收住，一下子撞到了老人身上。

"你们三个人当中有一个是不信的。"老人说，但是并没有回头，"不是你，"他说，三个人都知道他不是说拉特利夫，"也不是瘸子，是另一个，黑脸的那个，让他先离开这里，不要挖，不听我的话就送我回去，我也不给你们看了！"

"你先去那边站着，"拉特利夫小声对布克莱特说，"这里有我。"

"可是我——"布克莱特还想说什么。

"快去！"拉特利夫说，"现在已经过了十二点了，还有四个小时天就要亮了！时间来不及了。"布克莱特转身离开花园，身影消失在夜色里。拉特利夫和艾姆斯蒂德继续跟在白胡子老头后面往前走。他们横着走过山坡，经过艾姆斯蒂德刚才挖的坑，又经过拉特利夫当初被艾姆斯蒂德带过来看的弗莱姆挖的那个坑，拉特利夫感觉到艾姆斯蒂德一直在抖，老人停住了，这一次两个人及时刹住了脚步。拉特利夫发现布克莱特并没有走远，这会儿又跟了上来。

"那个不信我这套的，你，过来搀着我。"老头对布克莱特说。布克莱特伸出手去扶老头，老头袖子里的两只胳膊细得像两根微微抖动的枯树枝，没走几步，老头停下了，一直跟在身后的布克莱特差点撞到他身上。他感觉老头绷得很紧，似乎很紧张，旁边的艾姆斯蒂德一直在小声骂着。"你来拉弓。"老人喘着气说，"就那个不信这些的，你来拉弓。"布克莱特接过弹弓，拉紧弓绳，弓绳被他拉得弯成一条绷紧的曲线，艾姆斯蒂德屏住呼吸，那一小段木头从布克莱特手里飞了出去。老人摇摇晃晃地走过去，叉子落在地上，艾姆斯蒂德立刻跟过去，用两只手疯狂地挖着弹弓刚才落下的地方。

艾姆斯蒂德疯狂地挖了几下后又站起来，转身往坡底下刚才丢下工具的地方跑去。拉特利夫和布克莱特看见了，立刻也跟在他后面跑过去。布克莱特一边跑一边喘着粗气说："拉特利夫，别让亨利抢到那把镐头！他想杀了我们！独占那些宝贝！"但是艾姆斯蒂德并没有往刚才丢镐头的地方跑，而是向他刚才扔下铁锹的地方冲去，找到铁锹后拿着它重新回到坡上。等到拉特利夫和布克莱特拿到工具找到他时，他已经开始挖了。拉特利夫和布克莱特也开始挖了起来，三个人疯狂地挖着，挖出来的土扬到一边，空气中传来铁锹碰撞的声音。老头站在大坑边上，自上而下地看着他们，他的白胡子在星光下若隐若现。三个人一直没有抬头看那个老人，但即使他们抬头看一眼，也不会看见老头白眉毛下的一双眼睛正在漠然地看着他们。突然，三个人不挖了，扔掉手里的工具，迅速朝地上的一个洞围了过去，六只手同时朝挖好的大洞伸过去——洞里出现了一个麻布口袋，往外拿那个口袋时三个人已经感觉到里面沉甸甸的，像是钱币。艾姆斯蒂德率先一步把那东西抱在怀里，左冲右撞，嘴里喘着粗气，不让拉特利夫和布克莱特夺过去。

"别这样！"拉特利夫气喘吁吁地说，"不是说好了宝贝是我们三个人的吗？"艾姆斯蒂德紧紧抱着挖出来的口袋，骂骂咧咧地不让拉特利夫和布克莱特靠近。拉特利夫对布克莱特说："松手！奥德姆！给他！"布克莱特松开了手。艾姆斯蒂德弯着腰，紧紧地把那个东西护在怀里。"就让他拿着！"拉特利夫说，"又不是只有这点东西！"他扭过头对老人说："过来，迪克大叔！过来拿你的——"话没说完他打住了，因为他看见老头一动不动地站在坑边，头往刚才他们过来时的那个大沟的方向侧着，好像听到了什么似的。"怎么了？"拉特利夫小声说。三个人都不动了。"你听到了什么？"拉特利夫小声说，"那下边有人？"

"感觉有四股欲望的血在奔涌。"老人说，"四股血正在向一堆钱涌去。"三个人立刻蹲下身子，不敢动了，四周寂静无声。

"我们不是刚好四个吗？"布克莱特小声说。

"不应该算迪克大叔，因为他不是来挖钱的。"拉特利夫小声说，"如果刚才有人藏在沟底——"不等他说完，艾姆斯蒂德已经抓着铁锹往坡下跑去，和刚才上来时一样，拉特利夫和布克莱特根本跟不上艾姆斯蒂德。

"杀了他！"艾姆斯蒂德说，"我们搜！搜遍这里的草丛找到他，然后杀了他！"

"不能！"拉特利夫说，"先抓住他再说！"当他和布克莱特滑到沟底,看见艾姆斯蒂德用手里的铁锹不停地探进沟底的草丛里劈着,疯疯癫癫的劲头和刚才挖坑一模一样,似乎一点也不在乎会不会动静太大。劈砍了半天后,艾姆斯蒂德一无所获,草丛里没有藏人。

"也许迪克大叔听错了呢!"布克莱特说。

"即便有那人也走了!"拉特利夫说,"也许他——"他突然打住了,看着布克莱特,两个人同时听到了马蹄声。马蹄声是从雪松林那边的大路传过来的,嗒嗒的声音就像从天而降一匹大马。两个人听着,马蹄声往河岸的沙地那里跑去,最后消失了,又过了一会儿,蹄声重新响起,这一次马蹄声显然是从坚硬的路面上传来的,很快也消失,周围彻底静下来。黑暗中拉特利夫和布克莱特一直屏住呼吸,看着彼此,声音消失后拉特利夫长出一口气,说了一句:"看这样子我们得快点,争取天亮前就挖到宝贝,走吧。"

两个人找到老人继续找宝贝。很快,在老人手里的桃树弹弓准确无误的指引下,他们又发现了两个鼓鼓囊囊的帆布袋子。拉特利夫说:"别停下,接着挖,我们得动作快点,因为天亮前还得把挖好的坑填好。"

三个人一直挖到天空转白,也没有挖到什么。因为是各人挖自己的坑,所以谁的坑都挖得不深。拉特利夫说,宝贝肯定埋在深处,如果埋得浅的话,早被人挖走了,五十年来,有多少人趁着夜色过来,草草挖几个坑后再草草埋上,这块地方几乎全被挖遍了，如果到现在还没有听说有人挖到宝贝，只能说明宝贝埋得很深。两个人用这个道理说服了艾姆斯蒂德，他们停下来，把洞填好，清除了挖掘的痕迹，然后在蒙蒙亮的天色中打开各自手里的口袋。拉特利夫和布克莱特的口袋里各装着二十五块银币，艾姆斯蒂德不让拉特利夫和布克莱特看他的口袋，也不肯说口袋里装的是什么。拉特利夫和布克莱特想从他手里抢来看看，艾姆斯蒂德俯下身子，把口袋放在胸前，用身体挡着，嘴里骂骂咧咧不让看。争抢间一个念头突然闯入拉特利夫的脑海里，可是他马上又想：刚挖出宝贝就想马上花出去会不会有点蠢？

"这是我的东西！"艾姆斯蒂德嚷着，"是我找到的！我挖出来的！谁敢和我抢我就和他拼命！"

"可是你怎么和别人解释？"

"解释什么？"艾姆斯蒂德蹲在地下护着胸前的口袋看着拉特利夫说。现在他们可以很清楚地看到彼此，因为没有睡觉，体力透支，三个人都是一副精疲力竭的样子。

"如果村子里的人问起你是怎么搞到这二十五个1861年前制造的硬币的，你怎么和他们解释？"拉特利夫和艾姆斯蒂德说完扭头看了布克莱特一眼，布克莱特也在看他，天更亮了。"还有，刚才蹲在沟里的那个人肯定看到我们在这儿挖宝了，所以我们只有买下这块地，才能——"拉特利夫说。

"对！买下这块地！而且还得动作快！"布克莱特说，"我们明天就去找弗莱姆买地！"

"已经明天了！"拉特利夫说。布克莱特看着四周，好像他第一次看见晨曦和晨曦中的大地，脸上的神色让人想到刚刚从手术的麻醉中醒过来的病人。

"哦，已经天亮了，是明天了。"布克莱特说。

两个人去找白胡子老头。老头睡着了，平躺在大沟边的一棵树下，脏兮兮的白胡子下的嘴巴微微张着；他们这才意识到这几个小时一直忙着挖土，没有人顾上老头。他们叫醒老头，扶他回到车上。拉特利夫从车厢里拿出几根玉米，然后把他和布克莱特挖到的那两个口袋小心地塞进车厢里零零散散的物品下面，然后锁好车厢门——他劝艾姆斯蒂德把挖出来的东西也放进车厢里，但艾姆斯蒂德说什么也不肯，而是把挖出来的布口袋放进自己的裤兜里——安排好这些后，布克莱特带着艾姆斯蒂德骑着马离开了。上马的时候艾姆斯蒂德很吃力，拉特利夫看见了，没有过去帮忙，艾姆斯蒂德也没有喊他帮忙。布克莱特和艾姆斯蒂德走后，拉特利夫走到大树下，给两匹马喂了些吃的，饮了点水，然后带着老人赶着马车离开了他们挖土的地方。不到九点，他已经把老人送回了河谷的入口处，这里距离老人住的小屋有五英里远。他付了老人一美元的费用，然后赶着自己那两匹虽然瘦但善跑的马向法国人湾驶去。路上他一直在想：一定要赶在藏在沟里的那个人行动之前买下那座宅子。

他先去了瓦尔纳的商店。目的是和弗莱姆面谈买下那块地。到达商店时,他才真正觉得这件事已经是十万火急,因为他还没靠近商店,就看到阳台上多了一张陌生面孔,他认出那人是尤斯塔斯·格林——一位年轻的佃农。拉特利夫不光认识他,还知道这人一年前结了婚,两个月前刚有了孩子,一家人住在离法国人湾十几英里远的一个县城。拉特利夫甚至打算过要把他发展为自己的客户,盘算着再过两个月,等那人差不多把生孩子花费的费用还清后自己去他家一趟,给他推销缝纫机。当他把他的那对马绑在一根阳台柱子上,一步一步走上台阶时,他想,也许睡觉可以让一个人休息,但要让他在两三个晚上整夜不睡,还要担心和害怕到半死不活,才能磨砺他。他一认出格林,脑子里立刻咔嗒了一声,尽管他要过三天才能知道那是什么。他已经三天没脱衣服睡觉了,过去三天就吃了一点东西,从他脸上就可以看出过去这三天他是怎么过的,但说话时,声音倒是一点也不疲惫,可以说除了那张脸看着相当疲乏外,其他地方外人看不出他和平时有什么不一样。

"早上好,先生们。"拉特利夫和阳台上的村民打招呼道。

"老天爷!你怎么看上去像是一个星期没睡觉!"弗里曼对他说,"你这是去哪儿了?听奎克说他小孩儿看见你的马车停在艾姆斯蒂德家门口大坡下的一处隐蔽地方,我对他说马车肯定不会自己藏起来,一定是它的主人把它藏到那儿了!"

"我可没有藏什么!"拉特利夫说,"不等藏好就已经被看到了！我以前觉得自己聪明，不会被任何人瞄上，现在我可不敢说这话！"他把目光转向格林，"尤斯塔斯，你怎么跑到这个村子来了？迷路了？"拉特利夫的脸虽然看上去疲惫，但是脸上的神情还和往常一样，平静，让人捉摸不透。

"差不多，"格林说，"我来是要——"

"他可是付了路桥费的！"坐在门口的兰普突然插话道，"难道你是说他不可以走约克纳帕塔法县的大路吗？"

"我不是这个意思！"拉特利夫说，"即便他想买下瓦尔纳的商店和屋子都没人拦他！只要他付清人头税，随时可以赶着马车长驱直入！"阳台上的其他人都笑了，只有兰普没笑。

"也许有一天会呢！我来法国人湾是要……"他没有说下去，看着拉特利夫，拉特利夫也看着他。格林蹲在地上，一只手拿着小刀子，一只手拿着一小节木头。

"你昨晚没去见他吗？"拉特利夫也看着格林。

"见谁？"格林反问道。

"他昨天晚上不在法国人湾，格林怎么见他？"兰普插嘴道，然后又对格林说，"回酒店去！尤斯塔斯。马上就要开饭了，我也过去！"

"我得……"

不等格林说完，兰普抢过话头说："你得晚上赶回去，今天晚上就得赶回去，十二英里地呢！所以，赶紧吃饭去！快点啊！"格林意味深长地看了兰普一眼，站起来下台阶往小约翰酒店走去。拉特利夫转头看着兰普说:"你招待尤斯塔斯吃饭?"

"他在温特波特家吃饭,我也在那儿吃饭,"兰普粗声粗气地说,"在那儿吃饭的还有几个人呢!"

"干吗那么着急赶人家走,他好不容易出来一趟,看看乡下的风景,和人说说话,你却赶人家回去!"

"他今晚得回去。想和他说话的话,现在就去温特波特家好了,现在去来得及!"兰普说。

"我当然会去,"拉特利夫疲惫地笑着说,"弗莱姆什么时候回来?"

"从哪儿回来?"兰普还是粗声粗气地说,"他现在陪着躺在吊床上的瓦尔纳说话呢!你怎么看上去像是好几天没睡觉!"

"弗莱姆和瓦尔纳还有瓦尔纳的家眷们昨天去了杰弗生镇,"弗里曼说,"出门前瓦尔纳和人说他们今天早晨回来。"

"哦,有时候一个男人甚至要花一年多的时间才能让他的新婚妻子知道,钱就是去商店才用得到!"拉特利夫说。他背靠着阳台的柱子站着,表面上看一副懒散样,好像他从来不知道着急为何物,但是脑子却动得飞快:这么说弗莱姆昨天不在法国人湾,兰普好像并不愿意让人知道弗莱姆不在法国人湾,还有尤斯塔斯·格林。他的脑子里又咔嗒了一声,他突然想到自己不用等三天才能知道真相了,因为他昨天晚上就在那地方，而且听到了马蹄声。也许兰普和尤斯塔斯都在那匹马上，这也可以解释为什么马蹄声那么大，是因为他们俩是骑在一匹马上离开的。他仿佛看到了那一幕——兰普和尤斯塔斯骑在一匹马上，在黑夜中打马向法国人湾飞奔。因为弗莱姆今天下午才会回到法国人湾，兰普生怕尤斯塔斯在弗莱姆回来之前和别人说他们看见的事，所以才一个劲儿地催他离开，这也可以从他那么生气地和我说话得到印证，而且，他不光生气，他还害怕。因为他和格林已经看到了我藏在林子里的马车，由此猜马车是来挖宝贝的人的，至少也是以前在花园里挖宝贝的那些人当中的一个。他害怕（虽然他躲在格林后面，让格林出面去和弗莱姆讲）是因为这么一来他就不是这段时间唯一一个去和弗莱姆讲价买那块花园的人，因为很可能也有其他人看上了花园，和他一起买下那块花园，甚至出价比他高，（拉特利夫觉得自己要买的话，价格上绝对能打得过兰普，对这一点，他很有信心）拉特利夫沉思着，心里有点惊慌，但表面上还是很平静，外人根本看不出来。"斯诺普斯这家人彼此也是互相提防的，所以我得快点行动！"想到这儿，他拔腿就往台阶走去，嘴里说道："我得走了，伙计们明天见！""

"去我家吃饭吧！"弗里曼说。

"感谢邀请！"拉特利夫一边下台阶一边说，"我在布克莱特家刚吃过。下午我要去巴克·麦卡斯林家，向他要欠我的缝纫机欠条，天黑之前回来。"拉特利夫让马车掉了个头往刚才来的方向走去，很快，两匹马跑了起来，欢快地倒腾着两条短腿，身体依然保持着稳稳当当的姿势。过了瓦尔纳家后马车拐上去麦卡斯林家方向的那条小路，拉特利夫开始快马加鞭，鞭子落在马背上，溅起团团灰尘。走了半英里后，路开始变得不好走，拉特利夫心里盘算着：星期六瓦尔纳肯定会送他老婆去杰弗生镇参加宗教妇女联谊会，他们出门怎么也得九点以后，自己二十分钟之内可以赶到那条大路上。想到这儿，他把鞭子挥舞得更起劲儿了，乡间小路崎岖不平，车辂辘几乎是蹦着往前跑，车轮周围激起团团烟尘，十九分钟后马车拐上了那条去杰弗生镇的大路。这时拉特利夫才开始放松缰绳，不再催马快跑了，马车慢了下来，拉特利夫往四周望了望，没有看到瓦尔纳马车的影子。他不慌不忙地赶着马车上了一个坡（在这里可以望见比较远的地方），然后把马车拐到坡上路边一棵大树下。从昨天到现在一顿饭都没吃，可他并不觉得饿，今天早晨他把迪克大叔送回去后，往村子走的路上他一个劲儿地打瞌睡，就想睡觉，可是现在他一点睡意都没有。他坐在马车上，心情放松了好多，正午的阳光十分刺眼，两匹马低下头吃着前轭附近的草。大路上偶尔会有人赶着车往村子方向走去，拉特利夫想，也许这些人回去会和村子里的人说自己在这儿，不过他们问起我时我有办法圆过去。他在心里对自己说：终于走在兰普前面了。

终于，他看到了瓦尔纳的马车出现在大路那头儿。他赶紧

第四部分　村民

赶着马车迎了上去,两匹马忙不迭地倒腾着蹄子(走得再快也赶不上雄壮的大马),在离瓦尔纳那辆马车还有两百码的距离时,他吆喝马停下,安静地等着——他断定马车上的人肯定早早看见了自己,马车越走越近,不一会儿停在了拉特利夫马车的旁边。车上的瓦尔纳和他打招呼道:"你好!维克!"

拉特利夫摘下帽子,礼貌地和坐在后面座位上的两个女人打招呼道:"早上好!瓦尔纳太太。早上好!斯诺普斯太太。"

"你去哪儿?镇子上?"瓦尔纳问。拉特利夫不想随便编一个理由,他微笑着直截了当地回答道:"我来这里是找您的,我想单独和弗莱姆说件事,只要一分钟就行。"然后看着弗莱姆说,"说完了我负责把您送回家!"

"哈!"瓦尔纳说,"你从村子出来追了我们两英里,在这儿截住我们,就是要把他带回村子里,和他说点事?"

"是的。"拉特利夫眼睛还是看着弗莱姆。

"你不会蠢到想卖给我这女婿什么东西吧?"瓦尔纳说,"更不会蠢到想从我这女婿手里买点什么吧?"

"这可说不准。"拉特利夫说,眼睛一直看着弗莱姆,"我以前觉得我自己挺聪明的,但是现在我不这么认为,我会送您回家的,不会耽误您吃晚饭。"

"那就跟他去!"瓦尔纳对自己的女婿说,"你不去他是不会告诉你什么事的。"弗莱姆吐了口唾沫,跳下马车,掉头往拉特利夫的马车走过来。他还是穿着那条脏兮兮的浅灰色裤子,白色的衬衫,戴着花格呢子帽子。拉特利夫刹住车等着弗莱姆,弗莱姆上车后,拉特利夫赶着两匹马重新迈着平常的步伐,不知疲倦似的向村子里驶去。拉特利夫拽紧缰绳,两头牲口渐渐慢了下来,开始一板一眼地走了。弗莱姆坐在拉特利夫旁边的座位上,嘴里一直嚼着东西,两个人谁也不看谁,眼睛直视前方。瓦尔纳的马车在离他们一百码远的前面走着,和他们这辆车一样,车轮周围扬起团团灰尘。

路上,拉特利夫问弗莱姆:"那座庄园……你打算多少钱卖给尤斯塔斯·格林?"弗莱姆扭头吐了口唾沫,夹带着烟草汁的唾沫落在马车轮子上。

"他现在在商店里等着我,是吗?"弗莱姆说,他的嘴巴一直在嚅动。

"不是你让他过来的吗?"拉特利夫说,"你准备出价多少?"弗莱姆说了个数字,拉特利夫从鼻子里哼了一声(那一声有点像瓦尔纳和人说话时的口吻),说:"你觉得尤斯塔斯·格林能拿得出那么多钱吗?"

"不知道。"弗莱姆说完往车轮上吐了口唾沫。拉特利夫想说,也许你根本就不想卖它,可是他没说,而是沉默着。两个人似乎心知肚明,都不说话。

终于,拉特利夫重新说道:"如果我买呢?你打算卖多少钱?"弗莱姆说了同样的一个数字。拉特利夫又哼了一声(和瓦尔纳一样的口吻),说:"那间老宅旁边最多也就十英亩大小,我又不是要从你手里把整个约克纳帕塔法县买下来。"走过最后一个大坡后,他们看见瓦尔纳的马车开始加速,快到村子了。"说正经的,"拉特利夫说,"你到底打算多少钱卖那座庄园?"两匹马又开始快跑,拉特利夫拽紧缰绳,让它们慢下来。瓦尔纳那辆马车这时在学校附近拐了个弯,朝进村子的那条路驶去。

"你买它干什么用?"

"养羊。"拉特利夫说,"多少钱?"弗莱姆又吐了口唾沫,第三次说了那个数字。拉特利夫松开缰绳,那两匹像是不知道疲倦的马重新跑了起来,在同样的地方转了个弯。路边的学校看着空空荡荡,瓦尔纳的马车已经进了村子,驶过他的商店。"那个人呢,就是在村子里教了三四年书的那个人,好像叫拉巴夫,他现在怎么样了?"

那天晚上六点,在瓦尔纳那间空空荡荡的锁着门的商店里,拉特利夫、布克莱特还有艾姆斯蒂德,从弗莱姆手里买下了老法国人庄园:拉特利夫用自己镇上那间饭馆的股权做抵押;艾姆斯蒂德用他的农庄(包括农庄的房子、做农活儿的工具和牲口以及大约两英里长的铁丝篱笆)做抵押;剩下的钱由布克莱特拿现金付清。文件签署完后,弗莱姆把三个人送出门,锁上门离开了。拉特利夫和布克莱特站在商店的阳台上,在八月夕阳的余晖里看着弗莱姆骑在马上向瓦尔纳家走去,这工夫艾姆斯蒂德已经坐进了马车里,脸上还是挂着一副怒气冲冲的表情。拉特利夫对布克莱特说："现在那宅子是我们的了，我们现在就去，占住那庄园，省得有人找到迪克大叔，带着他找到埋宝贝的地方，先把宝贝给挖走了。"

他们先去了布克莱特家（布克莱特是个单身汉），拿了床垫、两床被子、咖啡壶、平底锅以及镐和铁锹，然后去了艾姆斯蒂德家，艾姆斯蒂德家里只有一张床垫，而且是已经破得不能再破，这次用过后很难说还能重新放回去用，再加上艾姆斯蒂德老婆和五个小孩子都需要床垫睡觉，所以拉特利夫只让艾姆斯蒂德拿了被子，艾姆斯蒂德自己找了个空口袋，往里装了些谷糠，算作枕头。离开的时候他们看见艾姆斯蒂德老婆站在门口，四个大小不一的孩子围在他们妈妈身边看着马车，从始至终艾姆斯蒂德老婆都没有说什么。马车走了一会儿后，拉特利夫回头看了一眼，看见门口空空荡荡，女人和孩子们不见了。

三个人赶着马车往那座老法国人庄园驶去，在大路上走了一会儿后，他们拐上一条小路，穿过那片到处是树木的公园，来到那座破破烂烂的老宅子前。刚把车停下，就看见从宅子里出来一个人，拉特利夫认出那是尤斯塔斯·格林——他从宅子里出来，看着拉特利夫他们。不等拉特利夫反应过来，艾姆斯蒂德已经挪动着跳下车，从拉特利夫和布克莱特脚边抽出一把铁锹追了过去。尤斯塔斯·格林看见艾姆斯蒂德来追自己，立刻躲在马车后面，艾姆斯蒂德一边绕过马车去追尤斯塔斯一边

第四部分 村民

挥舞着手里的铁锹去够他。拉特利夫急忙对布克莱特喊:"拦住他!他会杀人的!"

"我看他没准儿还得摔断一条腿!"两个人下了车,去追艾姆斯蒂德,那边艾姆斯蒂德高举铁锹,像高举着一把随时砍下的利斧。这时候尤斯塔斯已经跑到马车的另一边,看到拉特利夫和布克莱特也从马车上跳下来,他一下子跑开了,一边跑一边看着他们。布克莱特追上艾姆斯蒂德后从后面一把抱住,不让对方动弹。

"如果你不想挨揍的话就赶快离开这里!"拉特利夫对格林说。

"我可不想挨揍!"格林说。

"那就快离开这儿!趁着布克莱特还能给你挡着!"格林目不转睛地看着向马车走去的艾姆斯蒂德,拉特利夫注意到格林的眼睛里有一种奇怪而模糊的东西。

"他这种蠢货会碰到麻烦的!"格林说。

"他活得挺好,"拉特利夫说,"你走你的。"格林上了马车离开了。拉特利夫对布克莱特说:"好了,松开他吧!"艾姆斯蒂德甩开布克莱特,转身向花园走去。"等一下,亨利。我们先吃点饭,先把床搬到屋子里去。"拉特利夫说。但是艾姆斯蒂德不听,在昏暗的光线下,迫不及待地自己一个人一瘸一拐地向花园走去。拉特利夫无奈地叹了口气,和布克莱特来到马车后面,从车厢里抽出铁锹和镐头,顺着大坡向那座废弃的花园走去。隔着老远他们就看到艾姆斯蒂德已经挖上了，两个人刚走到艾姆斯蒂德跟前，却看见艾姆斯蒂德突然直起身，把铁锹往肩膀上一扛，朝大路那边跑去，原来格林并没有离开，他把那辆大车停在路上，自己坐在车上，隔着那道旧铁栅栏往这边看着，一直到艾姆斯蒂德马上要冲到那辆马车前，才赶着马车跑远了。

三个人挖了一个晚上。艾姆斯蒂德自己一个人挖一个坑，拉特利夫和布克莱特合起来挖一个坑。夜越来越深，群星在他们头顶上方缓缓移动着，拉特利夫和布克莱特有时会放下手里的铁锹，从坑里爬上来找个地方蹲下，休息一会儿，说几句话。只有艾姆斯蒂德不肯休息，一直挖个不停。拉特利夫和布克莱特一边休息一边听着从夜色里传来的艾姆斯蒂德的铁锹撞击地面的声音（三个人自打开始挖土就不敢抽烟，他们怕有人看见烟头的亮光，拉特利夫和布克莱特知道，即使艾姆斯蒂德想抽，也买不起，他现在家底全光了，一分钱都拿不出来）。艾姆斯蒂德似乎不知道疲倦，偶尔从坑里出来，也不找拉特利夫和布克莱特，只是坐在自己挖的土坑边休息一会儿，然后重新返回土坑中继续挖着。天快亮的时候拉特利夫和布克莱特去看他，说："别挖了吧，天亮了，他们会发现我们的。"

"发现就发现！"艾姆斯蒂德说，"反正现在这块地是我的！我想怎么挖就怎么挖，挖一天别人也管不着！"

"那你挖吧，再挖一会儿就有人来了，他们会和你一起挖的！"艾姆斯蒂德不挖了，他站在坑里，仰头看着拉特利夫。拉特利夫对他说："我们已经挖了一晚上，总不能怕别人过来挖宝贝，接着再挖一白天吧？你上来，我们去吃饭，然后睡一会儿。"三个人把车上的床垫和被子拿到那座宅子里，屋子大门早就没有了，空留一个门框。天花板上悬挂着一副水晶大吊灯的残骸，楼梯上的板子早就被撬走了，撬走它的人用它们修补牲口棚、鸡圈和厕所。胡桃木楼梯的扶手和立柱早就被人砍掉拿去烧火了。三个人找了一个房间住进去，这个房间天花板距离地面差不多有十四英尺高，窗户已经被挖空了，窗户上方曾经镶嵌在屋顶和墙体之间的镀金的石膏墙脚线已经剥落，露出锯齿状的板条。从房顶上垂下一个只剩了骨架的水晶吊灯。三个人把床垫和被子铺好，拉特利夫和布克莱特从马车上拿来他们带来的食物还有他们自己那两袋硬币，他们把硬币藏在表面落满了鸟屎的烟囱里，壁炉台子上还零散地嵌着几块大理石。艾姆斯蒂德没有掏出他那口袋。拉特利夫和布克莱特懒得问他把那口袋藏在哪儿了。

　　三个人没有生火——即便艾姆斯蒂德和布克莱特提议生火，拉特利夫也不会同意。食物是冷的，吃到嘴里一点滋味也没有，也有可能是因为他们太累了，累得已经尝不出食物的味道。三个人脱了沾满了泥土的鞋子，裹着被子凑合躺下，心里想着金子迷迷糊糊地睡了过去，这一觉一直到中午才醒。从烂了的房顶漏进来点点阳光，并一点一点地向东移动，三个人裹

村子

着被子，趴着躺了一会儿，翻过身，胳膊放在额头上挡着阳光，继续睡着，就这样一直睡到日落才醒。屋子笼罩在西天的霞光里，醒来后三个人都没有说话，奔着炉子过去（破损的炉子上放着的咖啡冒着热气），开始吃东西。艾姆斯蒂德第一个喝完吃完，把杯子放在地上，像孩子似的用手掌撑着地疲惫地站起来，拖着他那条受过两次伤的病腿消失在门口。"我们等到天黑再开始挖。"拉特利夫自言自语地说，布克莱特没说话。等拉特利夫站起来，他也站起来了，跟着拉特利夫去了花园，等他们到挖土的地方时，艾姆斯蒂德已经站在坑里挖开了。

和昨天晚上一样，三个人在星光下认认真真地挖了一晚上。拉特利夫和布克莱特中间会休息一下，放松一下肌肉，艾姆斯蒂德则一直挖着。天亮的时候三个人回屋里吃了点鲑鱼罐头、凝结在肥油里的咸猪肉和凉了的面包片，然后裹着被子睡着了。他们睡得很沉，趴卧在地板上，像被梦魇压住了似的，直到中午的阳光照进屋里，照到他们身上、脸上时，他们才迷迷糊糊地翻了个身，像是要摆脱压在他们身上的某种无形的东西。早晨他们吃完了所有的面包。日落时分，布克莱特和艾姆斯蒂德彻底醒来，看见拉特利夫蹲在炉子旁边，在做玉米饼，咖啡已经熬好了，在炉子上冒着热气。艾姆斯蒂德没有说话，吃完喝完后站起来出去了，布克莱特没有动，看着拉特利夫。拉特利夫对他说："你先去挖吧，别等我。"

"我们已经挖到六英尺深了，"布克莱特说，"足足有四英尺宽，长度快到十英尺了，还是什么都没挖到，等一会儿我准备在找到第三个袋子的地方重新挖一个坑。"

"好吧，你挖吧。"拉特利夫说。就在那一瞬间他脑子里闪出一个念头——也许他睡得迷迷糊糊的时候脑子里也冒出过这个念头，他不知道。但是这一次我是对的，他想，以前我没想到这个是因为我不想朝那个方向想。他蹲在地上，让手里的平底锅贴近火苗，因为没有烟囱，烟熏得他流出了眼泪。我不应该这么想，现在还用不着这么想，再找一个地方，重新挖，再挖一个晚上看看。他耐心地等着饼热了，然后从锅里拿出来放在旁边，又重新切了些培根，放进平底锅里煎着。这是三天里吃的第一顿热饭，他蹲在地上，不急不忙地吃着，吃完了又煮了杯咖啡给自己喝。落在破烂房顶上的最后一抹橘红色的夕阳渐渐消失，房间里最后只剩下即将熄灭的炉火的一点微光。

吃完饭他走出屋子，布克莱特和艾姆斯蒂德已经挖开了，艾姆斯蒂德挖的坑虽然只有三英尺深，但坑的面积快赶上布克莱特和拉特利夫一起挖的了。他找到布克莱特，布克莱特在挖一个新的坑，他接过布克莱特递来的一把铁锹，两个人一起挖了起来。又一个晚上过去了，他们头上缓缓移动的星星看着他们，仿佛已熟悉。两个人挖累了就停下休息一会儿，艾姆斯蒂德一个晚上也不带休息的，只是在拉特利夫来到他的坑边的时候陪着蹲一会儿，拉特利夫说话时带着开玩笑的口吻，话题也只是些乡村轶事，绝口不提挖到钱或者金子怎么办。夜色隐藏了他那张看上去总是带着令人捉摸不透的神色轻松的脸庞。休息完了他们继续挖，拉特利夫边挖边想，白天有的是时间重新察看挖的这几个坑，再说以前我已经看过一遍了，他这样想着挖着，直到天亮。在淡淡的晨光中他放下手里的铁锹，站直身体环顾四周：离他们二十英尺远的艾姆斯蒂德还在机械地挖着，远远望去，他的身体似乎被深坑从腰部切成了两段，像一具将死未死的身体，机械地挥舞着铁锹，一下一下，像有人给打着拍子，仿佛他永远也挣不脱一出生就被困在坑里，一直到死的命运。拉特利夫从坑里爬出来，站在挖出来的新土上，疲惫地甩甩胳膊，看着还在一下一下挖土的布克莱特。布克莱特也抬头看着拉特利夫，手里的镐头在半空中举着。两个人都是一副憔悴不堪的模样，胡子没刮，满是疲惫之色。"奥德姆！"拉特利夫说，"你知道尤斯塔斯·格林娶的谁家的闺女吗？"

"不知道。"布克莱特说。

"我记得他娶的好像是卡尔亨县朵西家的闺女。"拉特利夫说，"如果我没记错的话，据说他妈妈是法特家的闺女。"布克莱特没有看他，小心地放下手里的镐头，就好像他手里拿的不是镐头，而是一把盛着满满一勺汤或者硝化甘油的勺子。放好镐头后他从坑里爬出来，把两只手在裤子上蹭干净，说："我还以为你很了解他。你不是认识县里的每个人吗？"

"应该是这样啊！"拉特利夫说，"可是我现在怀疑自己也许都不如你认识的人多。"

第四部分 村民

"你说的那个姓法特的是阿比·斯诺普斯的第二个老婆。她不是尤斯塔斯的妈妈,我记得五年前阿比刚来到法国人湾租瓦尔纳的地种时,我爸爸和我说过一次。"

"能不能说得再清楚点?"拉特利夫说,"把你知道的都说出来。"

"阿比最小的妹妹才是尤斯塔斯的妈妈。"两个人看着对方,眨巴着眼睛。再过一会儿天就亮了。

"这下清楚了!"拉特利夫说,"你还挖吗?"

"不挖了!"布克莱特说,"还挖啥?!"

"咱们回屋赢钱玩儿。"拉特利夫说。两个人爬上坡,回到这两天睡觉的小屋里,摸着黑从烟囱里掏出那两个口袋,放在地板上,布克莱特点着灯笼,两个人蹲在灯笼旁,打开口袋。

布克莱特说:"我们早点儿咋没想到,如果那些财宝是真的,哪里还有什么布口袋?早就应该烂地里了!"两个人把硬币倒在地板上,然后每个人从各自的硬币堆里拿出一块硬币,把两块硬币摞在一起放在旁边,然后借着灯笼的亮光开始一个一个打量剩下那些硬币,"但是他怎么知道一定是我们几个人呢?"布克莱特说。

"当然不知道,"拉特利夫说,"他才不在乎是谁发现他在那儿挖来挖去。他只是每天晚上过去挖上一阵,他心里很清楚,最多挖上两个星期,就会有人注意到他的举动。"拉特利夫把最后一枚硬币放在地板上,往后一坐,看着布克莱特数,等布克莱特数完后他说："我最老的硬币年份是1871年的。"

"我最老的硬币是1879年造的，"布克莱特说，"我刚才还看到有一枚写着是去年造的。你赢了。"

"我赢了。"拉特利夫说。他从地板上捡起刚才放在一边的那两枚硬币，放回自己的口袋里。他们没有把装着硬币的口袋放回烟囱里面或者找个地方藏起来，而是直接把它们放在各自的被子上，然后吹灭灯笼出了屋子，去找艾姆斯蒂德。天已经亮了，一会儿就要看见太阳了，黄蓝相融的天空上飞着三只老鹰。隔着老远，艾姆斯蒂德背对着他们站在及膝的坑里，一下一下地挖着，一直等到他们站到大坑边，艾姆斯蒂德还是头也不抬地挖着。两个人看了一会儿，拉特利夫喊艾姆斯蒂德："亨利！"然后蹲下身子去拍艾姆斯蒂德的肩膀。艾姆斯蒂德转身一挥铁锹，铁锹刃在空中划过一道寒光，像是一把斧子刃，差点劈着布克莱特和拉特利夫。

"离我的坑远点儿！"艾姆斯蒂德说，"离我远点儿！"

2

从村外驶来好多辆马车，每辆马车上都坐着人，他们当中有男人女人还有孩子。村子里，瓦尔纳家门口，兰普、艾克和瓦尔纳家的黑奴三姆进进出出，忙着把家具、箱子和纸箱子搬进停在瓦尔纳家门前的那辆马车里。四月弗莱姆从得克萨斯回来时就是坐的这辆马车，就连拉车的骡子也没换。与此同时，几个男人远远地站在瓦尔纳家院子的篱笆外面，看着兰普、艾克和黑奴三姆在马车和房子之间来回穿梭着。艾克和黑人从屋子搬出一件东西，笨拙地抬着它通过门口，兰普跟在旁边，嘴里指挥着，手扶上两把，好像害怕那东西掉下来似的，但实际上他并没有出多少力气，一直到那东西被放到马车上后他才往屋里走去，到了门口后又快速地闪在一边，给手里抱着腌菜和水果罐子的瓦尔纳老婆让出一条道儿来。站在篱笆旁看着的人仔细地打量着那些被拿到车上的东西———一张被拆开的床，一个五斗橱，一个带着花朵装饰的脸盆架以及水壶、污水桶、尿盆等日常用品，一个用来装女人和小孩子衣服的箱子，一个用来放锅碗瓢盆和刀具的木头箱子和一捆用绳子绑紧的棕色帆布卷。

"那个帆布卷……"弗里曼说，"是帐篷吗？"

"看着像。"图尔说，"那是上个星期他们从镇子邮局抱回来的。"

"难道搬去杰弗生镇后这家人要住在帐篷里？"弗里曼说。

"那谁知道？"图尔说。马车眼看就要塞满了，艾克和黑人还在匆匆忙忙地搬着最后一点东西，瓦尔纳老婆抱着一个腌菜罐子从屋子里出来，兰普手里拎着那个众人都见过的柳条箱从屋子里走出来，最后走出来的是弗莱姆和尤拉。尤拉的手里抱着孩子，那孩子看着可不像七个月大的孩子，尤拉站在门口，个头比母亲和丈夫还要高一头，虽然天气很热，但她穿一身裁剪得体的西装。马上的女人们看着尤拉，都在暗暗猜想那身衣服肯定不是瓦尔纳买给女儿的，而是她现在的丈夫弗莱姆买给她的。她看上去是那么年轻，似乎还不到十八岁的模样，但是从那张脸上你看不到任何表情。站在篱笆边的男人们看着她，想的是如果霍克·麦卡伦没逃走，或者他们当中的一位有机会的话，就轮不到弗莱姆给她买衣服了。

尤拉把手里的孩子递给瓦尔纳太太，自己用手提起裙角上了马车，坐好后弯下身子从母亲手里接过孩子。众人看着尤拉的一举一动，她的动作是那么妩媚，妩媚得让人想入非非，让人想忘也忘不掉。马车的轮子开始转动，沉重的马车启动时往后拽了一下，然后才往前缓缓驶去。两匹老马吃力地拉着马车穿过院子，出了大门，上了门口那条通往大路的小道。从头到尾车上的人没有下来和周围的人打招呼，说声再见啥的。原先停在路边的那一溜马车开始移动，发出吱吱扭扭的声音。弗里曼、图尔和另外四个男人没有离开，他们转过身，后背靠着篱笆站着，他们站立的姿势似乎很轻松，但每个人都神色凝重，表情让人有点捉摸不透，举止也很稳重。马车从小路上转上来，离他们越来越近，直至从几个人眼前经过。几个人似乎都在回避去看那辆负荷沉重的马车，或者说看车上那一男一女——男的戴着格子呢帽，嘴里嚼着东西，下巴一直在动，他还是穿着白衬衫，脖子上系着黑色的小领结。女人的脸看上去平静而美丽,脸上的表情仿佛凝固了似的,让人想到雕刻作品甚至死去的人脸上的表情。没有,他们没有看那两个人,没有看任何人。弗里曼说:"再见,弗莱姆。等我去你饭馆吃牛排时你给便宜些。"弗莱姆没说话,也许他根本没听见。马车又动了,看热闹的人没有散开,而是看着马车上了那条很少有人走的老路。两个星期以前,那条路只有瓦尔纳常常骑着他那匹肥肥的白马从那儿经过。

"他得多走三英里才能回到去镇子的那条路。"图尔着急道。

"也许那人这一次是要把老婆孩子卖给艾容·拉德奥特,好把饭馆的另一半股份也拿过来。"弗里曼说。

"也许是和拉特利夫、布克莱特和亨利·艾姆斯蒂德交换也不一定!"第三个人说——他是拉德奥特家的人,和艾容·拉德奥特是兄弟,他们和拉特利夫是堂兄弟——"到了镇子后他肯定能碰到拉特利夫。"

"就怕他还没走到镇子,半道上就被亨利·艾姆斯蒂德劫了!"弗里曼说。

那条路的路面变得清晰,原本很少有人走的像是大地上一道伤疤的路面赫然出现了大车走过的印记。因为一个星期前刚下过雨,长了三十年的野草几乎覆盖了路面,但四道车马走过的痕迹还是很清晰:外侧是两道铁轮子轧过的痕迹,里面则是骡马走过的痕迹,看得出最近这段日子这条路上走过不少马车——一辆辆年久失修吱吱作响的马车,拉车的骡子或马的皮肤已经被缰绳磨烂了，车上的男人女人和孩子们仿佛来到了另一个世界，他们正在穿行于一片完全陌生的土地，在这里时间消失了，地名消失了。

当马车驶过那道浅浅的小溪后，迎面而来的是隆起的沙地，地面上重新出现车辙和带着铁蹄的马的脚印，重叠杂乱的脚印像是位于荒野的一座废弃教堂外墙上的斑驳印记。马车终于过了沙地来到大路上，排成一行行进在大路上。女人抱着小一点的孩子坐在马车车厢里的薄木头板凳上，有的解开衣襟给孩子喂着奶，大一点的孩子自己蹲在车上，男人和更大一点的孩子站在铁栅栏旁边看着花园里挖土的艾姆斯蒂德。那些铁栅栏看上去东倒西歪，栏杆之间长满了忍冬花。艾姆斯蒂德挥舞着手里的铁锹，挖出来的土顺着花园旁边的斜坡滑下。看热闹的人群是附近十到十五英里范围内的住户——他们已经这样看着艾姆斯蒂德两个星期了。两个星期前，艾姆斯蒂德挖宝贝的一幕被人看到，当天消息就传遍了四邻八乡，很快花园周围就聚集起一群人。他们有的赶着大车，有的骑着马或骡子，他们当中有男有女，也有孩子，可以说上到八九十岁的老人，下到还在嘬指头的孩子都来了，有的是一家四代人挤在一辆破破烂烂多少年都在使用的大车上，原来放在车上的干牲口肥料、干草和谷糠还没有完全清理干净。他们把马车停在花园下的大路上，自己走到铁栏杆后面站下，好像在看大集上魔术表演似的专注地看着挖土的艾姆斯蒂德。人群聚集的第一天，曾经有一

第四部分　村民

个人往篱笆这边走过来，艾姆斯蒂德拖着一条瘸腿从坑里爬出来，高高举着手里的铁锹，嘴里喘着粗气，骂骂咧咧地赶走了那个人，继续挖土，看得出来他很疲劳，但仍旧不屈不挠地挥舞着铁锹铲着挖着，对篱笆那里围观自己的人视而不见。几天下来，除了几个半大小子还偶尔去打扰一下他，再没有人想尝试着进到花园里。

到了下午的时候，有些住得远的人家开始往回走，有些人还待在原地看着，这意味着他们要在戴着马具的马车上待一晚上，坐牛车过来的要摸着黑给牛挤奶。太阳即将落山的时候，大路上驶过来一辆马车——拉车的是两匹脑袋长得像兔子似的骡子，车轮子因为好久没上过油，转动得很慢——倚着篱笆站着的那排人扭头看去：一个女人从那辆破车上下来，从座位底下拿出一个盛饭的桶往花园这边走来。女人戴着一顶褪了色的旧帽子，灰色粗布衣服起了褶皱，艾姆斯蒂德一直没有抬头，机械地挥舞着铁锹，不停地挖着。女人走到花园的篱笆前，低下身子把手里的饭桶放在篱笆墙下，然后站起来。她身上的灰色衣服看着皱得厉害，脚上的鞋满是污点，她的手一直卷在小腹前的围裙里，眼神茫然，谁也不知道她是不是在看那个挖土的男人，如果不是，她究竟在看哪儿，没人知道。过一会儿后她转过身向马车方向走去（她还有做饭和挤奶的活儿要干，孩子们还等着她回去吃饭），然后赶着马车走了。最后一个围观者也要走了，暮色降临的山坡上现在只剩下艾姆斯蒂德一个人，夕阳的光照出他挥舞铁锹的机械身影，就好像他身体里有个怪物在驱使他，铁锹在他手里变成了玩具，轻飘飘的没有重量。艾姆斯蒂德挖宝的事情很快传遍了邻里八乡，清晨人们坐在或者蹲在瓦尔纳家商店的屋檐下，一边慢条斯理地嚼着烟草，嗅着鼻烟，一边说着这件事。消息又从村子里传到村子外，从一辆马车传到另一辆马车，从一个赶车人传给另一个赶车人。站在门口的人说，去拿邮件的人也说，都重复着一句话："他还是没有扔下那活儿？"

"没有，还在挖宝。"

"这样下去等于自杀！不知道他死了对那个家是不是个损失。"

"我看对他老婆来说倒也不是什么损失。"

"嗯，这样她就不用每天去给他送饭，弗莱姆把这家人害得够惨的！"

"嗯，换了别人做不出这样的事来。"

"别人也没那个本事！艾姆斯蒂德就不说了，谁想骗他很容易！但是拉特利夫不应该呀！他那么聪明，居然也着了弗莱姆的道儿！"

十点刚过，弗莱姆赶着马车沿着大路朝这边走来。篱笆那儿还是站着很多人，里面既有天天来看热闹的人，也有和弗莱姆一样准备去杰弗生镇的人。驶近后弗莱姆并没有把马车从大路上赶下来，加入看热闹的人群，而是继续往前走去。当他赶着马车经过停在路边的马车时，车上坐着的怀里还抱着孩子的妇女一起转过头看着他，那些倚着篱笆站着的男人也扭头望向他，所有的人脸色都很严肃，一副欲言又止心事重重的样子。弗莱姆停下马车，嘴里一下一下地嚼着东西，他的视线越过那些看他的人的头顶，望着远处的花园，看他的人也转过头顺着他的视线看过去，只见两个男孩儿从花园那边冒出来，悄悄从后面向艾姆斯蒂德走过去。艾姆斯蒂德还在埋头挖着，两个孩子越走越近，距离艾姆斯蒂德不到二十英尺远的时候，艾姆斯蒂德突然一个转身，拖着一条腿从坑里爬出来，手里高高举着铁锹向着那两个男孩儿追了过去，两个男孩儿看他追过来，立刻掉转头向大路这边跑来。艾姆斯蒂德跟在他们后面追着，他不说一句话，也不再骂人，拖着一条腿，费力地踩在他挖出来的虚土上，一直追到两个男孩儿消失在花园边缘才一头栽倒在地上，躺在地上半天不动弹。靠近篱笆边站着的人群默默地看着这一幕，没有一个人说话，空气里只有艾姆斯蒂德的喘气声。过了一会儿，艾姆斯蒂德像个小孩子似的用手和膝盖撑着地慢慢站起来，捡起铁锹，来到他刚才挖的沟前。他没有像很多男人干活儿前常做的那样，抬起头看看太阳，估摸一下时间，而是一脸痛苦动作小心而缓慢地滑到沟里，似乎等不及要跳回那个坑里，躲在浓密胡子下面的那张脸让他看上去像个疯子。站稳后他又开始挖了起来。

弗莱姆看了一会儿，掉过头，一努嘴，一口唾沫越过马车轮子掉到地上。他轻轻一抖手里的缰绳："驾！"

村子
CUNZI

图书在版编目（CIP）数据

村子 /（美）威廉·福克纳著；（加）斯钦译.
桂林：广西师范大学出版社，2024. 8. --（福克纳作品系列）. -- ISBN 978-7-5598-7001-8

Ⅰ. I712.45
中国国家版本馆 CIP 数据核字第 2024DL9584 号

广西师范大学出版社出版发行
广西桂林市五里店路 9 号　　邮政编码：541004
　　网址：http://www.bbtpress.com
出版人：黄轩庄
全国新华书店经销
广西广大印务有限责任公司印刷
桂林市临桂区秧塘工业园西城大道北侧广西师范大学出版社
　集团有限公司创意产业园内　邮政编码：541199
开本：880 mm × 1 230 mm　1/32
印张：16.25　　　　　　字数：290 千
2024 年 8 月第 1 版　2024 年 8 月第 1 次印刷
印数：0 001~6 000 册　定价：58.00 元

如发现印装质量问题，影响阅读，请与出版社发行部门联系调换。